LES MOTS QUI TUENT

DU MÊME AUTEUR
CHEZ POCKET

L'ÉNIGME DE RACKMOOR
LE CRIME DE MAYFAIR
LE VILAIN PETIT CANARD
L'AUBERGE DE JÉRUSALEM
LES CLOCHES DE WHITECHAPEL
LA JETÉE SOUS LA LUNE
LE MYSTÈRE DE TARN HOUSE
L'AFFAIRE DE SALISBURY

MARTHA GRIMES

LES MOTS QUI TUENT

PRESSES DE LA CITÉ

Titre original :
The Horse You Came in on

Traduit par
Eric Lindor Fall

Édition originale : Knopf, New York

ISBN 2-266-08773-8

A Laura Scott Perry, une amie de Nickel City

Civilisée, et gaie, et corrompue, et courtoise.

F. Scott FITZGERALD,
à propos de Baltimore.

PREMIÈRE PARTIE

CIDER ALLEY

1

L'aveugle sentit quelque chose de nouveau dans Cider Alley. Une odeur nouvelle, mélangée à celles, habituelles, d'urine et de sueur, de bière et de whisky – venues (supposait-il) d'un porche où aimaient se retrouver des types. On lui témoignait souvent de la sympathie quand il coupait par cette ruelle. Une tape sur son épaule, une main sur son bras, un salut crié. Ça le faisait se raidir, il détestait les gestes de pitié et les larmoiements. Car il n'était pas comme les autres sans-abri : parce qu'il était tenace, avait l'esprit vif, la langue acérée, *lui* occupait la même place depuis près d'un an. Sa place, chez lui. Les gens le connaissaient.

L'aveugle détestait qu'on l'approche. A moins d'avoir lui-même demandé son chemin ou l'heure. Il refusait de balayer le trottoir avec une canne blanche, mais il avait un bâton de marche en bruyère, dont il n'hésitait pas à se servir au premier coup tordu. Ou si on l'embêtait, tout simplement.

Ce n'est pas cette canne mais la pointe de son soulier qui buta dans un obstacle mou et inattendu ; il faillit tomber. Mais il avait une certaine habitude des obstacles et reprenait vite son équilibre.

Son pied avait cogné la source de l'odeur inhabituelle. Il s'agenouilla et passa sa main sur du tissu rugueux et de la peau plus douce.

Un homme. Tombé, saoul, probablement. Il tâtonna avec précaution ; ses mains étaient plus sensibles encore que son nez. Il reconnut ce qu'il touchait : une sorte de croix rudimentaire que son ami avait toujours au cou. John-Joy. Ses doigts passèrent, d'abord, sur le pardessus familier puis sur la veste de costume. Vite, avant de se poser des problèmes de conscience, il enleva la veste et l'échangea contre la sienne. Celle de John-Joy était infiniment mieux, c'était de la belle laine, chère – d'ailleurs il ne comprendrait jamais comment on avait pu jeter pareil vêtement à la poubelle. Voilà, John-Joy allait se réveiller et voir qu'il portait le vieux seersucker gris de Milos. Pour une nuit de janvier, il y avait mieux. Mais il le prendrait bien, John-Joy. Il avait le sens de l'humour.

Mais...

Ça ne sentait pas l'alcool. Milos tâtonna prestement de la tête aux pieds. L'air était saturé de cette odeur ; il n'avait pas besoin de flairer ce qui lui poissait la main pour comprendre.

Sa langue, sa bouche formèrent ce qu'il savait être un cri parfaitement clair bien qu'il n'entende rien.

– Police !

L'une de ses mains s'accrocha à la pierre froide de l'immeuble, l'autre battait l'air de la canne, alors qu'il criait de plus en plus fort :

– Police ! Police !

Ça étonnait toujours les gens (et il adorait leur réaction) que, bien que presque totalement sourd, il parle de façon parfaitement claire. L'accident qui lui avait fait perdre petit à petit la vue et l'ouïe s'était produit dix ans auparavant. Si on hurlait directement dans son oreille droite, il arrivait à deviner ce qu'on lui disait, mais c'était bien là le maximum. Il cria encore une fois.

C'est là qu'il sentit quelqu'un. Il sentait quelqu'un tout près. Il se demanda si ce quelqu'un criait avec lui. Il dit à la personne qu'il était sourd et qu'il fallait aller chercher la police mais il ne perçut aucun mouvement. Il ne comprenait pas ce qui se passait. Il tendit la main et dit :

– Écrivez sur ma main !

Il sentit un bras.

– Écrivez sur ma main ! répéta-t-il.

C'était son seul moyen de communication. Il sentit le contact du doigt de l'autre mais il se déplaçait trop vite, ce doigt contre sa paume. Sombre crétin ! pensa-t-il, furieux. On le prenait pour quoi ? Un connard d'ordinateur ?

– Moins vite, moins vite ! Je ne comprends pas ce que vous me dites !

Le doigt dessina les lettres « JESUIS ». Puis tout s'arrêta, sauf un froissement. Il se mit à hurler en sentant l'autre se baisser et se relever :

– Quoi ? Foutu crétin ! « Je suis » *quoi* ? C'est quoi, « je suis » ?

L'aveugle n'était pas un modèle de patience.

La main s'accrocha à la sienne. Là, très lentement, un doigt forma le mot « JE ». Puis « SUIS ». Puis « LAPO ». Il y eut une pause. Le foutu imbécile prenait son temps – mais au moins, ce crétin avait compris qu'il ne fallait pas raconter sa vie. Puis « LICE ».

Furieux – Milos était *toujours* furieux, ça couvait en permanence, depuis toujours, même avant son accident –, il s'écria :

– Bordel ! Qu'est-ce que c'est « lice » ? Ça veut dire quoi, bon Dieu ?

La main saisit de nouveau la sienne et écrivit, plus rapidement cette fois : « JE SUIS LA POLICE. »

– Sombre con ! cria Milos. Vous ne pouviez pas le dire plus tôt ?

2

I

Ironie du sort, la fille s'appelait Béatrice. Et sa peau était pâle et ses cheveux roux, mais non pas du roux Rossetti, pas de la rousseur translucide de la *Beata Beatrix* accrochée au mur en face d'elle.

Même en présence des chefs-d'œuvre immortels qui les entouraient, la fille et le garçon n'arrivaient pas à tenir leurs mains mortelles éloignées de leurs corps respectifs. Ils se serraient l'un contre l'autre et s'embrassaient, indifférents à ceux qui les regardaient avec un vague dégoût. Ils s'intéressaient trop à eux-mêmes pour tenir compte de quiconque dans ce musée et étaient trop jeunes et égocentriques pour se soucier du fait qu'ils offraient une image que pas un peintre ne voudrait reproduire. Une tignasse rouge-violet et du cuir noir (la fille), un bandeau violet dans une brosse châtaine et du cuir noir (le garçon) auraient pu suggérer des jumeaux; mais leurs mains avides suggéraient autre chose.

On sentait dès le premier coup d'œil que ces deux-là n'étaient la proie d'aucune passion, charnelle ou sublime; pas même du désir. Leur exhibition publique ne valait que pour ce qu'elle était : une démonstration pour dire au reste du monde qu'ils n'en avaient rien à secouer des autres, surtout ceux qui les entouraient, qui regardaient les merveilleux tableaux, qui étaient assis à côté d'eux sur le banc.

Quelqu'un était d'ailleurs installé tout près de la fille, qui en était à fourrer sa langue dans la bouche du garçon tout en geignant sans conviction. Quand la fille sentit la femme, légèrement derrière elle et à droite, quand elle sentit l'épaule de la femme peser contre la sienne, elle donna un coup sec (la langue toujours fichée dans la bouche de son ami) afin de se débarrasser du fardeau incongru. Le fardeau se fit néanmoins de plus en plus lourd alors que la femme donnait de la bande contre le dos de la fille, jusqu'à ce que la fille se retourne et lui dise d'arrêter, espèce de vieille bique.

Mais la femme, la cinquantaine, très élégante, n'arrêta pas. Elle pesait de plus en plus, comme si elle cherchait à nicher sa tête sur l'épaule de la fille.

– Hé... ! commença la fille, en s'arrachant à l'étreinte du garçon d'un geste qui l'éloigna de la femme qui s'endormait.

– Ma-dame ! fit-elle avec impatience.

La dame ne répondit pas. Elle se contenta de s'affaler lentement contre le banc.

– *Merde*, alors ! murmura la fille, en se levant d'un bond.

II

Elle s'appelait Béa, lui Gabe, et cette ironie, perdue sans doute pour les gardiens de la Tate Gallery, n'échappa pas à Richard Jury.

La fille n'avait pas arrêté une seule minute de mâchonner. Ses cheveux rouges étaient hirsutes, sa jupe de cuir noir lui couvrait à peine la croupe. Elle pouvait, au mieux, passer pour une version underground de la Béatrice de Dante Gabriel Rossetti.

Pour l'instant c'était le garçon, Gabe, qui parlait. Ce qui n'empêchait pas Béa de tailler dans ses intonations gutturales avec les siennes.

– Comment qu'on l'aurait su ? Elle pouvait et' bourrée, non ?

– Ou raide déf, fit Gabe, avec sagacité.

Richard Jury réalisa que pour ces deux-là il n'existait pas mille manières de perdre conscience. Mort, saoul, défoncé – c'était tout pareil.

La morte avait été emportée sur une civière à travers la pièce au parquet ciré. Son départ avait été supervisé par l'inspecteur Marks de la Division C [1], qui maintenant – et avec un soulagement évident – transmettait le bébé à la police judiciaire de Scotland Yard, en la personne du commissaire Jury. Celui-ci était arrivé dans la salle avant Marks et, avec l'aide des gardiens du musée, avait empêché les témoins – une petite douzaine – de s'éclipser.

Jury se trouvait à la Tate Gallery par pure coïncidence, pour l'exposition des portraits de Swagger, laquelle se terminait. Il se jugeait plutôt ignare question peinture et se disait que, peut-être, il pourrait arranger les choses en apprenant à distinguer Reynolds de Gainsborough. Jury aimait la Tate Gallery plus que n'importe quel musée de Londres. Et sa salle préférée était celle dans laquelle il se trouvait maintenant, celle où Béa et Gabe avaient fait leur affreuse découverte. Rossetti, Burne-Jones, William Holman Hunt, l'*Ophélie* de Millais – il les trouvait tous romantiques au-delà de toute expression. Le garçon et la fille s'étaient assis à un bout du banc, en face du tableau de Rossetti, et la morte s'était installée sur l'autre extrémité du même banc, en face du fameux portrait de Chatterton.

– Mrs. Frances Hamilton, dit l'inspecteur Marks en examinant ses notes. Warminster Road, Belgravia. Il y avait largement de quoi l'identifier – six cartes de crédit, des carnets de chèques. Mais pas de permis de conduire.

Pourquoi cette adresse lui semblait-elle familière ? Jury fronça les sourcils, incapable de la replacer dans son contexte. Il s'était retiré à l'écart pendant que les experts criminels, puis le médecin légiste, faisaient leurs photos et manipulaient le corps de Frances Hamilton. Le légiste affirma, sans pouvoir le jurer, qu'il s'agissait d'une

1. Circonscription administrative de la police municipale. *(N.d.T.)*

attaque. Feu Mrs. Hamilton semblait être une femme d'âge moyen, petite soixantaine, en bonne santé. Il ne pouvait, sans plus d'examen, leur en dire plus.

– Quelqu'un a-t-il vu ce qui s'est passé ? fit Jury avec un signe de tête vers le petit groupe nerveux d'amateurs de peinture.

Les hommes de Marks les interrogeaient.

– Non. Il n'y a que les deux gosses. Et encore, ils n'ont rien vraiment vu. Rien avant que le corps ne se soit affaissé. C'est drôle, ces gosses, ils se comportent comme s'ils avaient déjà tout vu, comme si rien ne pouvait les ébranler. Mais que quelqu'un casse sa pipe, qu'il y ait la moindre urgence, et ils perdent complètement les pédales.

III

Chatterton, la peau d'un bleu de glace, gisait, le bras pendant par-dessus le bord de son lit étroit, les doigts frôlant le sol, comme s'il essayait de rattraper les fragments de manuscrit qui, sur le tableau, ressemblaient à des confettis jetés sur le plancher nu. Les pages que le poète avait déchirées avant d'avaler le breuvage fatal.

Le merveilleux garçon. N'était-ce pas ainsi que quelqu'un l'avait appelé ? se demanda Jury. Il était sur le même banc, à peu près à la place où s'était assise la morte un peu plus de deux heures auparavant.

Jury avait toujours pensé que la vie de Chatterton était la plus triste que l'on eût jamais vécue. A dix-sept ans, la plupart des gosses qu'avait croisés Jury se shootaient, ou faisaient des virées en voitures volées, ou faisaient chauffer la carte Barclay de papa-maman. Au choix, selon le quartier dans lequel il travaillait.

A dix-sept ans, Thomas Chatterton éblouissait le monde littéraire avec son cycle de poèmes. Jury doutait que quiconque ait accordé de l'importance à la supercherie des *Poésies de Thomas Rowley*. Sauf Horace Walpole, qui s'était fait avoir, à sa grande honte, une honte éternelle. Le désespoir et la mort à l'âge de dix-sept ans. Jury secoua la tête. Une vie sans récompense, sans argent, sans même assez à manger ; et, pour finir, la trahison de son bienfaiteur. Chatterton n'était même pas coupable de plagiat. Il avait tout orchestré, il avait tout imaginé. Qu'avait-il fait pour mériter une telle fin ?

Jury se demanda pourquoi lui plus que les autres considérait la vie en termes de justice. Il porta son regard sur la jeune femme peinte par Holman Hunt. Elle quittait les genoux d'un amant qui allait certainement l'abandonner. Jury aimait tout particulièrement la phrase que Hunt avait peinte sur le cadre : « Comme celui qui retire un vêtement en hiver, tel est celui qui chante des chansons à un cœur affligé. »

Il passa devant le Rossetti ; le Burne-Jones ; l'*Ophélie* de Millais ; un triptyque sur la triste fin d'une épouse infidèle ; et un tableau dont il avait à la main une reproduction, une épouse et une mère pleurant un marin disparu en mer. *Une aube sans espoir* : du tableau ruisselaient toutes les nuances imaginables du gris – la lumière du matin par la fenêtre, les vagues au loin, le bougeoir d'étain et sa chandelle en larmes, les ombres, les teintes des vêtements. Leur univers était vide de couleurs. Il était revenu à l'endroit où avait commencé sa promenade à travers la Tate Gallery. Il s'assit sur le même banc. La mort de Chatterton, se dit-il, était son tableau préféré. Un mur de chagrin.

Il était en congé depuis deux semaines aujourd'hui. Il avait été à Leeds et avait décidé que, non, il ne pourrait supporter une installation permanente à Bradford. Sa prochaine halte serait Stratford-upon-Avon, et, après, Northampton. Il était à peu près certain que le commissaire Pratt l'accueillerait bien. En province, les équipes de police judiciaire étaient toujours surmenées. Et il savait que Sammy Lasko de la police du Warwickshire serait content. Mais, de tous les hommes avec lesquels il pouvait s'imaginer travailler, l'irascible, l'arrogant, le volontaire Macalvie arrivait en tête de liste. Sur son banc de la Tate Gallery, il se remémora leur conversation téléphonique.

– Exeter ? Devon-Cornouailles ? *Moi ?*

– Gagné trois fois de suite. Même pour toi, c'est un record, Macalvie.

– Je ne sais pas, Jury. Je ne sais pas si tu pourrais t'intégrer. Personne d'autre ici n'arrive à faire la différence entre asphyxie sexuelle et strangulation. Pardon ?

La question semblait s'adresser au propriétaire de la voix qui, là-bas avec Macalvie, dans les bureaux de la police d'Exeter, jacassait à tort et à travers.

– Je suppose, fit Jury, que Gilly Thwaite vient tout juste de te confirmer une de ces deux hypothèses ?

– Exactement, une des deux. Alors, laquelle est la bonne ?

– Bon Dieu ! s'esclaffa Jury. Mais je ne suis pas là-bas !

– Et après ?

– C'est un test ?

– Bien sûr... pourquoi pas ? Tu cherches un boulot ici ou pas ?

Jury sourit.

– Asphyxie. Un sac de plastique autour de la tête ?

– Juste !

Macalvie se détourna encore du combiné.

Jury entendit monter encore plus haut la voix déjà très aiguë de Gilly Thwaite – du moins présuma-t-il qu'il s'agissait de l'expert criminel de Macalvie – puis quelque chose qui tenait de la chute d'une armoire, puis comme une grande quantité de verres qui se brisaient et enfin une plainte qui s'acheva en un cri terrible.

– Elle te dit bonjour. Écoute, tu es engagé.

– J'ai dit ça comme ça.

– Moi aussi.

A Exeter, le combiné retomba sur sa fourche. Un au revoir à la Macalvie.

Jury soupira. Pour être dégoûté de Londres, il fallait, comme le prétendait le docteur Johnson, être dégoûté de vivre.

Comme l'avait été Chatterton.

Jury quitta la Tate Gallery.

3

– Je crois vraiment, Mr. Jury, dit Mrs. Wassermann en serrant nerveusement son sac noir entre ses doigts, que Mr. Moshegeiian fait une erreur en laissant Carole-Anne s'occuper de la location de notre appartement du premier.

Ses doigts blanchissaient contre le cuir noir, et sous son chapeau noir son visage était pâle. Mrs. Wassermann était habillée pour une de ses rares sorties : elle allait chez sa cousine, à Bromley. Elle était sur le point de partir prendre le métro à la station d'Angel. Mais pour l'instant, elle se trouvait chez Jury, qui occupait un des quatre appartements de la maison. Son regard était fixé au plafond – le plancher du premier étage en question.

– Je ne crois pas que Carole-Anne le louerait à quelqu'un qui ne soit pas convenable, Mrs. Wassermann. Vous la connaissez, elle est plutôt exigeante.

Carole-Anne Palutski vivait au dernier étage, dans l'appartement le plus petit et le moins cher, d'autant moins cher que son loyer avait été baissé suite à l'accord passé avec le propriétaire : elle s'occuperait de la location de l'appartement à sa place. Mr. Moshegeiian – un Letton ou un Lituanien – était assez futé pour réaliser qu'avec Carole-Anne en guise d'agent son appartement serait loué à coup sûr. Surtout si le candidat était un homme. Cependant, même sans ça, Mr. Moshegeiian aurait cédé aux cajoleries de Miss Palutski.

– Et puis, ajouta Jury, Mr. Moshegeiian n'est pas un imbécile.

– Les propriétaires de taudis ne le sont jamais, fit Mrs. Wassermann, suave.

Jury se mit à rire.

– Je n'appellerais pas cet endroit un taudis, Mrs. Wassermann.

Il examina la chaussette qu'il s'apprêtait à fourrer dans son sac. Un trou à y passer le poing. Il l'expédia dans la poubelle.

– Et Carole-Anne est très spéciale.

Et il n'exagérait pas, même si dans ce cas précis « spéciale » prenait un sens particulièrement « carolinien ».

– Mais c'est exactement là le problème, Mr. Jury. Tenez, l'autre soir, un jeune couple adorable est venu le voir. Ils ont fait tout le chemin depuis Wandsworth ! C'étaient des jeunes mariés et ils disaient que c'était exactement ce qu'ils cherchaient. Eh bien, non ! Leurs finances ne sont pas à la hauteur, m'a-t-elle dit.

Mrs. Wassermann avait l'air offusqué, comme s'il s'agissait de ses finances à elle.

Mrs. Wassermann, qui elle non plus n'était pas une imbécile, n'était tout simplement pas branchée sur la longueur d'onde Palutski. La longueur d'onde Palutski pouvait zapper n'importe quel mâle âgé de vingt à soixante ans traversant le champ de ses yeux de lapis-lazuli. Mais quant aux jeunes couples adorables, Carole-Anne ne les voyait pas plus que si elle avait été équipée d'une canne blanche et d'un chien d'aveugle.

Dernièrement, l'appartement libre s'était mis à obséder Mrs. Wassermann, qui y voyait une friche urbaine à deux doigts d'être envahie par les rats et les voyous. Mrs. Wassermann passait ses journées toute seule dans la maison. Et Jury qui partait. Et Carole-Anne qui avait ce qu'elle appelait un job « régulier » (en fait, des horaires qui lui convenaient) à Covent Garden : n'importe quoi qui n'interfère pas avec ses débuts d'actrice.

Le problème pressait d'autant plus que maintenant

Carole-Anne était absente la nuit aussi, depuis que durait la tournée à Chiswick de la pièce dans laquelle elle avait décroché un petit rôle. Jury avait emmené Mrs. Wassermann à la première et il avait été très surpris (elle non, car elle était persuadée que Carole-Anne pouvait tout faire) de voir que la jeune fille était capable de jouer. Dans une mise en scène redoutable qui partait dans tous les sens comme un poisson qui refuse de se rendre, cette fille était d'ailleurs la seule chose qui vaille le coup d'œil. Elle resplendissait. Jury avait, ce soir-là, fait la connaissance du metteur en scène et producteur. Un crétin qui prétendait que sa pièce était en route pour le West End[1]. D'après Carole-Anne, elle était en route pour le grand flop.

– Vous avez jeté une chaussette en parfait état, dit Mrs. Wassermann après l'avoir repêchée au fond de la corbeille à papier. Je peux la repriser sans aucun problème.

Elle ouvrit son sac et y fourra la chaussette. Mélancolique, elle contempla la valise de Jury. Elle fit claquer sa langue.

– Et vous repartez, encore.

– Pas pour longtemps. Quelques jours à peine. Je vais voir mon ami dans le Northants.

– Ah ! oui, le comte. Pourquoi ne vient-il jamais vous voir ?

– Vous savez, quand il vient à Londres, il descend au *Brown*. A Mayfair.

Mrs. Wassermann ouvrit et referma son sac, pensive, puis elle dit :

– Imaginez un peu. Est-ce qu'il n'aimerait pas avoir, comment dire, un petit pied-à-terre ?

Ses yeux étaient tournés vers le plafond.

1. Quartier dans l'ouest de Londres, aux boutiques et aux théâtres prestigieux. *(N.d.T.)*

4

I

– Il paraît que vous avez reçu l'appel, monsieur.

Quand Jury était entré dans le bureau qu'ils partageaient, Wiggins avait levé les yeux de son livre de poche.

– Que j'ai... *quoi*?

Jury envoya son imper dans la direction approximative du portemanteau et le manqua, une fois de plus.

Wiggins fit aller et venir son livre comme un éventail.

– C'est ce qu'on dit en Amérique. Comme dans les histoires du 87ᵉ District. Ils disent ça de ceux qui sont les premiers avertis quand on signale un crime. « Recevoir l'appel. »

Visiblement, Wiggins avait un faible pour cette expression.

– Le 87ᵉ District. C'est d'Ed McBain.

– J'aurais préféré que ce soit Ed qui ait reçu celui-là. Je ne suis pas de garde, je suis en vacances. Si on peut dire.

Mais le sergent n'était pas d'humeur compatissante. Il avait dû s'installer dans la salle de réunion pendant qu'on repeignait leur bureau. Il était allergique à la peinture. Alors il avait le choix entre la fumée et les odeurs de la salle de réunion ou les relents de peinture. La vie de Wiggins semblait définitivement prise entre le marteau et l'enclume, Charybde et Scylla, le pire et le moins bon.

– Il est très bon, vous savez.

Jury ouvrait et refermait des tiroirs.

– Qui ?

– Ed McBain. Très bien documenté. C'est un soulagement de lire quelqu'un qui sait comment travaille la police, plutôt qu'un de ces auteurs de romans policiers qui inventent ce qui les arrange. Il connaît vraiment les flics américains.

Jury fit claquer un autre tiroir.

– Je ne savais pas que vous lisiez des romans policiers.

– En fait, je n'en lis pas. Sauf ceux-là. J'en ai lu un, c'était bourré de punch, alors j'en ai pris un autre.

Le téléphone sonna, Jury décrocha avant même que le premier *brr-brr* se soit tu. Quelques « Oui » et il reposa le combiné.

– C'est l' patron ? demanda Wiggins sans même prendre la peine de lever le nez de son livre.

Jury grimaça.

– Non. Fiona. J'ai reçu l'appel.

Wiggins pouffa et Jury sortit.

Fiona Clingmore leva sa tête couverte d'une serviette de son bain de vapeur portatif.

– Dire que vous êtes censé être en congé. C'est scandaleux.

– Bon, il est où ? Je croyais qu'il mourait d'envie de me voir.

Elle haussa une épaule pour désigner une pièce quelconque.

– Avec l'adjoint du préfet de police. C'est de là qu'il appelait. Vous avez fait quoi pendant vos vacances ? Comme si on pouvait appeler ça des vacances !

– Vu onze films en dix jours. Pour m'en débarrasser une bonne fois pour toutes.

– Pourquoi ne pas aller quelque part au soleil et au chaud ? C'est vous qui devriez aller en vacances sur la Costa del Sol, pas *lui*.

Fiona tapota son visage de lotion astringente et, penchée sur son miroir pour juger de l'état de ses pores, plissa les paupières.

– Il dit que la prochaine fois qu'il ira en Espagne, il emmènera Cyril. Il a vu cette émission sur les animaux qui raconte les choses atroces qu'ils font, là-bas. Il y avait une photo – impensable – de cet Espagnol qui tient un chat par une patte et le fait tournoyer au-dessus de sa tête.

Fiona fit un bruit de langue et secoua ses cheveux.

– De toute manière, quand on est capable de droguer la pâtée d'un chat... Pauvre bête sans défense.

Elle sortit sa trousse de toilette. Jury s'affala dans le fauteuil et contempla la pauvre bête sans défense. Le chat Cyril avait l'air de chercher l'équation de thermodynamique qui lui permettrait de léviter jusqu'à la fontaine d'eau fraîche. Le plateau, trop étroit pour lui, ne pouvait rien accueillir de plus qu'un gobelet de carton. Il y en avait déjà un sous le robinet. Jury se demanda quel sort nécessitant une fontaine d'eau fraîche le chat réservait au commissaire divisionnaire Racer. Il était impossible que Cyril soit simplement en train d'attendre que Fiona tourne le robinet et fasse s'élever des bulles. Après un moment de contemplation au pied de la bonbonne de verre, l'animal se dirigea en ondulant vers le bureau du chef. Fiona poussa un soupir.

– Ça y est, il retourne au fax !

Elle ne fit pourtant pas le moindre geste pour aller le chercher.

Jury s'installa dans le fauteuil qui faisait face à celui de Racer, pour l'instant occupé par Cyril dont il voyait la tête par-delà le bureau qui les séparait. Les autres meubles avaient été poussés dans un coin et couverts de housses en vue de travaux de décoration. Plusieurs longueurs de moulures à plafond attendaient dans un autre coin de la pièce. Le tout avait l'air d'un réaménagement de première importance. Très inconfortable pour travailler, mais très pratique pour passer de longues heures à son club.

Les yeux de Cyril étaient fixés sur le nouveau télécopieur. Depuis le jour où Racer avait accommodé le thon de Cyril aux tranquillisants et l'avait embarqué dans un refuge de la SPA, Jury voyait les représailles prendre forme dans l'esprit du chat.

Cyril attendait et Jury attendait, chacun ruminant des plans à sa façon. Jury envisagea une fois de plus les possibilités d'un transfert en province et s'interrogea sur l'opportunité d'en parler à Racer. Il n'en avait jusqu'ici parlé à personne. Il pensa une fois de plus à Macalvie, au Northants et au commissaire Pratt, au *constabulary*[1] du Warwickshire, à Stratford-upon-Avon. Il s'arrêterait à Stratford avant d'aller dans le Northants.

Le fax sonna deux fois et commença à murmurer. Cyril se raidit immédiatement. Il était passé sur le bureau d'où il fixait la machine. Cyril et Jury regardèrent le papier, écoutèrent la machine le cracher, centimètre après centimètre. Jury se pencha et lut. Le fax provenait de l'adjoint du préfet. Il ne déchiffra pourtant pas le message. Cyril fut dessus en un éclair, envoyant voler la feuille par terre. Puis il regarda Jury, avec un lent clignement de paupières, comme s'il attendait ses suggestions. Jury haussa les épaules.

Cyril se laissa glisser à terre, prit un coin du papier entre ses dents et traîna la feuille à travers la pièce, vers le bureau attenant. Il s'arrêta sur le pas de la porte et examina la pièce, à la recherche de Fiona, qui était partie. Aux toilettes. Avec sa trousse de toilette. Jury alla se poster à la porte pour l'observer.

Le fax était maintenant sous le robinet de la fontaine, sur le plateau qui soutenait le petit gobelet de carton rempli d'eau. Le chat fit une pirouette rapide et aérienne et envoya valser le gobelet.

Ensemble, ils regardèrent l'eau imbiber le message,

1. Commissariat de campagne. *(N.d.T.)*

après quoi Cyril le piétina et le lacéra jusqu'à en faire une boulette spongieuse.

Fiona entra.

– Ce chat en a encore après la fontaine ?

Elle déposa sa pochette de maquillage sur le bureau. Ses lèvres étaient d'un rouge lumineux et nacré, ses paupières vibraient de diverses nuances de bleu et de lavande.

– Et vous, vous restez là sans rien faire ?

Elle ramassa le gobelet, la boulette de papier déchiqueté et les jeta dans la corbeille.

II

Racer fit basculer l'interrupteur de l'interphone et aboya à l'adresse de Fiona :

– L'adjoint du préfet n'a-t-il pas appelé ?

Elle répondit que non et il reporta sur Jury sa frustration maussade.

– Si vous ne voulez pas d'ennuis, vous feriez mieux de ne pas traîner ici.

– Je « traîne » ici parce que vous m'avez convoqué.

S'il se trouvait sur la lune, Racer y enverrait une navette spatiale.

– La famille de cette Mrs. Hamilton connaît l'adjoint du préfet. C'est ce que j'attends. Des renseignements.

Maintenant, Jury regrettait de n'avoir pas lu le fax.

– Et alors ? Je connais aussi l'adjoint du préfet. Ça ne veut pas dire que je vais m'occuper de cette affaire.

– Figurez-vous que la famille vous veut. Et ne me demandez surtout pas pourquoi, Jury.

– La famille ne me connaît pas.

Le sourire de Racer flottait quelque part entre l'affectation et le sarcasme.

– Il faut croire que si.

– Je ne connais pas de Hamilton. Pas un seul.

– Il s'agit d'un autre nom.

Racer brutalisa encore l'interrupteur de l'interphone et demanda à Fiona de joindre l'adjoint du préfet.

– Cette femme – une amie de l'adjoint du préfet – avait un neveu... à moins que ce ne soit la morte qui... Flûte, je ne me souviens pas des détails, mais ce neveu a été assassiné quelque part près de Philadelphie. Aux États-Unis.

Racer fouillait son bureau, retournant le sous-main.

– Où diable sont passés ces billets ? Je les avais mis là. Et où sont mes jetons ? Ils étaient là, eux aussi.

– Quelque chose m'échappe. Qu'est-ce qu'un crime commis aux États-Unis a à voir avec nous ?

– La victime est née ici.

– Et alors ?

Racer laissa tomber la recherche de ses jetons, actionna l'interphone et demanda à Fiona si elle avait obtenu l'adjoint du préfet.

– Et cette femme est une *amie.*

(Est-ce ainsi que vous traitez vos amis, Jury ?)

– Écoutez, je suis supposé être en vacances. Je suis sûr que les flics qui ont reçu l'appel sauront se débrouiller. Je suis sûr qu'ils *préféreront* se débrouiller.

Jury se leva, furieux. D'ordinaire, il était plus patient. Mais pas ces derniers temps.

– Pas la peine de vous mettre en rogne. On ne vous demande pas de faire quoi que ce soit. Allez simplement voir cette femme et calmez-la. C'est tout.

L'adjoint du préfet était absent.

– Sa secrétaire intérimaire, dit Fiona qui adorait l'idée que quelqu'un d'important n'ait qu'une aide intérimaire, veut savoir si vous avez reçu le fax ?

– A votre avis, Miss Clingmore ? Comment diable le saurais-je puisque je n'étais pas dans mon foutu bureau ?

Racer scrutait le télécopieur.

– Et où sont passés ces fichus billets d'avion, Miss Clingmore ? Je les avais laissés ici, glissés sous le sous-main !

Les vacances de Racer prenaient, naturellement, le pas sur tout le reste.

Jury eut l'impression d'entendre une série de claquements émis par le chewing-gum de Fiona. Comme la rafale d'un pistolet minuscule.

– C'est vous qui avez voulu qu'on mette cette machine dans votre bureau. Il est peut-être tombé par terre.

– J'ai regardé par terre.

– Tout ce que je sais, c'est qu'elle dit l'avoir envoyé.

– Arrêtez de me faire perdre mon temps et rappelez-la, bordel de Dieu !

Racer coupa l'interphone.

– Je me demande comment cette foutue boîte arrive à fonctionner avec ces civils infichus de compter leurs propres orteils ! Ce con de chat lui-même ferait une meilleure dactylo.

Le fax émit un rot et cracha son message. Racer déchira la bande de papier et lut.

– SW3, Jury. Warminster Road. Belgravia. Elle s'appelle Cray.

5

Elle ouvrit les doubles portes de son élégant salon à deux mains, une sur chaque bouton de porte en cuivre, effectuant une entrée qui, pour une autre femme que lady Cray, aurait paru théâtrale.

Elle avait, pensa Jury, exactement la même allure que lors de leur dernière rencontre [1], dans la Région des lacs, pendant l'enquête. Son tailleur bien coupé aurait pu être le même, une laine soyeuse d'un bleu-gris argenté assorti à ses yeux, qui avaient la teinte exacte du cristal, ce gris insaisissable que l'on appelle le bleu Waterford. L'après-midi de janvier s'était mis aux couleurs de lady Cray. Des bandes de lumière argentée s'allongeaient contre le bleu pâle des tapis chinois et éclairaient le vase Waterford qui trônait sur un guéridon de bois de rose. Le soleil, d'une luminosité inhabituelle pour la saison, rayait les canapés jumeaux et leurs fauteuils assortis, tous recouverts d'un tissu délicat qui chatoyait du même éclat de cristal que le tailleur de lady Cray.

– Commissaire, je suis ravie que vous soyez venu !

Radieuse, elle fit aller son regard de Jury au sergent Wiggins.

Si on pouvait parler d'agréable surprise dans le cadre d'une triste affaire criminelle, alors lady Cray représentait une agréable surprise. Il lui prit la main et accepta le thé, ou le champagne, ou les deux, qu'elle proposait.

Elle les installa dans des fauteuils au confort de nuage.

1. Voir *Le Mystère de Tarn House.*

– Je sais, dit-elle, que vous n'êtes pas venu pour parler du bon vieux temps mais, Dieu, quelle époque formidable, n'est-ce pas ?

Non, se dit Jury, pas du tout. Jane Holdsworth lui apparut, non telle qu'il l'avait vue la dernière fois, mais la première fois, plantée dans Camden Passage, dans son imper blanc, en train d'examiner quelque chose qu'elle avait pris à un étal d'antiquités ruisselant d'eau de pluie. Le vêtement ambré, une robe ou autre chose, avait la couleur exacte de ses cheveux. Une robe... ou autre chose ? Il se souvenait parfaitement qu'il s'agissait d'un négligé qu'elle avait décroché d'une tringle chargée de vêtements anciens. Et il y avait eu une broche qu'elle avait tenue contre le vêtement pour se rendre compte de l'effet produit. Couleur ambre, elle aussi. Cette scène surgie d'une autre vie se déroulait dans son esprit avec une lenteur de supplice comme pour l'avertir que, ayant commencé à se souvenir, il devrait subir chaque éclat de la broche, chaque ombre qui coulait sur le tissu, chaque pli palpable, comme ceux d'un drapé sculpté dans le marbre. Il était frappé par un accès d'acuité aveuglante. Et c'était une vraie bénédiction qu'il se soit souvenu de leur première rencontre et non de la dernière. Mais lady Cray n'avait pas connu Jane Holdsworth, même si elle avait connu la famille, finalement. Il y avait Jane au début et lady Cray à la fin.

Il eut à peine conscience de demander des nouvelles des Holdsworth mais il se dit, en regardant vers les portes-fenêtres et au-delà vers le jardin glacé, qu'il l'avait certainement fait.

– Bien sûr, je les ai revus ! Alex et Millie...

Jury n'écoutait qu'à moitié ce qu'elle racontait à propos d'Alex Holdsworth et de la petite Millie. Le sourire figé sur son visage devait conserver un peu de naturel car lady Cray ne parut pas remarquer l'inconsistance de ses réponses.

– Ils vivent là-bas, vous savez, avec Adam. Il se rend de temps en temps à Castle Howe, rien que pour les rendre chèvre. Nous passons des moments tout simplement *délicieux*, Alex, Millie et moi. Nous allons ensemble voir des films violents – terminators, aliens et j'en passe – et j'invite quelques amis qui ne se doutent de rien et nous jouons tous au poker. Enfin, c'est Alex qui joue. Et nous passons beaucoup de temps à Cheltenham, aux courses.

– Vous gagnez?

Elle haussa les sourcils.

– Mais bien *sûr*, nous gagnons. Nous n'irions pas aux courses pour perdre, non?

Il avait maintenant un sourire sincère. Comment ne pas sourire en pensant à Alex, au poker et aux chevaux?

Une bonne entra avec un plateau d'argent et un seau à glace. Elle s'appliqua à déposer le service à thé en argent et le Dom Pérignon avec des gestes d'expert. Wiggins se leva pour l'aider et fut récompensé par un sourire timide. L'installation du champagne dans le seau à glace et celle des grandes flûtes se déroula dans une panique de regards fuyants, comme si la jeune femme s'interrogeait sur son droit à être là, dans le salon. Et aux murmures de sympathie de Wiggins, elle ne fit aucune réponse.

– Je me dis parfois que sa propre ombre la terrorise, énonça lady Cray après que la bonne fut sortie. Je vous conseille de ne pas y faire la moindre attention, sergent Wiggins. Sucre?

Wiggins avait opté pour le thé et quand lady Cray lui présenta le sucrier, il dit trois, je vous prie.

– Mais elle semble bien faire son travail, dit-il.

Son regard était resté accroché à la petite bonne jusqu'à ce qu'elle ait franchi la porte. Jury prit sa tasse et leur hôtesse se versa un verre de champagne.

– Elle est très bonne cuisinière. Elle est intelligente, aussi, ce qui est assez étonnant. J'ai toujours trouvé dommage d'être à la fois douée en cuisine et empotée en public, mais que voulez-vous? Je m'accommode du mutisme pour avoir la cuisine. Mais Fanny l'aimait beaucoup.

Lady Cray soupira. Puis elle se pencha en avant et saisit une étrange sculpture, un bloc de turquoise cerclé d'argent et orné d'une petite figurine de joueur de flûte, en argent elle aussi.

– Fanny Hamilton va vraiment beaucoup me manquer, commissaire. C'est de son neveu que je me suis entretenue avec le préfet. Mais puis-je tout d'abord vous parler de Fanny ?

Elle reposa le bloc de turquoise et s'adossa à son siège.

– Bien entendu.

– Elle a emménagé ici avec moi il y a près d'un an. Après mon retour de Castle Howe...

Elle marqua une pause et dévisagea Jury.

– A propos, je ne saurais dire ce qui serait advenu sans cet as d'avocat.

Pete Apted, avocat de la Couronne. Jury sourit. C'était le célèbre avocat qui s'était occupé de la défense.

– Oui. Mr. Apted...

Elle reprit.

– Fanny était, à bien des égards, une idiote. Bon, peut-être le suis-je aussi. Mais nous étions très différentes et je ne lui aurais jamais demandé de venir vivre ici sans la grande amitié qui liait nos époux respectifs. Bobby et Dickie – Dickie était lord Cray – étaient les meilleurs amis du monde. Eux aussi étaient plutôt bêtes, mais c'était des amours. Et dans le domaine de « l'amitié virile », Bobby et Dickie auraient pu donner des leçons.

Elle brandit deux doigts enlacés pour signifier la puissance de cette amitié et, ce faisant, fit palpiter l'âme de son énorme diamant.

– Ils vécurent ensemble et moururent ensemble.

– *Moururent* ensemble ? demanda Wiggins, le stylo en arrêt au-dessus de son bloc-notes.

– Oui, sergent. Sur le terrain de cricket.

– Hein ? fit Wiggins, ébahi.

L'occasion d'un trait d'humour était trop belle. Jury se mordit la lèvre et se défendit de regarder Wiggins, même si les capacités du sergent pour les reparties spirituelles n'étaient pas évidentes.

– Bobby, voyez-vous, fit lady Cray, tenait la batte au cricket. Et il avait le cœur fragile. Fanny était sans cesse après lui pour lui faire abandonner ses fichus sports – le cricket, le polo, la chasse même –, mais Bobby ne voulait rien entendre. Il voulait suivre mon époux, qui était excellent.

– Et comment...

– Un jour, après un bon coup de batte, il s'est tout simplement effondré. Quand *mon* époux l'a vu s'effondrer, il a laissé tomber la balle pour courir à son secours. C'est alors qu'il a trébuché.

Lady Cray prit une longue gorgée de champagne.

– Il a foncé droit sur un guichet ! Peut-on imaginer accident plus stupide ? Il est tombé et c'est sa tête qui a porté. Je ne cessais de répéter à ces garçons de choisir des sports moins dangereux. Je peux vous le dire : nous – Fanny et moi – avons eu le cœur brisé. Fanny a été malade à en mourir. Je me demande si ce n'est pas à partir de là que son cœur s'est mis à flancher.

Ses yeux pétillèrent et elle avala une autre longue rasade de champagne.

– Pour tout dire, il vaut peut-être mieux qu'ils soient morts comme ça. Dickie aurait été terriblement malheureux sans Bobby. C'était drôle – vraiment – de regarder Bobby s'échiner à suivre le rythme de Dickie. Dickie était grand veneur et Bobby tenait à peine sur un cheval.

Elle soupira.

– Il leur arrivait souvent des accidents, à tous les deux. Au polo, au billard, à la régate de Chichester. Fanny et moi nous doutions qu'ils finiraient ainsi.

Elle avait narré les antiques histoires des deux époux en allant et venant devant la cheminée, à contre-jour des flammes, et en brandissant sa flûte tulipe comme une dague. Si bien que son « ils finiraient ainsi » parut venir droit de l'époque de Jacques Ier.

Lady Cray poussa un soupir et dit :

– Bien entendu, avec ces deux-là tombés raides pendant le match, nous avions quelque chose en commun. Nous nous entendions assez bien, bien qu'elle m'enviât sans vergogne mon titre. Les Hamilton avaient beaucoup d'argent, bien plus que moi, mais elle raffolait de l'aristocratie anglaise. Elle était toujours à la recherche de son pedigree. Elle correspondait avec des professeurs d'Oxford et de Cambridge, des États-Unis même. Je ne sais pas pourquoi : ce n'était pas les Filles de la Révolution américaine qui l'intéressaient, mais le *Burke's Peerage*. J'ai bien essayé de la consoler en faisant valoir qu'après tout je n'avais rien fait pour *gagner* ce titre. Ce n'est pas tout à fait comme la Victoria Cross, n'est-ce pas? Personne ne *gagne* jamais son titre, si je ne m'abuse? Ce n'est qu'un hasard de naissance ou de mariage. A moins, bien entendu, que vous ne fassiez du théâtre ou quelque chose comme ça. Comme Laurence Olivier ou Peggy Ashcroft – qui, je crois, ont gagné le leur. Les Américains n'aiment rien tant que les titres, n'est-ce pas votre avis?

La pensée de la tante de Melrose Plant obligeait Jury à en convenir.

– Eh bien, c'était le cas de Fanny. Oh! Bobby se fichait bien des titres. C'était le cricket qu'il aimait.

Elle émit un petit gloussement.

– Oh, nous y revoilà! Le cricket! L'aristocratie et le cricket. Et il n'est aucunement besoin de grande noblesse. N'importe quelle petite baronnie fera l'affaire. Du moment qu'elle n'est pas irlandaise, bien entendu!

Jury rit.

– La noblesse britannique! Il m'arrive de croire que c'est là toute l'Angleterre pour les Américains. Je me souviens de notre première rencontre. C'était au Lord's, pendant le deuxième tour de batte. Fanny était l'amie d'une des personnes avec qui j'étais. Nous avions apporté un panier – vous savez, du poulet froid et du vin blanc – et nous faisions un charmant pique-nique dans les tribunes. Que je sois « lady » Cray la fascinait. Elle m'a sur-le-champ avoué ne rien autant aimer que les titres. Si seulement, a-t-elle dit, son mari avait pu naître titré. Ce qui m'a fait rire! Ils sont tous persuadés que c'est terriblement royal, n'est-ce pas? Ces Américains sont si romantiques! L'hermine, la pourpre et nous tous qui habitons des endroits comme Woburn Abbey. « Je veux un titre, disait-elle, et Bobby ne veut pas. » Comme s'ils se disputaient pour savoir s'il y aurait du canard à dîner!

Lady Cray acheva son verre et remplit la tasse de thé du sergent Wiggins. Jury s'abstint.

– Parlez-moi de la mort de son neveu.

Il devinait bien que ce bavardage à propos des titres et du cricket ne servait qu'à éviter un sujet pénible.

– Il s'appelait Philip. Il a été tué... assassiné.

– Je suis désolé. C'est arrivé à Philadelphie?

– Non, pas à Philadelphie. Là, il y travaillait. C'était quelque part plus au nord. Il avait une petite cabane dans les bois. Très isolée. Quelqu'un est entré...

Elle haussa les épaules.

– ... et lui a tout simplement tiré dessus. Il y a deux mois, maintenant.

Elle secoua la tête, anticipant la question de Jury.

– La police pense qu'il s'agit d'un cambriolage. Pourquoi, je ne sais pas. Philip ne possédait rien. Il était allé à sa cabane pour le week-end – c'est ce qu'a déclaré une de ses connaissances à la police – et il n'aurait pas été trouvé avant longtemps si cette connaissance ne s'était inquiétée de ne pas le voir rentrer, le dimanche soir. Ils devaient vaguement sortir ensemble.

Wiggins leva le nez de son carnet.

– C'était une femme, alors?

– Oui. Helen, ou Heather... je ne me souviens plus. Philip en avait parlé une fois ou deux. Fanny a pris l'avion tout de suite, bien entendu. En Pennsylvanie, là où c'est arrivé, elle a rencontré un shérif. Il s'appelait Sinclair, si je ne m'abuse. Elle a passé quelques jours là-bas et puis est allée au Texas... Ou...

Elle s'interrompit, le front plissé, cherchant à se souvenir.

– Un endroit de là-bas. Abilene ? Elle m'en a rapporté ceci.

Elle reprit le bloc de turquoise qui trônait sur la table.

– Ravissant, ne trouvez-vous pas ?

Jury acquiesça.

– Et la famille de Philip ?

– Fanny était sa seule famille. Je dois vous dire que les Calvert – le père et la mère de Philip – sont morts quand il était petit. Leur avion s'est écrasé. Fanny n'était qu'une parente par alliance, mais je peux vous dire qu'elle l'adorait. Je suis convaincue que l'on peut mourir de chagrin. En tout cas, elle est morte.

Lady Cray regarda au loin, par la fenêtre, où une bise glacée jouait à éparpiller les copeaux de cuivre des feuilles mortes.

– J'ai connu Philip. Il est venu ici il y a deux ans. Il s'est merveilleusement entendu avec mon propre neveu, mon petit-neveu, Andrew.

Lady Cray reposa le bloc de turquoise et leva vers Jury ses splendides yeux gris, dont l'expression était maintenant toute de tristesse.

– En fait, commissaire, je crois que je dois au moins ça à Fanny : essayer de découvrir ce qui est arrivé à Philip. Elle a été totalement brisée par sa mort. Vous ne pouvez imaginer.

Oh si ! je le peux, pensa Jury. Il contempla le flûtiste en argent fixé dans la turquoise. Pour avoir quelque chose à faire, pour pouvoir tourner le dos à cette pièce, il se leva et marcha jusqu'à la haute fenêtre qui dominait le jardin gelé, ruisselant comme si la pluie de la nuit précédente y était encore prisonnière, comme si ses arbres pleuraient. Il s'était assis sur le banc de la Tate Gallery où Fanny avait été assise. Le portrait de Chatterton dansait devant ses yeux. Peau blanche, cheveux roux. Allongé sur son lit étroit. Il ferma les yeux. Il se reprit et se tourna vers lady Cray avec un demi-sourire.

– Et vous pensiez que, peut-être, je... ?

– Je vous en prie. Je sais que je demande énormément. Je sais que vous êtes en vacances. Mais cela signifie aussi que vous êtes libre...

– Lady Cray, il y a des règles. Ce meurtre a eu lieu aux États-Unis. Scotland Yard ne peut pas aller fouiner dans les affaires des shérifs américains.

– Vous êtes sacrément pompeux, fit-elle, l'air de rien.

Il sourit.

– Je ne suis pas pompeux. Je ne voulais pas être désagréable.

– Eh bien, vous l'êtes ! Quelques jours de vacances à Philadelphie ne vous changeraient-ils pas les idées ? Il va sans dire que je paierai tous vos frais. En première classe. Ou prenez le Concorde si ça vous chante.

– Le problème n'est pas vraiment là.

– Oh ! commissaire...

Elle se tapota les lèvres du bout des doigts, feignant de sourire.

– Vous savez, quand Alex joue au poker, il emploie une expression que j'aime beaucoup. « Faire rentrer la monnaie. »

Son sourire était charmant, transformant le visage de la vieille dame en celui d'une femme bien plus jeune.

– Hum. Voyez-vous ça, Wiggins ? Soudoyer un officier de police ?

– Je vous demande pardon, monsieur ?

– Quand je pense à *tout* ce que j'ai fait pour vous à Castle Howe...

Elle tira sur sa cigarette tout en le regardant.

– ... avec l'aide de Mr. Plant. Comment va-t-il ? Quel homme intelligent !

Jury sourit.

– Oui. Il l'est. Et si je comprends bien, lady Cray, vous avez fait...

– Rentrer ma monnaie.

6

Wiggins regardait la vitrine du *Starrdust* tout en mâchonnant un mélange végétarien qu'il avait acheté chez *Cranks,* à Covent Garden. Il essaya de s'approcher de la vitrine, et de se glisser entre un gamin aux cheveux hérissés et une gamine dont les grosses lunettes rapetissaient le visage.

– Regardez un peu, monsieur !

Pour la décoration de la vitrine, Joy et Meg, les jumelles du *Starrdust,* s'étaient surpassées. C'était une réplique du marché de Covent Garden – non pas la version moderne qui étalait de l'autre côté de la chaussée sa suite de boutiques, de restaurants végétariens et de néons intergalactiques, mais la version du XIXe siècle. Jury avait des bouffées de nostalgie devant les étals de fruits et de légumes débordant de choux miniatures, devant le marché aux fleurs et les fleuristes, les minuscules porteurs avec leurs paniers en équilibre sur la tête ou leurs voitures à bras. Il pouvait presque sentir la bousculade, humer le poisson et le gibier.

Le propriétaire du *Starrdust* était astrologue et antiquaire. La boutique ne proposant que du céleste, de l'astrologique, et d'autres matières extraterrestres (et la bonne aventure que disait Carole-Anne Palutski sous sa tente de soie n'était pas la moindre), Jury se posait des questions sur ce plongeon dans le Londres historique. Et pendant qu'il s'interrogeait, le décor passa de la lumière à l'obscurité, alors que l'écran – invisible jusqu'alors –

se levait sur une scène nocturne de ruelles sombres, un square et un attelage tiré par des chevaux, et des réverbères.

Tous les enfants ouvrirent de grands yeux et applaudirent. Wiggins compris.

Quand on entrait au *Starrdust*, on ne remontait pas le temps mais on s'en échappait. Comme si on avait passé une porte ouverte sur rien d'autre que le ciel d'un bleu absolu et les étincelants nuages d'un tableau surréaliste. La lumière ruisselait et clignotait depuis le ciel-plafond où étaient dispersées une Voie lactée éclairée par-derrière et des planètes qui s'allumaient et pâlissaient quand les ampoules cachées s'illuminaient ou baissaient d'intensité. La boutique était longue et étroite, son extrémité était dans le noir le plus total à l'exception d'une enseigne lumineuse qui clamait « HorreurScope ». Ce devait être une nouvelle enseigne, qu'avait fabriquée Andrew Starr pour l'espèce de structure au fond de la boutique, le coin préféré des enfants. Starr, si l'on en croyait la chronologie, abordait la quarantaine, mais il semblait n'être jamais sorti de l'enfance. C'était peut-être pour ça qu'il était le seul commerçant à ne pas flanquer à la porte les mioches non accompagnés.

– Commissaire !

Carole-Anne Palutski émergea de l'obscurité, portant sur une assiette une énorme tranche de gâteau à la noix de coco qu'elle attaquait à la fourchette tout en marchant.

– Un bout ?

Elle lui en tendit un bon morceau.

– Non merci, Madame Zostra. Vous êtes splendide, comme toujours.

Madame Zostra, diseuse d'aventure douteuse, qui depuis peu lisait les lignes de la main parce que les tarots l'ennuyaient, était dans sa période préraphaélite. L'époque harem – nombril à l'air, pantalon de gaze, voiles de mousseline et grelots aux chevilles – avait été supplantée par l'influence espagnole – mantilles et peignes incrustés de joyaux –, elle-même délaissée pour l'ère du roi Arthur et les atours de Guenièvre.

Mais aujourd'hui, on en était aux falbalas façon Rossetti et Burne-Jones : robes longues et flottantes, sans formes sinon celles que leur donnait Carole-Anne. Ce qui n'était pas rien. Après avoir vu quelques tableaux de dames aux longues chevelures, défaillantes et alanguies sur des divans et des chaises longues – défoncées au laudanum, estimait Jury –, elle avait une fois de plus changé d'apparence. Elle avait même investi dans un « froissage » de chez Vidal Sassoon (opération dans laquelle elle avait aussi entraîné la pauvre Mrs. Wassermann, et il avait fallu que Jury s'interpose : Mrs. Wassermann froissée n'était pas une perspective réjouissante). Désormais ses cheveux couleur d'or roux cascadaient en vaguelettes gaufrées. Grâce à Dieu, sans peigne ni diadème.

– Alors, commissaire, qu'est-ce que tu fais ici ?

Elle avait la bouche pleine de gâteau et des particules de noix de coco poudraient l'espace quand elle parlait. On pouvait se demander comment elle arrivait à garder une telle silhouette avec ce qu'elle ingurgitait, mais elle y arrivait.

– Je suis venu pour que tu me dises la bonne aventure, bien sûr.

– Je l'ai déjà fait une fois.

Dans le ciel de Carole-Anne, les étoiles de Jury brillaient rarement et ne se déplaçaient jamais. En dépit de toutes les preuves du contraire, elle ne voyait aucune femme dans sa vie (sinon elle-même et Mrs. Wassermann), aucune évolution, aucune promotion, aucun voyage, aucune affaire. Quand Jury s'aventurait au-delà des limites du Grand Londres, elle l'avertissait de ne pas tenter le Destin. Toutes les lignes de main de Jury avaient l'air d'être parallèles, de ne jamais se rencontrer ni converger, simplement d'aller et venir, sans accident, comme des lignes de métro.

– Les choses changent, dit Jury.

Elle lui prit la main gauche avec nonchalance, la laissa retomber et dit :

– Par pour toi.

Elle écrasa les miettes du gâteau avec sa fourchette.

– C'est ma main *gauche*. Tu disais que la gauche ne montrait que « les choses avec lesquelles on a débarqué ». C'était ton expression, si je ne m'abuse.

Il tendit la main droite. Elle y jeta à peine un regard.

– Ce que tu as en débarquant, tu repars avec.

– Je pensais que peut-être cette fois tu allais voir mon voyage avant que je n'en revienne.

Elle fronça les sourcils.

– Quel voyage ? Tu rentres à peine du Yorkshire.

Dans la file d'attente, Wiggins était le prochain pour l'HorreurScope. Il avait dû, se dit Jury, montrer sa carte de police aux gamins. Un saphir qui avait grand besoin d'être changé se mit à massacrer la version de *Racing with the Moon* de Vaughn Monroe et Carole-Anne l'invita en bougonnant sous sa tente meublée d'une petite table et de deux énormes coussins. Sur l'un d'eux trônait Truc Sauvage, la grosse bête en peluche que Jury avait ramenée de Long Piddleton. Il était entendu (du moins par Carole-Anne) que voyage signifiait cadeau.

Elle écarta la bestiole et déposa l'assiette à gâteau près de sa boule de cristal, qui lui servait plus souvent à vérifier son maquillage qu'à invoquer des esprits.

– Tu pars pour combien de temps, cette fois ?

Il sourit.

– Tu ne peux pas le dire ?

Elle attira à elle sa main droite (la gauche ayant déjà bénéficié du coup d'œil que lui valait le fait d'être né) et dit :

– Les voyages n'apparaissent pas dans les mains. Où vas-tu ?

– Dans le Northants. Long Piddleton.

– Oh, *là* !

Elle lui lâcha la main, soulagée. Le Northamptonshire, en tant que lieu de résidence du vieil ami de Jury, Melrose Plant, ne pouvait être considéré comme un voyage. Dans la mesure où il n'y avait rien (vu le nombre de fois où il y avait été) à Long Piddleton qui puisse mettre le feu à l'imagination de Jury, il n'y avait, par conséquent, rien pour perturber celle de Carole-Anne.

Il choisit d'être discret quant à Stratford-upon-Avon. C'était un territoire que l'atlas de Carole-Anne n'avait pas répertorié.

Jenny Kennington habitait à Stratford-upon-Avon.

Quelques mois plus tôt, une petite scène avait eu lieu dans son appartement. En entrant, il avait trouvé Carole-Anne allongée sur son divan (et, pour l'occasion, dans son nouveau pyjama), feuilletant un magazine de mode.

– Qui est JK? avait-elle demandé.

– Je te demande pardon?

– JK.

Elle avait sorti un bout de papier rose de la poche de son pyjama cerise et l'avait déplié, puis replié en un petit carré tout en semblant réfléchir à son contenu. C'était une des feuilles intitulées « Pendant votre absence » arrachées à son bloc de téléphone.

– Cette dame a-t-elle laissé autre chose que ses initiales?

– Janet? Quelque chose comme ça.

– Jenny.

Il claqua des doigts.

– Donne-moi ça.

Pour Carole-Anne, les amies de Jury n'existaient que par leurs initiales. Elle s'était arrangée pour jeter SB-tiret-H hors de l'univers de la maison d'Islington (ce qui était aussi bien, avait plus tard réalisé Jury). Elle avait eu beaucoup de remords quant à JH; et JK était inconnue au bataillon.

Il dit à Carole-Anne :

– Je passais juste pour dire au revoir.

C'était vrai, il avait compté sur l'atmosphère du *Starrdust* et Vaughn Monroe pour amortir le petit choc, si choc il y avait.

– Et qu'est-il arrivé au couple adorable venu voir l'appartement du premier ?

Jury se dégagea du coussin.

– Ces deux-là ?

Sa grimace était terrible.

– Tu n'aurais jamais supporté ça au-dessus de ta tête.

Elle se pencha sur sa boule de cristal et essuya une miette de coco collée à ses lèvres.

– Il marchait avec un déambulateur et elle avec deux cannes. Ils auraient boité de long en large toute la nuit. En plus, ils ont dit ne jamais se coucher avant deux heures du matin. Tu serais devenu dingue !

– Merci de veiller sur moi, ma chère.

– De rien, commissaire.

7

Sam Lasko avait toujours la même secrétaire et les années ne lui avaient pas adouci le caractère. Elle fonctionnait par à-coups, comme sa machine à écrire. Lasko n'était pas du genre excité, mais son bureau en donnait l'impression. Lasko était absent, il s'occupait d'une affaire. Le ton de sa secrétaire suggérait à Jury qu'il aurait dû faire pareil au lieu de traînailler là, comme la dernière fois. Elle devait avoir des trous de mémoire : la dernière fois, Lasko avait lâché une affaire dans les mains de Jury. Mais là était peut-être le problème : peut-être craignait-elle que d'autres cas soient lâchés et que Jury soit intégré au mobilier de Stratford-upon-Avon. Peut-être avait-elle peur du changement. Dieu savait qu'il pouvait la comprendre.

Elle continuait donc à taper, le dos sévère, son expression désapprobatrice figée comme du béton, jusqu'à ce qu'il fasse un commentaire sur la couleur de son cardigan, qu'il était ravissant, qu'il allait parfaitement avec la couleur de ses cheveux. La machine s'arrêta de cliqueter et son visage s'adoucit quelque peu. Le cardigan était tout neuf, il avait aperçu l'étiquette restée collée au bord du col.

La fillette qui ouvrit la porte n'avait pas plus de huit ou neuf ans et portait un immense tablier. Jury eut un coup au cœur. Jenny déménageait tout le temps ; il avait l'impression de toujours lui dire bonjour et au revoir dans des pièces remplies de cartons et de valises. Maintenant, il redoutait que la fillette lui dise : « Oh, elle n'est pas là. »

C'est ce qu'elle fit.

– Mais elle reviendra. Elle est juste allée au bout de la rue chercher une aubergine.

Il adora sa façon de dire ça. Mais elle semblait ne pas savoir quoi faire de lui.

– Je suis un vieil ami, dit-il.

Il lui tendit sa carte. Elle s'efforça de ne pas se montrer impressionnée.

Enfin, elle dit :

– Bien, je crois que ça ira.

Elle avait été accompagnée dans son voyage jusqu'à la porte par un chat noir un peu amoché qui n'avait, quant à lui, pas du tout l'air impressionné. Jury le regarda : ne le connaissait-il pas ? Ne l'avait-il pas déjà vu ?

La maisonnette se trouvait dans le vieux Stratford-upon-Avon, près de la route qui entourait le Royal Shakespeare Theatre et le cimetière. Il était venu ici quelques années auparavant, pendant l'affaire de Lasko. C'était juste avant qu'elle loue la maison et parte en croisière avec une vieille parente. Qui, depuis, était morte.

Au rez-de-chaussée, un salon tout en longueur rejoignait la porte du patio qui lui-même ouvrait sur un petit jardin. C'était la seule pièce en bas, en dehors de la cuisine, d'où provenaient de puissantes odeurs que Jury n'arrivait pas à identifier.

– Je suis Elsie. Je suis venue l'aider à faire la cuisine.

– Si mon nez est bon juge, Elsie, tu as fait du bon boulot.

Jury ferma les yeux et renifla. Les fumets qui se mélangeaient étaient absolument voluptueux. Il avait, depuis deux ou trois semaines, oublié ce qu'était l'appétit ; là, il mourait de faim.

Elsie déclara avec importance :

– Nous avons prévu un ragoût de venaison et de

bœuf. Ça doit cuire longtemps – deux ou trois heures. Elle... nous y avons mis beaucoup de vin rouge. Et, voyons voir, il y a de la mousse de truite en entrée et un potage qui cuit depuis une *éternité*.

Là, elle se tint les mains sur ses hanches drapées dans son tablier et poussa un gros soupir, comme s'il n'y avait jamais eu de cuisinière plus sollicitée qu'Elsie.

– Et pour le sucré, il y a un pudding. C'est un pudding à la Guinness...

Elle marqua une pause pour lui permettre de montrer son étonnement. Ce qu'il fit.

– ... qui demande plus de cinq heures de cuisson à la vapeur. C'est pour ça que vous sentez tant de choses.

– Avec un menu pareil, vous devez préparer une réception. J'ai peur d'être tombé au mauvais moment, ajouta Jury, contrarié.

Elle dit non avec empressement et lui offrit de s'asseoir. Ayant reconnu en lui un public de qualité, elle cherchait à recueillir d'autres applaudissements.

– Oh ! il y aura pas mal de monde, je crois. Mais je n'ai pas encore mis la table avec l'argenterie. Voyez-vous, je sais faire ça aussi.

Ses pieds, qui frôlaient à peine le sol devant la bergère où elle s'était perchée, étaient croisés et elle tirait son tablier sur ses genoux dans un geste qu'elle avait probablement observé chez de nombreuses jeunes femmes. Elsie faisait de son mieux pour être une dame, convenable et experte en aubergines. Un couvercle se mit à claquer sur sa casserole, elle sursauta et détala. Puis elle revint, en se plaignant de la vieille cuisinière à gaz, incapable de mijoter correctement et qui était vraiment sale, et elle essayait de persuader lady Kennington d'en acheter une à halogène. Ce dernier mot prononcé exactement comme l'avait été « aubergine ».

– Elle reçoit donc souvent ?

– Tout le temps. Elle a tant d'amis. Elle va beaucoup au théâtre et connaît tous les acteurs. Elle connaît Daryl Jackbee...

Jury réfléchit à cet inconnu qui devait être, se dit-il, Derek Jacobi.

– ... et elle va beaucoup à Londres. Elle adore faire des courses. Elle a des tiroirs pleins d'habits.

Voilà qui ne ressemblait pas à la Jenny qu'il connaissait. Il sourit.

– C'est une dame très occupée.

– Elle l'est, vous savez. Une Dame, je veux dire. Elle a un titre.

Jury regarda le chat noir qui arrivait de la cuisine en ondulant – pouvait-il être Tom, le chat qu'ils avaient emmené chez le véto ? Mais tant d'années avaient passé. « Dire que je n'aime même pas ce chat », avait dit Jenny, assise dans sa voiture avec le chat blessé. C'était un chat errant qu'elle avait trouvé près de la maison de Stonington, sa vieille propriété à Hertford. Et il était là, toujours aussi impérieux, autant que pouvait l'être un chat à la queue mitée et à l'oreille déchiquetée. Stonington. Jury esquissa un sourire, puis l'idée de ces années enfuies l'attrista. Quelque chose, sentait-il, avait été gâché. Il tendit la main vers le chat, assis devant la cheminée comme un seau de charbon. La bête l'ignora et se mit à se laver.

Au bruit que fit la porte en s'ouvrant, Elsie sauta sur ses pieds et se rua dans le couloir. Jury entendit un bref échange puis Jenny Kennington apparut dans le salon, souriante.

Il s'était jusqu'alors senti mal à l'aise et même bête d'être venu sans prévenir. Mais quand elle prononça son nom et lui sourit comme si sa présence était la surprise la plus extraordinaire dont elle pouvait rêver, la terrible sensation s'envola.

– Salut, Jenny !

Il regarda, en souriant lui aussi, ce qu'elle portait. Pour une femme dont les tiroirs débordaient, elle s'en tenait à son pull préféré.

Elle remarqua son expression et baissa les yeux sur son pull.

– Oh, Seigneur ! Oui, c'est le même vieux pull. Je sais que tu penses que je n'ai rien d'autre à me mettre.

Il était noir, brodé de fil brillant, avec des manches trop longues qu'elle ne cessait de remonter. Elle le portait quand ils s'étaient rencontrés. Avec la gestuelle nerveuse assortie.

– D'après Elsie, tu as beaucoup de vêtements. Tu passes ton temps dans les boutiques de Londres. Chez *Selfridge,* chez *Liberty.*

Elsie avait filé dans la cuisine aussitôt Jenny entrée. Maintenant, elle disposait l'argenterie sur la table.

Jenny chuchota :

– C'est parce que je suis « lady » Kennington. Elle m'invente toutes sortes de passe-temps romantiques et hors de prix.

– Comme le dîner de ce soir ?

– Il n'y a pas de dîner. T'a-t-elle dit que toute la troupe de *Henry IV* était invitée ?

– Uniquement Daryl Jackbee. S'il n'y a pas de dîner, pourquoi ce menu insensé ? A moins qu'Elsie n'ait exagéré et qu'il n'y ait que du chou et de la purée ?

– C'est pour moi. Pour nous, maintenant. Parce que tu restes, n'est-ce pas ? Il y a aussi un excellent stilton au sancerre et aux abricots dont tout le monde ignore l'existence sauf moi. Et en cherchant bien, je peux trouver une bouteille de châteauneuf-du-pape que nous pourrons boire avec le ragoût.

– Je vais y réfléchir.

Elsie avait reçu son « salaire » et s'était envolée – littéralement, vu la manière dont elle avait dansé, d'un petit pas qui sautillait en passant la porte.

Le dîner était à la hauteur de ce qu'on avait annoncé. Ce fut une merveille.

Entre la soupe et la venaison, ils résolurent, à eux deux, un bon nombre de questions : Jenny n'avait aucun projet de départ, elle avait eu l'intention d'acheter une nouvelle tenue après leur dernière rencontre à Londres, le chat était Tom, *le* Tom.

– Le chat que tu ne supportes pas.

– Je ne pouvais pas l'abandonner comme ça, à Stonington.

Tout en remontant ses manches, elle regardait Tom avec nervosité, comme si le chat pouvait croire son sort susceptible d'être remis en cause. Tom, lui, s'en alla en direction de l'endroit qui produisait de la mousse de truite.

– Ce chat ne t'apprécie pas.

– Je sais. C'est en partie pour ça que je ne le supporte pas.

Ils mangèrent leur pudding en silence. Puis Jury dit :

– Je ne t'ai jamais appelée pour te présenter mes excuses. Ou te remercier.

– Des excuses pour quelle raison ?

– La manière dont je suis parti du *Salisbury* ce jour-là en te laissant toute seule. Sans mentionner les insultes dont je t'ai abreuvée à propos de ton pull.

Elle rit :

– Même avec un revolver sur la tempe, tu serais incapable de crier la moindre insulte. Tu m'as dit que le noir ne m'allait pas, c'est tout. Tu étais simplement nerveux ou inquiet à cause...

Jury perçut son hésitation, même si elle reprit assez rapidement :

– ... d'une affaire, je présume.

Il la regarda verser tranquillement du porto en carafe. Si elle tenait à être discrète, il la laisserait faire. Il sourit. « Je présume. » Il savait bien qu'elle était au courant, n'importe quel lecteur de journal pouvait savoir. Et, de plus, Jenny avait essayé de faire quelque chose, sans lui en parler.

– De toute manière, dit-il, elliptique, ça n'aurait pas marché.

– Je suis vraiment désolée.

Il y avait, au pied d'un des chandeliers de marbre

blanc, la petite statuette d'albâtre qu'elle avait achetée ce jour-là à St. Martin's Lane, dans la boutique où il avait trouvé la bague. Jury s'en saisit et la tourna entre ses mains. Il songeait à la statue de marbre de la cour intérieure de Stonington, une statue que l'on découvrait depuis chaque pièce sous un angle différent. La première fois qu'il avait rencontré Jenny Kennington, elle était en compagnie du chat noir, Tom, sur les marches de Stonington et, plus tard, dans les grandes pièces vides qu'elle s'apprêtait à quitter. Quelques meubles du cottage venaient de là-bas : le secrétaire de marqueterie, le bureau à incrustations d'ivoire, les chaises néoclassiques d'aspect fragile mais d'une solidité à toute épreuve (ils étaient assis dessus).

– Tu envisageais d'y retourner, la dernière fois que je t'ai vue. A Stonington.

– La maison a été louée depuis, fit-elle tristement, son petit verre de porto levé vers ses lèvres. J'envisage d'ouvrir un restaurant.

– *Pardon?*

Elle contempla la table.

– Ce n'était pas bon?

– Le dîner? C'était magnifique. Mais il y a loin d'une cuisine magnifique à un restaurant.

– Vraiment? Pourquoi?

Son étonnement, réel, l'amusa. C'était, supposa-t-il, cette assurance qui lui plaisait. Jenny était timide, mais pas le moins du monde craintive.

– Il n'y a pas de raison, je suppose.

– Pour l'instant, je m'entraîne. Je prépare tous ces dîners compliqués pour moi-même. J'invite parfois une personne ou deux, et, parfois, il n'y a qu'Elsie. Elle apprend vraiment à se rendre utile.

Il voyait le tableau : Elsie et Jenny, assises de part et d'autre de la petite table en fête, parlant de nourriture et de la Royal Shakespeare Company. L'image était un peu douloureuse.

– C'est une idée formidable, Jenny. As-tu pensé à un endroit?

– Il y a un pub en dehors de la ville qui a besoin d'un nouveau directeur. Ils peuvent faire trente, peut-être quarante couverts.

– Tu as vraiment étudié la question. Je te vois bien à la tête d'un pub.

– Non, tu ne le penses pas.

Elle sourit et changea de sujet.

– Tu as parlé de me remercier. De quoi ?

– A propos de Pete Apted. Pete Apted, avocat de la Couronne. Ce type n'est pas donné. Il m'a fallu du temps pour comprendre qui avait engagé Pete Apted.

– Tu aurais dû, plus que quiconque, te souvenir que je disposais d'un peu d'argent. Et grâce à toi...

C'était une exagération colossale. Elle faisait allusion au collier d'émeraude, mais son mari n'était pas mort dans le besoin. Et elle avait hérité de cette parente avec qui elle voyageait.

– Il y avait une bonne action à faire avec l'argent que j'ai tiré du collier, dit-elle. Quelque chose qui valait vraiment le coup, après l'enfer qu'il a provoqué. Et les tarifs de Pete Apted n'étaient pas si élevés. A mon avis, il a fait un effort. Je crois qu'il t'aime bien. Et il n'a pas eu besoin d'aller plaider.

– Non, Dieu merci. Mais il aurait gagné. C'est l'impression qu'il donne. Je ne crois pas que Pete Apted, avocat de la Couronne, perde jamais. Il a tiré d'affaire un de mes amis. Trois de mes amis, en fait.

Jury sourit. Puis son sourire s'effaça. C'était aussi cet as d'avocat, Pete Apted, qui avait compris de quoi il retournait. Et il avait poussé Jury à faire face à la réalité. Pendant quelques instants, l'année d'avant, dans son bureau, il avait haï Pete Apted comme il avait rarement haï quiconque. Apted avait-il vraiment besoin d'être aussi intelligent ?

– Quelque chose ne va pas ? Tu as l'air furieux.

– Quoi ? Oh, non. Non.

Un agréable silence s'installa pendant que Jenny faisait tourner le pied de son verre. Elle demanda :

– Es-tu alors venu à Stratford uniquement pour me voir ?

– Oui.

– Non.

Il rit.

– En plus de toi, je voulais voir Sam Lasko. La gendarmerie du Warwickshire. Je cherche du boulot.

Elle sursauta.

– Quoi ?

– J'en ai assez de Londres. Et, pour l'amour de Dieu, ne cite pas le docteur Johnson, veux-tu ?

– Tu es sûr ?

– Sûr de quoi ?

– Que c'est de Londres que tu as assez ?

– Tu veux dire que c'est d'autre chose ?

Elle détourna le regard.

– Des souvenirs, peut-être, dit-elle.

– Jane, par exemple ?

Inutile, après tout, d'éviter le sujet.

– Si tel était son nom.

Elle parlait d'une voix morne. Il la regarda un moment.

– Je crois que j'ai toujours su que ça ne marcherait pas avec Jane. Je savais qu'un truc clochait. J'aurais aimé que Pete Apted ne me dise jamais quoi, fit-il sèchement.

Elle ne demanda pas de quoi il s'agissait, et il fut un peu déçu qu'elle ne le fasse pas.

– Je présume que je ne saurai jamais ce qu'elle ressentait exactement.

Il marqua une pause et sourit.

– Peu importe. Je me suis dit : flûte, ce serait chouette, pour changer, d'avoir un vélo, de flemmarder, de passer tous les jours au pub pour discuter le bout de gras avec mes potes.

– Ça me paraît très bucolique.

– Tu ne crois pas que ce soit une bonne idée ?

Elle ne fit aucun commentaire et, une fois encore, il se sentit déçu. Il s'était attendu à de l'enthousiasme, parce qu'il changeait, parce qu'il comptait s'installer ici. Il prit la statuette d'albâtre au bras cassé et la contempla à la lumière du chandelier.

– Tu dois avoir raison.

A son léger sourire, il se rendit compte qu'il avait supposé qu'elle dirait ce que lui-même pensait.

– Ça n'est peut-être pas que j'en ai « assez ».

Il gardait les yeux fixés sur la statuette, pour ne pas croiser le regard de Jenny, redoutant ce qu'il pourrait y lire. Avec l'abandon de cette idée, celle de se libérer de son malaise, ou de sa léthargie, ou de sa dépression – quel que puisse être le nom de ce qu'il ressentait depuis deux ans –, un autre sentiment le submergea. C'était une sensation de solitude bien familière, identique à cette prétendue dépression, ou peut-être masquée par elle. Mais différente aussi, et dévastatrice, et inéluctable.

Drapé dans sa manche noire, le bras de Jenny s'allongea avec langueur en travers de la table. Sa main frôla la sienne puis se retourna, paume vers le plafond, alors qu'un de ses doigts touchait la pointe d'une des pendeloques du chandelier de marbre. La dernière fois qu'il l'avait vue, Jane était en noir. Mais, au-delà de cette image, il y en avait une autre, plus précise. Plus douloureuse, si cela était possible. Le souvenir de la maison de Fulham Road détruite par la bombe était toujours là, avec lui, et il se demanda si sous la surface ce souvenir n'attendait pas le moindre événement, la moindre rencontre, le moindre contact, le moindre baiser pour l'engloutir. Le corps de sa mère sous les gravats du plafond, enseveli, sinon ce bras dressé là dans sa manche noire, les doigts crispés dans un geste de supplique.

– Que se passe-t-il ? Qu'est-ce qui ne va pas ?

Sa voix était anxieuse.

– Ce n'est rien.

Il se leva, le verre de porto à la main.

– Rien.

Elle avait un sourire ténu, à peine une lueur. Il quitta la table et marcha jusqu'à la fenêtre qui faisait face au mur de pierre qui bordait le trottoir, près de l'église. Il se souvenait que plusieurs années auparavant il s'était promené là, dans le parc entre l'église et le théâtre. C'était la nuit et, préoccupé par son manque de tranquillité, il avait marché dans ce si tranquille paysage. Même dans l'obscurité, on sentait le soleil sur les rives du fleuve, les cygnes qui glissaient, les canards qui fonçaient vers les berges pour attraper des miettes de pain. Il en avait alors eu assez comme il en avait assez, aujourd'hui, de trimer dans l'atmosphère sulfureuse de Londres.

– Je pensais à la guerre.

Il parla à Jenny du raid aérien, de ses six ans, de sa mère. Quand il eut terminé, il se secoua pour se débarrasser des images qui lui revenaient. Un long silence s'installa. Il regardait toujours par la fenêtre, réfléchissant, puis il se demanda combien de temps il avait passé là, à rêver. Il se détourna et vit que Jenny était toujours à table, le regard non pas sur lui mais droit devant elle, vers une autre fenêtre, celle de la façade. Jenny avait ses propres fantômes. Ça le fit sourire. A l'idée de ce silence partagé, une sorte de paix l'envahit. Il rejoignit le fauteuil où il s'était assis plus tôt, s'y installa, la regarda. Son attention était toujours fixée ailleurs, peut-être en elle-même.

Cette situation nouvelle était très agréable, cette faculté de vivre ensemble en préservant son intimité, chacun dans ses propres pensées, sans avoir à combler les vides et les silences, sans effort pour créer un lien.

Dans le calme et la tranquillité, elle dit :

– C'est horrible, c'est affreux.

Jury supposa qu'elle pensait encore à ce qu'il lui avait dit.

– Combien de fois l'as-tu fait depuis? demanda-t-elle.

– Fait quoi?

– Tirer des femmes hors de bâtiments en flammes.

8

I

– C’est le syndrome de Stendhal, déclara Diane Demorney, son verre levé pour signifier à Dick Scroggs d’accourir pour le remplir.

Ils étaient installés, tous les quatre – six, si on comptait Lavinia Vine et Alice Broadstairs à leur table un peu à l’écart –, au *Jack and Hammer*. Le pub, dont le Jack mécanique avait été revigoré d’une couche de peinture turquoise sur le pantalon, se trouvait sur High Street, près des Antiquités Trueblood. Le groupe occupait sa table favorite, celle du demi-cercle de fenêtres à battants par où entrait une lumière brumeuse, une lumière tout à fait convenable pour un après-midi de fin janvier. Le *Jack and Hammer* était ouvert depuis moins d’une heure mais à la manière dont campait sa clientèle, on devinait qu’une faille de taille respectable avait été ouverte dans cette journée de travail.

Ou de non-travail, puisqu’on ne pouvait pas vraiment dire des gens installés aux deux tables qu’ils avaient un travail, dans la mesure où ce mot implique le devoir de se présenter quelque part le matin pour en repartir à une certaine heure de l’après-midi. Avant que Diane Demorney n’ait fait cette déclaration mystérieuse, en espérant attirer l’attention sur elle, le « travail » était le sujet de la conversation. Joanna Lewes niait que le moindre travail entrât dans l’écriture de ses livres (pour leur lecture, oui, beaucoup). Marshall Trueblood, en tant que propriétaire d'une boutique, aurait pu quant à lui prétendre « travailler », mais il passait le plus clair de son temps à flemmarder au milieu de ses antiquités ruineuses, la souplesse de ses horaires lui permettant de faire du *Jack and Hammer* son antichambre. (Personne ne savait rien de son passé, il faisait de vagues références à Londres et Melrose Plant faisait courir le bruit qu'il avait été trouvé dans un vase chinois.)

Le problème du « travail » ayant été soulevé et vite abandonné (puisque, comme le disait Plant, aucun d'entre eux n'était expert dans ce domaine), on aborda le sujet suivant : la visite de Richard Jury. Où était-il et quand viendrait-il à Long Piddleton ?

Parce qu'il connaissait Richard Jury depuis plus de douze ans, le devoir de localiser celui-ci échut une fois de plus à Melrose Plant. En dehors d'une vague promesse où il avait été dit « dans quelques jours », Melrose n'avait aucune idée de l'endroit où se trouvait Jury, ni même quand il allait arriver. La promesse avait été faite quelques jours avant, il pouvait donc arriver à tout instant.

– Il prend le train de 9 h 10 de Paddington, déclara Melrose Plant.

Il parcourait un des livres de la pile qui se trouvait à côté de sa pinte d'Old Peculier.

– Et il arrivera à Glasgow tôt dans l'après-midi.

L'étonnement fut total et unanime.

– Glasgow ? Que diable va-t-il faire à Glasgow ? demande Trueblood.

– Un triple meurtre.

En fait, *Le Train de 9 h 10 de Paddington* était le titre du dernier policier de Polly Praed, d'ailleurs volé sans vergogne à Agatha Christie.

– Dans une grande famille de Glasgow.

– Vraiment ?

Non, pensa Melrose, pas vraiment, mais maintenant ils n'allaient plus s'acharner sur lui pour une mise à jour des déplacements de Jury.

Joanna Lewes alluma une cigarette puis fronça les sourcils.

– Je le croyais sur l'affaire de la Tate Gallery.

Et c'est exactement à cet instant que Diane Demorney, qui était assise dans l'ombre des projecteurs, attira sur elle l'attention grâce à ce commentaire :

– C'est le syndrome de Stendhal.

Une seule chose empêchait Diane Demorney de devenir mythomane (un rôle qu'elle aurait adoré) : elle n'avait absolument pas besoin de ça. Son charme bien particulier consistait dans le déploiement de détails suffisamment abscons et mystérieux pour faire croire qu'elle était cultivée. Ce qu'elle n'était pas.

D'ordinaire, Melrose Plant se refusait à mordre aux hameçons de Diane, mais là il ne put s'en empêcher. Il plissa les paupières.

– Le *quoi ?*

– Le syndrome de Stendhal.

Ses yeux musardèrent autour de la table, s'attardant sur chacun des convives. Elle joua avec son verre de martini sec et dit :

– Bon, je présume que vous avez tous entendu parler de Stendhal ? *Le Rouge et le Noir, La Chanteuse de Parme ?*

Joanna leva les yeux au ciel ; Melrose s'étrangla avec sa Old Peculier. Trueblood demanda :

– Alors, c'est quoi ce « syndrome » ? Vous mourez d'envie de nous le dire.

Diane sirota son martini pour les faire un peu attendre.

– Stendhal, voyez-vous, était un amoureux passionné de la peinture. Il pouvait rester des heures devant un tableau. Mais ça lui faisait un drôle d'effet. Il s'évanouissait. A Florence, surtout. Enfin, dit-elle à Joanna, vous savez à quoi ressemblent les tableaux là-bas. C'était trop pour le pauvre homme.

– Non, fit Joanna, je ne suis jamais allée à Florence.

– Mais un de vos *livres* s'y passe, fit Diane, la fumée de sa cigarette s'élevant en délicats nuages.

– Et alors ? Vous ne croyez quand même pas que j'ai le temps *d'aller* partout ? Seriez-vous en train de nous dire que Stendhal se trouvait mal chaque fois qu'il regardait un tableau ?

Diane était enchantée de les avoir épatés, une fois de plus.

– Quand il les regardait trop longtemps.

– Je ne vois pas le rapport entre tourner de l'œil à Florence et crever à la Tate Gallery, fit Melrose.

– C'est de regarder des tableaux, qui produit cet effet, que l'on soit en Italie ou à Londres ou ailleurs. Stendhal était un écrivain si *merveilleux*, n'est-ce pas...

Comme si Diane l'avait jamais lu, pensa Melrose.

– ... que je suis *verte* de ne pas pouvoir écrire comme lui. Pas *vous*, Joanna ?

Totalement imperméable à cette pique, Joanna répondit :

– N'importe quel crétin est capable d'écrire un livre. Pas comme Stendhal, bien sûr, mais un livre. Je suis bien placée pour le savoir.

– C'est vrai, fit Diane, suave.

– Vous vous sous-estimez toujours, Joanna, dit Melrose. Mais ce que vous dites est encourageant.

Gêné, il s'agita sur son siège. Marshall Trueblood tira un fil qui dépassait de la manche de sa veste en laine et soie.

– Grands dieux, chère Maddy, vous vous dénigrez !

« Maddy » était le nom que Trueblood donnait à Joanna Lewes, qu'on appelait aussi Joanna la Folle[1], un surnom qui n'avait rien à voir avec sa santé mentale mais avec le hasard qui lui avait donné pour mari – il était mort depuis – un nommé Philip. Joanna trouvait très amusant que le roi Philippe II d'Espagne ait si bien fait tourner sa femme, Jeanne, en bourrique qu'on avait surnommé la pauvre reine Jeanne la Folle.

Joanna Lewes rabaissait ses propres écrits (« foutaises à

1. En anglais, *Joanna the Mad. (N.d.T.)*

l'eau de rose ») qui, néanmoins, jouissaient d'un retentissant succès commercial. Ce qui semblait l'embarrasser.

– Croyez-moi, Marshall, si les gens achètent *Passion à Saint-Pétersbourg*, ils achèteront n'importe quelle ânerie.

Pour ses titres, Joanna mettait la géographie à contribution : *Péchés parisiens, Magie mexicaine, Frénésie florentine, Romance romaine*. Le dernier lieu était Saint-Pétersbourg et, quand on l'interrogeait à propos de son décor, elle répondait :

– Russie, Floride... quelle importance ?

Il y avait longtemps, elle avait découvert que tous les chemins qui menaient à Rome (et à Saint-Pétersbourg) vous éloignaient du fisc. Cependant Joanna ne semblait pas profiter des déductions fiscales sur les voyages. Elle était trop occupée à écrire des histoires d'amour exotiques pour aller voir sur place. L'authenticité n'avait jamais été son point fort.

– Vous collaborez à quelque chose, tous les deux ? Je crois vous avoir vus écrire...

– Non, oh non ! fit Melrose.

Trueblood se mordit la lèvre inférieure.

– C'était... mes comptes. Vous savez, pour la boutique. Melrose me donnait un coup de main.

– Pour truquer la TVA, j'espère, ricana Joanna.

Parce qu'ils ne tenaient pas à voir son existence étalée au grand jour, Melrose, quand il avait vu s'approcher Joanna, avait immédiatement raflé le carnet noir de la table et s'était assis dessus. Ce petit livre sous ses fesses le gênait considérablement. Il s'agita encore et arrangea sa pile de bouquins. D'ordinaire il pouvait rester des heures assis à lire au *Jack and Hammer*.

Joanna tira cette pile de livres à elle pour en faire l'inspection. Elle regarda les jaquettes, sourit aimablement devant la dernière production de Polly Praed et laissa éclater son enthousiasme en voyant l'ouvrage intitulé *Fenêtres*.

– Celui-là, fit-elle en tapotant le livre de l'index, est passionnant. Exemple idéal de roman minimaliste.

Fenêtres était le nouveau livre d'Ellen Taylor – nouveau en Angleterre, mais publié aux États-Unis deux ans auparavant. Il était loin des extravagances à la Brontë que Melrose avait craint de voir naître du séjour d'Ellen dans les landes du Yorkshire. Il n'avait non plus rien à voir avec le précédent, *Sauvage savant*, qui avait menacé d'être le premier d'un quintette sur les quartiers de New York. *Fenêtres* était tout à fait différent. Et tout à fait opaque – selon Melrose, tout du moins.

– Minimaliste ? fit Melrose.

– Minimaliste ? répéta Marshall Trueblood, qui était tout sauf ça, du moins dans le choix de ses vêtements.

Sous sa veste Armani, il portait une chemise rose bonbon rayée d'un rose iridescent de coquillage et une cravate qui semblait avoir servi à nettoyer la palette d'un peintre.

– Vous voyez bien ce que je veux dire, dit Joanna dont l'attention fut attirée par les deux femmes assises au fond du pub, Lavinia Vine et Alice Broadstairs.

Melrose ne voyait pas. Il n'avait rien compris à l'histoire d'Ellen et n'avait rien pu trouver d'intelligent à lui dire quand il l'avait eue au téléphone, l'après-midi même, une heure ou deux auparavant.

Lavinia et Alice faisaient des signes vers leur table. Avides jardinières de Long Piddleton, elles ne se retrouvaient que pour leur porto au pub. Sinon, et en général, elles se faisaient la guerre. Elles étaient toujours les premières à acheter « le dernier Lewes », et Lavinia brandissait *Passion à Saint-Pétersbourg* en l'agitant comme une main. Elles voulaient le faire signer.

– Je ne suis pas surprise, dit Joanna à propos du livre d'Ellen Taylor, qu'il ait remporté ce prix littéraire.

Le charme de Joanna ne se limitait pas au regard lucide qu'elle portait sur son propre talent : elle faisait preuve d'un manque absolu de jalousie professionnelle. Elle était du genre à écrire des prières d'insérer pour encourager des jeunes romanciers inconnus. Elle lisait des manuscrits en loques, elle répondait aux lettres, et mille autres choses.

Pareille grandeur d'âme ne pouvait être portée au crédit de la personne qui venait de franchir le seuil du *Jack and Hammer*, la tante de Melrose.

A la vue de Joanna Lewes, elle se cabrait. Et elle ne manquait jamais de mentionner qu'elle aussi avait un livre en chantier.

– Le monde, Miss Lewes, est plein d'écrivains ignorés.

– Oui, et de vachement trop d'écrivains célèbres. Excusez-moi.

Joanna se leva pour aller rejoindre ses admiratrices-acheteuses de livres, espèce dont n'avait jamais fait partie lady Ardry, la bibliothèque de son neveu lui suffisant. Si d'aventure il lui était arrivé de lire un livre.

– Vaniteuse, renifla Agatha. C'est tout le problème de la célébrité. Que fabriquez-vous, tous les deux ? Ah, voilà Theo, ajouta-t-elle avec un déplaisir évident.

Theo Wrenn Browne ne l'emportait sur Agatha que par défaut. Il détestait les mêmes personnes qu'elle, exception faite de Diane qu'il flattait outrageusement. Il était le propriétaire de la seule librairie du village et avait refusé, jusque récemment, de vendre les romans de Joanna Lewes.

A côté de Theo Wrenn Browne, Diane Demorney – qui n'était certes pas charitable – était une Mère Teresa. Elle s'était arrêtée au bar pour informer Dick Scroggs des proportions de vodka et de vermouth de son cocktail. Elle ne jurait que par sa propre marque de vodka – une bouchée de consonnes imprononçables, « Wybrvka » ou « Zrbrikov » – qu'elle lui fournissait et que, d'ailleurs, personne n'avait en réserve. Elle la disait à l'herbe de bison - il est vrai que quelque chose flottait dans la bouteille – et Trueblood affirmait qu'elle la fabriquait dans sa baignoire et qu'elle y fourrait les mauvaises herbes de son jardin.

Theo Wrenn Browne jeta un œil à *Fenêtres*, le condamna d'un « Prétentieux ! » radical et l'écarta de sa vue. S'il existait une chose que Theo Wrenn Browne haïssait plus fort qu'un livre d'auteur à succès, c'était un livre couronné par un prix littéraire. Dans sa librairie – *Wrenn's Nest* – il vivait donc sous la menace permanente d'une crise d'apoplexie, puisqu'il y était entouré de spécimens de l'une ou l'autre catégorie – et, dans le cas d'écrivains comme Updike, Brookner, Byatt ou Ishiguro, d'ouvrages appartenant à l'une *et* à l'autre. Le dilemme était de taille : il fallait bien les vendre, c'était son gagne-pain. Il pouvait toujours se consoler en pensant au sort d'écrivains maudits qui n'avaient jamais été reconnus de leur vivant – les Melville, les Hart Crane, les Chatterton. Theo lui-même avait produit un livre étonnamment mauvais des années auparavant, *La Dernière Course*, qui traitait de lutte armée à Doncaster (ce qui rendait son mépris pour Ellen Taylor la « minimaliste avant-gardiste expérimentale » un peu hypocrite). Il avait demandé à Joanna la Folle de l'envoyer à son éditeur et elle avait refusé. Son livre non publié lui avait permis de rejoindre les rangs des méprisés, des calomniés, des trahis et, pourquoi pas, des suicidaires : Theo Wrenn Browne était expert en ratages.

Naturellement, il méprisait Joanna Lewes. Et bien qu'il ait jusqu'ici refusé de vendre ses livres, il ne pouvait plus résister à la pression qu'exerçait son troupeau d'admirateurs locaux pour qu'il commande « le nouveau Lewes ». Ayant échoué à éloigner de sa vitrine la tache de ce succès, il s'était tourné vers une proie plus facile : Miss Ada Crisp, dont la boutique de meubles d'occasion n'était qu'à une porte du *Wrenn's Nest*. Inspiré par la bataille judiciaire livrée par lady Ardry contre Jurvis, le boucher, il avait engagé un avocat de Sidbury. C'était ses notes sur les dangers que faisait courir au village Miss Crisp (et son chien Jack Russell) qu'il venait de laisser tomber entre les mains de Melrose.

Que celui-ci laissa choir illico.

– Vous voulez rire ?

Theo Wrenn Browne ne prit pas très bien cette appréciation de son procès contre Ada Crisp.

– Je ne vois pas pourquoi. Sa boutique est un danger pour la communauté. Toutes ces saletés sur le trottoir, et son ratier qui s'attaque à tout ce qui bouge !

Il passa un doigt dans son faux col empesé et s'assit, en jetant des regards envieux au luxueux débraillé de Trueblood.

– Allons, allons, mon vieux, fit celui-ci, la boutique d'Ada est là depuis quarante ans et personne n'est jamais tombé dans un de ses pots de chambre.

L'apparition de Vivian Rivington, vêtue de ses lainages roses et de son air mélancolique, les interrompit. Elle posa son sherry et s'affala dans un fauteuil, soupira et déclara qu'elle faisait ses bagages. Vivian était toujours en train de faire ses bagages, soit en Angleterre, soit en Italie. Elle n'était de retour que depuis trois mois et était retenue par les ruses de Marshall Trueblood, les manigances de Melrose Plant et ses propres désirs, conscients ou inconscients. Ils étaient convaincus qu'elle ne voulait pas épouser son odieux comte italien mais avait du mal, après des années de fiançailles, à trouver une porte de sortie honorable.

– Vous, Vivian, fit Diane avec un sourire aussi sec que son martini, vous ne devez rien ignorer des tableaux qui tuent. Avec tout ce temps que vous passez à Venise et à Florence.

Melrose et Trueblood se regardèrent. Diane ne manquait jamais une occasion de rappeler à Vivian qu'elle avait un fiancé secret à Venise, que l'*acqua alta* n'avait pas encore noyé. Vivian était supposée repartir à Venise le mois suivant.

– Je ne vois pas ce que vous voulez dire. Et je ne passe pas *tant* de temps que cela à Venise, précisa-t-elle comme si le temps passé reflétait, d'une certaine manière, la force de ses sentiments.

L'idée de voir Vivian devenir comtesse faisait horreur à Diane et elle ne perdait pas une occasion d'en parler comme d'un petit titre très ordinaire.

– Les comtes, mais ça court les rues, en Italie, fit-elle, pensive.

Ce à quoi Marshall Trueblood répondit :

– Le genre de Vivian court plutôt *sous* les rues !

– Oh, ferme-la !

La carnation de nacre de Vivian prit la teinte de sa robe de lainage rose.

– Quelle importance, un titre, après tout ? demanda Agatha, à la grande surprise de Melrose.

Ne pouvant rien tirer de son projet de procès contre la pauvre Ada Crisp, Theo Wrenn Browne se rabattit sur le manque d'intérêt total du livre d'Ellen Taylor, et Diane sur le manque d'intérêt du visage d'Ellen Taylor. Ce visage figurait au revers de la jaquette et Diane l'examinait comme si la police lui avait demandé d'en établir un portrait-robot.

– On dirait, décida-t-elle, qu'elle s'est fait coincer dans une porte à tambour.

Melrose regarda le portrait. Le visage d'Ellen avait, il est vrai, quelque chose de celui d'une poupée de chiffon, avec de grands yeux écarquillés par la surprise.

– Ça ne lui ressemble pas. Elle est plutôt jolie.

– C'est vrai, je m'en souviens, fit Trueblood.

Diane tapota la notice biographique du doigt.

– Elle est de Baltimore.

Elle marqua une pause théâtrale.

– E. A. Poe et Johnny U.

Tous les regards se tournèrent vers elle, ce qui était le but recherché. Elle semblait aussi satisfaite de cet accouplement qu'elle l'aurait été du sien propre avec un amant.

– Que voulez-vous dire ?

Elle haussa un sourcil noir de jais. Diane était une beauté à la peau impeccable, marbre blanc contrastant avec la cascade de satin noir de ses cheveux. Mais, en dépit des faveurs de la Nature, rien ne semblait avoir rempli le vide de son esprit : ce qui expliquait l'étonnement général qui suivait ses déclarations ésotériques. C'était, bien entendu, l'effet recherché. Diane collectionnait les informations ésotériques. Le Trivial Pursuit avait été inventé pour les êtres de sa trempe.

– Je présume que vous avez entendu parler d'Edgar Allan Poe.

– Oh, ne faites pas l'idiote, Diane, fit Trueblood avec irritation. Il s'agit de Johnny Machin.

– Grands dieux, soupira-t-elle en levant son gigantesque verre de martini, Johnny Unitas. Vous n'avez jamais entendu parler des Colts de Baltimore ? Seigneur ! Je croyais que le monde *entier* en avait entendu parler.

– Melrose ne cesse de nous casser les pieds avec Baltimore, déclara Agatha.

II

Cela avait eu lieu à Ardry End, sur le rythme implacable de Lou Reed violentant sa guitare. Melrose adorait Lou Reed. Lou Reed (« le Maniaque ») rendait Agatha folle sans, hélas, la chasser.

Quand Ellen avait appelé, celle qui dédaignait les titres occupait les terres de Melrose (métaphoriquement parlant) et épluchait le *Debrett* pour s'en trouver un. Depuis une heure, elle parcourait les pages à la vitesse d'un mille-pattes pour reconstituer son arbre généalogique. Un arbre en toc, se disait Melrose. Elle avait appris par la lettre d'un parent du Wisconsin que son grand-oncle paternel (ou arrière-arrière...) était un certain baron Fust. Fust était le nom que portait Agatha avant d'épouser l'oncle de Melrose. Donc, un titre lui courait dans les veines (enfin, dans les veines des descendants mâles) et ne lui était pas échu par hasard (« lady » Ardry, vraiment !), ce qui la faisait saliver plus encore que le petit pain au lait nappé de confiture qu'elle tenait à la main. Le titre passe avant le thé, remarqua Melrose.

– Baronne Fust ! Imagine !

– Tout le monde sera baron pendant un quart d'heure, fit Melrose.

C'est alors que Ruthven avait apporté un téléphone.

– Un appel d'Amérique, monsieur.

– Ellen !

Melrose s'était raidi, tiré de la somnolence dans laquelle ne manquait jamais de le plonger la présence de sa tante.

– Où diable êtes-vous ?... Baltimore ?

Agatha permit à son oreille de se détendre. Qui qu'elle soit, cette Ellen était assez loin pour ne pas présenter de problème immédiat.

– Votre livre ? Oui, oui, merci.

Melrose jeta un regard chagrin sur la table où le livre d'Ellen attendait qu'on le termine.

– Je sais que vous avez remporté ce prix, oui, je sais. C'est mervei... Si je l'ai aimé ?

Ne l'ayant pas lu jusqu'au bout, il ne pouvait faire qu'une réponse mitigée.

– Naturellement. Oui... Oh, plutôt, disons, *différent*.

Le livre se trouvait maintenant entre les mains d'Agatha. *La* main, l'autre étant occupée par un baba au rhum. Le livre d'Ellen avait été placé sur le dernier-né de Polly Praed, envoyé sous forme d'épreuves à Melrose. Peut-être devrait-il devenir éditeur ?

– Venir à Baltimore ?

Seigneur, pourquoi avait-il parlé si fort ? Agatha le regardait par-dessus le livre. Elle s'était même arrêtée de mâcher.

– Je verrai... Oui, je sais que j'ai dit que je viendrais...

Ce que dit Ellen ensuite fut plutôt surprenant et il se retint de le répéter à voix haute quand il vit que les yeux d'Agatha étaient rivés sur lui. Aussi ne laissa-t-il apparaître ni émotion, ni intérêt, se contentant de « hum » et « oh », comme un mantra, alors qu'Ellen racontait son histoire.

Il lui était si difficile d'entreprendre un voyage, de se secouer, de s'arracher à son foyer, à sa maison, au *Jack and Hammer*. Il soupira. Il aurait bien aimé voir Ellen, pourtant.

– Un policier ? Vous voulez parler de Richard Jury ?

Oser prétendre ne pas se souvenir de son nom !

– Il doit venir me voir, en fait... Oui, mais, Ellen, les hommes de Scotland Yard ne peuvent pas tout envoyer balader pour courir aux États-Unis.

En fait, Jury pouvait envoyer promener ce qui lui chantait, puisqu'il était en congé.

– ... D'ici un ou deux jours. Oui.

C'était le moment où Jury était supposé apparaître. Il voulait voir Pratt, à Northampton, Dieu savait pourquoi.

Agatha était tout ouïe. Elle en oubliait son baba. Il aurait vraiment dû prendre cet appel hors de portée de son oreille – si un tel endroit existait. Le bunker de Saddam Hussein, peut-être. Il sirota son sherry.

– C'est promis, Ellen... Oui. J'appellerai... Oui... Non... Oui... Oui... Non... Non... Au revoir.

– Ce nom me dit quelque chose, j'en suis sûre. Ellen, Ellen. L'aurais-je déjà rencontrée ? s'interrogeait Agatha.

Elle l'avait en fait rencontrée. A Victoria Station, lors d'un départ de Vivian pour l'Italie.

– Non.

– Tu n'envisages pas d'aller aux États-Unis, mon cher Plant ?

– Non.

Si. Et pas seulement parce qu'il aimait beaucoup Ellen, mais aussi parce qu'il savait qu'elle aurait préféré se taillader les poignets plutôt que de l'appeler sauf en cas de situation désespérée. Il fronça les sourcils : s'il n'avait aucun doute sur le « désespéré », il se demandait si la « situation » était bien celle qu'elle avait évoquée.

– C'est bien ce que je pensais. Mais si jamais tu devais y aller, fais-le-moi savoir afin que je t'accompagne. Je n'ai pas vu les Fust depuis des années et j'aimerais bien discuter du *Debrett* avec eux.

Tu peux toujours rêver, pensa Melrose.

III

– ... qu'un simple comte, disait Agatha au *Jack and*

Hammer, reléguant le comte Franco Giopinno au rebut de la noblesse. Les Fust...

– ... étaient des barons encore plus simples, fit Melrose.

Diane Demorney, qui promenait sa culture comme un plateau de canapés rassis dans un cocktail, interrompit l'histoire de la famille Fust.

– Si vous allez à Baltimore, Melrose, vous devriez lire des choses sur le base-ball et le football. Le match de 1969 entre les Jets et les Colts, par exemple.

Elle offrit son délicieux sourire à Melrose tout en repêchant l'olive qui marinait dans son verre. C'était vraiment *son* verre, elle l'avait apporté – pied fin et vaste coupe – au pub pour son usage personnel. Melrose calcula la circonférence du verre qui, par temps froid, aurait pu accueillir les patineurs du Rockefeller Center. Ce qui le fit penser à l'Amérique. Et regarder la photo d'Ellen, au dos de la jaquette. Il sourit. Ce regard apeuré, comme si le photographe avait braqué une arme au lieu de son appareil, lui donnait envie de rire.

– Victoria !

Agatha abattit son poing sur la table, faisant sursauter son verre de sherry.

– C'est là que je l'ai vue !

Les yeux d'Agatha étaient rivés à la photo.

– Et vous l'avez vue aussi, Vivian.

– Vu qui ?

– Cette Taylor. Une femme à l'air bizarre. Quand nous étions venus vous dire au revoir, à la gare. Vous vous souvenez ?

Vivian avait l'air de préférer ne *pas* se souvenir.

– Non.

Vivian ne tenait pas plus à remonter le temps jusqu'à Victoria qu'à le dévaler jusqu'à Venise.

Diane, visiblement très ennuyée que le projecteur – déposé par Dieu dans ses blanches mains, elle en était sûre – erre ainsi capricieusement autour de la table, le fit revenir au bercail à l'aide d'une autre obscure déclaration.

– Nickel City.

Une fois de plus, ils la regardèrent tous.

– C'est ainsi qu'on appelle Baltimore. Nickel City.

– Pourquoi ?

– On y fabriquait des *nickels*[1]. Les Colts, ajouta-t-elle, et les Jets... Joe Namath. Un des plus fameux matches jamais disputés... Supper Bowl III.

IV

– « Supper Bowl[2] », tu peux imaginer une chose pareille ? fit Melrose Plant à Marshall Trueblood après que les autres eurent enfin dégagé du *Jack and Hammer*, lui permettant de sortir le carnet.

– Quand on peut confondre « Koweit » et « Kumquat », on est capable de tout. Bon, je dicte et tu écris.

– *Je* dicte et *tu* écris. Tout à l'heure, c'est moi qui écrivais.

Trueblood prit un air exaspéré.

– Écoute, mon vieux, j'étais au milieu d'une idée quand cette foule a débarqué.

– Tes pensées n'ont pas de milieu. Un début, une fin, pas de milieu.

Melrose ouvrit son stylo et lissa la page.

– Bon : on l'a mise dans la crypte. La crypte... hum.

– « Caveau humide », cita Melrose.

Trueblood fit la moue et reprit :

– *Le pauvre moine, Franciscus, se tenait à l'entrée du caveau humide avec sa canne et sa sébile...*

– Qui est Franciscus ?

– Le *moine*.

– Il n'y a jamais eu de moine.

Melrose retourna en arrière pour voir si un moine ne lui avait pas échappé.

– C'est nouveau. Crois-moi, un moine est indispensable au confort spirituel de la pauvre fille.

1. Pièce américaine de 5 cents. (*N.d.T.*)
2. Soupière. (*N.d.T.*)

– Pourquoi ? Elle est morte, non ?

– Si tu te contentais d'écrire ?

Melrose haussa les épaules.

– D'accord.

Trueblood répéta :

– *Franciscus, à l'entrée avec sa sébile et son bâton*... non, « son bâton et sa sébile ». C'est plus poétique... *à l'entrée, avec son bâton et sa sébile.*

Melrose articula lentement :

– A... l'entrée... avec... son... bâton... et... sa... cédille...

– Pas *cédille*, bon Dieu ! *Sébile !*

V

Quand, informé par le majordome, Ruthven, Richard Jury longea les fenêtres du *Jack and Hammer*, il aperçut Melrose la tête courbée au-dessus d'un carnet, en tête à tête avec Marshall Trueblood dans l'alcôve de la fenêtre. Installés à la table qui faisait face à High Street, ils tournaient le dos à la rue. La voix de Trueblood arrivait jusqu'à lui.

– *Ô Dieu ! Mes souffrances ne sont...*

Le son de la voix s'estompa. La croisée était à peine entrouverte et Jury avança le bras pour la pousser un peu. La voix de Trueblood résonna.

– *Mes souffrances ne sont pas achevées ! Si elle doit l'apprendre, ma propre mort n'est rien* – non, écris « n'est *comme* rien ».

– « N'est *comme* » ? fit Melrose. Ça fait un peu maniéré, non ? Et puis, il ne faut pas faire de ratures.

– Oh, fit Trueblood, perdant patience, d'accord ! *Mapropremortn'estrien,* là !

A l'extérieur, Jury était fasciné, bien malgré lui, par cette prose insipide. Qu'est-ce qu'ils fabriquaient ? Ils écrivaient un roman à deux ? Une pièce de théâtre ? Il en doutait fort. Ce serait trop demander à la capacité de concentration de Marshall Trueblood, qui n'excédait jamais cinq minutes. Jury gardait le dos plaqué au mur du pub, le visage chatouillé par la vigne vierge qui recouvrait presque toute la façade du *Jack and Hammer*. Les vrilles pendaient, s'accrochaient, envahissaient les bords des fenêtres. Et le dissimulaient.

– *... ce caveau humide, ce ruissellement glacial, cette moisissure...*

– On dirait ta cave.

– *... ce carillon aigu...*

– Attends ! Attends une minute. Comment l'a-t-il sortie de son... (La voix de Melrose baissa puis remonta.) ... à la crypte et d'avoir le temps de... (Voix basse.) ... le somnifère dans son vin... (Voix haute, voix basse.) ... et les cloches...

– Ça n'a pas à être cohérent, nom de Dieu ! C'est un fou !

– Oui, mais...

Un petit chien blanc qui lui aboyait dessus depuis le trottoir attira l'attention de Jury. C'était Jack Russell, propriété de Miss Ada Crisp, qui d'ailleurs apparut, fit quelques remontrances au chien et un signe de la main à Jury.

Il se sentit ridicule, à traîner comme ça autour de la vigne.

Le chien se fichait des remontrances comme d'une guigne. Il esquissa quelques entrechats à la manière d'un chien de cirque et se jeta à travers la rue droit sur Jury. Il pila sur ses pattes avant et, le cul en l'air, se mit à grogner, canines découvertes. Jury lui donna de petits coups du bout du pied pour le chasser mais le petit chien, enchanté de ce partenaire de jeu, lui saisit la jambe de pantalon et la secoua, encore et encore.

A l'intérieur le niveau sonore des voix monta et la croisée s'ouvrit. Jury s'aplatit contre le mur. Une mèche de cheveux dorés (ceux de Melrose Plant) s'agita et disparut aussitôt. Puis il entendit Melrose :

– C'est Jack Russell.

Le chien, déçu, finit par se calmer. Il abandonna l'ourlet du pantalon de Jury et remonta la rue en trottant à la recherche de camarades plus enthousiastes. Mais la fenêtre était grande ouverte maintenant et Jury pouvait bien mieux entendre.

Le manque de cohérence du texte causait toujours une certaine tension.

– *Lui* est peut-être fou mais ça ne veut pas dire que...

La voix de Melrose se fit si basse que Jury, malgré tous ses efforts, ne put saisir le nom.

– ... l'est aussi, non ? Elle est trop raisonnable.

– Elle ? Pas du tout. Allons, allons. Continuons. Maintenant : *De la cave montait ces cris qui me déchiraient le cœur et me lacéraient l'âme.*

– Arrête, tu vas trop vite. *Me déchiraient le cœur et... ?*

– *Et-me-la-cé-raient-l'â-me.*

Silence.

– J'y suis, continue.

Depuis l'ombre de la vigne, Jury jeta un coup d'œil vers le bout de la rue. Il y avait du nouveau. Jurvis le boucher était planté là et le regardait, les mains au chaud sous son grand tablier blanc. Quand il vit Jury se tourner vers lui, il en sortit une et lui fit un signe.

Jury fit de même et Jurvis resta là, à se balancer sur ses talons. Il aimait bien Jury. Le policier l'avait aidé autant que possible lors de son combat contre lady Ardry. Le cochon de plâtre faisait toujours le pied-de-grue, avec sa petite pancarte qui signalait les spécialités de la semaine. Le cochon et Jurvis avaient la même taille et la même circonférence, ou à peu près. Là, sur le trottoir, ils formaient un couple ravissant.

– *... me rendaient malade de frayeur. Ô mon âme !*

Jury avait sorti ses cigarettes et en alluma une, pour faire croire qu'il s'était mis à l'abri dans la vigne pour protéger son allumette du vent. Il fit une moue, regarda sa montre, fit encore un signe à Jurvis, porta sa montre à son oreille et regarda la rue, par-ci, par-là.

Au bout d'un moment, Jurvis se tourna vers sa boutique avec le cochon dans les bras comme s'ils s'apprêtaient à danser la gigue ensemble, puis il disparut à l'intérieur. On ferme tôt, se dit Jury. Il regarda l'heure. Deux heures passées.

La voie est libre.

– ... les craquements – non, les « gémissements »... *Les gémissements du couvercle du cercueil assaillaient mes sens et je me levai vivement, rien que pour... rien que pour...* Bon Dieu, « rien que pour » *quoi* ? Tu ne fais pas beaucoup d'efforts.

– Moi ? J'écris. Je ne peux pas écrire et penser en même temps.

– J'y suis. *Rien que pour sentir les doigts glacés sur mes joues.*

– Tiens donc, c'est-y pas quéq' chose !

La voix et la pression des doigts maigres sur son bras firent sursauter Jury.

– C'est-y pas m'sieur Scotland Yard en personne qu'est v'nu jusqu'à Long Pidd pour écouter aux portes ?

Le caquet de la femme de ménage de Dick Scroggs lui déclencha un accès de toux.

– Bonjour, Mrs. Withersby, dit Jury, le visage en feu. J'allais justement entrer boire une pinte.

Elle mâchait un bout de mégot et balançait le seau qu'elle avait traîné après elle par la porte latérale du pub. Elle versa l'eau sale dans l'égout.

– C'est l'évier qu'est fichu, là-d'dans. Z'allez prendre une bière, hein ?

Elle se passa la main sur les lèvres.

– Ah ! faut ben qu'y en ait qui s' décrarcassent pour vivre.

Quand il entra au *Jack and Hammer*, Jury fut accueilli par Dick Scroggs avec chaleur mais il dut attendre un moment pour la chaleur de Melrose Plant et Marshall Trueblood : ils étaient très occupés à dissimuler quelque chose.

Quand il arriva à leur table, l'enveloppe qu'il avait remarquée fut escamotée mais il eut néanmoins le temps de voir que ses timbres étaient étrangers. Du moins, pas britanniques. Il avait un bon coup d'œil. Le carnet noir, par exemple, avait disparu. Sous les fesses de Trueblood, probablement, puisque celui-ci ne s'était pas levé pour lui tendre la main.

Mrs. Withersby donnait du seau et du balai autour de la table, et, aux vitres les plus crasseuses, quelques coups d'éponge désordonnés, tout en maugréant treize fois à la douzaine contre ceux qui n'avaient pas à se « décrarcasser pour vivre ». Jury reconnaissait le monologue qu'elle dévidait chaque fois que Melrose Plant était dans le secteur et qu'elle voulait un verre. Elle tira une bombe de dépoussiérant de son seau d'ustensiles et vaporisa la table sans faire trop d'efforts pour éviter les doigts de Trueblood.

– Withers, pour l'amour de Dieu ! s'exclama Marshall Trueblood. Le pub est quasiment vide. Allez donc vaporiser ailleurs !

Jury se demanda si le livre n'était pas sous le coussin.

– J' dois travailler ou pas ? Comme les vendeurs de vieilleries !

Elle souleva son verre et essuya le cercle humide.

– Ah ! qu'est-ce ça donne soif, c' boulot. Y donne soif et tout le monde s'en fout.

– Ils ne nous apprécient guère, n'est-ce pas, Mrs. Withersby ?

Jury lui tendit son paquet de cigarettes tout en balayant du regard le sol sous la table. Trueblood devait être assis dessus ; c'était trop gros pour avoir été glissé dans une poche de veste.

– Ça, c'est ben vrai.

Elle prit quatre cigarettes, en fourra trois dans la poche de son tablier et se pencha par-dessus la table pour que Plant allume la quatrième. Elle bouscula son verre en chemin.

– Ah ! r'gardez-moi ça, lord Ardry. Si c'est pas malheureux !

Elle tst-tstta en traînant son torchon graisseux dans la flaque.

– Si tu allais chercher un verre de gin pour El Withersby, Melrose ? demanda Trueblood, qui n'était pas prêt à se lever.

– Pour moi, ce sera une des tisanes de Dick, fit Jury.

– Pour boire un truc pareil, dit Melrose avec un sourire, tu dois être sur un coup.

– Oui et non.

Et, Melrose s'étant rendu au bar, il entreprit Trueblood.

– Ne devrais-tu pas aller t'occuper de tes clients ?

Trueblood, qui allumait une Sobranie vert jade, haussa ses sourcils teints.

– Quels clients ?

– Il y avait un tas de monde dans la boutique quand je suis passé devant.

– Quoi ? Ce n'est pas poss...

– On doit certainement la déménager par la porte de derrière.

Mrs. Withersby gloussa et s'appuya sur son balai.

– P'têt' ben qu' font ça avec le camion qu' j'ai vu dans l'allée.

Trueblood se leva et fila comme l'éclair. Jury regarda à sa place. Non, il n'y avait rien. Mrs. Withersby se mit à maugréer contre le nouveau gendarme de Long Pidd qui était myope comme une taupe et, d'ailleurs, le clan Withersby ne comptait sûrement pas sur la police pour assurer sa protection. Jury, l'air de rien, passa la main sous les coussins du banc sous la fenêtre. Où était ce foutu truc, à la fin ?

– ... et d' la drogue dans l' petit Eddie pour choper le... J' me suis énervée, j'ai...

Un coup de pied au seau écarta le torchon. Jury regarda dans le seau. Il était là-dedans !

– Mr. Plant vous fait signe, Mrs. Withersby.

Elle se tourna vers le bar et Jury s'empara du carnet de cuir noir. Il le fourra dans la poche de son imper et sourit à Melrose Plant qui arrivait avec un gin et une chope de bière brassée maison.

– Santé ! fit Jury en levant son verre.

Mrs. Withersby se joignit à eux, vida son verre de gin, ramassa balai et seau avant de s'en aller vers d'autres enfers.

Ç'avait été la cachette idéale : Mrs. Withersby savait à peine lire et elle travaillait encore moins. Si aujourd'hui elle promenait seau et torchon, c'était pour voir ce qu'ils lui ramèneraient en matière de boisson forte.

– Où est Vivian ? demanda Jury.

– En train de faire ses valises, certainement.

Melrose jeta un regard douloureux au seau qui s'éloignait.

VI

– Je l'aime beaucoup, déclara Vivian Rivington, un peu sur la défensive, en claquant le couvercle de la boîte d'allumettes au fromage.

– Vraiment ? Je crois me souvenir que tu disais exactement la même chose à propos d'un autre homme, il y a des années. Nous étions dans cette même pièce.

Jury sirota un peu de café.

– Tu t'en souviens ?

Vivian le regarda d'un air méditatif.

– Je m'en souviens.

– Alors pourquoi ne pas arrêter ces âneries et laisser tomber ?

Elle se rassit, retomba plutôt, avec son allumette au fromage au bout des doigts, à laquelle elle parut s'adresser.

– Quelle autorité ! Comme si tu possédais la connaissance universelle.

Il sourit.

– Eh oui ! Tu me l'as d'ailleurs dit.

– Rien du tout. Je ne t'ai rien dit du tout.

Il but son café, Vivian mordit dans son allumette, tous les deux silencieux.

– Peu importe, il est trop occupé à jouer avec Marshall.

– Il ? s'étonna Jury, faussement innocent.

– Oh, arrête de faire l'idiot !

– Je ne comprends pas pourquoi tu ne vois pas la vérité.

– Je ne peux pas voir ce qui n'est pas.

– Sachant combien Plant déteste s'éloigner de Ardry End – il n'en partirait pas quand bien même on crierait « au feu » –, comment expliques-tu le voyage qu'ils ont entrepris en Italie ? Penses-tu qu'il se moque de ce qui peut t'arriver ?

– Il déteste voyager ? Eh bien, il s'est lancé dans une excellente imitation de l'homme sur le point d'embarquer pour les États-Unis.

La radieuse carnation de Vivian irradiait avec plus d'ardeur.

– Une Américaine, que je suis supposée avoir rencontrée ou aperçue, lui a téléphoné. Te l'a-t-il dit ?

Jury fut surpris.

– Non. Qui est-ce ?

– Est-ce que je sais ? Agatha prétend que je l'ai vue à Victoria. Tout ce que j'ai pu voir à Victoria, c'était Marshall Trueblood qui collait une photo de Dracula sur ma malle.

Elle commença à rire mais s'interrompit et reprit, sérieuse :

– Tout ce que je peux dire, cher Richard, c'est qu'une poule américaine l'a appelé et qu'il file si vite qu'on pourrait jouer aux cartes sur les pans de son manteau.

– Ellen ? Ellen Taylor ?

L'expression de Vivian lui fit regretter d'avoir prononcé son nom, et, ainsi, d'avoir révélé qu'il la connaissait.

– Ce n'est qu'une fille à l'accent du Bronx. Nom d'un

chien, il doit certainement s'ennuyer à mourir, d'autant que tu repars encore à Venise. Allons, Vivian ! Flanque ce type par-dessus bord, dans le canal, ou ailleurs. Flûte à la fin, épouse-*moi*.

Elle cessa de mâchouiller son allumette, cessa même d'être en colère contre lui.

– C'est une demande en mariage ?

Jury examina sa tasse de café. Il sourit.

– Bien sûr.

– Bien sûr.

Elle rit.

– Tu sais, je suis certaine que tu le ferais. M'épouser, je veux dire. Uniquement pour me mettre hors de portée des griffes du comte buveur de sang.

– Je t'aime beaucoup.

– Bien, finalement nous aurons réussi à éclaircir quelque chose.

– Le problème, c'est que tu ne n'aimes pas.

– Oh ! arrête tes âneries.

Son sourire était néanmoins très tendre.

– Je *persiste* à croire que tu n'accordes pas assez d'importance à leur voyage à Venise.

Vivian se pencha en avant et articula distinctement :

– *Ils*. Voilà le mot clé. Ce n'est qu'un jeu. Ils font les imbéciles.

Son pied tambourina nerveusement contre la petite table Chippendale. La maison de Vivian regorgeait d'antiquités qui faisaient saliver Trueblood.

– Dieu merci, toi au moins tu es sérieux.

Il y eut un silence. Jury regarda vers la chaise du couloir où il avait posé son imperméable.

– Pourquoi ce sourire bête ?

Jury effaça le sourire bête de son visage.

– Parfois, je me dis que tu es aussi nul qu'eux.

Jury sourit de nouveau.

VII

– Donc, nous pouvons partir ensemble, fit Jury, avachi dans le fauteuil confortable devant la cheminée.

Le dîner qu'avait servi la cuisinière de Plant pouvait rivaliser avec celui de Jenny Kennington. Jury songeait au soir précédent.

Melrose pensait au voyage en avion. Ils étaient assis, whisky en main, devant un véritable brasier qui chauffait le poil d'un chien de race indéterminée.

– Ça demande un tel *effort* !

– Tu l'aimais bien, si je ne m'abuse.

– Je *l'aimais* bien ? Bien sûr que je l'aimais bien. J'aime aussi Mindy.

Le chien, en entendant son nom, émit un *wouaf* endormi.

– Et Vivian ?

Melrose fronça les sourcils.

– Vivian ? Oui, naturellement. C'est une des personnes que je préfère.

– Pourtant, elle s'apprête à repartir en Italie. Pourquoi diable ne l'en empêches-tu pas ?

– L'en empêcher ? Mon Dieu, nous l'en empêchons depuis des siècles. D'une manière ou d'une autre.

Il sourit. Il pouffa. Jury soupira.

– Alors, je crois que tu devrais aller en Amérique. On peut y aller ensemble.

– Tu vas vraiment y aller ?

– A Philadelphie. Combien y a-t-il entre Philadelphie et Baltimore ?

– Je ne sais pas. Plusieurs milliers de kilomètres, certainement. Ce fichu pays est gigantesque.

Jury secoua la tête.

– Pas tant. Cent ou deux cents, à mon avis. Tu n'aurais pas une carte des États-Unis ?

– Oh ! il doit y avoir un atlas dans le coin.

Melrose agita une main vague dans une direction plus vague encore. Il bâilla.

– Quel aéroport ?
– Sais pas. Kennedy ? LAX ?
– C'est *L.A.*, Los Angeles, bon Dieu !
Jury haussa les épaules. Il avait parlé à Melrose de son entrevue avec lady Cray.
– Je crois avoir une dette envers elle, aussi vais-je m'occuper de la mort du neveu de Frances Hamilton. Et ça me fera des vacances ! J'emmène Wiggins. Ça fera des vacances à ses allergies.
– Quelle femme merveilleuse, lady Cray ! fit Melrose avec flamme. Elle est intelligente. Si elle croit que quelque chose ne va pas, c'est que quelque chose ne va pas.
– Peut-être.
– Mais, continua Melrose, je ne peux pas rester trop longtemps loin d'ici. Ça va durer combien de temps ?
– Pas plus de quelques jours, je pense. Je doute de découvrir quoi que ce soit. Parle-moi de cette étudiante d'Ellen, Beverly...
– Beverly Brown. D'après Ellen, elle a été assassinée dans... un cimetière, je crois. C'est arrivé il y a un jour ou deux. Le 19 janvier, dit-elle. Quelque chose à voir avec l'anniversaire de la mort d'Edgar Poe. Bizarre. De toute manière, elle était plutôt incohérente et je n'écoutais pas vraiment. J'étais trop occupé à trouver un truc sensé à dire sur son livre sans l'avoir lu.
Jury était pensif.
– Que dirais-tu de dimanche ? Nous pourrions partir dimanche.
Melrose hésita, fronça les sourcils.
– Trueblood et moi avons comme un projet en route.
– Ah ? Je dois dire que vous aviez l'air plutôt occupés, au *Jack and Hammer*. Vous écriviez quelque chose, non ? Je crois vous avoir vus avec un carnet.
– Écrire ? Oh, il ne s'agit que des comptes de Trueblood... non, de son livre *d'inventaire*, fit-il d'un air plutôt content de lui. Oui, je l'aide à faire son inventaire.
– Trueblood ? Un inventaire ? J'ai toujours cru que le seul inventaire dont il était capable était celui de sa

garde-robe. Depuis que je le connais, sa boutique ne cesse de se remplir. Un inventaire vous prendra des années.

– Certes, mais j'ai promis.

Il y eut un silence pendant lequel ils s'assoupirent un peu. Puis Melrose marmonna quelque chose à propos de lady Cray.

– J'ai la désagréable sensation d'une boucle en train de se boucler. Sais-tu que le bruit court que *The Man with a Load of Mischief* a été acheté ? Ou loué ? Par quelqu'un de Londres.

Jury se versa du whisky. Pensif, il répondit :

– Ça ne date pas d'hier, n'est-ce pas ?

Melrose soupira, hocha la tête et passa ses longs doigts dans ses cheveux qui, à la lumière du feu, ressemblaient à de l'écume dorée.

– Peut-être devrais-je *me* tirer. J'ai l'impression d'être revenu à mon point de départ.

VIII

Délicieusement gavé – de nourriture, d'alcool et d'amitié –, Jury lisait, allongé dans son lit.

Il retourna le carnet de cuir noir sur sa poitrine et fixa le plafond. Que diable croyaient-ils écrire ? Il bâilla. Dimanche. C'était le surlendemain. Il pourrait attendre son retour pour aller voir Pratt, à Northampton. Demain soir, alors, ils pourraient aller à Londres.

Il retourna le livre. Qu'est-ce qu'ils mijotaient ?

Il s'endormit sans trouver la réponse.

INTERLUDE

Wiggins, chapeau mou et manteau noir, allait sans enthousiasme vers les guichets d'embarquement de l'aéroport d'Heathrow. Il serrait sa sacoche contre sa poitrine, comme un bréviaire.

– Qu'avez-vous dans votre sac ?

La question était superflue mais Jury voulait quand même entendre la réponse. Wiggins ouvrit la petite sacoche noire. La vieille trousse de rasage avait été transformée en armoire à pharmacie portative : on avait enlevé les instruments et les boîtes de plastique (la boîte à savon, par exemple) étaient remplies de pastilles pour la gorge, de biscuits noirs et d'un liquide vert que Jury n'avait encore jamais vu. Wiggins avait eu l'idée de coudre deux bandes Velcro pour y glisser une demi-douzaine d'ampoules brunes. L'artillerie lourde lui avait été prescrite, mais le reste venait de sa pharmacopée personnelle. Les feuilles qui ressemblaient à du tabac étaient un genre de saxifrage. Au moins, Wiggins ne l'avait pas fourrée dans son nez.

– Qu'est-ce que ce machin, Wiggins ?

Jury, captivé malgré les années passées à regarder Wiggins manipuler ses fioles et ses tasses et mélanger des décoctions de chimiste, désignait un flacon de plastique rempli d'une mixture qui avait tout de la boue.

Apparemment, c'en était.

– Ça ? Oh ! J'ai des problèmes d'urticaire aux coudes. C'est un cataplasme de boue aux herbes. C'est assez efficace.

Qui, hormis Wiggins, pouvait avoir de l'urticaire aux coudes ?

– Pas de Dramamine ? Je n'en vois pas.

– Contre le mal de l'air ? Non. Dans ce cas, la meilleure chose à faire est de se pencher en avant et de prendre ses talons dans ses mains. En les croisant. Je ne crois pas qu'il faille prendre plus de médicaments que nécessaire.

Un certain nombre de réflexions vinrent à l'esprit de Jury mais il préféra se taire. Wiggins avait un air affreusement sérieux.

– Voilà Plant, fit Jury en levant le bras pour que Melrose Plant, qui se faufilait dans les remous de la foule, puisse les apercevoir.

Melrose distribua de quoi lire :

– *Punch*, *Private Eye* et quelques livres de poche. Si tu veux lire le dernier Polly Praed...

Il brandit une jaquette incandescente où le doré étincelait.

– Parfait, dit Jury. Ça fait des siècles que je n'ai pas lu de livre de Polly. Et les autres ?

– Tu te rappelles Heather Quick ?

– L'héroïne de Joanna Lewes ? Celle qui semble passer tout son temps à errer dans les marais ? Bien sûr.

Il montra du doigt une autre jaquette ravageuse.

– Et le tien ?

– C'est le dernier Onions. Contre l'insomnie.

Dans la salle d'attente, une femme à l'épaisse crinière mâchait un chewing-gum en lisant un roman d'amour. Elle avait sa petite famille avec elle : un bébé dans un porte-bébé et deux bambins. Melrose s'engagea dans un défi oculaire avec les deux mioches à face de lune, un garçon et une fille aux prunelles dures comme des cailloux. La fille finit par tirer la langue. La mère s'en aperçut et lui décocha une claque.

– Tu vas voir qu'on les aura devant nous.

– Hum, marmonna Jury en tournant une page du livre de Joanna Lewes.

Melrose n'obtint pas plus de réponse de Wiggins,

occupé à se mettre des gouttes dans le nez. Il reniflait et laissait pendre sa tête en avant. Melrose soupira.

Enfin, une voix demanda aux passagers de première classe de rejoindre leurs sièges confortables et leur champagne. Jury demanda :

– A propos, pourquoi es-tu en classe touriste ? Par solidarité avec tes amis fauchés ?

Lady Cray l'avait prié de voyager en première ; Jury avait réservé deux places en économique.

– Non, je n'aime pas le film qui passe en première. Je choisis toujours mes réservations en fonction des films. C'est une des rares occasions que j'ai d'aller au cinéma.

Ils s'étaient levés et se dirigeaient vers la porte d'embarquement.

– Comment ça, « toujours » ? demanda Jury. Tu ne prends jamais l'avion.

– Ah ! pardon ! Qui donc est allé jusqu'à Venise ?

– Quel film est-ce, alors ?

– Attends, tu seras étonné, fit Melrose, qui n'en savait rien.

– Je ne me mets pas au milieu, fit Wiggins.

– Je ne me mets pas au milieu, fit Melrose.

– Arrêtez de chicaner, fit Jury.

Ils sortaient leurs cartes d'embarquement. Wiggins et Plant se retournèrent comme un seul homme et sourirent à Jury.

– Non, n'y comptez pas, dit-il.

Ils passèrent le guichet d'embarquement.

Ils attendaient, assis dans le brouhaha de rires et de bavardages conviviaux qui émane des passagers pressés d'embarquer, ceux-là mêmes qui se sauteront à la gorge avant que ne soient servis les plateaux-repas. Melrose examina l'hôtesse. Elle faisait un peu pitié, à essayer de fourguer son gilet de survie orange tout en faisant comme si le masque à oxygène tombait du plafond. Le tout en expliquant leur mode d'emploi à un public qui s'en fichait. Wiggins au moins faisait attention à la jeune femme, grâce à lui elle arriverait à croire que son entraînement n'avait pas été inutile. Il l'accompagnait même en lisant les instructions en cas d'évacuation en parachute ou de dépressurisation. Il avait soigneusement mis de côté les trois sacs en papier, au cas où.

Jury était côté hublot, Melrose près de l'allée et Wiggins au milieu, où Melrose avait réussi à le faire asseoir en lui récitant les terribles statistiques d'une enquête qui avait révélé qu'en cas d'accident les passagers qui avaient le plus de chances de s'en sortir indemnes étaient ceux du centre de la rangée gauche. Ceux qui avaient le moins de chances étaient les passagers assis près des hublots. Tous les deux se tournèrent pour regarder Jury qui, plongé dans son livre, ne leur accordait aucune attention. Wiggins dit à Plant qu'il trouvait tout cela très intéressant ; il l'ignorait, et pourquoi le côté gauche était-il plus sûr que le droit ? Melrose réfléchit un instant et décréta que ça avait quelque chose à voir avec la vitesse du vent.

Quand l'avion décolla et prit de l'altitude, Melrose commença à se rendre compte de la situation dans laquelle il s'était fourré : Dieu, pensa-t-il en agrippant les accoudoirs, cet énorme engin chargé d'innocents va défier les lois de la gravité. Aucun de ses voisins ne semblait s'en soucier : la douce grand-mère de l'autre côté de l'allée faisait cliqueter ses aiguilles à tricoter, produisant lentement des longueurs de vêtement blanc – un linceul, certainement. A quelques places de là, un couple en veste de cuir était déjà endormi, enlacé, et le type, bouche ouverte, ronflait doucement. Comment, au nom du ciel, pouvait-on dormir ? Et tout près, Wiggins lui-même fermait les yeux, mains croisées sur les cuisses, la tête penchée dans une sorte de méditation. Soudain, l'avion déchira la couverture de nuages et, émergeant dans une lumière éclatante, se stabilisa.

Le fracas du chariot de boissons que poussait l'hôtesse dans l'allée lui fit ouvrir les yeux. Grâce à Dieu. Jury prit une bière, Wiggins un Coca light et Melrose deux bouteilles miniatures de whisky et un soda.

Armé de son whisky-soda, il ouvrit l'Onions. Il se retrouva dans une boutique qui vendait des oisillons. Ça ne présageait rien de bon. Il tourna quelques pages pour voir si le décor changeait. Oui, pour les Caraïbes. Là-bas, quelqu'un entrait dans un hôtel avec un oiseau en cage. Il se demanda, en faisant marche arrière, combien de temps il allait traîner dans cette boutique d'oiseleur de Londres avant de partir à Antigua. A la page quinze, il était convaincu que *Le Perroquet et le Cornichon* était un des livres qu'avaient laissé tomber les singes pour pouvoir écrire *Hamlet*. Pourquoi, au nom du ciel, les écrivains de polars étaient-ils si nuls ? Polly Praed elle-même, bien que très supérieure à la mère Onions, pouvait être assez nulle quand elle s'y mettait.

Il remit l'Onions dans son sac et prit le livre d'Ellen. Grâce à Dieu, Ellen n'avait rien à voir avec Onions. *Fenêtres* était quelque peu déroutant mais ça ne lui enlevait rien de sa qualité. Il le trouvait incroyablement énigmatique, malgré ou peut-être à cause de son style, qui était la simplicité même. « Simple » n'était pas vraiment le mot à employer pour certaines de ses particularités. Le nom du protagoniste, les sauts de chronologie déconcertants, les relations – si on pouvait dire – des deux personnages (ils semblaient n'être que deux). Il soupira, le rangea et retourna à l'Onions. Quelle jaquette atroce ! A quoi pouvaient bien penser les éditeurs ? Si Onions était publiée, alors Joanna avait raison : n'importe qui pouvait l'être. Lui compris. Il tira un cahier de son sac. Il n'avait dit à personne qu'il se lançait dans l'écriture d'un roman policier, aussi s'installa-t-il de manière qu'aucun de ses compagnons ne puisse voir ce qu'il écrivait. Pour la troisième ou quatrième fois, Wiggins lui rampa dessus, un nouveau flacon de pilules à la main, en direction d'une fontaine d'eau potable.

Melrose relut ses dernières notes : pour l'instant, Smithson et Nora dévalaient le chemin de Bury

St. Edmunds. Il fronça les sourcils. Pourquoi ? Il ne se souvenait pas d'avoir prévu de scène à Bury St. Edmunds.

– Qu'est-ce que tu écris ? demanda Jury.

Melrose soupira. C'était i-né-vi-table. Lancez des SOS désespérés, brandissez d'énormes pancartes qui *hurlent* « Protégez-moi de l'assassin à la hache », et personne ne vous remarquera. Mais essayez d'écrire quelque chose en *secret*, et le monde entier écarquillera les yeux.

– Rien d'important.

Jury pêcha le livre de poche glissé dans le filet contre les genoux de Melrose.

– *Le Perroquet et le Cornichon* ? Quel titre étrange !

– Je ne le conseillerais à personne.

Melrose mâchouilla son stylo mais rien ne lui revenait au sujet du moindre événement survenu à Bury St. Edmunds.

– Un des personnages meurt en mangeant un cornichon au cyanure. Comment la mère Onions va-t-elle résoudre le problème de l'arrivée de ce cornichon-ci dans la bouche de cette personne-là, je ne sais pas.

– La jaquette est atroce.

Un oiseau au plumage éblouissant voletait au-dessus d'un bocal de cornichons.

– C'est le nom d'un pub ou quoi ?

– Même pas. Ça aurait au moins fait sens. Non, il s'agit d'un véritable perroquet et d'un véritable cornichon. Cette couverture n'est pas le meilleur argument de vente, je te l'accorde. Tiens, lis plutôt le livre d'Ellen.

Wiggins revint et rampa jusqu'à sa place, nettement plus pâle que d'habitude.

– Vous allez bien ? demanda Jury.

– Un peu mal au cœur, monsieur.

– Quelque chose que vous auriez mangé, peut-être ?

– Quand on voit la nourriture que transporte le chariot qui vient de passer, fit Melrose, ça va *bientôt* être quelque chose qu'il a mangé.

Wiggins fouillait dans sa sacoche.

– Je me demande si je n'ai pas la phobie de l'avion, si je ne suis pas claustrophobe.

Il regarda Jury.

– Auriez-vous jamais remarqué que je l'étais ?

Jury était le dépositaire de la biographie médicale de Wiggins. Suis-je allergique aux aubergines ? La rue me provoque-t-elle de l'urticaire ?

– Non, répondit-il en ouvrant le livre d'Ellen. Et vous ne trouverez aucun remède contre la claustrophobie dans ce sac.

– Le plus efficace, sergent, serait de marcher dans l'avion, proposa Melrose. Mais il faut le faire... disons, rituellement.

Wiggins adorait les rituels.

– Il faut effectuer un circuit. Descendez l'allée, traversez et revenez par l'autre. Coupez entre les sièges et remontez. Faites ça deux fois. Ou trois, même. Ça marche à tous les coups. J'étais moi-même extrêmement claustrophobe.

– Vraiment, monsieur ? fit Wiggins en se levant encore une fois.

Melrose opina. Il s'interrogeait toujours sur le voyage à Bury St. Edmunds. Avait-il écrit en dormant ?

Ce qui lui rappela qu'il avait oublié de demander à Trueblood s'il avait récupéré leur carnet dans le seau de Mrs. Withersby. Il se mit à se ronger le pouce. Trueblood l'avait certainement fait. Si la Withersby le découvrait, elle exigerait une rançon. De toute manière, de là-haut, il ne pouvait plus rien faire.

N'avaient-ils pas été un peu trop théâtraux ?

DEUXIÈME PARTIE

NICKEL CITY

9

Ellen Taylor n'avait pas changé d'un iota. On aurait pu croire qu'elle portait les mêmes vêtements : jean, veste de cuir noir, la cotte de mailles de ses bijoux, un T-shirt blanc où un gosse de BD – tête carrée coiffée d'un gazon blond – disait : « Salut, mec. » Elle portait sa veste de cuir sous le bras et, nervosité et joie mêlées, ne cessait de la passer d'un bras à l'autre en les regardant approcher.

Sa joie était manifeste mais elle essayait de la cacher en prenant un air distrait, balayant tout le terminal du regard, comme si Melrose, Jury et Wiggins n'étaient que trois visages parmi tous ceux qu'elle était venue accueillir.

Alors que Melrose tirait sa valise de cuir du tapis roulant, elle déclara :

– Bien, au moins vous n'êtes pas venu avec des tonnes de bagages.

Au moins ? De quel *autre* accroc à l'étiquette du voyageur s'était-il rendu coupable, alors ?

Elle semblait enchantée comme tout de s'occuper du sergent Wiggins – qu'elle ne connaissait pas – et de Richard Jury – qu'elle connaissait, mais à peine –, et de pouvoir ainsi éviter d'être taxée d'ingratitude ou d'indifférence par ceux qui s'étaient donné la peine de voler à son secours. Melrose, *lui,* était d'une autre catégorie. Il (semblait-elle tenir à faire croire) était un vieil ami, comme une vieille chaussette que l'on enfile ou que l'on jette dans un coin jusqu'à la prochaine lessive.

Elle fut donc d'autant plus embarrassée quand Melrose posa sa valise, la serra bien fort dans ses bras, déposa sur sa joue un baiser sonore avant de reculer de quelques pas pour regarder le rouge lui monter au visage. Pour ne pas croiser son regard, elle baissa le nez en direction de leurs valises et demanda si celle en cuir bordeaux et celle en toile bleu marine étaient les leurs. Avec le même ton qu'avait employé la police d'Heathrow.

– Nous ne les avons pas quittées des yeux, fit Melrose. Nous les avons fermées de nos mains, personne ne nous a donné de paquet à faire sortir du pays.

Jury rit.

– Plus ou moins.

– Pardon?

Le visage d'Ellen était encore marbré de taches rouges. Elle n'était pas maquillée, hormis ses paupières, qui arboraient des ombres variant du brun foncé au champagne en passant par le kaki. Ça n'ajoutait rien à la beauté de ses grands yeux bruns. Melrose aimait beaucoup le visage d'Ellen, sa forme triangulaire, son menton pointu et sa peau claire. Elle avait les cheveux couleur blé mûr, assez longs pour cacher le haut d'une paire de boucles d'oreilles en métal qui lui frôlaient les épaules et se balançaient et tintaient à chaque mouvement de tête.

– On prend votre moto?

Elle ne sembla pas comprendre la plaisanterie.

– Elle est restée au garage. Nous prenons un taxi.

– Oh! laissez-moi faire, Miss, fit Wiggins en la voyant se charger de son sac à dos.

– C'est bien, c'est bien. J'aime porter.

Melrose en doutait. Il la regarda passer les bras dans les courroies du sac à dos avec son habituelle fébrilité. N'importe quoi pour faire diversion.

Pendant qu'ils rejoignaient la sortie, elle leur demanda s'ils avaient fait bon voyage et Wiggins se fit un plaisir de lui fournir tous les détails. Et cela pendant toute la traversée du hall et la descente de la rampe d'accès. Il parlait encore quand ils franchirent la porte et se retrouvèrent dans la bise glaciale d'un après-midi dans le Maryland.

Jury se mit à l'avant et les trois autres à l'arrière. Ellen était entre Plant et Wiggins, à qui elle accordait toute son attention, ce qui donna à penser à Melrose qu'elle avait beaucoup plus besoin de lui qu'elle ne voulait bien le laisser voir, et que ça l'énervait. Elle lui avait fourré un livre entre les mains, un cadeau de bienvenue à Baltimore, en marmonnant que ça pourrait lui servir pendant ses balades.

Alors qu'elle poursuivait son numéro de moulin à paroles avec Wiggins – et ne désignait dans le paysage qui défilait rien qui présente un quelconque intérêt –, Melrose examina son livre. C'était un volume étroit mais épais : *Guide des Étranger à Baltimore.* Chaque coin de la couverture, du carton glacé rouge, était frappé d'un petit croquis d'un site historique de Baltimore. De minuscules traces de pas vagabondaient d'un coin à l'autre, serpentant de bord à bord comme sur un jeu d'enfants.

Melrose trouvait ça louche. Il jeta un regard en direction d'Ellen mais elle était occupée à gaver Wiggins de bonbons à la menthe et à montrer du doigt Dieu savait quoi, puisqu'il n'y avait rien de bien fameux à voir sur cette banale liaison aéroport-centre ville, qui aurait pu se trouver à Londres, Baltimore, New York ou n'importe où dans le monde. Sauf peut-être à Calcutta. Une gigantesque pancarte publicitaire pour la bière Black Label qui semblait excessivement glacée, une autre vantant les charmes du Johnny Walker Rouge, une autre ornée d'un immense panier plein de poulets. Des bas-côtés de terre, des piles de béton, du matériel de construction. Comme dans n'importe quel lieu desservi par un aéroport.

Sa méfiance envers le cadeau d'Ellen fut confirmée par ce qu'il découvrit à l'intérieur du livre rouge. Une famille de quatre membres, la famille « Étranger », se préparait à faire bombance (c'était l'expression retenue par les sœurs Bessie, Lizzie et Lucie, auteurs du livre) au *Inner Harbor,* un havre de lumières vives, de petites boutiques et de lieux où se régaler. Un endroit que les enfants Étranger devaient trouver paradisiaque vu les sourires épanouis qu'ils arboraient. La piste qui serpentait un peu partout avait un air tout à fait « route de brique jaune [1] ». Ainsi, le lecteur accompagnait pas à pas l'excursion des Étranger – monuments et stades, parcs et rues piétonnières – avec de fréquents arrêts de ravitaillement en choses aussi variées que cornets de glace, cappuccinos, déjeuners ou dîners impliquant de grandes quantités de fruits de mer. Ils approchaient d'ailleurs de quelque chose qui ressemblait à un plateau d'étoiles de mer. Il examina attentivement l'illustration : non, ce n'était pas des étoiles de mer – plutôt de minuscules crabes. Puis défilèrent des images d'huîtres ou de clams au visage enjoué qui cabriolaient autour d'un immense plat de service. Ici, une rascasse batifolait et souriait au bout de la ligne d'un pêcheur et au-dessus d'un panier en osier ; là, des homards agitaient joyeusement leurs pinces au-dessus d'immenses marmites. Dans le Maryland, les fruits de mer avaient une attitude très décidée, très ceux-qui-vont-mourir-te-saluent. C'est peut-être ce qui leur a permis de remporter la guerre d'Indépendance, se dit Melrose. Il ne savait pas les soles et les harengs capables d'un comportement aussi brave face à l'ennemi.

– Qu'est-ce que vous faites ? demanda Ellen comme si elle n'avait pas été l'instrument de son occupation présente.

– Il faut croire que je lis.

Melrose passa à la page suivante. Le monument de Washington ? Il le croyait à Washington.

Ellen marmonna quelque chose à propos de guides qui n'étaient pas faits pour être lus et répondit à la ques-

1. *Yellow brick road :* la route qui mène au pays merveilleux du Magicien d'Oz. *(N.d.T.)*

tion posée par Jury à propos de la structure qui se profilait à leur droite.

– Camden Yards, le stade des Orioles. Il est tout récent. Les Orioles y ont ouvert leur saison.

Melrose referma le *Guide des Étranger* et pianota sur la couverture. Il imaginait parfaitement Ellen dans le rayon enfants d'une librairie, en train de parcourir le livre et gloussant. Il s'interdit de réagir et regarda droit devant lui jusqu'à ce que le chauffeur de taxi, qui avait observé un mutisme parfait, leur annonce Baltimore. Pour Wiggins, il aurait pu annoncer Délivrance.

Car le plus grand des bâtiments qui leur apparurent avant qu'ils ne tournent à droite dans Pratt Street était une tour d'horloge florentine qui portait en façade le mot « Bromo-Seltzer ».

Le taxi s'arrêta dans Fells Point devant un élégant bâtiment de brique nommé *Auberge de l'amiral Fell*. L'*Amiral Fell* était mentionné par les sœurs Bessie : le *Guide des Étranger* signalait qu'il s'agissait d'une ancienne fabrique de vinaigre.

– Et une pension pour marins, ajouta Melrose en regardant scrupuleusement son livre.

– C'est un hôtel, mais c'est comme un *bed-and-breakfast*[1]. Je me suis dit que ça vous plairait. Que vous auriez un peu l'impression d'être chez vous.

– Ardry End n'est pas un *bed-and-breakfast*, fit Melrose.

– C'est très bien, déclara Jury.

– Je m'en charge, fit Ellen en extirpant une liasse de billets d'un portefeuille fatigué. Jusqu'à ce que vous ayez appris à compter, ajouta-t-elle, douchant l'étincelle de générosité.

Elle s'adressait, bien entendu, au seul Melrose, Jury et Wiggins étant crédités d'assez d'intelligence pour

1. Littéralement, lit et petit déjeuner. Pension (en général de famille) où l'on prend son petit déjeuner avec les hôtes. *(N.d.T.)*

comprendre sans entraînement le système décimal d'un pays étranger. Ellen se pencha pour payer le chauffeur.

Ils montaient les marches de l'hôtel quand elle demanda (à Melrose uniquement, semblait-il) :

– Bon, que voulez-vous faire ? La sieste ?

Melrose ignora cela.

– Tout ce que je veux, c'est comprendre ce qui se passe et retourner à Ardry End.

Wiggins était fasciné par le grand chien qui était affalé près du bureau de réception. La bête commença à se lever, changea d'avis et laissa retomber sa tête sur ses pattes en levant sur eux des yeux sinistres.

– Bougon, n'est-ce pas ? fit Jury à l'adresse de Melrose. J'ai quelques coups de fil à donner.

– J'ai un cours à donner, répliqua Ellen. J'en ai pour une heure, une heure et demie. Rendez-vous vers cinq heures ?

– Parfait. Où ?

– Nous pourrions aller au *Cheval.* C'est en bas de la rue. Thames Street.

– C'est quoi, le *Cheval* ?

– Un bar du quartier. J'y vais souvent. Vous n'aimerez certainement pas leur bière, mais il y a de la Bass, quand même.

– Ça me va, dit Jury. Tu vas faire ta sieste ? demanda-t-il à Melrose.

Ha ! ha ! pensa Melrose.

– Je vais me balader.

10

Fells Point, lui avait lancé Ellen alors qu'il s'éloignait, son *Guide des Étranger* à la main, était le plus vieux quartier de Baltimore. La ville y était née, c'était certainement le dernier port en activité de la région.

Malgré un pittoresque remarquable à deux doigts de sombrer dans le chic, Fells Point était un authentique morceau d'histoire. Laissé à lui-même pendant deux siècles, il devenait à la mode mais gardait l'allure de son XVIIIe siècle d'origine. Il arborait un savoureux délabrement que galeries et boutiques n'avaient pas réussi à maquiller ou à supprimer. Des maisons étroites bordaient les étroits trottoirs de rues tout aussi étroites. Des toits d'ardoise les coiffaient et des porches en saillie les distinguaient les unes des autres. Les allées et leurs grilles de fer peint avaient dû, se dit Melrose, servir au passage du bétail.

Il arpenta les rues et les quais pendant une heure puis il fit demi-tour. En cherchant le pub du rendez-vous, il repassa devant *l'Auberge de l'amiral Fell*, et enfin le dénicha à environ cent mètres.

La peinture blanche écaillée de l'enseigne donnait au cheval au dos creux l'air d'une vieille carne au service d'une bande de ferrailleurs irlandais. L'animal arborait une expression de satisfaction bête, comme s'il était enchanté d'avoir enfin été mis au pré. L'enseigne du *Cheval* se balançait au-dessus d'une porte qui semblait avoir reçu son dernier coup de pinceau au cours du siècle précédent. C'était une porte qu'on hésiterait à pousser si on ignorait ce qui se trouve derrière. Elle avait un air sournois, cette porte.

Melrose trouvait l'enseignc et la rue très sympathiques. Celle-ci s'appelait Thames Street[1] et, avec ses entrepôts ouverts sur l'eau, ses trottoirs de brique, ses pavés ronds, lui rappelait un peu Whitechapel et les Docklands. Il faisait nuit noire à Londres à cette heure et ici s'installait une obscurité de fin d'après-midi. Il avait commencé à bruiner, le brouillard montait du Patapsco et, bientôt, les petits bateaux ancrés tout près y seraient ensevelis.

C'était un petit pub discret, sans chichis, tout en longueur, avec un bar le long du mur de gauche et des tables et des chaises contre celui de droite. On distinguait à peine le plafond derrière l'écran de fumée qui s'y accrochait – effluves de cigares et de cigarettes – et avec le fleuve de bière – brocs, bouteilles, canettes – qui y coulait, le taux d'humidité devait bien avoir augmenté de trente pour cent. C'était malgré tout un havre de repos après les accents aristocratiques et victoriens du West End. Le pub était bondé d'individus la plupart en état de transe, agglutinés devant le bar, les yeux braqués sur un immense écran de télévision. Une bourrasque d'exclamations l'avait frappé quand il avait ouvert la porte et il s'était senti englouti par une mer de couleurs. Il se fraya un passage et se joignit aux téléspectateurs, qui avaient les yeux rivés sur les footballeurs qui s'empoignaient sur l'écran.

Le football américain le dépassait autant que les voyages sur la lune. Melrose ne connaissait rien au sport, sauf le billard, qu'il aimait parce qu'on y gardait le silence et qu'on y prenait son temps – en d'autres termes, un jeu civilisé. Le billard américain était trop facile et le billard français, trop ennuyeux. Le billard anglais était parfait. On n'y entendait rien d'autre que le bruit des boules et d'occasionnelles bouffées d'applau-

1. Rue de la Tamise. *(N.d.T.)*

dissements, vite tus. Il méprisait le cricket, le polo et le tennis. Il était allé une fois à Wimbledon mais n'avait trouvé aucun plaisir au spectacle de deux Slaves qui s'agitaient avec des raquettes, brûlant plus d'énergie dans un revers qu'il n'en dépensait en une semaine de siège au *Jack and Hammer.*

Il s'installa sur un tabouret maigrichon, entre un costaud vêtu d'une chemise bleue maculée de peinture et une casquette de peintre mise devant-derrière et un géant noir en cuir et dreadlocks.

– BORDEL DE MERDE, FOUS-LA HORS JEU ! hurla le peintre, dressé sur son tabouret comme un jockey sur ses étriers.

Une femme s'approcha (Melrose se dit que ce devait être la barmaid), lui administra un gentil coup de poing sur l'épaule en lui donnant du « Elroy ». Un homme et une femme de bonne taille (mari et femme, à coup sûr), habillés des pieds à la tête de nippes de football (rouge et or), jusqu'aux boucles d'oreilles de la femme (des ballons miniatures), essayèrent d'attirer son attention mais elle les ignora.

– ÇA S'RA QUOI ? demanda-t-elle à Melrose – hurla-t-elle, plutôt, déraillant vers l'aigu pour se faire entendre.

Il se dit qu'il pourrait renoncer à sa Old Peculier (ils ne devaient de toute manière pas en avoir) et demander quelque chose de typiquement américain. Il examina la rangée de bouteilles de l'étagère, au-dessus de la tête de la femme.

– Peut-être une Amstel Light ?

– HEIN ?

Il se redressa et se pencha sur le comptoir.

– AMSTEL LIGHT.

– AVEC UN VERRE ?

– ELLE N'EST PAS SERVIE DANS UN VERRE ?

Elle crut à une plaisanterie et le mitrailla du regard. Il remarqua alors que le peintre buvait à la bouteille et le Noir, à la canette.

– BOUTEILLE, fit-il.

– C'EST PARTI.

Son accent avait attiré l'attention de ses voisins. Il leur sourit et désigna l'écran d'un signe de tête.

– Qui joue ? Baltimore ?

Ils échangèrent un regard par-dessus sa tête.

– Baltimore n'a pas d'équipe, vieux, fit le Noir.

Son attention fut ramenée à l'écran par un hurlement qui venait à la fois du stade et de la salle.

– Skins contre Eagles, vieux. D'où tu viens ?

Le ton de la question (à laquelle Melrose répondit en marmonnant) sous-entendait nettement qu'il ne pouvait être de cette planète. Un regard autour de lui lui fit comprendre qu'il ne pouvait en vouloir au type. Il avait bien remarqué la mer de bordeaux, de vieil or et de vert, mais les lettres imprimées sur les tricots, les casquettes et les blousons de satin lui avaient échappé : REDSKINS ici, EAGLES là.

– Désolé, fit Melrose, en profitant d'une accalmie, la mi-temps peut-être, pour parler normalement. Je ne connais pas grand-chose au football américain.

Il en savait assez pourtant pour demander à la femme du comptoir de remplir les verres de ses nouveaux amis.

Les relations anglo-américaines étant en progrès, le grand Noir déclara :

– C'est une finale de coupe, entre Washington et Philly.

– Finale ? s'étonna Melrose à qui le mot semblait sacrément sérieux.

– Super Bowl, malin ! fit le peintre avec un large sourire qui révéla une rangée de dents plutôt ébréchées.

Le Supper Bowl.

Il se maudit d'avoir oublié les bribes d'informations de Diane Demorney à propos des Colts. Avant de partir, il l'avait appelée pour voir si, dans son stock personnel de mystères, elle ne pouvait trouver quelque chose d'étonnant sur Baltimore. Personne ne serait jamais allé jusqu'à croire que Diane Demorney était savante, mais un bon nombre la croyaient bien documentée. Diane, en fait, ne connaissait pas grand-chose. Ses bribes de savoir – et, pour lui rendre justice, elles étaient légion – dérivaient dans un océan dépourvu de repères. La majorité des amis de Diane ne se doutaient pas que l'iceberg de son savoir n'avait pas de partie cachée.

– Les Orioles, avait-elle répondu à Melrose.

Installé dans son salon immaculé, il attendait son martini. A l'aide d'une tige de verre pleine d'une huile pourpre où flottaient des étoiles, Diane agitait son cruchon de vodka à peine teinté de vermouth. Il l'avait payée de ses informations en acceptant de rester boire un verre.

– Une grande équipe, avait-elle ajouté en faisant tinter la tige contre le cruchon. Baltimore est rempli de fanatiques de base-ball.

Elle tendit à Melrose un verre grand comme un parasol avant d'aller s'installer sur son divan blanc, à côté de son chat blanc – et sournois – qui n'avait pas quitté Melrose du regard depuis que celui-ci avait coulé au fond du fauteuil de cuir blanc informe.

– Il y a Orel Hershiser, si ça vous intéresse.

– Il fait partie des Orioles? avait demandé Melrose sans perdre le chat de vue.

– Non, non. Des Los Angeles Dodgers. C'est grâce à lui qu'ils ont gagné en 1988.

– Je croyais que c'était les *Brooklyn* Dodgers.

Le chat se battait tout seul, les reins cambrés à la manière des chats qui vont charger.

– C'était avant qu'ils ne vendent leur équipe à Los Angeles. Le nom faisait partie du lot. C'est pareil pour les Colts. Ils s'appelaient les Baltimore Colts.

Il avait demandé un supplément d'information mais elle avait visiblement épuisé sa base de données football/base-ball. Elle fonça droit sur Edgar Poe, qu'elle n'avait jamais lu (Melrose en était convaincu) mais de qui elle savait ce qu'elle considérait comme le détail croustillant : il avait épousé sa cousine qui n'avait alors que quatorze ans.

Melrose avait coupé court en lui expliquant qu'au XIXe siècle épouser sa cousine n'avait rien d'exceptionnel. Tout comme de se marier quand on n'était qu'une adolescente de quatorze, voire treize ans.

Et bien qu'elle s'y connaisse encore moins en politique qu'en littérature, Diane avait abordé l'administration Clinton. Après qu'elle eut annoncé à Melrose que le seul démocrate capable de battre George Bush avait été Perry Como, il avait vidé son verre, avait fait un large détour pour éviter le chat et s'en était allé.

Un joueur noir intercepta une passe et Elroy se redressa.

– Vas-y, Art ! brailla-t-il.

– A mon avis, vous êtes pas d'ici, fit le Noir pendant la mi-temps suivante.

Son nom était Conrad, dit-il ; sa poignée de main vous broyait les phalanges. Melrose se tâta la main pour vérifier si ses os étaient au complet puis il avoua que non, il n'était pas d'ici. Il s'ensuivit un bref échange d'ennuyeux propos, chefs d'États, politique et ce que Melrose pensait de Baltimore et s'il comptait aller à Meurtreville.

– Je vous demande pardon ?

Conrad pouffa.

– D.C. [1], mec. La capitale du crack.

Elroy, dont les yeux ne quittaient pas l'écran même pendant la publicité, intervint :

– A Philly, c'est pire.

Ils se disputèrent et échangèrent des arguments alternés d'épithètes et de sarcasmes jetés à la télévision et interrompus, de temps en temps, par des hurlements d'approbation.

– Quel dommage que Baltimore n'ait pas d'équipe. Est-ce que les Colts...

Il y eut un froid : ils tournèrent vers lui des regards sombres, mais cela ne dura pas.

1. District of Columbia, pour Washington. (*N.d.T.*)

– Eh bien, fit Elroy, peut-être qu'on en aura une, bientôt.

– Y a pas l'ombre de la queue d'une chance, fit Conrad (en s'adressant à Connie, la jeune femme derrière le bar). Merde, Elroy, on a le cul pris entre les Skins et les Eagles.

Bien inconfortable, se dit Melrose, imitant leur hochement de tête amer et essayant de se donner un air inspiré. Il était heureux que les autres ne soient pas là, à le voir essayer son air inspiré.

La partie avait repris et un chœur montait des premiers rangs – D-D-D-D-D-D-D – accompagné d'un tam-tam de bouteilles et de verres frappés sur un rythme africain.

Le tambour le plus enthousiaste était un homme plutôt jeune et au cheveu clair, qui sortait du lot parce qu'il chantait juste mais surtout parce qu'il ne portait aucun ornement. Pas d'écharpe des Redskins, pas de sweat-shirt des Eagles. Pas de bordeaux, pas de vert, rien. Rien sinon qu'il était habillé « cher », bien que décontracté. Melrose, parce qu'il en portait lui-même, savait reconnaître la qualité. L'homme avait l'air d'un cadre perdu parmi les délégués syndicaux. Il avait l'air *riche*, voilà tout. Melrose le devinait : lui-même était riche. Il avait aussi l'air *heureux*, à se balancer au rythme des D-D-D-D et à bramer avec les autres.

Un des joueurs intercepta une passe. Elroy tambourina de la bouteille contre le bar.

– *Meeer-de !* hurla-t-il alors qu'une voix annonçait un drapeau.

Il jeta sa casquette à terre et Melrose plissa les yeux en direction de l'écran pour voir le fameux drapeau.

– Penalty ? Qui ? Holding ? Holding, bor-*del* !

Si seulement Melrose arrivait à voir le ballon - ah, là ! Dieu, mais ce garçon savait ce que tirer voulait dire ! Le quaterback avait reculé, visé et envoyé le ballon dans les mains de l'arrière qui galopait, comme si un câble les avait reliés l'un à l'autre. Le joueur serra le ballon contre son sein comme un nouveau-né. Melrose commanda sa quatrième bière et une tournée pour ses compagnons, et l'arrière laboura quelques longueurs de gazon avant d'être expédié au tapis par deux défenseurs larges comme des camions-remorques.

Il entrait dans le jeu quand il sentit qu'on le tirait par le coude. Il essaya de se libérer. C'était Ellen.

– Lance-la aux copains ! hurla Elroy qui était remonté sur ses étriers.

– Qui joue ?

Un autre chœur s'éleva du bar :

– RYP – RYP –RYP –RYP –RYP.

Jury, Wiggins et Ellen étaient derrière Melrose. Ellen allongea le cou pour voir l'écran.

– C'est une belle, c'est ça ? C'est pas un peu bruyant pour vous ? ajouta-t-elle pour Melrose.

Excédé, il se tourna vers elle, sa bouteille d'Amstel Light à la main. Il en avait assez d'être le Vieux Melrose, celui qui faisait la sieste et avait horreur du bruit.

– Skins contre Eagles, bon Dieu !

Il se mit le goulot dans la bouche et se retourna vers le bar, bras croisés.

– Sans blague ? Vous y connaissez quelque chose ?

– Si j'y *connais* quelque chose ? Ha, ha ! Bon, que buvez-vous ?

– Tout sauf la même chose que vous. Vous m'avez l'air joliment bourré.

– Amstel Light, fit-il en levant sa bouteille.

– Bass, dit Ellen. Nous pourrions en prendre une cruche. A moins que vous ne préfériez une bouteille ? demanda-t-elle à Wiggins et à Jury.

Wiggins, naturellement, voulait une tasse de thé. Qu'il ne put obtenir. Aussi resta-t-il planté là, à essayer de se décider pour quelque chose d'autre pendant que ses compagnons gagnaient une table, leur demi à la main.

Ellen fit un signe au type du bout du bar que Melrose avait repéré. Il remarqua aussi que le bougre était plutôt joli garçon, surtout quand il souriait.

– C'est Pat. Patrick Muldare. C'était un ami de Beverly Brown. Certains disent qu'ils étaient *très* amis.

Jury examina Patrick Muldare pendant quelques instants.

– C'était une de vos élèves ? demanda-t-il.

Elle acquiesça.

– Que s'est-il passé ?

– La nuit du 19 janvier est l'anniversaire de Poe.

Ils la regardèrent. Jury demanda :

– L'anniversaire de Poe ? Qu'est-ce que ça a à voir ?

– Beaucoup. Poe est enterré dans le cimetière de l'église de Westminster. Chaque année, la nuit de son anniversaire, quelqu'un – personne ne sait qui sinon que c'est un homme – apporte du cognac et des fleurs, des roses, sur sa tombe. C'est une tradition qui dure depuis des années. Il est arrivé que des gens attendent dans l'espoir de découvrir qui est cet homme. Personne ne l'a jamais vu. Beverly aime – aimait – beaucoup Poe. Elle aimait son style, c'était le sujet de sa thèse de doctorat. Elle avait décidé, pour rire, d'aller à cette petite fête d'anniversaire. Elle y est allée, elle a été assassinée. Étranglée. D'après les flics, ça a dû se passer juste après que la foule – enfin, pas une vraie foule quand même – s'est dispersée car personne n'a rien vu.

– Pourquoi Beverly Brown n'est pas partie en même temps que les autres ?

Ellen haussa les épaules.

– Je n'en ai aucune idée. A moins qu'elle n'ait compris que l'homme venu ce soir-là n'était pas le bon. Voyez-vous, le conservateur du musée Poe avait l'habitude – lui ou un de ses employés – de venir avant l'inconnu, de déposer des fleurs à sa place pour se débarrasser des curieux. Elle a dû penser que la personne qui s'était montrée était un imposteur, que c'était une ruse. Elle avait raison. Alors elle a traîné dans le coin. Et elle s'est fait tuer.

Le sergent Wiggins regagna la table avec un verre d'eau gazeuse. Il s'assit. Ellen reprit :

– Beverly a pris quelques cours avec moi. Trois, pour être précise. Je crois qu'elle m'aimait bien, je ne sais pas. Elle était terriblement critique envers ses professeurs. Je peux affirmer une chose : elle était très fine. Elle était intelligente et avait beaucoup d'imagination. Et elle était un excellent chercheur – elle avait l'œil et l'esprit pour ça. Elle servait d'assistante à Owen Lamb, qui est très difficile. Beverly m'a demandé si elle pouvait prendre ces articles comme sujet d'un exposé que j'avais demandé.

Ellen fouilla dans son sac et en tira quelques coupures de presse.

– J'ai dit oui, bien entendu. Ça avait l'air intéressant. Je croyais vraiment qu'elle allait essayer, pas de résoudre l'affaire, mais d'en faire quelque chose du genre Marie Roget – vous connaissez cette histoire de Poe : *Le Mystère de Marie Roget* ?

Ils acquiescèrent, sauf Wiggins qui fronça les sourcils et continua à touiller son eau gazeuse du bout du doigt.

– J'ai vu un bon nombre de ses notes parce qu'elle venait me consulter de temps en temps pour savoir ce que j'en pensais.

Ellen tira d'autres feuillets de son sac.

– Beverly est venue me voir le jour de sa mort. Et elle m'a laissé tout ça.

Ellen aligna deux des coupures.

– Je ne sais pas au juste ce qu'elle avait découvert dans ces articles, mais elle a dû penser que ces deux meurtres étaient liés.

– Quels meurtres ?

Ellen posa le doigt sur un article, un paragraphe plutôt, du *Baltimore Sun*.

– Un vieil homme, un clochard nommé John-Joy. On l'a découvert dans Cider Alley, une petite ruelle qui part de Lexington, près de Market. Il a été découvert par un autre clochard, un autre vieillard qui traînait avec lui. Celui qui l'a trouvé s'appelle Milos. Personne ne semble connaître son nom de famille. Milos traîne tout le temps – il fait la manche – près d'une boutique tenue par le frère de Patrick Muldare. Ou le demi-frère, je ne sais pas vraiment. Milos est sourd et aveugle. Mais il n'est pas demeuré. Il parle à la perfection. Il *hurle* à la perfection, plutôt. Comme beaucoup de sourds, il parle très fort.

» Et l'autre meurtre auquel Beverly s'intéressait – je ne peux que faire des suppositions d'après les notes qu'elle a laissées – va vous surprendre.

Elle s'adressait à Jury et poussa la seconde coupure devant lui. Jury la regarda puis leva les yeux.

– Philip Calvert ? Le *même* Calvert ?

– J'imagine qu'il ne peut pas y en avoir deux. A Philly ?

Cette coupure était plus grande que l'autre, elle provenait du *Philadelphia Inquirer*. Jury l'examina avant de la passer à Wiggins.

– Et, expliqua Ellen, il y avait ce bout de papier épinglé aux notes. Un griffonnage, en fait. Ce sont trois séries d'initiales. Vous voyez ? ajouta-t-elle en soulignant les initiales du doigt. PC, J-J, PM. Et il y a « Fond. Barnes » écrit ici. Il doit s'agir de la Fondation Barnes, dans les faubourgs de Philadelphie. Mais les lettres PC, PM, et J-J, vous voyez ?

Jury et Wiggins, penché au-dessus de son épaule, contemplaient la page de carnet.

– Je n'en aurais pas pensé grand-chose s'il n'y avait pas eu de trait d'union entre les deux J. Je ne vois pas ce que ça pourrait être d'autre que John-Joy. Et la Fondation Barnes nous amène à Philip Calvert.

– Mais, demanda Melrose, qui est PM ?

– Ellen pense que c'est moi.

La voix derrière Plant et Jury était celle du beau garçon du bout du bar à qui Ellen avait fait signe.

– Salut, Ellen.

– Patrick Muldare, fit Ellen en faisant les présentations. Il enseigne à Hopkins avec moi.

Muldare rit.

– N'exagérons pas !

Il était difficile de donner un âge à Patrick Muldare

car il avait un de ces visages qui gardent à jamais quelque chose de gamin, et surtout à cause d'une chevelure indomptable, et indomptée, qu'il devait sans arrêt ramener en arrière. Il laissa tomber une main sur l'épaule d'Ellen et sourit à l'assemblée. Tout aussi mécaniquement, la main d'Ellen se posa sur la sienne, la tapotant gentiment. Les deux gestes, remarqua Jury, étaient tout sauf spontanés : rien ne passait entre eux. Il nota aussi que Plant observait cet échange avec attention.

Ellen invita Muldare à se joindre à eux. Avec une finesse que Jury trouva exceptionnelle, celui-ci déclina l'invitation. Il semblait avoir conscience du fait qu'ils venaient à peine d'arriver et que leur réunion n'avait certainement pas besoin d'un élément étranger. Et il avait peut-être perçu la réaction de Plant. Il resta donc debout, à siroter sa bière.

– Nous parlions de Beverly, fit Ellen.

– Vous croyez vraiment que ce sont mes initiales? Dieu seul sait pourquoi ce le serait! fit-il en secouant la tête et en reposant le bout de papier sur les coupures de presse.

Jury lui sourit.

– La question est : croyez-*vous* que ces initiales soient les vôtres?

Muldare haussa les épaules.

– Non. Et j'espère bien que non! Quand on voit ce qui est arrivé aux autres...

En dépit de ce commentaire, il les gratifia d'un sourire d'une insouciance absolue. Ellen leva les yeux sur lui, ouvrit la bouche, la referma et finit par dire :

– Je ne sais pas pourquoi elle m'a remis tout ça...

– Elle avait confiance, je suppose. On peut vous faire confiance.

Muldare sourit à la ronde une dernière fois et retourna au bar.

– Il est professeur? demanda Jury.

Ellen rit.

– Il n'assure qu'un seul cours et uniquement pour le

plaisir. C'est un des hommes les plus riches de Baltimore. Il *nage* dans l'argent. Vieille fortune. *Très* vieille fortune. Et cette vieille fortune engendre beaucoup d'argent frais. Le bâtiment, essentiellement. Il est très efficace en affaires et descend d'une longue lignée tout aussi efficace pour produire de l'argent. L'immobilier, les trucs habituels. Et il n'a guère plus de trente ans. Trente-deux, je crois. Il vit pourtant à Fells Point, dans Shakespeare Street. Il est très simple, en réalité. On ne le croirait pas si riche. Si ce n'est à cause du football.

– Le football ? fit Melrose, comme si enfin on abordait son territoire.

Ellen parut ne pas être de cet avis et ne répondit pas. Jury réfléchit en silence, observant le verre plein de liquide gazeux de son sergent. Il fronça les sourcils, à la fois à cause du verre et à cause de ses pensées.

– Croyez-vous que Beverly Brown ait été assassinée à cause des informations qu'elle avait rassemblées, ou de quelque chose qu'elle avait découvert ?

– Pas nécessairement.

Comme un magicien de son haut-de-forme, Ellen tira de son sac des feuillets dactylographiés et une feuille glissée dans une chemise de plastique.

– Elle a peut-être été tuée pour *ça.*

11

Jury prit la feuille qui, sous le plastique qui la protégeait, avait la couleur brune d'un parchemin taché d'encre et pâli par le temps. Son regard croisa celui d'Ellen par-dessus la page. Il baissa les yeux, la regarda encore, ne dit rien, et lut :

Violette
Par Edgar A. Poe

Madame,

Je ne saurais dire avec certitude quand j'ai fait la connaissance du gentilhomme auquel vous vous référez en tant que « William Quartermain », car je ne le connais que comme M. Hilaire P..., et ne l'ai rencontré qu'une fois dans une grande maison, morne et délabrée, des bords de Seine. Les circonstances de notre rencontre et de nos relations furent des plus extraordinaires.

M. P... m'apparut d'une manière très étrange et irréelle, comme si un spectre ou un esprit, soudain matérialisé à partir du brouillard qui flottait à ras de terre, avait pris la forme d'un être humain...

Alors qu'il essayait de déchiffrer l'écriture manuscrite, rendue à peine lisible par les ravages du temps, Ellen lui glissa d'autres pages sous les yeux, celles-là tapées à la machine.

– Elle les avait retranscrites. Je veux parler de Beverly.

Melrose et Wiggins regardèrent le feuillet que Jury avait mis de côté et ce dernier se remit à lire :

Madame,

Je ne saurais dire avec certitude quand j'ai fait la connaissance du gentilhomme auquel vous vous référez en tant que « William Quartermain », car je ne le connais que comme M. Hilaire P..., et ne l'ai rencontré qu'une fois, dans une grande maison, morne et délabrée, des bords de Seine. Les circonstances de notre rencontre et de nos relations furent des plus extraordinaires.

M. P... m'apparut d'une manière très étrange et irréelle, comme si un spectre ou un esprit, soudain matérialisé à partir du brouillard qui flottait à ras de terre, avait pris la forme d'un être humain. Cette rencontre se produisit un soir de novembre, un soir de pluie et d'impénétrable brouillard, aux Tuileries. Le gentilhomme semblait en proie à une grande détresse ; je ne pourrais dire si elle était due à une maladie ou à de ces malaises qui nous envahissent si souvent les jours où le climat est d'une âpreté insupportable, comme l'était assurément ce soir de pluie.

– C'est un dingue, fit Melrose.
– Pardon? dit Ellen. Ne l'interrompez pas.
– Non mais, vous avez vu comment il s'exprime?
Ellen fit signe à Jury.
– Continuez.

... comme l'était assurément ce soir de pluie. Quoi qu'il en soit, je le vis tituber et il évita de tomber en se laissant choir sur un banc.

J'allais passer mon chemin mais l'état

de son visage et la posture qu'il avait adoptée m'en empêchèrent. Je lui demandai si je pouvais lui être d'une aide quelconque - Se sentait-il mal ? - et m'apprêtais, autant que je le pouvais, à me mettre à sa disposition.

Il leva vers moi un regard d'une intensité brûlante ; il sourit ; il tenta de se moquer de l'accès de faiblesse qui avait failli le submerger. Il se leva, mais j'avais de grandes réticences à l'abandonner dans une telle condition. Enfin, après que nous eûmes bavardé, et alors que la pluie se dissipait et que le brouillard se dispersait, il suggéra que, peut-être, je pourrais me donner la peine de l'accompagner dans ses appartements de la rue X... afin de partager un verre de vin avec lui.

J'acceptai avec empressement. Je m'étais découvert, pendant les brefs instants passés en sa compagnie, une très forte inclination à rester à ses côtés, tellement magnétique était sa personnalité.

Mais j'étais mal préparé à la somptuosité, à la sensualité devrais-je dire, de l'habitation de M. P... Les délicates dentelles des rideaux, l'extravagance des tentures, les volutes des draperies, le bois ciré des lourds fauteuils dont les pieds et les bras étaient sculptés de formes ressemblant aux misérables visages d'une religion torturée, les murs couverts de tant de tableaux encadrés d'or que les parois rouge sang étaient à peine visibles. Et dans la pièce entière flottaient divers parfums que produisait une étrange sphère de verre pleine d'une huile extraite d'herbes les plus rares.

Nous nous installâmes dans cette atmosphère extraordinaire alors que le vent qui montait du fleuve soulevait les rideaux et dispersait dans la pièce l'âcre parfum de l'huile. Il restait parfaitement silencieux, la tête légèrement inclinée, assis dans un de ces fauteuils fantasmagoriques.

- Cette huile me soulage, dit-il, car j'ai la sensation d'être, à chaque instant, déchiré.

Sa voix avait atteint un nouveau degré de mélancolie, aussi murmurai-je quelques vains mots d'espoir et de réconfort, de ceux qui n'arrivent qu'à accentuer les sentiments d'oppression de celui qui souffre car ils lui révèlent que son interlocuteur ne comprend rien à sa douleur.

Je me souviens du frisson qui me traversa le corps à la pensée de tant de malheurs éprouvés par quelqu'un qui, à en juger par la magnificence de sa chambre, n'avait plus rien à demander à la fortune. Alors qu'il fermait les paupières et inhalait les essences de l'huile, je regardai la fenêtre qui s'ouvrait derrière lui. Par cette fenêtre, qui donnait sur un petit balcon de fer, je pouvais voir, par-delà la cour, une autre fenêtre qui appartenait à la maison voisine. Cette autre fenêtre avait presque les mêmes proportions que la première ; elle permettait d'apercevoir à travers ce qui semblait être une pièce de dimensions imposantes une autre fenêtre. Ainsi, la vision que j'avais à travers la fenêtre de M. P... était prise dans le cadre d'une perspective qui allait en diminuant toujours, un effet impossible à réaliser en considérant tout simplement quelque horizon lointain, où la seule mesure serait la terre au-dessous et le ciel au-dessus.

Et j'en suis arrivé à croire, au long des jours et des semaines qui suivirent ma visite dans les appartements de M. P..., en cette PERSPECTIVE - vision amenuisée par et à travers cette étrange succession de fenêtres, vision d'un univers qui s'effondre -, croire que c'est la Perspective qui constitue ce que nous connaissons de la réalité et non ce qui se présente à nous lors de nos errances et nos promenades diurnes - arbres, êtres, jardins, demeures -, ces choses qui ne sont que les irréels fantômes formés par nos esprits.

Car c'est ce portail, qui donne sur ce portail, et encore, et toujours, et sur le flot contigu d'images qui s'étendent sans fin - cela seul nous autorise ce que nous savons de la réalité, cette évanescente vision du monde.

Jury se tut et regarda sous la page qu'il tenait à la main, comme si une autre allait apparaître, comme une de ces fenêtres.

– Est-ce tout, monsieur? demanda Wiggins, son verre de liquide suspendu à mi-chemin de ses lèvres.

Dans le court silence qui plana sur la table parvinrent les bruits du chœur tribal du bar. Jury dut se secouer pour se défaire d'un sentiment de dislocation, une sensation fugace d'avoir erré dans un lieu perdu de la terre. Il regarda en direction de l'écran de télévision : les supporters acclamaient l'une ou l'autre équipe.

– C'est plutôt fascinant, fit Melrose en allumant un petit cigare. Il y a quatre histoires qui se déroulent simultanément – ou à peu près. Le narrateur et ses relations avec M. P, l'histoire que raconte ce M. P, il y a les lettres qui suggèrent une relation entre M. P et la femme. Et puis il y a le lien qui unit le narrateur et la femme.

– Vous avez la suite ? demanda Wiggins à Ellen.

Il prenait visiblement beaucoup de plaisir à ce qu'on lui lise des histoires.

– Oui. Mais elle est enfermée à clé dans mon classeur. Dans mon bureau. Je ne me sens pas de balader l'original partout. Je veux dire, *imaginez* que ce soit... ?

– Écrit par Poe lui-même ? demanda Jury. Un expert capable d'en juger l'authenticité l'a-t-il lu ?

– Le professeur Irwin, qui est une autorité dans ce domaine. Vlasic, qui *croit* en être une. Mais il croit aussi être tout pour tous les étudiants. Et il y a celui dont je vous ai parlé, Owen Lamb, le professeur dont Beverly était l'assistante. Il est généalogiste, historien, spécialiste de documents anciens.

– *Et alors ?* insista Jury. Qu'en ont-ils dit ?

– Ils ne sont pas tous du même avis. En général, ils pensent qu'il s'agit d'un faux. Vlasic, bien sûr, ne se prononce pas. Il aurait trop peur de se tromper. Lamb ne pense pas qu'il soit authentique, mais il reconnaît que son avis repose sur d'autres choses que l'analyse du texte, dans la mesure où il ne considère pas que le *contenu* d'un manuscrit sujet à caution puisse être décisif. D'autant que Poe ne dissimulait pas ses manuscrits.

– Mais s'il s'agit d'un texte de Poe, comment se fait-il qu'on ne le retrouve qu'aujourd'hui, quelque cent ans plus tard ? Comment l'a-t-elle trouvé ? *Où* a-t-elle dit l'avoir découvert ?

– Beverly a dit qu'elle fouillait dans une vieille malle, dans une boutique d'antiquités près d'ici, que c'est là qu'elle l'avait trouvé.

– Une malle ? Dieu du ciel ! pouffa Melrose.

– Une boutique dans Aliceanna Street. Par là, fit Ellen avec un signe de tête derrière elle.

– Et l'écriture ?

– C'est autre chose. Un expert y travaille.

Jury secoua la tête.

– C'est l'ampleur de l'imposture qui me frappe. Nom d'un chien, imiter ne serait-ce qu'une signature demande un talent hors pair ! Écrire une histoire entière avec l'écriture d'un autre me paraît une tâche pratiquement insurmontable. Cette fille avait-elle les moyens d'une telle entreprise ?

Ellen réfléchit un moment, tout en touchant du doigt la feuille de plastique qui abritait l'original.

– Oui, soupira-t-elle. Beverly était ambitieuse. Elle était déterminée à obtenir ce qu'elle désirait. Et ce qu'elle voulait, après son doctorat, c'était enseigner à Harvard. Pas n'importe quelle école de la Ivy League[1], Harvard. *Harvard*, point final. Une chose est sûre avec elle : elle savait exactement ce qu'elle voulait.

– J'imagine qu'il n'y a pas des masses de places à Harvard, fit Wiggins.

– A moins, fit Melrose, que le sujet de votre thèse de doctorat ne soit l'analyse d'un manuscrit découvert récemment et supposé être de la main d'Edgar Poe. Avec un truc pareil, on décrocherait une place n'importe où. J'imagine qu'elle était une excellente étudiante.

– Oh, oui !

Wiggins reposa son verre, vide maintenant, sinon un sédiment blanchâtre.

– Mais ne faut-il pas beaucoup de temps pour écrire une thèse de doctorat ? Et elle perd tout intérêt si quelqu'un anticipe sur vos conclusions, n'est-ce pas ? Quelqu'un d'autre peut prouver que c'est un faux avant même la fin de votre thèse.

– Il suffit alors de changer votre fusil d'épaule et de

1. Les huit grandes universités privées du nord-est des États-Unis. (*N.d.T.*)

traiter ces conclusions-là, fit Melrose. L'effet ne serait pas aussi spectaculaire que si vous y étiez parvenu vous-même, mais quelle notoriété ! Et de toute manière, vous sauriez avant même de commencer si quelqu'un risquait de ficher votre thèse en l'air car, après tout, ce manuscrit a été passé aux rayons X par les experts.

» Elle aurait donc terminé sa thèse avant que ne commence une nouvelle polémique. Et puis, n'aurait-elle pas pu empêcher quiconque d'y jeter un regard ? C'était son bien, après tout. En fait, voici ce qui serait vraiment malin : quelle importance, en dehors de la valeur *intrinsèque* du manuscrit, qu'il soit authentique ou non puisqu'elle en fait le sujet de sa thèse. Très astucieux. On fabrique un faux dans le but de démontrer que c'est un faux.

– Oui, mais dans ce cas, intervint Wiggins, pourquoi assassiner quelqu'un pour mettre la main sur un faux ?

– Juste, déclara Jury. S'il y a des doutes sur sa légitimité... Et pourquoi l'église ?

– Parce qu'on savait qu'elle s'y rendrait. Le 19 janvier est l'anniversaire de Poe. Je vous accorde que c'est choisir un drôle d'endroit. Plutôt très fréquenté, n'est-ce pas ?

Le regard de Jury fouillait le bar. Patrick Muldare était parti.

– Et Patrick Muldare ? Ces troisièmes initiales. Pourquoi croyez-vous qu'il s'agit des siennes ?

Ellen haussa les épaules.

– Je ne sais pas. Ils étaient très amis. En fait, je crois qu'ils couchaient ensemble. Et elle travaillait à la boutique que tenait son frère.

Wiggins avait sorti son carnet de sa poche.

– A quelle adresse, Miss ?

– C'est une espèce de boutique d'antiquités originale... enfin, si on peut appeler ça des antiquités. Ça s'appelle *Nouveau Pauvre*[1]. Elle se trouve sur Howard, le coin des boutiques de ce genre. C'est devenu très à la

1. En français dans le texte. (*N.d.T.*)

mode. Il y a un café aussi, le *Hard Knocks*[1]. Beverly y travaillait à mi-temps. Je ne saurais dire si c'était au café ou à la boutique. Et puis il y a aussi ce professeur dont je vous ai parlé. Elle était l'assistante de Lamb. Je ne sais rien de ses autres amis.

Jury relut la coupure du *Inquirer*.

– Philip Calvert. Vous a-t-elle parlé de lui ?

– Pas directement. Mais, comme vous voyez, il travaillait à la Fondation Barnes à Philadelphie. Le semestre dernier, Beverly suivait un cours sur l'art. La Fondation propose un certain nombre de cours. Qu'il n'y ait pas de rapport serait une sacrée coïncidence.

– Personne – du moins, la police – n'a jamais mentionné nulle part que les crimes étaient liés.

Melrose avait étalé les coupures de journaux devant lui et son regard allait de l'une à l'autre. Il demanda à Ellen :

– Quelle information possédait Beverly qu'ignorait la police ?

– Je ne sais pas.

Jury étudiait toujours la page de carnet déchirée.

– Elle a délibérément rapproché ces noms. En admettant, bien sûr, que les initiales sont bien celles de ces trois personnes.

– De qui d'autre ? fit Ellen. Non seulement il y a les coupures de journaux mais à quel J-J avec tiret pouvait-elle faire allusion ? John-Joy.

Jury s'adossa à son siège.

– Demain, je vais dans cette petite ville du nord de la Pennsylvanie. Blaine, Pennsylvanie. Peut-être pourrai-je rencontrer l'amie de Calvert, à la Fondation Barnes.

– Aurez-vous besoin de moi, monsieur ? demanda Wiggins d'un ton qui signifiait clairement qu'il espérait que non.

– Non. Vous êtes en congé demain, Wiggins.

– J'aimerais beaucoup visiter la ville. Johns Hopkins, par exemple.

1. Les Coups Durs. (*N.d.T.*)

– Venez avec moi, proposa Ellen. Je donne un cours demain matin.

– Je songeais plutôt à l'hôpital.

Wiggins avala le dépôt blanc au fond de son verre.

– Qu'est-ce que c'est, ce truc?

– Bromo-Seltzer, monsieur. Ça a bon goût, vous savez.

Jury leva les yeux au ciel, secoua la tête et se tourna vers Melrose.

– Peut-être pourrais-tu aller voir cette boutique où Beverly Brown a trouvé la malle. Où est-ce déjà? demanda-t-il à Ellen.

– Aliceanna Street. A deux rues d'ici. Et je finis mes cours à deux heures. Vous pourrez me retrouver après, à Hopkins. Gilman Hall.

Un jeu avait remplacé le match et les habitués fixaient l'écran avec la mâchoire légèrement relâchée du spectateur qui s'en fiche mais qui, faute de mieux, se résigne à regarder ce qu'il y a. Les ombres bleuâtres donnaient à leurs visages un aspect vaguement cyanosé. Au fond de la pièce, un jeune guitariste installait un micro.

Jury regarda l'heure.

– Il est plus d'une heure du matin à Londres et nous n'avons pas dîné. J'ai faim. Pas vous?

Il termina sa bière et s'apprêta à se lever. Ellen le repoussa sur son siège.

– Un moment, dit-elle en plongeant dans un autre sac, celui-ci rempli de livres. Avant d'aller manger, je dois nourrir mon chat.

Melrose jeta un coup d'œil au sac informe.

– Il est là-dedans?

Elle le fusilla du regard.

– Ne soyez pas ridicule! Je cherche quelque chose.

Elle produisit un livre à la jaquette colorée, et ce qui ressemblait à des pages manuscrites.

– Mon livre, dit-elle, en désignant le manuscrit.

– Lequel? Celui des saucisses?

Le regard d'Ellen essaya de le carboniser sur place.

– *Sauvage savant* n'est *pas* sur les saucisses !

– Vous disiez que c'était un traiteur. Un traiteur quelque part à Brooklyn...

– A Queens. Laissez tomber. Celui-là, c'est *Portes*.

– Portes ?

– C'est le titre. C'est le deuxième tome d'une trilogie. Il vient après *Fenêtres*.

Jury prit le livre à la jaquette criarde, dont l'auteur semblait être italien, et demanda :

– De quoi s'agit-il, Ellen ?

– Elle essaie de me voler Sweetie.

12

Sweetie.

– Serait-ce votre chat, Miss ? demanda Wiggins, qui s'apprêtait à aller se chercher un autre Bromo-Seltzer.

– *Non !* C'est mon pro-*ta*-go-nis-te, sergent Wiggins, cracha Ellen.

Son visage s'empourpra puis redevint triste. Pas le moins embarrassé par son impair mais néanmoins terriblement affligé par autant de détresse, Wiggins proposa d'aller chercher une autre tournée.

Melrose n'avait jamais vu quiconque aussi abattu qu'Ellen à l'instant où elle tirait de son sac un exemplaire fatigué de *Fenêtres*. Le moment n'était peut-être pas idéal pour avouer qu'à lui aussi un protagoniste nommé « Sweetie » causait des problèmes. Il prit quelques pages du manuscrit, les parcourut, réalisa que ce nouveau livre ne serait pas plus accessible que le précédent et espéra qu'on n'attendrait pas de commentaire intelligent de sa part.

Apparemment, l'intelligence de Melrose n'était pas à l'ordre du jour. Tout en feuilletant *Fenêtres* avec amour, Ellen, qui lisait dans les pensées, déclara :

– Certains ont du mal à apprécier un personnage nommé Sweetie, ce qui est compréhensible. Pas vous ?

– Moi ? Eh bien, disons que je me demande...

– Pas du tout, fit Jury. Je pense que c'est un nom excellent. Je pense que c'est un excellent livre, Ellen.

Quand avait-il... ? Melrose fixa Jury. Dans l'avion !

Jury avait lu le livre en entier en venant ici ! Bon, il n'était pas très long, mais quand même. Allez vous étonner, avec ça, que Richard Jury ait autant de succès avec les femmes qu'avec les témoins !

– Tenez, regardez ça !

Elle brandissait le livre enveloppé de sa jaquette multicolore où scintillait un torse à la Picasso. Son titre était *Lovey*. Mauvais augure, se dit Melrose.

– Écoutez.

Ellen se mit à lire un extrait de *Fenêtres*.

Sweetie ramassa l'enveloppe blanche. Elle était humide de rosée. Quand elle en sortit l'épais rectangle de papier et qu'elle vit l'écriture familière, Sweetie sentit sa gorge se serrer. Elle lut :

« Lily, tu dois être prudente. »

Le milieu de la matinée, pourtant Sweetie monta dans sa chambre et s'allongea. Et le matin passa au soir qui passa à la nuit et elle-même à un autre matin. Pendant tout ce temps, elle resta allongée à regarder le plafond. Sweetie avait peint des étoiles et une lune audessus d'elle. Le plafond au-dessus d'elle avec ses étoiles d'argent et sa lune fantomatique.

– Maintenant, dit Ellen, écoutez ça.

Elle prit l'autre livre et l'ouvrit à l'endroit où avait été placé un marque-page.

Lovey ouvrit la porte et regarda des deux côtés de la rue pour voir qui pouvait avoir sonné. La chaleur, comme une main tiède, semblait la repousser, s'épanouir sur son visage. Elle ne vit personne. Elle alla sous le porche et, quand elle vit le paquet, manqua de trébucher contre le banc de bois. C'était le cinquième, adressé à son propre personnage fictif, Baby. Lovey avait peur de le toucher.

Ellen reposa violemment le livre sur la table, faisant s'entrechoquer les verres et se retourner des clients assis à des tables voisines.

– Elle essaie de changer Sweetie[1] en Lovey[2] et Lily en Baby. Bon Dieu ! « Son propre personnage fictif, Baby. » Elle n'a pas la moindre idée de ce qui se passe dans *Fenêtres* !

– Mais c'est terrible, Ellen ! fit Melrose, sincèrement furieux. Et ça a été *publié* ? Comment peut-on faire avaler un plagiat aussi manifeste ?

– Ce genre de choses se produit tout le temps. Ce n'est pas du mot-à-mot, c'est quasiment impossible à prouver.

Malrose revint à la couverture.

– Vittoria Della Salvina... Elle est italienne ?

– Elle est du Queens. Son vrai nom est Vicks Salve. Seigneur ! Quelle nullité c'était !

Ellen s'empoignait les cheveux et tirait dessus.

– Un zéro intégral. J'aurais dû m'en douter.

Jury parcourait les pages. Il aurait certainement lu et annoté tout le fichu bouquin avant que Wiggins ne soit revenu avec les boissons. Melrose soupira. Pourquoi n'y avait-il pas fait plus attention ? Bon, désormais, il lirait avec plus d'assiduité.

– Vous connaissez cette femme ? demanda Jury.

La tête toujours dans les mains, Ellen acquiesça. Comme chez les marionnettes, on aurait cru que c'était ses mains qui actionnaient sa tête.

– Oh, oui ! *Oh*, oui ! Il y a deux ans, j'ai enseigné à New School, à Manhattan. Un atelier d'écriture. *Fenêtres* venait à peine d'être publié. Cette Vicks Salve s'asseyait au premier rang et elle buvait mes paroles comme vous n'oseriez l'imaginer. Elle traînait là, avant et après les cours, et elle parlait, parlait, parlait, de *Fenêtres*, et quel livre extraordinaire c'était ! Il était évident qu'elle l'avait *lu*. En d'autres termes, elle y avait eu « accès », comme dit la loi. Et c'est la chose la plus difficile à prouver. J'ai vu deux avocats. Vous n'avez pas *idée* de la difficulté qu'il y a à prouver un truc pareil.

1. Mon ange. *(N.d.T.)*
2. Mon amour. *(N.d.T.)*

– Bon Dieu, éclata Melrose, mais c'est sacrément évident ! Vous aviez remporté ce prix prestigieux et cette... *personne*... Nom d'un chien, quoi ! C'est insupportable ! Poe, au moins, ajouta-t-il, est mort. Il se fiche d'être plagié par des vampires.

– De plus, fit Jury, son style est épouvantable. « La chaleur s'épanouissait » ? Elle écrit comme un pied et vous êtes un vrai écrivain. Voilà pourquoi personne n'a rien vu.

– Ça pue. Toute cette affaire pue terriblement.

Ellen laissa tomber son front contre son bras.

C'est pour ça qu'elle a appelé ! réalisa Melrose. Et qu'elle voulait que je vienne aux États-Unis.

– Ne vous en faites pas, dit-il. Personne ne fera attention à cette foutaise. Elle a réussi à faire publier son livre grâce au vôtre. C'est tout.

– Mais non ! Elle va recommencer. J'écris une trilogie avec Sweetie.

Elle désigna le manuscrit de *Portes*.

– Allons, Miss, fit Wiggins en sifflant la moitié de son verre, elle n'essaiera certainement pas de recommencer.

– Pourquoi pas ? Elle s'en est sortie la première fois, non ?

Melrose regarda Jury.

– Qu'est-ce que tu vas faire ?

Jury sourit.

– J'ai peur que ce ne soit pas un cas qui concerne la Criminelle.

– Quand son deuxième livre sortira, ça la concernera, fit Ellen.

13

La porte de la boutique d'Aliceanna Street était flanquée de deux parpaings qui servaient de pots à des poinsettias brûlés par le gel, probablement des restes de la ruée de Noël. Mais vu sa vitrine, une ruée dans la boutique d'Aliceanna Street n'était pourtant guère probable. Elle était pleine de bric-à-brac, avec une demi-lune de néon bleu qui clignotait en compagnie d'un logo cabalistique. Ce duo donnait davantage l'impression d'un antre de diseuse de bonne aventure que d'une boutique d'antiquités. Une fillette était plantée devant la vitrine en désordre ; le nez écrasé contre la vitre et encadré de ses deux mains, elle scrutait l'intérieur de la boutique. Quand elle s'aperçut de la présence de Melrose, elle tourna la tête, agacée. Ses yeux avaient l'air de grains de cassis sertis dans de la pâte à beignet et son visage arborait une expression tout à fait désagréable. Interrompue dans son inspection de la vitrine, elle lui décocha un sale regard et s'éloigna le long du trottoir.

Un carillon salua l'entrée de Melrose dans un puits d'ombres fraîches. Il ne vit personne, bien qu'un mouvement ait agité le rideau accroché devant la porte du fond de la boutique et fait tinter ses anneaux de métal. Il crut entendre de la vaisselle s'entrechoquer quelque part derrière la tenture. Dans la pénombre, il distingua une grande cage à oiseau, d'où provenaient des bruits de griffes lacérant du papier de verre.

La pièce n'était pas très grande, et elle était pleine –

pleine de meubles sombres et indéfinissables, plus proches de l'occasion que de l'antiquité. Des colliers de verre, des camées disposés sur des plateaux de velours noir, des portants de vêtements anciens, un service en porcelaine bon marché décoré de saules, des livres, des piles de magazines. D'un tas de livres éparpillés sur une grande étagère de chêne qui retenaient de vieux velours et des organdis, Melrose prit un volume relié de cuir couleur de mousse et liséré d'or. Les pages craquaient quand il les tournait. D'obscurs symboles de nécromancie, des vignettes sinistres de visages démoniaques le dévisageaient. Il remit le livre à sa place, en prit un autre qui se révéla tout aussi déprimant : des gravures sur bois qui racontaient les aventures d'un pauvre hère qui gravissait une montagne avec un sac sur le dos.

Sur les murs – d'où le contemplaient deux portraits de femmes à l'allure sévère (des sœurs, certainement), leur missel serré contre leur sein, les mains dans des mitaines de dentelle – alternaient malédictions et bénédictions : méchants masques africains et vieilles affiches de saints à la tête ceinte d'auréoles laiteuses. Une vierge de plâtre d'un bleu passé s'efforçait d'ignorer les chérubins grassouillets qui s'amusaient à lui tirer la robe pour, apparemment, la distraire de ses matines.

Sur un bureau d'acajou éclairé par un lampadaire à globe vert se trouvaient un stéréoscope, des diapositives et une petite brochure fermée par un ruban. C'était un carnet souvenir – du moins s'annonçait-il ainsi – de l'hôtel *Saint-James,* sur Charles Street. La couverture montrait une photo de l'hôtel.

Melrose lut l'introduction, écrite par le directeur de l'hôtel, un nommé Adams, qui s'était appliqué à décrire en détail les plaisirs qui attendaient le visiteur. La prose de Mr. Adams, languissante, si verbeuse qu'elle en était presque britannique, laissait croire qu'il n'était pas particulièrement pressé de passer en revue les nombreux avantages qu'offrait le *Saint-James.*

Pour aider ses hôtes dans la visite de Baltimore,

Mr. Adams avait aimablement joint à son discours les photos des lieux les plus intéressants. On pouvait vagabonder à travers le texte et ses illustrations, s'arrêter ici à Druid Hill Park, là à Monument Square, endroits étrangement déserts quand on pensait à la foule qui envahissait aujourd'hui Harborplace. Un petit groupe de gens sur les bords enneigés de Monument Square et un enfant avec un cerceau dans un coin. Des photos du hall et de la salle à manger, où l'on pouvait, pour un dollar, s'offrir à dîner, vin inclus. Une chambre y coûtait un dollar et demi.

Melrose sortit une poignée de monnaie de sa poche. Il contempla les *quarters*, les *dimes* et les *nickels*[1]. Dire qu'avec ça on aurait pu descendre au *Saint-James*, et y dîner !

Il prit le stéréoscope, l'essuya, ainsi que les photos brunies, avec son mouchoir. Il en glissa une devant la lentille. Une gare, la vieille gare de Baltimore et Ohio, jaillit en trois dimensions. Un petit groupe de quatre personnes – non, cinq – venaient de descendre du train. A moins qu'elles ne soient sur le point d'y monter.

Il inséra une nouvelle photo et décrouvrit un élégant attelage qui transportait quelques personnes – peut-être les mêmes – le long de la rue pavée. La gare se profilait au loin.

La suivante était prise dans un vaste hall, avec des palmiers en pot au pied des piliers et un autre groupe de gens, qui auraient tout à fait pu être des clients du *Saint-James.* Ils devaient revenir, délicieusement rassasiés, de leur dîner à un dollar.

Ces vieilles photos avaient-elles été disposées ainsi de manière à raconter une histoire ? Ou était-ce un pur hasard ? Bien qu'il ne puisse dire pourquoi, la question lui semblait importante.

Il aurait aimé se joindre au petit groupe, prendre sa valise et monter dans l'attelage, sentir les cahots des roues contre les pavés ronds, et descendre, en compagnie des autres, dans le puits de lumière devant le *Saint-*

1. *Quarter :* 25 cents. *Dime :* 10 cents. *Nickel :* 5 cents. *(N.d.T.)*

James. Ils entreraient tous les six dans la fraîcheur du hall, jusqu'à la réception où Mr. Adams les accueillerait cordialement et leur offrirait à chacun un souvenir fermé d'un ruban.

Puis ce serait la salle à manger. La moitié des tables seraient occupées et toutes seraient couvertes de nappes blanches. On commencerait par un bouillon de viande et de légumes puis il y aurait un rôti. Il prenait plaisir à la conversation de ses nouveaux compagnons bien qu'il n'entende ni ce qu'il disait ni ce que les autres disaient. Dans le silence, les rideaux se gonflaient, les lèvres bougeaient, les serveuses se pressaient...

Il émergea de sa fugue pour se rendre compte que, bien qu'il tienne encore le stéréoscope, il n'y avait pas placé la dernière photo. Si bien qu'il regardait le visage d'une fillette qui semblait avoir surgi en trois dimensions comme le fiacre, la gare, les gens. Son visage était pris dans le treillis des ombres projetées par une applique.

– Oh ! bonjour ! fit-il, embarrassé d'avoir été surpris à rêvasser.

– C'est moi qui les ai classées comme ça.

De quoi parlait-elle ? Ah ! les photos. Il avait une réponse à sa question : l'histoire ne devait rien au hasard.

Elle s'approcha et désigna les photos du doigt.

– Ceux qui sont descendus du train ressemblent à ceux qui sont dans l'hôtel. Elle porte le même chapeau.

Elle glissa une photo dans l'appareil et le tendit à Melrose. Il fronça les sourcils. Allait-il entrer dans le jeu de la gamine ? Pour l'amadouer, il regarda dans l'appareil.

– Comment peux-tu être sûre qu'ils sont *descendus* du train ? Peut-être en *attendent*-ils un ?

Seigneur ! pourquoi discutait-il ?

– Parce que, dit-elle patiemment, leurs valises sont déjà dans la charrette.

Agacé de n'avoir pas remarqué cet indice, il s'interdit de le vérifier. Elle avait moins de vingt et un ans, ce qui la classait dans la catégorie des enfants, ce groupe dont on ne pouvait rien exiger d'intelligent tant que des ours en guimauve n'avaient pas changé de main. Réticent, il abandonna le stéréoscope, et le passé, pour se préparer à soutirer des informations. Il n'y avait personne d'autre en vue, il faudrait donc se contenter de la fillette.

On avait dû lui laisser la garde de la boutique car elle lui demanda s'il cherchait quelque chose de précis.

– Oui, des livres. Des éditions originales.

Elle alla jusqu'à la bibliothèque.

– Il y en a de très vieux ici.

Son visage était tout chiffonné, son expression triste, peut-être à cause de la cohabitation avec les sinistres échos des feux de l'enfer et les promesses d'un paradis tout aussi repoussant, comme en témoignait la pâleur du saint dans son cadre terne au-dessus de la bibliothèque, qui n'avait certainement pas l'air pressé de rejoindre l'endroit vers lequel il levait les yeux.

– Ils ne sont pas tout à fait assez vieux, fit Melrose. En fait, je vends de vieux manuscrits. J'imagine que vous n'en avez pas ?

– Êtes-vous anglais ?

– Oui. Comment as-tu deviné ?

– Votre façon de parler.

– Oh ! je me suis trahi, n'est-ce pas ?

– Oui.

Il aurait aimé qu'elle cesse de répondre à ses questions de pure rhétorique. Elle prenait tout au pied de la lettre. Il ouvrit un exemplaire d'un *Peter Pan* illustré par Arthur Rackham. La couverture était élimée et les pages de garde tachées mais les images étaient ravissantes : des fées voletaient dans l'aube, ou le crépuscule, bleu pâle et gris perle de Kensington Gardens.

– C'est mon livre préféré.

– Très joli. Mais je m'intéresse surtout aux écrivains américains.

– Je suis allée en Angleterre, une fois... je crois, ajouta-t-elle, songeuse.

– Tu n'en es pas sûre ?

Il aurait bien voulu qu'elle arrête de sauter du coq à

l'âne. Elle se déplaça de manière à voir le livre qu'il tenait ouvert dans ses mains.

– Ça me dit quelque chose.

– C'est une statue de Peter Pan.

– J'en ai peut-être rêvé.

L'ara choisit cet instant pour coasser quelque chose comme « Ah-plus ».

– Tais-toi ! lui dit-elle, plutôt sèchement.

– Il est vivant ? J'aurais juré qu'il était empaillé.

Le satané oiseau, conscient désormais de sa propre existence, décida de se faire la fête avec une itération grinçante de « Ah-plus », apparemment toute l'essence de son vocabulaire. Il se lissa les plumes, battit des ailes, dansa le long de son perchoir sur l'air de « Ah-pluahplupluah-u ». Croyait-il qu'on allait le récompenser en lui offrant un biscuit ? Même le chat s'en fichait complètement. Il dormait sur un tas de chiffons et de coussins, à peine dérangé quand la fillette tira un grand carré de tissu. Le châle rouge sang se retrouva drapé sur la cage.

– Sans ça, il ne s'arrêtera pas. Il est censé dire « Jamais plus » mais il est coincé sur « plus ». C'est un des amis de ma tante qui a essayé de lui apprendre. J'aurais mieux aimé qu'il lui fiche la paix.

Melrose se dit qu'après tout la fillette était plutôt sensée, si tel était son verdict sur les imbéciles qui se mêlaient d'apprendre à parler aux oiseaux.

– La boutique appartient donc à ta tante ?

– Oui, mais elle est allée faire des courses.

Elle se tourna vers un portant chargé de vieilles vestes, de jupes et de robes démodées et de tenues de cérémonie. Il y avait là une robe de mariée, blanche et raide, dont les plis craquaient. Voilà, se dit-il, ce qu'on appelle par euphémisme « vêtements anciens ». Elle décrocha une robe de velours vert foncé, l'appliqua contre son corps frêle et se regarda dans un miroir.

– Sais-tu quand elle reviendra ?

– Pas avant des heures. C'est son jour de courses. C'est moi la responsable.

Elle pivotait sur elle-même pour juger du mouvement de la robe.

– Est-ce que je ressemble à Scarlett O'Hara ?

– Pas vraiment. Écoute, avez-vous de vieux manuscrits ?

Dans cette humeur *Autant en emporte le vent*, elle était à des lieues des vieux manuscrits. Peut-être, se dit-il en remarquant sa moue déçue, aurait-il dû répondre que oui, elle ressemblait beaucoup à Scarlett O'Hara. En fait, en la regardant avec attention, comme dans un stéréoscope, avec ses cheveux très sombres et son nez retroussé, elle lui ressemblait un peu. Ses yeux avaient une nuance de brun assez rare, proche de la couleur du collier d'ambre russe qu'il avait remarqué sur le plateau de bijoux. Il prit un bonnet vert foncé et le lui mit sur la tête.

– Maintenant, oui. Tu lui ressembles. A Scarlett, je veux dire. Il faudrait nouer ces rubans sous ton menton.

La coiffe était bien trop grande et son visage y disparaissait mais elle sembla trouver l'idée formidable et elle noua les rubans de velours.

Les horloges se mirent à tinter, chacune avec une seconde de décalage sur la précédente, et elle dit :

– C'est l'heure du thé. Nous prenons toujours le thé en milieu de matinée. J'imagine qu'étant anglais vous en prendrez. Je vais brancher la bouilloire et je reviens. Dans une minute.

Il mit cette minute à profit pour inspecter le couvercle de la malle qu'elle avait ouverte. La foudre, hélas, ne frappait jamais deux fois au même endroit.

Elle revint très vite, toujours coiffée de son bonnet, et se mit à fouiller dans une des malles poussées contre les murs de la boutique. Sur le couvercle étaient jetés divers vêtements en dentelle et coton blancs – enfin, qui avaient été blancs. Elle choisit un corsage et l'enfila pardessus son T-shirt.

Pourquoi, se dit-il, s'embêter à y aller sur la pointe des pieds ? Elle n'avait aucune raison de se méfier. Aussi, alors qu'elle passait une veste verte, il se lança :

– Quelqu'un m'a dit qu'un manuscrit très important avait été découvert ici, dans une malle. Par hasard. Par un de vos clients.

Un calme impressionnant la saisit. Elle se détourna et boutonna sa veste.

– De très grande valeur, répéta-t-il.

Il voyait son reflet dans le miroir et se dit qu'elle avait pâli. Elle haussa les épaules avec une feinte indifférence.

– Tu as vu cette malle ?

– Oui.

Un long silence s'installa, puis elle ajouta :

– Elle est morte.

Une bouilloire hurla. Melrose sursauta.

– Je vais chercher le thé, lança-t-elle en se ruant hors de la pièce.

L'ara, pris de frénésie à cause des sifflements de la bouilloire, avait fait glisser le châle et, s'apercevant qu'il ne restait plus que Melrose comme spectateur, s'assoupit sur son perchoir. Sur une sellette près de la cage, il y avait une assiette de biscuits blancs. Melrose en prit un et le tendit par la porte ouverte de la cage. L'oiseau ignora le biscuit et la porte de la liberté. Si Melrose était la seule chose qu'il y avait de l'autre côté de la cage, autant rester sur son perchoir.

– C'est comme tu veux, fit Melrose en se rabattant sur le chat.

Le félin s'ébroua, courba le dos et bâilla généreusement. Il flaira le biscuit et retourna à ses coussins.

Elle revint, cette fois avec deux tasses et une théière sur un plateau. Un sucrier et un pot de lait leur tenaient compagnie. Il y avait aussi une assiette de rondelles de citron, des gâteaux et une pile de biscuits. Les gâteaux étaient ronds, recouverts de glaçage et de noix de coco, les biscuits étaient au chocolat, fourrés à la crème.

– Comment, demanda Melrose pour faire la conversation, t'appelles-tu ?

Elle répondit « Jip » d'un ton neutre, comme si elle avait préféré ne pas répondre du tout. Ils se turent pendant qu'elle lui tendait le sucre – dont il prit une cuillerée – et le citron – qu'il refusa, se servant un peu de lait à la place.

– Moi, c'est Melrose. Enchanté.

Elle but son thé, tristement, se dit-il, ses profonds yeux brun doré fixés sur Melrose par-dessus le bord de la tasse.

– Jip. C'est un prénom intéressant. C'est le diminutif de quoi ?

– De rien. C'est Jip, c'est tout.

Son visage expressif était solennel, comme si elle avait conscience que son nom n'avait pas l'air d'un vrai nom, d'un nom que l'on s'attendrait à voir écrit sur un acte de naissance. Pouvait-elle, se dit-il, ignorer son vrai nom ? Entre les ridicules ailes du bonnet, son visage était triste. Elle replaça son biscuit dans l'assiette et arracha le bonnet. La récréation était terminée. A moins que ce ne soit autre chose.

– C'est peut-être un patronyme, fit Melrose en s'installant dans un vieux fauteuil, très bas, dont le coussin laissait voir le dessin des ressorts.

Elle léchait le glaçage d'un autre biscuit. Elle s'interrompit et fronça les sourcils.

– Un quoi ?

– Oh ! tu sais bien, fit-il, jovial, ce truc russe. On en trouve dans les romans russes. Des patronymes. Cette façon affectueuse qu'ils ont de parler des gens. J'en ai un. Un patronyme, je veux dire.

Oh, pourquoi disait-il une chose pareille ? Il n'avait aucun nom en dehors de Melrose. Ses parents ne lui avaient même pas donné de second prénom. Il sentit une colère déraisonnable l'envahir. Pourquoi diable ne l'avaient-ils pas appelé Melrose Fiodorovitch ? Un second prénom, ou plusieurs, aurait pu être utile vu les circonstances.

– C'est quoi ?

– Melrovitch.

Il s'éclaircit la gorge.

– C'est, vois-tu, un peu comme, disons, Petrovitch pour Peter, ou Anna Petrovna.

Il sourit et se pencha vers l'assiette de biscuits.

– Et puis il y a le diminutif. Dans mon cas, c'est Melshi. Quel genre de biscuits est-ce ?

Elle ne parut pas l'avoir entendu. Elle brandissait les deux parties de son biscuit, une dans chaque main, et le dévisageait.

– Melshi, fit-elle avant de répondre à sa question. Des Oreos[1] et des Snowballs[2].

– C'est toi qui les as faits ?

– Non, ils viennent de l'épicerie.

Melrose choisit un des gâteaux ronds, blancs, recouverts d'une épaisse couche de glaçage gluant et de particules de coco. Une bouchée suffit. Il le déposa sur le bord d'une assiette qui contenait un assortiment de pièces anciennes.

– Et alors ? Les noms ? dit-elle.

Il se gratta la tête.

– Tu n'es probablement pas russe, n'est-ce pas ? Beaucoup de gens qui ne le sont pas ont quand même des patronymes et des diminutifs. Pourtant, comme je le disais, on en trouve beaucoup chez Tolstoï. Ou Dostoïevski.

Elle le regardait avec attention tout en léchant son Oreo.

Depuis longtemps, Melrose avait décidé que la seule chose à faire en cas d'enlisement était de s'enfoncer plus avant.

– J'ai connu autrefois – disons que c'était mon meilleur ami – un Russe qui s'appelait Alexei mais son diminutif était Aliosha.

Jip s'était adossée au portant. La robe de mariée empesée frissonna.

– J'étais à son mariage. Il était plutôt riche, c'était un grand mariage. J'ai eu un morceau de gâteau de mariage dans une petite boîte de satin blanc.

1. Gâteau sec au chocolat fourré à la vanille. *(N.d.T.)*
2. Mot à mot : boule de neige. *(N.d.T.)*

– Je croyais que c'était aux dames qu'on donnait ça.

– Pas en Russie. En Russie, ce sont les hommes qui ont le plus besoin de chance.

Elle acquiesça et sépara en deux un autre biscuit.

L'esprit ailleurs, Melrose faisait pivoter l'assiette de pièces étrangères posée à côté de sa tasse.

– Mais, quand j'ai ouvert la boîte, j'ai trouvé non pas un morceau de gâteau de mariage mais un rouble et un mot, plié plusieurs fois. C'était une note me disant... non, *m'avertissant*, qu'il me fallait quitter, euh, Leningrad, sur-le-champ, et de me rendre en...

Son regard tomba sur une liasse de vieilles cartes postales. L'une montrait les Rockettes, grands bébés en couches de satin qui levaient la jambe avec vigueur, et il pensa aux gracieuses danseuses de Géorgie.

– ... en Géorgie. Oui, je devais quitter Leningrad et me rendre en Géorgie.

Il essaya de trouver pour quelle raison ce rouble se trouvait dans la boîte mais il n'y arriva pas.

– Atlanta ?

– Quoi ?

– Deviez-vous aller à Atlanta ou quoi ?

– Non, non. En Géorgie. En Géorgie *russe*, je veux dire.

Elle hocha la tête, posa le biscuit dénudé à côté du précédent, lui aussi déshabillé de son glaçage, et en prit un nouveau. Il regarda le Snowball et reprit :

– C'était l'hiver.

Le portant de vêtements vacilla quand Jip s'y pelotonna. Une fourrure toute mitée apparut derrière la robe de mariée.

– On m'avait fourni des vêtements chauds et un traîneau. Je crois me souvenir que le manteau était en zibeline russe.

Devant ses yeux d'ambre russe, il se demanda s'il devait mettre une femme dans le traîneau.

– Qui vous a donné le traîneau et les trucs ? C'est Aliosha ?

Bien ! Elle lui apportait elle-même les réponses.
– Oui, il était riche.
– Vous l'avez déjà dit.
Elle réunit les deux moitiés de biscuit et replaça le tout sur l'assiette. Elle en prit un autre.
– Continuez.
– Tu ne saurais imaginer l'épaisseur de la neige ! De grandes collines, partout.
D'épais flocons, lourds et humides, frappaient le visage de Melrose.
– Elle tombait... en troupeaux. Notre voyage a duré trois jours et trois nuits.
Les choses allaient toujours par trois dans les histoires.
– Notre ?
Il avait oublié d'ajouter La Femme.
– Une amie d'Aliosha. Une femme.
– Vous l'avez rencontrée pendant le mariage, j'imagine. Un peu de thé ?
– Oui, merci.
Elle était très bon public. Alors que le sachet de thé sombrait dans sa tasse et qu'elle ajoutait de l'eau – tiède, désormais –, il reprit :
– C'était la sœur d'Aliosha.
– Comment s'appelait-elle ?
– Julie.
D'où sortait ce nom ? « Julie » ne sonnait pas russe.
Ce qu'on lui fit remarquer.
– Ça n'a pas l'air très russe.
– Sa mère était anglaise.
– Mais c'est la *sœur* d'Aliosha. Elle doit être russe, elle aussi.
– Sa demi-sœur, coupa Melrose. Mais elle vit... je veux dire, elle avait toujours vécu en Russie. Est-ce si important ? Elle était d'une beauté stupéfiante. Ses cheveux étaient très sombres et ses yeux... de la couleur du sable au couchant. En Arabie.
Son esprit dérivait vers les douces dunes dorées du désert, le soleil rouge plongeant derrière...

– Julie et vous... et alors ? Que s'est-il passé ?

A la fois pour gagner du temps et soulager son dos, Melrose s'arracha au fauteuil défoncé et s'approcha d'étagères pleines d'accessoires vestimentaires – écharpes, gants, chapeaux aplatis.

– Et alors ? Continuez.

Melrose fourra le poing dans un manchon de fausse fourrure blanche. Il pensait à Julie. Julie Christie ! Voilà d'où sortait ce nom ! Filant dans la neige en compagnie de cet acteur moustachu, dans *Le Docteur Jivago.*

– Julie portait une cape avec une capuche bordée d'hermine. Elle avait un manchon. Il y avait un pistolet caché dedans.

Il risqua un regard pour voir comment passait la nouvelle. Parfaitement : elle avait cessé de manger et arborait une expression légèrement angoissée.

– Vois-tu, Julie fuyait le KGB. Ou ce qui était le KGB. Les choses ont changé, depuis, hasarda-t-il.

– Qu'avait-elle fait ? Pourquoi la pourchassaient-ils ?

– Ils prétendaient qu'elle avait tué... Le téléphone sonne.

Elle tourna la tête et regarda par-dessus son épaule.

– C'est pour ma tante.

Et, comme à la suite d'une idée qu'aurait eue Melrose, elle ajouta :

– Ce n'est pas ma vraie tante.

– Oh ? Et comment te l'es-tu procurée ?

Mais elle congédia la vraie vie.

– Qui Julie avait-elle tué ?

– L'époux d'une femme très haut placée dans le gouvernement. Mme Vronsky. Elle était accusée de l'avoir tué. Personne n'en était sûr. Mais elle me faisait assez confiance pour me confier la vérité. Bien entendu, c'était un terrible secret. Mais elle savait qu'elle pouvait me faire confiance.

Il baissa les yeux et se rendit compte qu'il avait toujours les mains glissées dans le manchon. Heureusement que personne n'était entré dans la boutique.

– Alors ? Ils l'ont rattrapée ?

– Non. Mais tu vas trop vite, ajouta-t-il avec un peu trop d'impatience, vu que lui-même traînait, si loin en arrière qu'il n'avait aucune idée de ce que préparaient ces Russes.

– Vous n'avez toujours pas dit pourquoi Aliosha vous a dit qu'il fallait que vous partiez de... où encore ?

Où ? Oh, oui !

– Leningrad. Je ne l'ai compris que bien plus tard. Ne va pas si vite !

Melrose se massa le front. La situation était claire : de grandes étendues gelées ; une ligne d'arbres noirs à l'horizon, l'orée d'un bois ; les ombres pourpres. Était-ce l'aube ou le crépuscule ? Comme une écharpe au-dessus des arbres lointains pendait une bande rose pâle. Et il se vit (avec Julie), glissant dans le traîneau sur la neige silencieuse, alors que se levait lentement le soleil. Et, regardant les éclairs de lumière verts et bleus provenant de la vitrine, il se dit : Mais c'est merveilleux ! Et il pensa à Joanna la Folle, assise au *Jack and Hammer*, expliquant comment le travail d'écriture n'était que pure mécanique. Ah ! comme elle se trompait ! Ça n'avait rien à voir avec les durs rouages poisseux de la vie. Oh ! c'était laborieux, oui, mais c'était un travail qui consistait à remplir de rosée une tasse à thé ou de riveter des étoiles à la lune.

– Eh, *c'est* la gloire ! s'exclama-t-il.

– Hein ?

Un instant, Melrose avait oublié où il se trouvait.

– Désolé. Un petit coup d'Alice au pays des merveilles. Je me suis laissé emporter.

Il se leva pour s'étirer et fouilla un petit placard plein d'animaux miniatures en bois aux couleurs vives. Il en prit un, aussi chamarré que l'ara, avec un long museau et à la queue écailleuse. Un tatou ? Un iguane ?

– Nous avons voyagé ce qui nous a paru des jours entiers, mais bien sûr c'était quelques heures. Soudain, les chevaux ont henni et se sont arrêtés. Quelque chose leur avait coupé la route. J'ai juste eu le temps d'apercevoir quelque chose qui courait. Tout petit, avec une queue.

– Un rat? Baltimore est plein de rats.

– Non, fit Melrose. Nous parlons de la Géorgie, en Russie.

– Je crois qu'il y a des rats en Russie.

– Écoute, j'ai dit que ce n'était pas un rat.

Elle acquiesça. Il reposa le tatou, ou l'iguane.

– Julie m'a pris le bras et m'a dit que nous venions de voir un des fabuleux *trotskitoskis* des steppes russes. C'est une espèce d'animal, du genre petit renard, supposé porter bonheur à ceux dont ils croisent la route. Pour faire plus court, on dit *trot*.

– Est-ce que le *trot* vous a porté bonheur?

Melrose était très fier d'avoir imaginé le *trot*.

– Attends, tu verras.

– Il faut toujours que j'attende...

Il était obligé de l'admettre, son histoire était surchargée de détails. Mais n'était-ce pas le but de l'opération? Il fronça le sourcil. Il n'en jurerait pas. Sinon quelques meubles, et cette Sweetie qui attendait que l'on glisse une lettre sous sa porte, l'histoire d'Ellen ne comportait pratiquement *aucun* détail. Il tripota rêveusement les vieilles robes de dentelle, de satin et de tulle, lourdes d'incrustations de perles et de minuscules grains blancs. Il se demanda si son histoire n'était pas trop richement brodée, trop alourdie d'ornements.

– N'importe qui dans ce bal aurait pu être la redoutable Mme Vronsky.

Ses yeux s'ouvrirent tout grands.

– *Quel* bal?

– Le bal masqué.

– Vous n'avez jamais dit qu'il y avait un bal masqué!

Il avait vu le traîneau s'arrêter devant une grande maison de pierre d'où s'échappait de la musique. Des balalaïkas. Limpides comme du cristal.

– Désolé. Bon, il battait son plein quand le traîneau s'est arrêté devant la maison. Une grande maison.

– Vous étiez arrivés en Géorgie ?

Elle semblait lui pardonner la manière dont il lui avait jeté le bal à la tête, surtout qu'il suivait le *trot* de près.

– Non, nous étions près des steppes.

– Les steppes ?

– Oui. Les steppes russes. Tu sais.

Bien sûr, qu'elle ne savait pas. Lui non plus. De toute manière, c'était la Sibérie, non ?

– La maison était très grande. Elle avait ses propres étables, et même sa chapelle. Julie s'est échappée du bal, fuyant Rudolph... un des fils de la famille ; c'était un *comte*, à qui elle était fiancée. Mais elle ne voulait pas l'épouser. Elle m'a dit qu'elle l'avait fui et qu'elle devait retrouver quelqu'un près de la chapelle. Depuis la terrasse où je me tenais, j'ai vu son manteau blanc disparaître dans la courbe du chemin qui encerclait la chapelle.

Melrose entendit tinter les carillons de la douzaine d'horloges. Il était onze heures ! Il était là depuis plus d'une heure.

– C'est alors que j'ai entendu le coup de feu.

Jip sursauta légèrement.

– Quel coup de feu ? Que s'est-il passé ?

– Rudolph l'avait suivie. Il avait tiré sur Julie.

– *Non !*

Elle bouscula l'assiette d'Oreos. Son ton était plein d'amère déception.

– Ce n'est pas *juste* !

– La vie, fit Melrose, sentencieux, n'est pas juste. Ce n'est pas comme dans les livres.

Mais son visage était si pâle, ses yeux d'ambre pleins d'une telle détresse qu'il s'empressa d'ajouter :

– Elle n'est pas *morte*, nom d'un chien !

Jip tourna la tête et les couleurs de l'abat-jour Tiffany baignèrent sa chevelure. Elle remit le bonnet comme pour se cacher. Puis elle baissa la tête et lissa sa jupe de la main. Quand elle parla, sa voix était tendue.

– J'ai cru que c'était comme pour cette fille dans le cimetière.

Son humeur avait totalement changé. Peut-être était-elle angoissée par tous ces dangers invisibles auxquels on pouvait être confronté ?

– La fille dans le cimetière.

Il se rassit et demanda une autre tasse de thé.

– Il paraît que quelqu'un se rend sur la tombe d'Edgar Poe chaque année. Et apporte du cognac, ou du champagne, et des fleurs.

Elle acquiesça. Le chapeau paraissait maintenant trop lourd pour sa tête.

– Ma tante pense qu'il est fou. Moi, je ne crois pas. Je trouve que c'est très gentil d'aller sur la tombe de quelqu'un et de boire du champagne. Ça veut dire qu'on ne vous a pas oublié.

Son ton et son regard suggéraient qu'elle le serait certainement.

– Bien sûr, fit Melrose. Bien sûr. Mais Poe ne sera jamais oublié, n'est-ce pas ? Grâce à ses livres.

– Ce n'est pas pareil.

Elle prit sa tasse, ne but pas, la reposa.

– Qu'est-il arrivé à Julie ?

– Elle a épousé un corsaire. Ils vivent à Minsk. Cette malle qu'a achetée la jeune femme... as-tu regardé dans la malle après que Beverly Brown l'a achetée ?

– Mais on lui a tiré dessus !

– Ce n'était pas mortel. As-tu regardé dans la malle ?

Elle se mordit la lèvre, délibérant sur sa réponse. Elle s'était levée pour ôter le châle de la cage.

– Vous n'en parlerez à personne ?

– En parler ? Non, je sais garder un secret.

Melrose aurait juré qu'elle savait quelque chose.

– Non, vous ne savez pas.

– Quoi ?

Elle se rassit et examina la pile d'Oreos fichus.

– Vous ne deviez dire à personne le secret de Julie.

Le secret de Julie ? Quel... Oh, sapristi ! Il chercha une explication à sa trahison.

– Pas tant qu'elle vivait.

– Elle vit. Elle s'est mariée et elle vit à Minsk.

Melrose se creusa la tête. Puis il sourit.

– Pas elle, *Julie*. Elle, Mme *Vronsky*. Dont Julie avait tué le mari accidentellement. Julie craignait que Mme Vronsky ne cherche à se venger.

Quel talent pour tirer les marrons du feu ! Jip rumina cette information avec un bout des biscuits au chocolat dédaignés. Et Melrose revint au secret qu'il avait juré de garder.

– Parle-moi de cette malle.

La méfiance que ses méthodes lui inspiraient semblait lutter contre son intérêt pour l'étranger romantique.

– Je n'étais pas censée regarder dedans mais je l'ai fait. Elle était pleine de vieux vêtements, des jupons et des blouses, tachés et, pour beaucoup, déchirés. Pourquoi voudrait-on des choses pareilles ? je me suis dit. Il n'y avait qu'un tas de vieux vêtements, des draps, des trucs et quelques livres.

– Y avait-il cette prétendue histoire de Poe ?

Elle fronça les sourcils.

– Je ne m'en souviens pas. Il y avait des pages écrites, et de vieux registres comme ceux dans lesquels on fait les comptes, mais je ne me souviens de rien d'autre.

Elle haussa les épaules. Elle ne semblait pas trouver étrange qu'il pose toutes ces questions à propos de Beverly Brown et du manuscrit suspect.

– Et elle a pris la malle et tout ce qu'elle contenait ?

Elle acquiesça.

– Je me demande une chose : pourquoi elle n'a pas simplement sorti les trucs de la malle si c'était la malle qu'elle voulait ? Il a fallu qu'elle, le chauffeur de taxi et moi, on la porte jusqu'à sa voiture tellement elle était lourde. Pourquoi elle a laissé tous ces vieux habits dedans ? Un tas de gens ont acheté des malles et ils ont demandé qu'on en sorte tout ce qu'il y a dedans. C'est la malle qu'ils veulent.

– Excellente remarque.

A moins que tu n'aies pas su exactement ce que tu

allais dire à propos de l'endroit où était ce manuscrit. Melrose se leva.

– Je dois m'en aller, Jip. Je risque d'être en retard à mon rendez-vous.

Elle se leva à son tour et demanda :

– Et Julie ? Vous n'avez pas terminé.

– Ah ! oui. Ne t'inquiète pas. Je reviendrai et je terminerai mon histoire.

– Demain ?

– J'essaierai, oui.

– Vous oubliez votre livre !

Ce vieux machin. Il retourna au comptoir, prit le livre qu'elle avait emballé et, alors que la cloche de la porte carillonnait, il entendit le cri derrière lui :

– Ah-plus !

Il se demanda ce qui serait arrivé à la carrière du pauvre Poe s'il avait choisi un ara à la place d'un corbeau.

14

Melrose repassa à l'*Auberge de l'amiral Fell* pour y prendre son *Guide des Étranger* et son exemplaire de *Fenêtres,* puis il se lança à la recherche d'un taxi. Il n'avait rendez-vous avec Ellen à Hopkins qu'autour de deux heures : il pouvait aussi bien faire un peu de tourisme. Jury était à Philadelphie et Wiggins errait au centre médical Johns Hopkins, certainement pour se faire vacciner.

Il ne passait aucun taxi mais il finit par en découvrir un, à l'arrêt au coin, le chauffeur plongé dans son journal et fumant une cigarette. Melrose toqua à la vitre avec sa canne, le chauffeur la baissa et le regarda.

– Ouais ?

– Avez-vous terminé votre service ?

– Je lis le sport. Où vous voulez aller ?

– Pour tout dire, je dispose d'une heure de liberté, peut-être plus, et j'aimerais voir Baltimore. L'idée m'est venue de le faire en taxi. Seriez-vous libre une heure ou deux ?

Melrose consulta sa montre.

– Mon rendez-vous n'est pas avant une heure trente ou deux heures. C'est à Johns Hopkins. Ma destination finale.

– Ça roule. Le temps de mettre le compteur et c'est parti.

Melrose demanda, en s'installant sur la banquette arrière :

– Vous connaissez bien Baltimore, je présume ?

Le chauffeur renifla et s'éloigna du trottoir.

– Ça fait trente ans que j' suis taxi, mon pote. Si j' la connais pas aujourd'hui, j' la connaîtrai jamais.

Il se dévissa le cou pour regarder Melrose par-dessus son bras posé sur le dossier.

– Z'êtes pas d'ici, vous ? Ça se voit à votre accent.

– Je suis anglais.

– Je l'aurais parié. Je suis jamais allé en Angleterre. Toujours voulu y aller. J'ai un cousin qui vit là-bas. Cornouailles. Z'êtes allé en Cornouailles ?

– Oh, oui ! C'est charmant.

Melrose s'empara du livre d'Ellen et s'adossa à la banquette. Son idée de mettre la promenade à profit pour lire *Fenêtres* fut étouffée dans l'œuf par le chauffeur qui entreprit de se raconter. Il apprit à Melrose que son nom était Hugh, « mais tout le monde m'appelle Hughie ».

Hughie était un homme trapu et carré, au visage rond, plutôt lumineux, et à moitié enfoui dans une casquette à oreillettes en tissu écossais noir et vert assorti à sa chemise. Melrose fut bientôt au courant du passé de chauffeur de taxi de Hughie, du nombre des membres de la grande famille de Hughie et de leur emplacement dans les États-Unis, du Dakota à Wilmington, dans le Delaware. Il avait même un cousin qui habitait l'Angleterre : la promenade virait au voyage autour de Hughie.

– Il vit à Mousehole. Un trou, au bord de l'eau.

– J'ai entendu dire que c'est ravissant.

– J'ai vu des photos. Toujours voulu y aller. D'où vous êtes ?

– Du Northamptonshire. A environ cent cinquante kilomètres au nord-ouest de Londres.

– Jamais entendu parler. Non, je vis à Baltimore depuis toujours, cinquante-neuf ans.

L'accent fit sourire Melrose. Mais n'était-ce pas pareil, de part et d'autre ? L'usage, l'habitude avaient limé les pointes des syllabes, « Bal-ti-more » devenait « Bolmeur » et « Mouse-hole », « Mauseul ».

– Vous pouvez pas faire mieux que moi. Sur cinquante-neuf ans, j'en ai fait trente de taxi.

Il entreprit de mettre Melrose au courant de la manière dont s'étaient passées ces cinquante-neuf années. Sa femme était morte, sa fille s'était installée à Towson.

– Quel est ce monument-là ?

Ils roulaient sur Pratt Street. Melrose allongeait le cou, regardant par la fenêtre le bâtiment qui s'éloignait.

– Ça ? Nan, z'allez pas regarder ce truc. Y a mieux sur Fayette Street.

– Certes, mais nous ne sommes pas sur Fayette Street, fit Melrose en feuilletant son *Guide des Étranger* à toute allure.

Impossible de trouver ce qu'ils avaient dépassé.

– Y a l'Aquarium, y a Harborplace, y a la maison de H. L. Mencken, y a là où est né Babe Ruth. Tout le monde connaît Babe, le joueur de base-ball. Et puis y a Lexington Market. Et y faut voir le nouveau terrain de Camden Yards. Ça c'est du stade, mon pote ! Cent millions de dollars, qu'il a coûté, à ce qu'on dit. Les Orioles y jouent. Y aura un nouveau stade de foot, aussi, si on dégote cette saloperie de franchise – excusez l'expression. On devrait être en bonne position. Hé, le v'là, l'Aquarium ! Faut y aller. On peut s'arrêter, si vous voulez.

Melrose dit que non, pas aujourd'hui, et Hughie haussa les épaules. Puis il pointa le doigt sur un bateau ancré au loin.

– V'là le *Constitution.* Premier bateau de la marine américaine. Il a fait la guerre d'Indépendance. Faut le visiter.

Alors qu'ils tournaient dans Charles Street, Melrose feuilleta son guide. Le paisible bateau qu'ils venaient de passer n'était pas le *Constitution* mais le *Constellation.* Et ce n'était pas lors de la guerre d'Indépendance mais pendant la guerre de Sécession qu'on l'avait vu à l'œuvre. Il ouvrit la bouche mais Hughie avait abordé un autre sujet : les dernières présidentielles.

Au bout de Charles Street, Hughie se gara devant le square où se trouvait un des monuments qu'il jugeait dignes de visite. Monument Square, annonça Hughie. C'était un joli petit square bien tenu avec, au milieu, un monument à la gloire de George Washington.

– Premier monument pour George aux États-Unis d'Amérique. Avant même celui de D.C.

Le général Washington trônait au sommet d'un superbe escalier de marbre.

– Plus de deux cents marches, mais y a une vue géniale. Vous voulez y aller? Je vous attends.

Melrose déclina l'invitation, il était très occupé à vérifier l'information de Hughie. Elle était correcte. Ils contemplèrent la statue en contre-plongée. Le sculpteur avait immortalisé Washington en train de signer ou de tendre quelque chose.

Hughie dit d'un ton très respectueux :

– Il signe la Déclaration d'indépendance.

Il frappa du pied, plusieurs fois, sur le sol.

– Y a deux cents soldats de la guerre de Sécession enterrés là-dessous.

Melrose faisait voler ses pages.

– Une minute. Ne confondriez-vous pas Washington et Jefferson, par hasard? Et êtes-vous sûr de ne pas parler de la guerre d'Indépendance ?

Hughie marmonna quelque chose à propos de cheveux coupés en quatre et ils remontèrent dans le taxi.

– Mais le monument, fit Melrose, décidé à faire sauter cette mine de désinformation, est celui du général *Washington.*

– Z'avez pigé ! fit Hughie en enclenchant la première. On va où maintenant?

– A l'église de Westminster, soupira Melrose.

Sur le chemin de l'église, Hughie entama le sujet du frère de Napoléon.

– Il a épousé une fille de Baltimore, sérieux.

Le frère de Napoléon. Melrose rêvait d'un revolver.

– Il avait coincé son bouton dans la dentelle de sa robe.

Hughie conduisait avec le bras passé sur le dossier du siège ; il tourna la tête et ajouta :

– Je me demande où était le bouton !

Il poussa un rire hystérique et réussit à virer hors de la trajectoire d'un impressionnant semi-remorque.

Le chauffeur du camion, un Noir taillé comme un joueur des Redskins, écrasa son avertisseur. Ce qui eut sur Hughie un effet radical. Il baissa sa vitre et hurla :

– Va te faire voir, trouduc !

Ce qui eut sur le chauffeur un effet radical.

– ENCULÉ ! hurla-t-il par sa propre vitre.

Les relations routières et raciales ainsi améliorées, Hughie fonça sur un feu orange comme un taureau. Il passa au rouge.

Il maugréa contre les chauffeurs, contre les rues embouteillées de Baltimore, contre le métier de chauffeur de taxi.

– Ah ! quel boulot ! s'exclama-t-il avec dégoût, en agitant la main en direction de Melrose comme si celui-ci avait tenté de le contredire.

– Vous faites quoi, vous ? demanda-t-il.

– Ce que je *fais* ?

– Ouais. Comme boulot. Vous vexez pas si je vous dis ça, mais z'avez pas l'air d'être à plaindre.

Laissant son taxi paresser au feu suivant, il se tourna vers Melrose et examina son manteau de cachemire, son écharpe de soie, sa chemise en coton égyptien.

– Je suis un riche oisif.

Hughie rit.

– Hé, veinard, hein ? Vous avez un de ces châteaux que ma cousine adore visiter ?

– Oui.

Il tourna une page de son *Guide des Étranger* et suivit la petite famille dans sa promenade autour de Monument Square. Ils n'avaient pas été d'une grande aide.

– Vous êtes un lord ou un duc ou quelque chose comme ça ? Vous avez un titre ?

– Disons que « lord » n'est pas à proprement parler un

titre. C'est plutôt une manière de s'adresser à quelqu'un. Mais j'en suis un, oui. Ou je l'étais.

D'ordinaire, Melrose évitait le sujet de ses titres orphelins mais il se dit que Hughie s'en amuserait.

– Naaaan ! Vous me faites marcher.

– Non. Le comte de Caverness, c'est moi. Et vicomte Ardry, et d'autres choses par-dessus le marché. Mais je les ai abandonnés. Mes titres.

Il ferma le livre et regarda défiler les petites boutiques surpeuplées.

– Sans blague ?

Il y eut un silence pendant lequel Hughie médita.

– Mais pourquoi vous les avez abandonnés ?

– Oh ! Je n'en voulais plus.

Melrose commençait à regretter d'avoir abordé le sujet.

– Vous aviez peur de vous faire refroidir par votre famille ?

– Je vous demande pardon ?

– Voyez, je m'intéresse à l'histoire. Les Delaware, vous voyez, ce qui s'est passé, c'est que le neveu a assassiné un de ses oncles pour avoir le titre et il se trouve que le trouduc, excusez mon langage, a tué le mauvais oncle. Faut le faire, quand même !

Le rire de Hughie fut tonitruant.

– Enfin, j'imagine que ce genre de truc arrive tout le temps, chez vous.

– Je ne crois pas. A propos, où se trouve l'église de Westminster ?

– Pas loin. Écoutez, vous savez ce qui s'est passé, là-bas ? Près de la tombe de Poe, je veux dire ? Une fille a été assassinée y a une semaine de ça. Jésus ! Vous imaginez ça ?

– Je crois avoir lu quelque chose à ce sujet.

– Une Noire, étudiante à Hopkins. On a dû la violer mais les flics, vous savez, ils en disent pas trop.

Melrose se dit qu'il allait peut-être apprendre quelque chose d'utile.

– Pourquoi ont-ils...

Mais Hughie, jamais à court de sujets de conversation, avait embrayé sur autre chose. Par-dessus son épaule, il lança :

– Au fait, vous avez vu *Diner* ?

– Vu quoi ?

– C'est un film. *Diner.* Si vous voulez savoir des trucs sur Baltimore, allez le voir. Le type, le réalisateur, il est de Baltimore et il fait tous ses films sur Baltimore. *Les Filous,* c'est son deuxième. Y a Mickey Rourke dans *Diner* et Danny DeVito dans *Les Filous.* Ça parle de ferrailleurs. Vous savez, comment ils le vendent et tout ça.

– Ce doit être passionnant, fit Melrose en tournant une page de *Fenêtres.*

– C'est une trilogie. C'est quoi, le troisième ?

Il tambourina du plat de la main sur son volant pour exciter sa mémoire.

– Bordel, ce troisième ? Mais ce type en connaît un brin sur Baltimore. C'est quoi son nom, encore ?

Melrose soupira. Une autre trilogie. La vie prenait un tour résolument trilogique.

L'église de Westminster était un tas de briques plutôt moche, posé dans un coin proche de l'immense Lexington Market. Son petit cimetière manquait de ce sentiment du temps passé propre aux cimetières anglais. Il n'y avait ni pierres tombales gravées, ni vigne vierge, ni monticules couverts de mousse.

Bien qu'il y ait un beau monument en l'honneur d'Edgar Poe à l'avant, sa tombe était située près de l'arrière. Là, Melrose et Hughie contemplèrent le sol légèrement humide et la tombe, ornée de fleurs en plastique. Où, se demanda Melrose, étaient les roses ? Il trouvait tout ça un peu triste.

– *Avalon !* s'exclama Hughie en claquant des doigts.

– Quoi ?

– Le film. Vous savez, celui que j'essayais de me rappeler. Le troisième film du réalisateur que j'ai oublié. *Avalon* est son troisième film. Vous voyez, ça parle d'une famille d'émigrés – je crois que c'était la famille du réalisateur, son grand-père et compagnie.

– Avalon était l'île de rêve du roi Arthur, fit Melrose.

– C'est ça, chez vous ? Ici, c'est un film.

Pendant que Hughie le farcissait de l'histoire de la famille d'émigrés, Melrose examina la tombe du poète en s'interrogeant sur Beverly Brown. Il se détourna et remonta lentement le chemin qui contournait l'église et allait jusqu'au monument de Poe. Hughie lui emboîta le pas, jacassant sans cesse. Son commentaire sur la trilogie cinématographique terminé, il faisait profiter Melrose de son génie de criminologue.

– Cette fille qui s'est fait tuer devait être allongée là, dit-il en écartant les bras pour circonscrire un bout du pavage proche du monument de marbre blanc. Vous voyez ce caniveau ? C'est là qu'ils ont trouvé le corps.

Il se prit le cou à deux mains pour signifier la strangulation.

– Pourquoi ici ? fit Melrose, plus pour lui-même que pour Hughie.

– Peut-être qu'elle voulait voir le farfelu qui apporte des fleurs et du champagne. Chaque année, à l'anniversaire du type.

Il eut un signe de tête en direction du monument.

– Le 19 janvier. Qui sait ? Peut-être c'est le farfelu qui l'a descendue.

Les mains rejoignirent le cou, une fois de plus.

– C'est improbable. Quel mobile aurait-il eu ?

– Ouais, fit Hughie en se grattant la nuque. Voulez voir Lexington Market ? C'est le plus grand marché de tout l'Est.

– Une autre fois. J'ai un rendez-vous à Johns Hopkins.

Il n'était pas une heure, mais Melrose en avait assez.

Arrivé devant Gilman Hall, Melrose donna à Hughie un gros pourboire.

– Je ne saurais dire combien ça m'a plu.

– Hé, pas de problème. Si vous voulez aller quelque part, filez-moi un coup de bigo.

Il griffonna son numéro sur un bout de papier.

– Toute manière, je traîne toujours à Fells Point. Même endroit.

– Je saurai où trouver un guide, si j'en cherche un.

– Juste. Et vous pouvez balancer ça, dit-il en montrant le guide de Melrose.

– Parfaitement.

Melrose repéra une corbeille à quelques pas et l'y jeta.

– A toute !

Hughie manœuvra son volant, partit en marche arrière et fit gicler le gravier. Il passa un bras par la fenêtre, prit une nouvelle fois congé et le taxi fila dans l'allée. Deux étudiantes reculèrent et laissèrent tomber leurs livres.

Melrose fit un signe de la main et repartit vers la corbeille. Une fille en robe d'indienne le regarda puiser dans les détritus pour repêcher son *Guide des Étranger.*

– Je l'ai laissé tomber, dit-il avec un sourire.

Sous l'arc sombre de ses sourcils à la Groucho Marx, ses yeux étaient sceptiques et dédaigneux. Des clodos sur le campus.

15

– Philip ?

Les yeux de la jeune femme s'écarquillèrent derrière des lunettes trop grosses pour son visage, un triangle à l'ossature délicate. Illuminés par les appliques du mur derrière elle, ses cheveux étaient d'or transparent.

Il avait eu de la chance : elle était la première personne qu'il avait rencontrée à la Fondation Barnes. Mis à part le gardien, au bout de l'allée, et la dame qui, dans sa cage de verre à l'entrée, récoltait les tickets et semblait penser qu'elle était surchargée de travail.

Elle fit passer son paquet de livres d'un bras à l'autre et répéta :

– Philip ?

Jury mesurait aussi la chance d'avoir en face de lui une personne aussi amicale. Jusqu'ici, il avait eu l'impression que la Fondation Barnes n'ouvrait ses portes au public que sous la contrainte la plus extrême et qu'elle aurait été enchantée de les claquer, même au nez de Scotland Yard. Les horaires, avait-il remarqué, étaient aussi rigides que le règlement. Talons ferrés interdits ! Ce qui l'avait laissé rêveur.

– Philip.

Ce n'était plus une question mais une évidence dont elle exprimait la tristesse. Comme elle avait prononcé ce nom ! Lentement, comme pour en sentir le goût, pour forcer un souvenir et le replacer exactement dans un lieu et une époque. Mais ne se laissait-il pas entraîner par son imagination ? Pouvait-on mettre tant de choses dans un nom ? Ce devait être son expression... plus mélancolique que sa voix.

– Philip Calvert travaillait ici, je crois.

Elle baissa les yeux sur son lourd chargement de livres.

– En effet, oui. Avant.

Il y avait quelque chose de si triste, de si définitif dans ce mot que Jury hésita à l'interroger davantage. Il avait souvent été confronté aux amis et aux proches d'un mort, et cette fille lui faisait la même impression. Il se demanda si d'autres éprouvaient cette sensation, si les gens avaient tendance à se rétracter devant quelqu'un comme elle, quelqu'un qui leur ferait ressentir leur propre impuissance. Oui, il avait eu de la chance de tomber sur quelqu'un qui connaissait Philip Calvert, mais, hélas, elle l'avait très bien connu, elle l'avait beaucoup aimé.

– Seriez-vous Heather ?

La question la surprit.

– Je suis Hester. Mais comment me connaissez-vous ?

– Par lady Cray. Lady Cray vivait avec la tante de Philip, Mrs. Hamilton. Frances Hamilton.

– Philip parlait souvent d'elle. D'elles deux, même. Mais je ne les connaissais pas.

– Elles vous connaissaient. Elles avaient entendu parler de vous. Philip parlait de vous, voyez-vous.

Jury sourit, espérant annoncer une bonne nouvelle.

Ce l'était. Le pâle visage s'illumina doucement – joues plus roses, bleu-gris des yeux moins terne, plus profond.

– Nous étions de bons amis.

Ses lèvres, en souriant, paraissaient plus pleines.

– Hester, puis-je vous offrir un café ? Ou peut-être votre heure de déjeuner est-elle proche ?

Jury consulta sa montre : il était à peine onze heures.

– Peut-être est-ce tôt ?

Elle secoua la tête.

– J'ai des sandwiches. J'en ai deux. En voulez-vous un ?

Son offre le frappa comme la preuve d'une grande

générosité. Après tout, elle ne savait pas qui il était. Elle ne s'en était même pas inquiétée. Il sentit sa gorge se serrer. Il se détourna pour regarder le mur immense qui, derrière elle, était couvert de tableaux, comme si celui qui les avait achetés était si épris de chacun d'eux qu'il les avait accrochés avec fièvre, au mépris de toute convention. L'effet était sidérant. Jury était habitué à l'exposition plus sobre de tableaux soigneusement espacés, placés à hauteur d'œil, selon les périodes ou les peintres, et dans différentes pièces. Mais ce mur, jaillissant à six mètres, ne faisait aucune distinction. Goya s'appuyait sur Van Gogh, Renoir piétinait Cézanne, les impressionnistes se bousculaient comme des gens qui veulent se faire remarquer. Les quatre murs étaient noyés sous les tableaux.

Arrachant ses yeux de la débauche de couleurs, il dit :

– Vos sandwiches peuvent-ils attendre? J'aimerais beaucoup que nous parlions de Philip Calvert. Je suis de Scotland Yard. Un policier.

– Vraiment?

Ses yeux s'agrandirent. Puis elle parut peinée.

– Oh! *j'espère* que vous découvrirez ce qui s'est vraiment passé.

– J'en ai l'intention.

C'est le genre de fille à qui l'on faisait des promesses pour, ensuite, se démener comme un diable pour pouvoir les tenir.

Elle revint, avec un soupçon de rouge et un manteau bien trop léger pour janvier. Le petit col rond ajoutait à l'impression de jeunesse. Jury se demanda si ses relations avec Philip Calvert étaient romantiques ou sexuelles. Elle semblait totalement dépourvue d'artifice et de ruse.

Le café où elle l'emmena était un de ces lieux immaculés jusqu'au désespoir, un endroit plein de fougères suspendues et de chlorophytums qui semblaient menacer de plonger dans votre bol de soupe. Ils prirent chacun un café et Hester commanda une viennoiserie.

– Quand ses parents sont morts, il est allé vivre en Angleterre avec sa tante – Mrs. Hamilton. C'était, je crois, la seule famille qui lui restait. Il est allé à Cambridge où il a étudié l'histoire de l'art. Pour avoir ce job ici, il a dû mentir à propos de Cambridge. Les experts ne sont pas admis, ici. Phil a vécu dix ans au Royaume-Uni, puis il est revenu à Philadelphie.

– Pourquoi est-il revenu ?

– Il ne voulait pas vivre en Angleterre. Contrairement à sa tante. Elle adore l'Angleterre.

Jury se rendit compte qu'Hester devait ignorer la mort de la tante en question. Il la lui apprit.

Elle resta longtemps sans mot dire, se contentant de tourner et retourner sa fourchette.

– Je me demande si elle est morte de chagrin.

Apparemment, elle pensait que c'était possible.

Elle raconta à Jury ce qu'elle savait de Fanny Hamilton.

– Elle avait en quelque sorte construit sa vie autour de lui. Ses espoirs étaient entièrement investis en lui. Je me demande si elle était déçue qu'il ne soit pas devenu un grand peintre ou quelque chose comme ça. Elle avait beaucoup d'argent et lui avait dit qu'elle serait heureuse de lui offrir une année à Paris. Les gens pensent encore des choses pareilles ? Qu'il faut aller à Paris pour devenir peintre ?

Elle soupira.

– Phil n'avait que faire de l'argent. Il n'y avait que l'art. Il *respirait* l'art.

Jury sourit :

– Il semble avoir trouvé l'endroit adéquat, alors. Je n'ai jamais vu pareil musée. Barnes était-il excentrique dans ses rapports avec la peinture ?

– Dans ses rapports avec tout, probablement, fit-elle en riant. Mais surtout avec l'art. Il n'y a que peu de temps que l'on peut visiter cet endroit. Je crois que c'est la plus prestigieuse collection privée du monde. Mais il ne faut pas l'appeler « musée ». C'est la *Fondation* Barnes.

Il ne voulait pas voir d'experts ici. Il les détestait ; il détestait qu'on dise aux gens comment ils sont censés aborder l'art. Et dans ses dernières volontés, il a spécifié qu'aucun tableau ne doit être déplacé. Chacun doit rester comme il l'a accroché. Il ne les laissait pas sortir d'ici, même pour une exposition. Ce n'est que récemment, après des bagarres au sujet de ses biens, qu'on a accepté de faire une exposition à Washington. Que la Fondation Barnes ait autorisé ça... fit-elle en haussant les épaules. C'est un événement pour le monde de l'art. Moi, en fait, je trouve ça formidable. Sa collection est tellement personnelle ! Il faisait exactement ce qu'il voulait. C'est bien de pouvoir dire « allez vous faire foutre ».

Elle mordit dans son gâteau. Jury était un peu surpris d'entendre ces mots dans la bouche d'Hester, et prononcés avec autant de désinvolture.

– Oui, c'est bien. J'aimerais pouvoir le faire.

– Oh ! vous devez le faire, mais à votre manière.

Jury rit et revint à Philip.

– Peignait-il ?

Elle secoua la tête de cette manière sévère et vive qui est celle des enfants. Ses cheveux dansèrent autour de ses épaules. Ils étaient blond foncé, une teinte banale si ce n'était leur extraordinaire éclat. Ils avaient l'air d'avoir été cirés.

– Regarder la peinture lui suffisait. Je crois qu'il connaissait chaque tableau de la collection et tout ce qui s'y rapportait. Il les redressait. Si l'un d'eux avait bougé d'un millimètre, il le redressait. Vous savez, quand je pense à lui, ce n'est pas son visage que je vois mais son dos. Avec un doigt levé vers un cadre. Barnes l'aurait adoré.

Son sourire était lointain, certainement pas adressé à Jury. Elle leva sa fourchette et la reposa, comme si manger pouvait troubler sa certitude.

– Je crois qu'il avait beaucoup de chance.

– De la chance ?

– Il était exactement ce qu'il voulait être. Je veux dire qu'il faisait ce qu'il avait envie de faire.

– C'est effectivement une chance. Peu de gens y arrivent.

– Pas vous ?

Une fois de plus, il se trouva désarçonné. C'était déconcertant. Hester agissait comme un alter ego.

– Je ne sais pas. On peut être tellement pris par son travail que l'on ne s'arrête plus pour se poser la question.

– Pourtant, vous êtes vraiment doué.

Elle reposa le morceau de gâteau qu'elle tenait comme s'il ne lui plaisait pas.

– Merci ! fit Jury en s'esclaffant. Qu'en savez-vous ?

– Je n'arrête pas de parler.

– Tant mieux ! Me direz-vous ce que vous savez sur sa mort ?

Il espérait que la question n'était pas trop brutale mais elle répondit avec beaucoup de naturel.

– Il a une cabane dans le nord. Ce n'est pas grand-chose, une grande pièce et une cuisine, avec un lit et un fourneau à bois. Mais il n'avait pas besoin de grand-chose. Le minimum vital, comme on dit. J'ai horreur de cette expression mais elle convient très bien à Phil.

Jury se dit qu'elle convenait aussi à Hester.

– C'est peut-être pour ça qu'il m'aimait bien, dit-elle avec candeur. Nous avions l'habitude d'y aller le week-end avec la Jeep. Bien sûr, la dernière fois, je ne l'accompagnais pas. Je ne peux vous dire ce qui est arrivé, je ne sais que ce que m'en a dit la police. Qu'on lui a tiré dessus. Que c'était peut-être une tentative de cambriolage.

– Vous n'avez pas l'air de cet avis.

Elle contempla un tentacule de chlorophytum.

– Il faudrait que vous voyez l'endroit. L'avez-vous vu ?

Jury secoua la tête.

– Savez-vous qu'elle m'appartient, désormais ?

– Non, fit Jury, surpris. Il vous l'a léguée ?

Elle acquiesça, contente.

– Voyez-vous, il n'y avait que sa tante. J'ai tout

d'abord été surprise que Phil ait fait un testament. Il n'avait que vingt-sept ans, après tout. Mais c'était quelqu'un de très méthodique. Rien en friche. Il était... posé. Et il était toujours très attentionné.

– J'aimerais la voir, cette cabane. De toute manière, je dois rencontrer le shérif là-haut.

Pour toute réponse, elle fouilla dans son sac et en sortit une clé. Elle était étiquetée « Philip ».

– Je peux vous expliquer comment vous y rendre.

– Je pensais que vous viendriez avec moi.

Ses yeux s'ouvrirent tout grands et son expression se fit interrogative. Elle étendit les bras comme si une telle idée devait être prise à bras-le-corps.

– Quand?

– Eh bien, pourquoi pas tout de suite?

C'était une suggestion extravagante.

– Mais je dois travailler!

– J'ose croire que la Fondation vous laissera votre après-midi.

Il sortit sa carte de police et l'agita, pincée entre l'index et le majeur.

– Combien de requêtes reçoivent-ils de Scotland Yard?

Comme hypnotisée, elle ne lâchait pas la carte des yeux.

– Depuis quand n'avez-vous pas séché?

– Séché?

– Fait l'école buissonnière?

Elle leva le doigt vers la plante tombante et la toucha comme si c'était un des cadres que Philip redressait sans cesse.

– Pas depuis la mort de Philip. J'imagine que c'est ce que nous faisions. Nous séchions.

Elle sourit à Jury.

Elle était enchantée par cette formule, comme elle l'avait été par le nom de Philip.

Bud Sinclair regardait Jury et mâchonnait l'extrémité

de son cigare. Il était assis derrière son bureau, dans une veste phosphorescente, une veste de chasse, se dit Jury. Il se tenait les mains au chaud en les fourrant sous ses aisselles.

– Il se passe quelque chose d'international? J'en suis surpris.

– Je l'étais aussi, je dois dire. En fait, je rends un service à un ami. L'affaire ne m'appartient pas. Elle reste la vôtre.

Bud Sinclair sourit de toutes ses dents.

– Oh! je vous la laisse, commissaire. J'ai pas l'ombre de la queue d'une chance. Et à l'heure qu'il est, la piste est plus froide que froide. Vous devez aimer votre ami, pour avoir fait tout ce chemin.

– C'est une très bonne amie, oui. La tante de Philip Calvert – mais vous avez dû vous entretenir avec elle : Frances Hamilton – est morte il y a peu, à Londres. C'est pour une amie à elle que j'essaie d'obtenir des renseignements.

Jury lui apprit ce qu'avait dit lady Cray.

– Ah! si c'est pas dommage! Une dame charmante, cette Mrs. Hamilton. Très nerveuse, aussi.

Jury aurait aimé pouvoir dire la même chose de Bud Sinclair. Pour le moment, son attention dérivait vers le magazine – *Fusils et Munitions* – posé sur son bureau et dont Jury avait interrompu la lecture. Jury regardait les photographies faites par la police que Sinclair avait étalées à son bénéfice.

– Vous disiez que l'endroit avait été fouillé?

– Hein? Oh, ouais, complètement retourné. Bah, vous pouvez le voir, ici, et là, ajouta Sinclair en désignant deux photos. Nous pensons que ce Calvert a surpris quelqu'un en plein VE. Vol avec effraction, expliqua-t-il.

– Nous avons le même article à Londres.

– Ah! ouais?

Les yeux de Sinclair étaient rivés à son magazine. Ses doigts semblaient le démanger de tourner la page.

– Qu'en pensez-vous, shérif?

Le shérif se noua les mains sur la bedaine, adoptant une pose sérieuse et réfléchie.

– Eh bien, comme je disais, tout ce qui vient à l'esprit, c'est le cambriolage. On a envoyé les trucs d'expert à Philly. Y a pas d'empreintes, visibles ou cachées, y a bien des fibres de tissu, mais avec quoi les comparer ?

Il avait la voix grave, légèrement éraillée. Abus de tabac, certainement. Il avait aussi un regard direct – quand il arrivait à le détacher de l'image fascinante d'un calibre 12 – et des yeux bleus et perçants.

– Ce que j' veux dire, c'est que l'enquête sur Calvert n'a pas ramené un pet de lapin. Si c'est pas un voleur, quoi alors ? Mais, franchement, braquer une petite piaule perdue dans les bois ? Il y avait rien là-dedans qui valait la peine. D'ailleurs, je m'interroge.

– Vraiment ?

– Oui, je m'interroge, et voilà. Jamais pu aller plus loin.

Il ramassa une petite badine terminée par une sorte de patte et se la passa dans le dos.

– Le problème, c'est que j'avais personne avec qui m'interroger.

Il décocha un sourire radieux à Jury, sans cesser de se gratter le dos.

– Jusqu'à vous.

L'air était parfumé d'odeur de pin, il était glacé et pur. Il n'y avait pas à proprement parler de route qui menait à la cabane. Ce qui en faisait office s'achevait par un bout de terre dure et pleine d'ornières, avec un petit rectangle où Philip devait garer sa Jeep. Jury remarqua un lacis d'empreintes de pneus. Quand Hester et lui descendirent, la cabane était encore à environ quinze mètres.

C'était une cabane de rondins avec une cheminée sur le côté et un petit porche sur le devant. Carrée et fruste, elle faisait penser à un dessin d'enfant, avec de chaque côté de la porte et sur chaque mur l'ouverture basse d'une fenêtre. La seule chose qui manquait à ce dessin était le fil de la fumée montant de la cheminée.

Il y avait beaucoup d'arbres, surtout des pins et quelques chênes et des noyers. Les arbres étaient serrés autour de la maison, puis ils se clairsemaient à travers des champs desséchés. Le terrain montait, toujours plus haut, et Jury fut surpris de voir les bois aussi lointains et l'horizon aussi distant. C'était un lieu de solitude.

Hester n'était pas encore entrée. L'attendait-elle pour ne pas pénétrer seule dans la cabane ? Elle se tenait à quelques mètres, les mains enfoncées dans les poches de son manteau, le dos tourné. Des feuilles tombaient. On entendait des froissements, des animaux peut-être, mais aucun oiseau ne chantait. La journée était trop avancée, se dit-il. Soudain, un V d'oiseaux noirs – des hirondelles ou peut-être des roitelets – traversa le ciel laiteux au-dessus d'eux. La trompe rauque d'une oie retentit au loin.

Il rejoignit Hester. Dans les aiguilles et les feuilles tombées, ses souliers faisaient un petit bruit de succion. Il écrasait des pommes de pin.

Elle regardait un ruisseau en contrebas ; le maigre filet d'eau révélait combien la pluie avait été rare. Il lui mit la main sur l'épaule, elle se retourna et, ensemble, ils marchèrent vers la cabane.

Le mobilier était simple, probablement des objets d'occasion qu'il avait ramenés des granges-boutiques d'antiquités qu'ils avaient croisées en venant. Il y avait, comme elle l'avait dit, un poêle ventru. Contre le mur, un grand sofa en crin cachait ses flancs usés sous des couvertures indiennes colorées. Deux autres couvertures étaient clouées au mur. Un fauteuil à bascule à côté du sofa et, près de la cuisine, une grande table de bois et une chaise pivotante. Aux livres et à la lampe à col de cygne, on devinait qu'elle servait aussi de table de travail. Au fond de la pièce, on découvrait un lit avec des couvertures indiennes. Des étagères de livres couraient sur le mur du fond. L'endroit était très confortable.

Hester examinait les disques empilés près du vieux phono. Jury s'empara de ce qui devait servir de presse-papiers et vit qu'il s'agissait d'une petite boîte à musique.

– C'est la musique de *Docteur Jivago*, fit Hester en remettant un disque dans sa pochette.

Le couvercle de la boîte était une grosse boule de verre où, autour d'une scène d'hiver, tournoyaient des flocons de neige. Jury la secoua et regarda tomber la neige. Il sourit. Un tic-tac lui fit tourner la tête et, dans l'ombre qui gagnait le fond de la pièce, il distingua une vieille horloge. Il regarda Hester, elle haussa les épaules.

– Je l'ai remontée la semaine dernière. Je n'y voyais pas de mal, même si la maison n'est pas encore officiellement à moi.

Avec lassitude, elle s'assit dans le fauteuil à bascule, les bras sur les accoudoirs et se balança.

Jury, immobile, regardait la pièce, s'imprégnant de l'atmosphère. Ses enquêtes l'avaient mené dans de nombreuses pièces telles que celle-là, toutes différentes, mais identiques par cet air qu'elles avaient d'attendre quelqu'un qui n'allait pas tarder. Il le sentait à de menus détails – la tasse et sa soucoupe dans la cuisine, le torchon et le liquide à vaisselle, le livre ouvert, la boîte à musique. Rien n'avait été déplacé, chaque objet semblait garder la marque des doigts qui l'avaient installé. Il était si jeune, se dit Jury. Il était trop jeune pour ne jamais revenir et lire le livre ou laver la tasse et sa soucoupe.

Il y avait du charbon dans un seau. Il fit du feu et Hester approcha sa chaise. Puis il commença l'inspection de la cabane. Inutile, bien sûr, après toutes ces semaines. Mais qui sait ? Il ouvrit les tiroirs du bureau, feuilleta les livres, vérifia les fenêtres, la porte.

– J'ai horreur de rentrer chez moi.

– Pardon ?

Sa voix l'avait arraché à Philip Calvert.

– J'ai horreur de rentrer chez moi. Avant, il y avait la pensée que peut-être Phil allait appeler et que nous bavarderions. Ou que peut-être nous irions boire un café quelque part. Parfois nous allions au cinéma. Maintenant, je rentre à mon appartement – ce n'est qu'un studio – et je ne le supporte pas. Je sors et je vais parfois manger une glace ou prendre une tasse de café. Je marche beaucoup. J'attends une heure décente pour aller au lit. On ne peut pas aller se coucher trop tôt, ça donne l'impression d'être vieux. Alors je marche ou je m'assieds dans un café jusqu'à ce qu'il soit normal de rentrer se coucher.

Il s'assit sur la chaise près de la table, la regarda et songea au texte de Holman Hunt, à la Tate Gallery. Chanter des chansons à un cœur brisé, c'est comme retirer un manteau en plein hiver. Quelque chose comme ça. Des mots supposés réconforter et qui n'apportent aucun réconfort à celui qui souffre mais soulagent celui qui les dit. Il garda le silence.

Ils avaient toujours leurs manteaux. Ils se turent jusqu'à ce que Jury mentionne l'étudiante d'Ellen.

– Non. Phil n'a jamais parlé de quelqu'un nommé Beverly. Qui est-elle ?

Jury le lui apprit.

– Une amie de Beverly Brown pense qu'elle a pu le rencontrer lors d'un cours qu'elle prenait à la Fondation. Donnait-il des cours ?

– Non, mais je crois qu'il a assisté... Attendez. Une Noire ? Très belle ? Je l'ai vu, une fois ou deux, parler avec une étudiante noire. Il ne m'en a jamais rien dit. Je ne crois pas qu'il la connaissait bien.

Le silence retomba. Elle se balançait, Jury tournait et retournait le presse-papiers.

– Vous ne lui connaissiez aucun ennemi ?

– Des ennemis, soupira-t-elle, comme c'est mélodramatique !

– Oui, je sais. Quelqu'un, un ami autre que vous, serait-il venu lui rendre visite ici ?

– Non. L'inspecteur a posé la même question. Honnêtement, je ne crois pas, Philip me l'aurait dit.

– Peut-être pas s'il s'était agi d'une femme.

Hester lui jeta un regard impatient.

– Si, il me l'aurait dit. Nous étions amis, vous ai-je dit. S'il avait vu quelqu'un, s'il avait été amoureux ou s'il avait couché avec, il me l'aurait dit. Il n'était pas cachottier.

– Je présume que personne n'ignorait qu'il possédait cette cabane et qu'il y venait régulièrement.

Elle acquiesça et il reprit :

– Donc, n'importe qui aurait pu venir ici pendant qu'il s'y trouvait.

Elle acquiesça encore.

– Et je reconnais que le vol est improbable. Comment quelqu'un serait-il arrivé jusqu'à cette cabane isolée par hasard ? Peut-être était-ce lui, Philip, finalement, Hester. Peut-être quelqu'un voulait-il se débarrasser de lui.

– Se *quoi* ? Je vous ai dit que Philip n'avait aucun ennemi. Pas Phil.

– Je sais ce que vous m'avez dit. Voici pourtant une cabane à des kilomètres de toute habitation sur laquelle on ne peut pas tomber par hasard.

– Quelqu'un aurait pu le suivre sans même savoir qui il était, le suivre rien que pour voir où il allait.

– Quelqu'un aurait pu le faire et je crois que quelqu'un l'a fait. Mais je pense aussi que c'était quelqu'un qui le connaissait ou savait qui il était. Je pense qu'il a été abattu pour une raison qui n'a rien à voir avec cette cabane. Un voleur n'aurait-il pas attendu que Philip ait quitté les lieux ?

– Je sais, soupira-t-elle. Mais *quoi* ? Pourquoi ?

Jury hocha la tête. Il retourna le presse-papiers, le secoua et regarda la neige tomber sur le bonhomme de neige, les patineurs, le cheval et sa voiture, avant de se déposer en traînées minuscules. Il tourna la clé cachée dessous et, sur l'air bancal de *Docteur Jivago*, regarda encore les patineurs traverser le miroir de l'étang dans un sens alors que l'attelage filait dans le sens opposé. Il posa son menton sur ses mains croisées et contempla les minuscules patineurs de fer-blanc exécuter leur sautillante glissade sur le lac. Dans la voiture, deux femmes en fer s'en allaient, les bras levés en signe d'adieu. Il leva un doigt de dessous son menton et le laissa retomber.

Puis il se redressa, frappé par la tranquillité.

– C'est très silencieux, ici, n'est-ce pas?

Hester, qui chantonnait avec la musique, les yeux clos, en se balançant, répondit :

– Très. Le silence est comme une pellicule de glace. Même le gazouillis d'un oiseau le brise. C'est paisible.

Ils goûtèrent ensemble ce calme.

Le regard d'Hester passa de Jury à la table en désordre.

– Vous pouvez regarder dans les affaires de Phil. Je crois qu'il ne s'en serait pas offusqué. De toute manière, ce shérif...

Elle semblait chercher un nom.

– Sinclair.

– Oui. Il est venu. J'ai appelé la police, puisque Philip ne revenait pas. Il m'a posé des questions, après. Je n'ai plus entendu parler de lui.

Jury attira à lui une liasse de papiers et les feuilleta. Factures, lettres.

J'ai horreur de rentrer chez moi. Il regarda Hester, de nouveau plongée dans une rêverie profonde. Il songea à sa déclaration, à sa tristesse.

– C'est une bonne chose que cet endroit vous soit revenu, Hester. Ça me semble légitime.

– Merci.

Sa voix était un filet. Elle tira un mouchoir de la manche de son pull, en toucha, dans un geste démodé, le coin de ses yeux, puis se moucha bruyamment.

– C'est rare que quelqu'un d'aussi jeune se préoccupe de testament...

Ou de tombes, ou d'épitaphes, n'ajouta-t-il pas.

– ... et de ce qu'il laisse à ses amis ou à sa famille.

Jury n'arrivait pas à s'enlever le jeune Chatterton de la tête.

– Je suppose qu'à cet âge on pense vivre éternellement. Vous savez, une des choses qui me frappent le plus chez Philip Calvert, c'est son bon sens. A vingt-sept ans, on est peut-être charmant, rarement raisonnable.

Elle se balançait, sa délicate tête blonde posée contre le dossier.

– Il l'est. Il l'était.

Elle détourna son visage du poêle. Il ne put déterminer si cette rougeur était due à la chaleur ou au chagrin.

– Il m'aidait beaucoup, dit-elle, parce qu'il était calme. J'ai tendance à être nerveuse et impulsive.

Jury arrêta de secouer le presse-papiers. Il s'efforça de dissimuler son sourire.

– Oui, c'est vrai. Vous êtes venue ici avec moi.

Mais elle ne releva pas sa boutade.

– Aussi c'était bien d'avoir quelqu'un – vous savez – d'équilibré.

Il regarda la neige tomber sur la scène immobile. Puis, après quelques instants de silence, il se leva.

– Je crois que nous devrions rentrer.

Elle resserra son manteau autour d'elle et se leva. Le fauteuil continua à se balancer.

L'après-midi était bien avancé et, sur le chemin du retour, ils s'arrêtèrent dans un petit restaurant qu'Hester aimait bien. Philip et elle y avaient souvent dîné.

– J'aime ce genre de restaurant, dit-elle quand ils furent installés.

Les sièges de l'alcôve où ils étaient assis étaient en Skaï vert. Celui de Jury était raccommodé avec du ruban adhésif gris.

– Si les sièges ne sont pas rafistolés avec du ruban adhésif, alors le restaurant n'est pas un vrai.

– Il y a d'autres règles?

– Plein. Les menus doivent être tachés et les plats du jour rajoutés à la main, de préférence au stylo et avec des fautes. Sans fautes, vous pouvez être sûr de vous être fait avoir. Voyons, avez-vous, en Angleterre, des sandwiches au rôti de bœuf avec de la purée et du jus de viande ?

Jury secoua la tête.

– Avec du *cole slaw*[1] ?

La serveuse vint prendre la commande et les servit avec une célérité que Jury trouva stupéfiante. Ils mangèrent leurs sandwiches dans un silence de connaisseurs puis Hester reprit la carte.

– Une tarte, *à la mode*[2] de préférence, aux pommes de préférence. Ici, elles sont vraiment bonnes.

– Je ne peux pas, grogna Jury.

– Oh, Seigneur ! Quelle femmelette !

Hester commanda sa tarte. La serveuse l'apporta avec une boule de glace à la vanille qui moussait contre l'épaisse croûte. La pâte, croustillante et dorée, abaissée au pouce, avait monté de manière à révéler à Jury les tranches de pommes qui la remplissaient. De la vapeur montait de l'assiette. C'était vraiment le grand dessert américain !

Hester le regardait, un sourire aux lèvres.

Jury fit signe à la serveuse d'en apporter une pour lui. Ils attaquèrent leur dessert.

Sucré, acide. Chaud, froid. Moelleux, croquant. Un goût sensationnel.

– Hester, nous sommes faits pour ça.

1. Salade de chou sucrée. *(N.d.T.)*
2. En français dans le texte. *(N.d.T.)*

16

Il traversa le campus avec, sous le bras, son exemplaire des romantiques français, son *Guide des Étranger* et le livre d'Ellen. Son esprit naviguait entre les énigmes jumelles de Beverly Brown et son manuscrit de Poe et Sweetie et Maxim. Il pensait à la fenêtre de la chambre de M. P, qui donnait sur l'immeuble de l'autre côté de la cour, et une autre fenêtre qui montrait, à travers une pièce, une autre fenêtre encore. Les pièces où vivait Maxim étaient grandes, avec de luxueux tapis orientaux mais des meubles spartiates. Une des pièces était vide, sinon un grand piano recouvert d'un châle bleu. Melrose se souvenait de ces détails, décrits d'une manière saisissante. Et, dans la salle à manger, Maxim était assis au bout de la table, sur la seule chaise...

Melrose aperçut un banc au pied d'un imposant bâtiment blanc, il s'assit et lut :

> Sweetie vit Maxim à travers les portes ouvertes des pièces en enfilade. Il était assis tout au bout, dans la salle à manger, à la grande table d'acajou, devant son petit déjeuner.
>
> Elle passa les portes et entra dans la pièce. Elle s'arrêta, son regard quitta la table et, par les hautes fenêtres, se posa sur les pelouses. La fontaine était sèche, le garçon de bronze traversait le ciment taché à cheval sur le poisson.

Que se passait-il ? Cela n'avait aucun sens. Une douzaine de pages plus tôt, les jardins au pied des fenêtres croulaient sous les fleurs, complètement extatiques dans la chaleur du printemps. Le bassin était rempli d'eau.

Maintenant, Maxim gisait sur le sol de la salle à manger dans une mare de sang. Que se passait-il ? Agacé d'être ainsi captivé par cette histoire étrange, il ferma *Fenêtres*. Mais il ne put s'empêcher de puiser dans son sac. Il en tira les chapitres que lui avait remis Ellen. Il commença à lire :

Sweetie pochait un œuf dans la cuisine. La spatule à la main, elle essayait d'imaginer sa propre mort. Elle regardait le blanc d'œuf transparent devenir opaque comme l'enveloppe qui gisait sous la fente de la boîte aux lettres. Des saucisses cuisaient et crachaient leur graisse dans une autre poêle. Elle souleva l'œuf, le laissa égoutter et le déposa avec soin sur un toast.

Elle se mit à table et prit de petites bouchées de saucisse. Tout en mâchant, elle se demandait ce que l'on ressentait en mourant, ou quand on devenait folle. Comment devenait-on folle ? Ça ressemblait à quoi ? Une espèce d'éclipse mentale ? La cuisine était au sous-sol, les barreaux de la fenêtre donnaient sur le trottoir, le soleil inscrivait des bandes sur le linoléum. Sweetie se dit qu'il fallait sortir, sortir et marcher, respirer, éloigner ces idées de son esprit. Mais le pouvait-elle ? Le soleil n'allait-pas l'éblouir et la chasser à l'intérieur ?

Quelle autre explication aux lettres que recevait Lily sinon qu'elle devenait folle ? Pourtant elle voyait le monde comme avant. Elle regarda le petit cadran blanc de sa montre et vit que l'aiguille des secondes avançait avec les mêmes secousses, que l'aiguille des minutes divisait le temps aussi mécaniquement qu'avant. Mais comment expliquer ce qui arrivait ? En se servant du sucrier en porcelaine à fleurs, elle s'aperçut qu'elle se sentait très bien parmi les objets de la cuisine. Le sucrier, le pot à lait blanc, la tasse. Leurs noms venaient aussi facilement qu'avant. Mais si elle les oubliait ? Les fous oubliaient-ils les noms des objets ordinaires ?

Elle déchira un bout de sa serviette avec soin, elle prit un stylo dans le pot à confiture et écrivit SUCRE. Elle posa le morceau de papier dans le sucrier. Elle regarda son œuvre, sourit et écrivit SEL sur un autre morceau de papier qu'elle posa sous la salière. Avec sa langue, elle humecta un troisième bout de papier - VERRE - et le pressa contre son verre de lait.

Le téléphone sonna.

Sweetie était assise, parfaitement immobile. Elle savait que si elle décrochait le récepteur, il y aurait le silence au bout du fil. Et s'il y avait une voix, elle dirait : « Allô, allô, allô ! Lily ? »

A la neuvième sonnerie, elle pensa : Ça pourrait être pour moi, ce pourrait être Bill ou Jane ou n'importe qui. Elle termina son œuf poché, épongea le jaune avec le dernier bout de toast en écoutant la sonnerie. Treize sonneries. Après, elle se dit que c'était certainement pour elle et que, la prochaine fois, elle décrocherait.

Le téléphone se remit à sonner. Elle ne décrocha pas.

Voilà ce que tu vas faire, se dit-elle. Tu vas rester assise en face de la porte et regarder la fente. Quand une enveloppe apparaîtra, tu ouvriras très vite la porte.

Mais c'était inutile. L'autre était prêt et disparaîtrait avant. Lui ou elle, l'autre disparaîtrait avant qu'elle puisse le voir.

Autre chose, alors. Elle prit une enveloppe de la liasse, plia une feuille de papier à lettres et la glissa à l'intérieur. Elle lécha le revers et le colla. Puis elle retourna l'enveloppe et écrivit

MAXIM

Sweetie alla jusqu'à la porte d'entrée et fit glisser l'enveloppe par la fente. L'obscurité était tombée. Après avoir mis ses assiettes dans l'évier, elle monta se coucher.

Melrose était affalé sur le banc, le manuscrit à la main, à ruminer ses pensées. Des étudiants sortaient de cours, l'air réjoui. Ils allaient et venaient dans l'allée, devant lui.

– Il est mort. Il doit être mort.

Il leva les yeux. Deux étudiants le regardaient. Il divaguait à voix haute sur un banc de campus, ils devaient le prendre pour un fou. Les deux étudiants sourirent vaguement et contournèrent le banc.

17

I

`Sweetie.`

Elle regarda le nom en formant le vœu qu'autour un champ magnétique attire d'autres mots dans son cercle. Elle le tapa une autre fois, et en majuscules : SWEETIE. Derrière ses paupières fermées, le nom clignotait lentement comme l'enseigne de néon d'un restaurant : MANGER-MANGER-MANGER.

L'idée du restaurant était une erreur : ça lui donna faim. Sans la chaîne, elle aurait filé hors du bureau, aurait débarqué au troisième étage et se serait installée devant une tasse de café et un beignet. Mieux encore, elle serait allée à la cafétéria et aurait pris un café servi dans une tasse de porcelaine et une brioche à la cannelle. Mais il n'était pas l'heure, elle avait sûrement encore quarante-cinq bonnes minutes à tirer. Elle regarda l'horloge fixée au mur ; c'était inutile car son écharpe dissimulait le cadran. Elle envoyait toujours quelque chose dessus, pour ne pas passer son temps à regarder combien de temps elle devait encore souffrir. Il y avait le réveil, bien sûr. Il était dans le classeur, tic-tac neutralisé. Mais sa sonnerie était assez forte pour faire éclater une vitre. Il était réglé pour sonner à deux heures.

Dieu, si un de ses lecteurs la voyait maintenant ! Elle convoqua l'image mentale de l'Écrivain, ou du moins de ce qui devait venir à l'esprit d'un lecteur qui imaginait un écrivain écrivant. En admettant que les lecteurs pensent aux écrivains. Elle se vit dans une pièce tapissée de livres, avec des lambris d'acajou, un plancher en pin, des tapis d'Orient et des fenêtres surplombant des étendues brumeuses (les écrivains se lèvent à l'aube). Elle noircissait un carnet en box, formait ses mots avec un stylo Mont-Blanc et des fioritures de calligraphe. Écrire en cursive avec un stylo à encre (pourquoi appelait-on stylos à encre les stylos ?) distillait la rare essence de l'écrivain. C'était aller à la substantifique moelle de l'écriture. C'était bien plus difficile que de taper à la machine, de loin plus difficile que le traitement de texte. Le traitement de texte qui faisait exactement ce que laissait supposer son nom : il barattait les mots en une masse oléagineuse. Les mots naissaient avec douceur – rien à voir avec l'art – avec cette qualité magique des lettres jaillies de l'inconnu qui apparaissaient sur l'écran. Elles avaient l'air d'arriver là par miracle.

Aussi Ellen serra les dents et écrivit, au Bic :

SWEet i e

Sweetie resta assise avec la boîte de bonbons sur les genoux, assez longtemps pour que le soir passe à la nuit.

Ellen se leva et se traîna jusqu'à la fenêtre en s'interrogeant : Qui essayait de tuer Sweetie ? Essayait-on *seulement* de la tuer ? Parce que c'était à Lily et non à Sweetie que ces messages étaient adressés. C'était un mystère. Parfois une réponse effleurait l'esprit d'Ellen comme une aile de phalène.

La chaîne lui tira la cheville. Avec Sweetie qui la préoccupait, elle était allée de la fenêtre au classeur et ses doigts tâtaient la surface lisse pour trouver la clé. Il était déjà arrivé qu'elle se traîne inconsciemment vers le classeur et elle avait dû mettre la clé de la chaîne de vélo sur le dessus du meuble, hors de portée. (Le réveil était dans le tiroir du bas, qu'elle arrivait tout juste à atteindre. Une fois, elle avait commis l'erreur de le mettre lui aussi hors de portée et l'explosion de la sonnerie avait provoqué la panique : on s'était précipité hors de Gilman en hurlant : « Au feu ! ») Au début, elle s'arrangeait pour pouvoir atteindre la clé en s'étirant au maximum. Ce n'était pas une solution : un jour, en essayant de l'attraper, elle s'était cogné le menton contre la poignée de métal. Désormais, elle envoyait la clé le plus loin possible avant de fermer le cadenas de la chaîne.

Au bout de deux à trois heures de corvée, il fallait appeler. C'était très gênant. Elle s'émerveillait toujours que l'on puisse croire qu'elle s'était « on ne sait comment retrouvée le pied pris dans cette foutue chaîne de vélo », ou qu'elle jouait à un jeu tordu, ou qu'elle était en train de gagner un pari.

Consternée, elle se laissa pesamment tomber dans son fauteuil en se demandant si ce siège n'était pas trop confortable. Peut-être était-il trop bien adapté à son dos ? Elle se souvint avoir lu la remarque d'un écrivain, un journaliste sportif certainement ou un chroniqueur menacé par l'urgence : avec un canon de revolver contre la tempe, on écrit. Ellen ferma les yeux et imagina que quelqu'un braquait un revolver contre sa tête, mais ça n'eut aucun effet. Il aurait fallu un véritable revolver.

Elle s'affaissa dans le fauteuil, retira son pull en grosse laine d'Aran et se l'enroula autour de la tête. Elle songea au Masque de Fer. Et s'il avait été écrivain ! Qu'aurait fait cette pauvre âme si elle avait été, comme elle, du genre à se ronger les ongles ? Elle se leva avec son accoutrement sur la tête et rejoignit la fenêtre à l'aveuglette, bras tendus pour se prévenir des obstacles. Quand elle sentit le carreau glacé sous ses doigts, elle s'arrêta. La voyait-on, depuis l'allée ? Elle soupira, enleva le pull et s'attaqua à son pouce. Puis, le dos appuyé contre le mur, elle joua à être Fortunato. Si Fortunato avait été écrivain, imagine le marché que Montrésor aurait essayé de passer avec lui ! *Pas un paragraphe, Fortunato ? Quoi ? Une phrase, alors ! Non ?* Ellen leva le bras et le tira vers l'arrière : *tchac !* Une autre brique qui éclatait.

Elle se traîna jusqu'à son fauteuil, s'y avachit et prit son stylo. Et le reposa. Elle avait tellement faim.

Elle avait essayé de s'enchaîner dans son appartement mais ça n'avait pas pu aller : elle n'avait rien d'assez lourd pour servir d'ancrage. Elle s'était fait penser à quelqu'un qui, pour se suicider, cherche une poutre assez grosse ou un crochet assez solide pour une ceinture ou une corde. Elle s'était plusieurs fois retrouvée traînant un meuble derrière elle – la lourde bergère, et même ce coffre du XVIIe qui aurait cloué sur place deux mulets – rien que pour attraper la clé, se libérer et filer au *Cheval* ou au *Pizza Palace.* Une fois, elle avait fixé la chaîne à la cuisinière. Il était resté suffisamment de jeu pour arriver jusqu'au téléphone et elle avait commandé une pizza. La chaîne arrivait juste à la porte d'entrée. Le gamin qui livrait les pizzas avait été fasciné. Elle lui avait dit qu'elle jouait le rôle principal des *Mis.* Il l'avait crue.

Ce n'est pas parce qu'elle n'aimait pas Sweetie qu'elle n'arrivait pas à écrire. Elle adorait Sweetie. Elle aimait ses robes simples, ses jupes plissées et ses cardigans aux couleurs pastel, sa coiffure naturelle, son visage net.

Pourquoi quelqu'un cherchait-il à lui faire perdre la tête ? Mais elle n'était pas sûre que l'on cherchât à le faire. Elle renversa la tête par-dessus le dossier de son siège, en se demandant jusqu'où elle pourrait aller avant de tomber.

Elle fixa des yeux le tube fluorescent, les ombres des carcasses d'insectes qui y avaient été pris au piège. Puis elle bascula en avant et écrivit :

La tête de Sweetie était penchée au-dessus de la boîte de bonbons blanche.

Problème : c'était dans cette seconde histoire, celle qu'elle était en train d'écrire, que *Lily* recevait des lettres d'un inconnu et qu'elle avait même reçu, la veille, une boîte de bonbons. Ellen ferma les yeux. Pour le moment, oublie Lily.

Sweetie ignorait de quel genre de bonbons il s'agissait. Elle avait peur d'ouvrir la boîte.

Ellen s'arrêta et se rejeta en arrière. Cette boîte de bonbons était sinistre. Elle se prit la tête entre les mains et se massa les tempes avec ce geste de vieille femme égarée qu'elle détestait. Non, décida-t-elle. La boîte de bonbons n'est rien de plus qu'une boîte de bonbons. Ce qui est sinistre, c'est la manière dont Sweetie la voit.

Pauvre Sweetie. Ellen se mordit la lèvre, appuya ses poignets contre ses yeux et les pressa dans leurs orbites. Il allait se produire une horreur, une chose vraiment horrible. *S'était* produite. Et qui maintenant allait se révéler. Elle s'était produite à la fin de *Fenêtres*, mais Sweetie ignorait quel rôle elle allait jouer. C'était *ça* qui faisait peur.

La boîte était recouverte d'un papier satiné blanc et nouée de velours pourpre, une bonne longueur de ruban large, pas étriqué ni mesquin. Sweetie tira sur une des extrémités. Le gros nœud se défit avec une sorte de volupté.

Le pouce et l'index d'Ellen se frottaient l'un à l'autre, éprouvant l'air, éprouvant le morceau de velours. Rouge, il devait être rouge. Pas pourpre. Pourquoi ? Rouge, parce que pourpre était trop lourd de sens, alors que le ruban n'avait d'autre sens que son existence.

Elle regarda Sweetie retirer le couvercle. A l'intérieur, il y avait deux couches de petits godets cannelés nettement rangés. Il n'y avait pas de bonbons. Sweetie prit un des godets et l'examina avec soin. Ellen écrivit :

Il n'y en avait jamais eu.

Elle remit le godet à sa place et regarda les rangées nettes, vides de chocolats. Sweetie referma la boîte et se souvint de Maxim qui disait : « Ils ont laissé des notes sur mon assiette, près de mon verre, dans la coupe posée sur la table. Les notes disaient : fromage, vin, fruit. C'est parce que je suis écrivain et que j'aurais dû pouvoir me nourrir d'air pur et boire l'idée du vin. Ils pensaient faire une blague. Ils ne s'en doutaient pas, mais ils pouvaient tout aussi bien avoir raison. Le monde matériel s'effondre. Écoute : et si ce qui arrive était justement ce qui n'arrive pas ? Par exemple : tu découpes une poupée en papier. Il reste sur la feuille un espace vide. La découpe de la poupée. Elle y loge à la perfection – c'est parfait. Alors, qu'est-ce qui est quoi et laquelle est vraie ?

– Oh ! mais c'est de la sophistique. J'ai horreur de ce genre de conversation.

– Non. Elles ne sont pas séparées. La découpe fait partie de la poupée. La poupée semble seulement retirée de sa place. Mets à la poupée ses vêtements de papier. Elle n'est pas différente. Elle ne fait qu'imiter sa véritable apparence, c'est une imitation dérisoire, une mutilation, un écho parasite. Comprends-tu ? »

Ellen reposa son stylo et fixa le mur. Elle songeait à l'ignoble Vicks Salve. La mutilation de Sweetie. Le *meurtre* de Sweetie. Non. D'après Maxim, c'était impossible. Impossible.

Puis elle songea à Beverly Brown et à l'histoire de Poe. Maxim dirait que cela aussi est impossible. Seul Poe pourrait écrire une histoire de Poe. Si on essayait de l'imiter, on laisserait des empreintes – des empreintes *mentales*, partout. C'était inévitable. Pour faire du Poe, il faut *être* Poe.

II

Un visage derrière la vitre dépolie de la porte du bureau.

Avant qu'elle ait pu atteindre la clé, la porte s'ouvrit et l'ombre sur la vitre se mua en Melrose Plant.

– Tiens, tiens, dit-il en voyant la chaîne autour de sa cheville.

Froide, elle lui demanda :

– Voudriez-vous me donner cette clé ? Là-haut, ajouta-t-elle avec un signe de tête vers le classeur.

Il se tourna vers le classeur puis à nouveau vers elle. Ils se regardèrent fixement pendant quelques secondes.

– S'il vous plaît. La clé.

Son ton était pétri de condescendance, comme si elle avait attendu des siècles qu'arrive son page, son coursier, son serrurier, Melrose le laquais.

Il trouva la clé, la lui tendit et attendit ses explications. Finalement, courbée sur le cadenas à sa cheville, elle dit :

– Il fallait bien que je sache ce que l'on ressent, n'est-ce pas ?

– On ?

– Le personnage de mon livre. Il a été forçat. En Louisiane.

La chaîne se défit. Elle s'assit, les yeux dans le vide.

– Il faisait partie de la bande de David Duke. Le néo-nazi.

Elle leva la tête vers le plafond.

– Il a assassiné... quelqu'un, hasarda-t-elle.

– Pourquoi cette chaîne à votre cheville ?

– Je viens de vous le dire.

– Non, pas du tout.

Elle essaya de défaire l'extrémité de la chaîne.

– Plutôt qu'un interrogatoire, je préférerais de l'aide.

Melrose, qui s'amusait beaucoup, ne bougea pas.

– C'est curieux, mais une bande de forçats en Louisiane ne me paraît pas la mise en scène idéale pour Sweetie et Maxim.

– Il ne peut pas être déjà deux heures !

Avec cette diversion à peine acceptable Ellen défit la chaîne et la laissa tomber près de sa machine à écrire.

– D'après ma montre, c'est à peu près ça. Toutefois, c'est impossible de comparer avec l'heure de l'université puisque votre horloge est recouverte.

Il n'attendait pas de réponse, il savait qu'il n'y en aurait pas.

– J'ai donc fini ! s'exclama-t-elle avec bonheur. D'écrire, j'entends.

– Oh ! Parce que c'est ce que vous... Qu'est-ce que... ? Le bruit était assourdissant. Melrose laissa tomber ses livres. Ellen bondit vers le classeur, tira violemment le tiroir et en extirpa un vieux réveil à double cloche. Elle enfonça l'interrupteur et jeta le réveil dans le tiroir. Puis elle prit sa veste.

– Il est deux heures.

– Pourquoi... ? Oh ! peu importe.

Il l'aida à enfiler sa veste de cuir et demanda :

– Comment va Sweetie ?

– Aussi bien que possible, je crois.

Elle prit son vieux sac de cuir et le jeta sur son épaule.

– Vu sa situation.

Elle rafla le trousseau posé sur son bureau.

– Mieux que Maxim, j'espère.

Sur le chemin de la cafétéria, Ellen ne répondit à aucune des questions de Melrose au sujet de *Fenêtres* ou de son manuscrit : pour elle, les commentaires ne relevant pas du strict contenu du livre étaient oiseux.

– Est-ce que vous voyez ce que je veux dire à propos du livre de Vicks Salve ? demanda-t-elle. Vous voyez tous les points communs ?

– Ils sont terriblement évidents. Elle a plagié votre livre, ça saute aux yeux.

Elle lui tira la manche avec ardeur.

– Avez-vous pensé à un moyen de lui filer une trempe ?

Melrose sourit.

– J'ai une idée et elle est géniale.

– Quoi ?

– Je n'y ai pas encore pensé en détail.

Elle recula de quelques pas et le regarda d'un air implorant. Malgré tous ses problèmes, se dit Melrose, elle gardait une expression merveilleusement paisible –

pure et juvénile. Quelques étudiants paressaient sur les bancs et même sur les pelouses, profitant du soleil en dépit de la froidure.

– Il faut que j'y réfléchisse, fit-il, puis brandissant *Fenêtres*, il poursuivit : S'il vous plaît, pouvez-vous répondre à une seule question ? Qui a tué Maxim ? Ce n'est pas Sweetie, au moins ?

– Qu'est-ce qui vous fait croire qu'il est mort ? dit-elle alors qu'ils franchissaient les portes de la cafétéria. J'espère qu'il leur reste des brioches.

– Qu'est-ce qui me fait croire qu'il est *mort* ? Peut-être parce qu'il est par terre, que son sang coule et qu'un couteau traîne tout près. Ça a comme éveillé mes doutes.

Il la suivit jusqu'au comptoir, entre les tables où s'attardaient quelques clients.

Ellen ne fit aucun commentaire. Le menton quasiment appuyé sur l'étagère de la vitrine, elle examinait les rangées de beignets, de pains au lait et de pâtisseries.

– Je ne vois pas de brioche. Je vais prendre un gâteau au fromage blanc.

Sur le sommet de la vitrine trônait un assortiment de boîtes de bonbons. Elles étaient en solde. Elle fronça les sourcils.

La Noire derrière le comptoir déposa un gros gâteau sur une assiette et regarda Melrose.

– Pour moi, juste un café.

– Vous n'avez pas envie d'un gâteau aux cerises ? Ils sont délicieux.

Ellen désigna du doigt le gâteau aux cerises ; la femme le déposa sur une assiette qu'elle fit glisser vers Melrose. Les cafés arrivaient dans un bruit de vaisselle entrechoquée et il demanda :

– Essayez-vous de me dire que Maxim n'est pas mort ?

Ellen serrait le gâteau contre elle tandis que ses yeux parcouraient la salle à la recherche d'une table.

– Pas vraiment. Oh ! merde, voilà Vlasic. Ignorez-le.

– Ce sera facile, je ne sais pas de qui vous parlez.

Il lui emboîta le pas en se frayant un passage entre des chaises en désordre et des tables chargées de sacs à dos, en se demandant comment on pouvait baigner dans une mare de sang et n'être « pas vraiment » mort. Enfin, à quoi bon ? Visiblement, *Fenêtres* n'était pas le genre d'histoire que tricoterait Elizabeth Onions.

Ellen hochait la tête en direction d'un homme d'un certain âge, aux cheveux clairsemés, au nez pointu et au corps nerveux de danseur.

– C'est un con.

– Un con qui a réussi ? Votre département exhale la réussite.

– Il suffit de l'écouter. Et nous ne sommes pas du même département. Il enseigne la littérature anglaise, je donne des séminaires. Je crois qu'il a fait paraître quelques brochures, un livre peut-être, rien d'extraordinaire. De la poésie obscure.

– Rappelez-moi son nom ?

– Vlasic. Alejandro, veut-il faire croire. Je l'appelle Alex. Il a horreur de ça.

Vlasic ne semblait pas trop pressé de partager les feux de la rampe, et moins encore avec une collègue qui avait infiniment mieux réussi que lui. Il fit néanmoins face à la situation en souriant généreusement et en rugissant le nom d'Ellen. Melrose fut surpris par la qualité de sa voix. Il se serait attendu à quelque chose de plus aigu.

– Bonjour, Alex.

Vlasic cilla légèrement quand Ellen présenta Melrose comme une autorité en romantiques français, ce qu'il nia avec modestie, et ce qu'elle contredit aussitôt.

Les deux filles assises à la table de Vlasic tournèrent la tête en chœur. Elles portaient des jupes paysannes et des chemises informes. L'une arborait des anneaux d'oreilles gros comme des pneus ; les cheveux de la seconde étaient noués d'une longue écharpe. Elles étaient brunes et ressemblaient à des gitanes.

– Comment avance votre nouveau livre ?

Le sourire de Vlasic était aussi faux que possible. Les mâchoires d'Ellen se durcirent mais elle ne frémit pas.

– Bien.

Elle découpa son gâteau en petites parts symétriques.

– Facilement, hmmm ?

L'homme avait quelque chose de désagréablement onctueux. Melrose avait l'impression qu'il pourrait, à tout moment, se mettre en boule et ronronner.

– Pas de problèmes.

– Nous parlions justement du processus créatif.

– Le quoi ? fit-elle, indifférente.

Une des gitanes se pencha vers Ellen et déclara, comme si elle proférait quelque prophétie :

– Ce qui m'ennuie n'est pas tellement de manquer de *talent*, mais d'ignorer si je veux faire le sacrifice.

Cela dit, elle eut un geste ravissant pour porter ses doigts couverts de bagues sur l'extrémité de son écharpe et attirer le tissu contre ses joues.

– Pour être sincère, je ne sais pas si j'ai le *courage* de me mettre à nu.

Son rire était aigu et flûté.

– Je ne sais pas si je serais capable de l'engagement nécessaire. Ça m'inquiète vraiment.

– Moi aussi, ça m'inquiéterait.

Ellen se fourra un morceau de gâteau dans la bouche, dégagea une chaise vide et y flanqua les pieds.

La gitane regarda Vlasic d'un air incertain et tenta une nouvelle tactique.

– Ça doit procurer une satisfaction profonde d'obtenir la reconnaissance pour une chose à laquelle vous avez travaillé si dur et si longtemps. Ce doit être merveilleux d'avoir modelé, sculpté vos sentiments pour que les autres puissent les partager, d'avoir cristallisé une partie de votre moi profond et de l'avoir projetée.

– Chai pas. N'importe quel crétin est capable d'écrire.

La sortie d'Ellen enchanta Melrose. Maintenant, il

était convaincu qu'Ellen et Joanna la Folle s'entendraient à merveille.

– Ah ! meugla Vlasic avec emphase.

Il laissa tomber son poing sur la table et fit brinquebaler les tasses dans leurs soucoupes.

– Ah !

Ellen le regarda, le visage neutre. Elle envoya son pouce vers Melrose.

– C'est vrai. Lui-même y arriverait, s'il s'en donnait la peine.

Relégué au cercle des crétins qui écrivent – et devinant la vanité de tout commentaire –, Melrose se contenta d'incliner la tête. Personne, de toute manière, ne semblait s'intéresser aux griffonnages de ce crétin précis et aucun regard ne l'invitait à entrer dans la petite assemblée.

La première gitane était visiblement mécontente d'apprendre que son objectif était à la portée du premier idiot.

– Vous êtes trop modeste.

Sa voix était plus grave que celle de sa compagne. Ellen ne faisant rien pour la contredire ou en convenir, elle reprit :

– J'ai lu *Fenêtres*.

Il y eut une pause infinitésimale comme si elle attendait d'être félicitée pour le mal qu'elle s'était donné. Ellen, de nouveau, ne répondit pas. Aussi s'enfonça-t-elle plus avant.

– Incroyable, une telle puissance narrative dans une œuvre écrite où l'on a fait une si grande économie des symboles, où la prose est raclée jusqu'à l'os.

Ellen se contenta d'allumer une cigarette.

Cette fois, celle qui tirait sur son écharpe repartit sur ses incertitudes tremblotantes.

– C'est la motivation, qui m'inquiète. Pour se lever chaque matin pour affronter la page blanche...

– Vous pouvez toujours rester couchée.

La fille ignora le coup avec un petit rire.

– C’est d’arriver à s’y accrocher, à s’investir dans des écrits qui ne parleront peut-être jamais à personne, de...

Elle marqua une pause, réfléchit à un sacrifice qui pourrait se révéler indispensable.

– ... travailler pendant des années et n’écrire que des romans populaires. Quelle consolation pourrait me faire endurer tout ça ?

– L’argent.

Ellen examina la croûte du gâteau aux cerises de Melrose puis la laissa retomber dans l’assiette.

Vlasic poussa un autre hennissement.

– Connaissez-vous le pourcentage d’écrivains qui vivent de leurs livres ?

Personne ne répondit, aussi délivra-t-il la réponse.

– Moins de deux pour cent.

Melrose songea à abandonner sa carrière d’écrivain.

Une fois dehors, Melrose dit :

– Comment pouvez-vous supporter autant d’âneries ?

Ils remontaient un flot d’étudiants échappés de diverses salles de cours qui allaient investir les bien plus odorants et nourrissants environs de la cafétéria.

– Les étudiants de Vlasic parlent tous comme ça. Ils n’y peuvent rien, ce sont des petits Vlasic.

Ils firent quelques pas en silence, puis Ellen s’immobilisa et déclara :

– Savez-vous ce que Maxim vient de dire à Sweetie ?

– Quoi ? Non, je l’ignore. La dernière fois que j’ai vu Maxim, il gisait dans une mare de sang. Comment alors pourrait-il *venir* de dire *quoi* que ce soit à Sweetie ?

– Maxim a dit à Sweetie que si l’on découpe une poupée de papier – c’est une métaphore, d’accord ? –, si on découpe une poupée de papier, de quoi donc est fait l’espace vide, la découpe ? Et la poupée existe-t-elle sans sa découpe ?

– C’est de la sophistique m...

Ellen coupa, avec un hochement de tête.

– De la sophistique. C'est exactement ce qu'a répondu Sweetie.

– Sophistique *merdique*, voulais-je dire. Et allez-vous cesser de parler de Maxim et Sweetie comme s'ils étaient dans la cafétéria à boire du café ?

– Oh ! ne soyez pas mesquin.

Ellen boudait, comme s'il venait d'insulter ses meilleurs amis. C'est très possible, se dit-il, qu'ils le soient. Il retint sa langue. Ce qui n'était pas facile.

– Je songeais au plagiat.

– La redoutable Vicks Salve ?

– Au départ, oui. Mais après ce qu'a dit Maxim...

Melrose poussa un énorme soupir, espérant qu'il fasse impression, mais Ellen l'ignora.

– ... je me suis mise à penser au manuscrit de Poe. On ne peut pas copier le style. Ce serait comme tenter de reproduire les véritables nuances de l'arc-en-ciel, et il faut trop d'atmosphères et de climats incomparables pour réussir un arc-en-ciel. Pour le style, c'est pareil. Une reproduction aurait quelque chose de bizarre, de forcé. Beverly Brown aurait laissé ses empreintes mentales partout.

Melrose considéra cela.

– Bonne remarque. Mais encore faudrait-il connaître l'esprit de Miss Brown pour en reconnaître les empreintes.

– Peut-être ne s'agit-il pas d'informations aussi subtiles que les évolutions ou les couleurs de ses pensées. Peut-être que ses empreintes se trouvent dans les détails de l'histoire. Des détails que seule *Beverly*, et non Poe, aurait pu placer là.

Elle fit passer son sac d'une épaule à l'autre.

– Un exemple : tout à l'heure, Sweetie a ouvert une boîte de bonbons blanche et il a fallu que nous allions prendre un café pour que je me rende compte qu'il y avait une boîte de bonbons blanche sur le comptoir, près de la caisse, et ce depuis des *jours* ! Mon inconscient l'avait enregistré et je crois qu'à force de me torturer l'esprit j'en ai sorti la boîte.

Ellen s'arrêta et contempla le ciel bleu ardoise.

– Et si ce genre de truc était inévitable ? Et s'il y avait des choses pareilles dans l'histoire de Beverly ?

– Difficile à déterminer, non ?

– C'est peut-être *impossible*. Mais, une fois de plus, s'il y avait une boîte de biscuits dans sa chambre ? Ce n'est qu'un exemple. S'il y avait quelque chose qu'elle voyait chaque jour, sans même peut-être s'en rendre compte, et que cette chose se soit glissée dans son histoire ?

Melrose lui tint la porte de Gilman Hall et une petite vague d'étudiants se faufila dehors comme des lemmings.

– Je me demande si nous pourrions aller dans son appartement, s'interrogea Ellen avant d'ajouter, avec un soupir : Bien sûr, l'étude du manuscrit n'aidera pas à découvrir son assassin.

Melrose était pensif.

– Peut-être que si. Il pourrait nous mettre sur la voie du mobile. A propos, nous avons été tellement occupés à vous enlever vos chaînes et à débattre de l'économie des symboles que j'ai oublié de vous dire : j'ai rencontré la petite Jip – vous savez, la gamine de la boutique d'antiquités. Elle était là quand Beverly Brown a acheté la malle. La malle est restée sur place une journée entière après qu'elle l'a payée. Jip a regardé dedans.

Melrose se figea, le sourcil froncé. Était-ce là un autre des secrets qu'il était incapable de garder ? Il se sentait désagréablement honteux.

– Vraiment ? Alors ?

– Ses souvenirs n'étaient pas très clairs, mais j'ai l'impression qu'elle *sait* quelque chose. J'en suis sûr.

Il fronça encore les sourcils et secoua la tête.

– En tout cas, nous avons bavardé longtemps.

– De quoi ?

Melrose se tut et changea de sujet.

– Et ce qui reste du prétendu manuscrit de Poe ? Allons-nous le voir ?

– Je l'apporterai ce soir.

– Je crois que Richard Jury doit voir le professeur Lamb à son retour de Philadelphie. A propos, *comment* avance votre livre ?

Ellen frémit. Elle détestait cette question.

– Plutôt mal.

Ils longeaient le couloir qui menait à sa classe et Melrose déclara :

– Ce que je n'arrive pas à comprendre (et ce n'est pas tout, se retint-il d'ajouter), c'est pourquoi Sweetie lui écrit une lettre *après* l'avoir vu étendu dans une mare de sang à la fin de *Fenêtres*.

– Qui a dit que c'était du sang?

Elle s'arrêta devant sa salle de classe, saluant de la tête des étudiants qui donnaient plus l'impression de s'égarer dans la pièce que d'y entrer volontairement. Manifestement, c'était sans espoir : Ellen ne lui apprendrait rien.

– Quel est le titre du nouveau ?

Ce pourrait être un indice.

– Je vous l'ai dit. *Portes*.

Ce n'était pas un indice.

– Et le troisième ? Vous lui avez trouvé un titre ?

– Non.

– *Couloirs ? Porches ?*

Ellen lui lança un regard mauvais.

Toujours décidé à enquêter sur l'aléatoire mort de Maxim, il dit, l'air de rien :

– J'imagine que vous commencez *Portes* avec ce qui est arrivé à Maxim ?

– Pourquoi ? Tout le monde sait ce qui est arrivé à Maxim.

Ellen entra dans la salle de classe.

18

On entendait des sanglots convulsifs derrière une porte. Par une autre, un labo visiblement, on voyait trois techniciens qui allaient de leurs outils à un drap maculé de sang étalé sur une table. Les couleurs des murs du couloir étaient fanées et le lino était râpé. Jury aperçut deux secrétaires qui tamponnaient des nombres sur des classeurs vides. Les nombres étaient de cinq ou six chiffres. C'était les classeurs vides que Jury trouvait inquiétants, comme si le Destin allait apparaître dans la rue, interrompre un homme, une femme ou un enfant dans sa banale promenade au marché, pour le donner en pâture à un de ces classeurs vides qui, alors, se remplirait de rapports de police et de photos de cadavre.

Il longea une grande ouverture vitrée derrière laquelle se tenaient des témoins (du moins le supposait-il) ; assises sur un divan de vinyle, des femmes au visage dur crachaient des bouffées de fumée tirées de leurs cigarettes et envoyaient des signaux à Dieu sait qui ; deux gosses noirs, aux cheveux coupés à la diable, dont l'expression passait de la satisfaction à la frayeur absolue selon le témoin qu'un inspecteur choisissait ; une demi-douzaine de Noirs en survêtements taillaient une bavette, comme s'ils se trouvaient sur un terrain de basket ; un vieil homme levait les bras au ciel et exigeait le respect de ses droits ; quelques autres individus ajoutaient au vacarme. Une jolie jeune femme sortit, accompagnée d'un officier de police ; une autre entra, bien moins jolie, elle aussi accompagnée d'un policier. Les témoins allaient et venaient, ils n'avaient pas l'air ravis, et leurs escortes moins encore. Une mauvaise nourriture, avalée au mauvais moment, en mauvaise compagnie et à de mauvaises heures, pouvait avoir cet effet sur un être humain. Un éclairage minable, des inspecteurs fatigués, des témoins hargneux – tout était familier. Familier comme les hurlements que poussait, depuis un endroit qu'il ne pouvait voir, un des policiers. L'homme criait (probablement à un des locataires du bocal à poissons que Jury venait de dépasser) :

– Arrêtez de vous FOUTRE de moi, madame !

La tirade avait des variantes, au moins six – mots différemment accentués, épithètes organisées autrement – mais le hurleur arrivait à ses fins. Le show de la salle d'interrogatoire, pensa Jury avec un léger sourire : une représentation aussi rodée qu'une comédie musicale du West End, avec ses entrées et ses sorties, les inspecteurs récitant des rôles qu'ils connaissaient parfaitement alors que les témoins-suspects, sur scène eux aussi, improvisaient.

Soudain, d'une porte ouverte derrière Jury jaillit un grand inspecteur au corps noueux qui, après l'avoir frôlé comme un projectile, se retourna pour menacer de « LUI FOUTRE un premier degré au CUL », repartit, se retourna une fois encore et hurla : « Je la PULVÉRISE si elle ne parle pas ! » Puis il passa devant Jury et fonça droit sur la porte que celui-ci allait ouvrir, celle qui portait « PRYCE » écrit au pochoir.

– Jack Pryce ?

L'inspecteur se retourna et fit « Oh, salut ! » avec une telle courtoisie que Jury réprima un sourire. On n'aurait jamais cru ce Pryce capable d'agonir de menaces un témoin aux lèvres scellées.

– Vous êtes l'inspecteur de Scotland Yard ? Entrez donc.

Jury, qui s'attendait à se faire un tantinet pulvériser, se félicita de n'avoir pas à traiter, semblait-il, avec un salaud égoïste qui jamais n'aurait lâché la moindre photo ou le plus petit bout d'indice.

– Vous travaillez sur un cas à Philly, c'est ça?

Jack Pryce s'empara d'une liasse de télex, les parcourut, marmonna quelque chose à propos de la foutue Floride, de meurtres commis là-bas et du criminel, qui aurait été vu à D.C.

– Est-ce D.C.? demanda-t-il à Jury, pour la forme.

Pryce repoussa ses papiers et prit un crayon qu'il se mit à mâcher comme on grignote un épi de maïs. Son bureau était un capharnaüm de cartes, de clichés de la morgue, de prises de vues aériennes épinglés sur un panneau d'affichage ou étalés sur sa table et deux autres. Des clichés en noir et blanc d'une jeune morte. Ce n'était pas Beverly Brown. Ce crime n'était pas assez récent pour être ainsi répandu dans tout le bureau. Ces photos étaient celles d'une fille à peine adolescente.

– Pas vraiment *à* Philadelphie.

Il lui parla de la mort de Philip Calvert, de ses entretiens avec Hester et le shérif. A la question de Pryce à propos du lien entre les deux crimes, il ne put répondre que par un hochement de tête.

– Je ne sais pas.

Il lui parla des notes, de la liste d'initiales qu'Ellen Taylor avait trouvée parmi les papiers de Beverly Brown.

– Ouais, on lui a parlé. Prof à Hopkins, hein?

Il tira quelques dossiers du désordre de son bureau, feuilleta des rapports, et trouva ce qu'il cherchait.

– J'ai parlé à des tas de gens de Hopkins mais aucun ne semblait être de ses amis intimes. Deux types mis à part, j'ai l'impression qu'elle n'avait pas vraiment d'amis intimes, ajouta-t-il en griffonnant une note. Je verrai avec Sinclair.

– Quels types?

Pryce mâchonna son crayon, le jeta et en prit un autre.

– Eh bien ! Il y en a un dont tout le monde semble dire qu'il doit être manipulé avec doigté. Il est riche et a le bras long, fit-il en envoyant promener le doigté d'un haussement d'épaules. Ils couchaient ensemble. Dans la mesure où il est prof à temps partiel et qu'elle était étudiante, je ne vois pas en quoi ça peut emmerder le pouvoir en question mais, bon, c'est une grosse légume, pas vrai ? Son nom est Patrick Muldare. Et puis il y a le professeur Owen Lamb, avec qui elle travaillait, ou à qui elle servait d'assistante. Et aussi un connard nommé Vlasic – Alejandro Vlasic –, son directeur de thèse. Un autre prof. Il y a encore cette boutique de dingues sur Howard où elle travaillait et qui est tenue par le demi-frère de Muldare... non, frère par alliance. Alan Loser.

Pryce mordit le crayon jaune et regarda le plafond d'un air songeur.

– Il y a un lien.

– Pardon ?

– Ce sans-abri – avant on disait « clodo », mais plus maintenant – qui traîne autour de cette boutique. C'est son coin, en quelque sorte. Il s'appelle Milos. Nom, prénom ? Qui sait ? Ce type dit avoir découvert le corps de la victime de Cider Alley...

Il s'interrompit et regarda dans le classeur.

– John-Joy ?

– Ouais. Mais il est aveugle et sourd. Super témoin, non ? Un de ces jours, on nous demandera d'apprendre le braille. Ce Milos n'est pourtant pas muet. Dieu, il *gueule*, même ! Il a donc raconté qu'il traînait dans Cider Alley quand les flics ont débarqué. En vérité, c'est faux. Il n'y avait *personne* quand les agents sont tombés sur le cadavre. Nous avons encerclé le secteur, mais qui interroger ? Personne n'habite dans ce trou.

– Curieux. Mais comment avez-vous obtenu des renseignements de Milos, s'il est sourd et aveugle ?

Le rire bref de Pryce tenait du grognement.

– C'est ça le problème. Ça nous a pris des heures, parce qu'il faut écrire sur sa putain de *main*. Il se débrouille vachement bien avec ça, je dois dire, mais quelle merde quand même ! Enfin bref, il nous a dit que quelqu'un lui avait écrit sur la main qu'il – le quelqu'un – était de la police. Évidemment, il mentait. Les types qui ont trouvé le corps en jurent leurs grands dieux. Ce Milos n'était même pas dans le secteur. On l'a ramassé deux jours plus tard parce qu'il n'arrêtait pas de raconter qu'il avait découvert le corps. Aussi l'avons-nous interrogé. Plus ou moins.

– Vous voulez dire que le meurtrier a écrit sur sa paume ?

– Hum... Voici ce que je crois : Milos a dû le surprendre en pleine action ou arriver avant qu'il n'ait eu le temps de filer. Il s'est mis à gueuler pour ameuter les flics. Pourquoi l'assassin n'a-t-il pas détalé, je ne sais pas. Il devait avoir des nerfs d'acier. Mais allez savoir ? Si ce n'était pas un flic et que la cloche ne ment pas, qui était-ce alors ?

– Oui, qui ?

Jury réfléchit un instant puis demanda :

– Verriez-vous un inconvénient à ce que je m'entretienne avec certaines de ces personnes ? Je ne voudrais pas m'immiscer dans votre affaire...

– Écoutez, fit Jack Pryce, si vous arrivez à tirer quelque chose de ce merdier, vous gênez pas. Sur Beverly Brown, on n'a que dalle. Les seuls témoins sont infichus de reconnaître leur propre tête.

Il poussa un des dossiers vers Jury. Il était plein de photos couleurs agrafées. Jury contempla le visage mort de Beverly Brown. Elle était belle. *Avait été* belle. La marque du garrot lui encerclait le cou et se croisait juste à la base du crâne.

– Rien. Même pas de traces de peau ou de sang sous ses ongles à analyser. Y a-t-il eu lutte ? Impossible à dire. Quelques cheveux, de Blanc, sur son manteau. Un début de preuves, mais c'est d'une validité très contestable. Bon, ajouta-t-il, soudain sur la défensive, les conditions d'autopsie auraient pu être meilleures. Mais nous sommes débordés, on a des cadavres qui vont rester en rade jusqu'à dimanche. Ce « début de preuves » peut être tombé de la tête des assistants du légiste, des infirmiers. Bordel de...

– Nous avons le même genre de problème. Et à propos de l'homme de Cider Alley ?

– D'après le légiste, un tuyau de plomb sur le crâne. Entailles, écorchures, contusions. De nombreux bleus.

– Différents *modus operandi.*

– Oui, mais pas forcément différents assassins.

– Que faisait Beverly Brown dans le cimetière ?

– Elle y est allée avec d'autres pour l'anniversaire de Poe. L'idée était de monter la garde pour surprendre l'homme aux fleurs. Vous en avez entendu parler ?

Jury acquiesça.

– Drôle d'endroit pour un meurtre. Très fréquenté. Et avec tous ces gens venus exprès pour...

– Allez savoir. C'est le genre de truc qu'on adorera foutre sur le dos du premier venu. Il ou elle devait avoir bien préparé son petit plan. Que le lieu ait été fréquenté est un atout, à mon avis. Totalement inattendu, et dans un cadre qui, à moins d'y laisser un tas d'empreintes, vous est étranger. Refroidissez quelqu'un chez vous, ou chez lui, et des tas de trucs vont aller de travers. Là, pas besoin de prendre rendez-vous. Il savait qu'elle serait là. Il ou elle, j'entends. Ça aurait pu être une femme.

– Des mobiles ?

– Muldare pourrait en avoir un. Amant jaloux, un truc comme ça. Bien sûr, son travelo de frère par alliance pourrait avoir le même mobile. Sinon rien, rien de rien.

– Et ce prétendu manuscrit de Poe ?

Pryce se frotta les mains.

– Douteux. Précieux si le manuscrit est authentique, mais l'est-il ?

La remarque de Wiggins.

– Et elle ne l'avait pas sur elle, donc...

– Non, mais... qui bénéficierait des travaux de recherche ?

– Vlasic. Alejandro. Alejandro, nom d'un chien... quel nom ! Je crois. Ou quelqu'un d'autre à Hopkins. Il était son directeur de thèse, voilà tout.

– Et l'épave, John-Joy ?

– Rien de ce côté. C'est même plus compliqué parce qu'il y a comme un vide. Il avait des amis dans cette allée mais... Cider Alley, grimaça Pryce, c'est trop proche de Harborplace à mon goût. Personne n'irait descendre quiconque à Harborplace.

– Pourquoi donc ?

– Le maire n'aime pas ça.

Pryce sourit de toutes ses dents et mordit son crayon. Jury se leva.

– Merci pour votre aide.

– Mon aide ? Laissez-moi vous dire un truc : le nombre d'homicides dans cette ville varie entre deux et trois cents par an. Mon équipe en résout un tiers, trente-trois pour cent.

Pryce passa la main sur les dossiers empilés devant lui.

– Soixante-douze cas, cinquante-cinq dossiers en souffrance. Très mauvais.

Il avait l'air si abattu que Jury déclara :

– Des mensonges. Fichus mensonges et statistiques, inspecteur. Quel *genre* d'homicides ? Drogue ? Domestiques ? Ça fait une sacrée différence.

– Drogue surtout. Vous avez sacrément raison, c'est différent. Domestique, et vous savez qui tenait le revolver ou la lame. En principe, il est encore assis derrière son assiette et il dîne. Mais les stats, mensonges ou pas, ça vous fout le cul sur le siège éjectable. Une seule accusation fait baisser le taux de criminalité. On se fiche de savoir si l'assassin part en balade la semaine d'après. Le taux a baissé, un point c'est tout.

Pryce soupira et envoya son crayon mâché sur son bureau.

– Seigneur, je devrais pas me plaindre. Au moins, ici, c'est pas D.C. Cette ville est *incroyable*. On y est détaché, parfois... Mais on est en progrès : Baltimore devient presque pire. La guerre des dealers jamaïcains... Le nord et le sud de D.C. est une zone de combats, je vous jure ! Si le diable passe cette porte et me donne le choix entre un poste à D.C. ou une place en enfer...

– Vous prendrez l'enfer.

– Je vous le fais pas dire.

19

La boutique s'appelait *Nouveau Pauvre.*

Le nom était peint, en cursive noire et emberlificotée comme une toile d'araignée, sur une pancarte blanche et oblongue, vissée dans la brique rouge. Sous les marches de fer forgé qui refermaient leur dôme au-dessus de lui était assis un barbu d'âge incertain. Il était empaqueté dans un épais manteau noué à la taille par une corde. Mains enfouies dans les manches, il semblait dormir. Au-dessus de lui, une seconde pancarte écrite à la main annonçait : CHEZ MILOS. N'Y PENSEZ MÊME PAS.

– Penser à quoi ? Je me le demande, s'étonna Wiggins.

Un chien, lui aussi de race incertaine et lui aussi semblant dormir, était couché, la gueule sur les pattes, près d'une tasse de plastique blanc où on voyait quelques pièces de monnaie. Le chien avait la mine triste et les longues oreilles d'un basset.

Quand Jury et Wiggins s'arrêtèrent, le chien et l'homme sursautèrent. L'animal gémit et agita la queue, et l'homme brandit sa tasse devant lui avec un mouvement aveugle d'essuie-glace.

– Une pièce ! Un peu de monnaie ? Une pièce !

C'était plus une réclamation qu'une prière. Bien plus hurlée que simplement énoncée.

– Vous êtes Milos ? demanda Jury.

Pas de réponse.

Les exigences qu'aboyait l'homme avaient fait oublier

à Jury que Milos était sourd. D'ailleurs, celui-ci tendit sa main et ordonna :

– Écrivez !

Il désignait sa paume et y promena son index comme s'il écrivait. Jury traça « MILOS », avec un point d'interrogation.

– Non, Madonna.

Avec une mimique d'absolu dégoût, il leva la main qui tenait la tasse et indiqua la pancarte fixée au-dessus de lui.

Jury lui reprit la main et chercha une manière simple de se présenter. Il ne trouva rien, traça son nom. Milos fronça les sourcils. Il écrivit alors « FLIC ».

Milos récupéra sa main et se retira dans sa somnolence à la Bouddha, mains enfouies dans ses manches de manteau effilochées, tête inclinée.

Le chien grogna, comme s'il voulait savoir si les nouveaux venus se fichaient aussi de la gueule des chiens de chasse. Puis il se coinça le museau entre les pattes.

Agacé, Jury toucha la manche du manteau.

– Va te faire foutre.

– Ils pourraient être bien s'ils s'arrangeaient un peu, fit Wiggins alors que lui et Jury montaient l'escalier de fer.

Le jeune homme qui avait retourné le livre qu'il lisait sur le comptoir n'avait pas besoin de s'arranger. Il y avait une ressemblance vestimentaire frappante entre lui et Marshall Trueblood, bien que chez lui les couleurs soient moins mûres et moins aveuglantes. Son pantalon nuance huître gonflait légèrement aux hanches et avait des revers fermés par des pressions aux chevilles, sa veste de coton rose crème était assez déconstruite pour Armani et Trueblood et il portait, comme Trueblood, une écharpe de soie. Mais la sienne était rentrée avec soin dans le col ouvert de sa chemise et elle était d'un jaune très pâle.

Jury crut tout d'abord que la boutique était spécialisée en Art Déco – l'abondance de verre bleu, de miroirs biseautés et incrustés de triangles bleus et noirs, de jeunes pucelles en étain dressées sur la pointe des pieds et présentant des globes de lampe blancs – puis il réalisa qu'il ne s'agissait que du décor de la boutique et non de la marchandise.

La spécialité, si l'effigie de Donald Trump en carton découpé était un indice, était une exposition plutôt éclectique de divers coups durs et revers de fortune. Sur le seau rempli de pommes qui représentait la « Poubelle de Trump » trônait une pancarte prévenant le visiteur de faire « Gaffe aux vers ». Wiggins pouffa.

C'était tout à fait un endroit pour lui, le genre d'endroit où il pouvait se sentir chez lui : Wiggins avait élu domicile sur le versant descendant de la vie. Pour le sergent, les verres étaient à moitié vides et les nuages ourlés de plomb ; et si demain était un autre jour, il le présumait tout aussi bourré de microbes que celui-ci. Le *Nouveau Pauvre* était une célébration de la faillite, un hymne à la pauvreté, un chœur de chants du cygne. Des écriteaux enjolivaient la blancheur éclatante des murs :

SUR LE PAVÉ ?
EN LOQUES ?
PAS DE BOL ?
MORAL À ZÉRO ?

demandaient-ils, en suggérant que ces divers états pouvaient être soulagés par une chose ou deux achetées au *Nouveau Pauvre*.

Alors que le jeune homme dérivait vers eux comme un pétale géant, Jury examinait la ravissante table en bois de rose qui occupait le centre de la pièce. Elle était couverte d'une nappe en lin d'Irlande avec une vaisselle en porcelaine bordée d'or. La porcelaine et les pieds de verres portaient de petites couronnes, l'insigne d'un hôtel, et les serviettes étaient brodées d'initiales entrelacées.

– Helmsley Palace, déclara le bel éphèbe. Mais il s'agit de l'ancien modèle. Leurs serviettes actuelles sont roses et unies.

Devant l'air étonné de Wiggins, il ajouta :

– Vous savez, Helmsley Palace... Chez la pauvre Leona [1]. Elle est entrée le 15 avril de l'année dernière.

– Entrée ? demanda Wiggins. Entrée où ?

– Ah ! vous êtes anglais. Vous n'êtes pas au courant des cancans du coin. On l'a coffrée pour fraude fiscale. Dans je ne sais quelle prison tapissée de soie rose qu'ils réservent aux millionnaires. Cherchez-vous quelque chose en particulier ?

Il avait un petit anneau d'or à l'oreille et les cheveux aux épaules, à la mode des années soixante, mais très bien coupés.

– Un cadeau pour un ami ? Il a perdu son boulot ? Ses actions ont dégringolé ?

Il souriait, comme s'il ne manquait à de tels événements qu'une bonne bouteille de champagne.

– Non, pas vraiment. Nous cherchons Alan Loser.

– Je suis votre homme. En fait mon nom se prononce « Lowzeur », mais j'ai renoncé à reprendre les gens. Ça va avec mon job [2].

Le regard de Jury balaya la pièce et s'arrêta sur une photo de Maggie Thatcher quittant le 10 Downing Street, mallette à la main.

– Qui n'a décidément rien à voir avec le bonheur, Mr. Loser.

– Appelez-moi Alan, dit-il avec un pétillement des yeux.

Il regarda la carte de Jury, puis celle de Wiggins, et hoqueta avec un plaisir évident.

– Scotland Yard ? Pourquoi, grands dieux ? Je ne comprends pas.

1. Leona Helmsley restera dans les annales pour avoir déclaré, après avoir été arrêtée pour fraude fiscale, que seuls les pauvres payaient des impôts. *(N.d.T.)*

2. *Loser*, prononcé « Louseur », signifie perdant. *(N.d.T.)*

– Nous nous intéressons à une de vos anciennes employées. Beverly Brown.

– Beverly. Oh, mon Dieu !

Il soupira profondément, détourna le regard, visiblement très ému.

– Terrible. Mais j'ai déjà vu un des inspecteurs de la ville.

– Je sais. Il nous a autorisés, à interroger quelques personnes qui pourraient savoir quelque chose.

– Asseyons-nous.

Il attira quelques chaises autour de la table en bois de rose et ils s'installèrent tous les trois. Wiggins sortit son carnet.

– Nous ne serons pas longs, dit Jury avec un regard circulaire sur la pièce. Vous savez, je me dis qu'il faut avoir les reins solides pour se lancer dans une affaire comme celle-ci. Bien qu'elle soit très originale.

– Vous voulez parler du marché de la déveine ? Fouiner pour trouver les restes de la faillite des autres ?

Jury acquiesça et Loser pouffa.

– Vous seriez surpris de son succès. Je commence à croire que rien ne se vend mieux que la misère d'autrui. Ma phrase préférée est ce commentaire de Gore Vidal : « Il ne me suffit pas de réussir, je veux que tu échoues. » Il a bien raison ; voilà un des traits les plus déplaisants de l'humanité. N'aimeriez-vous pas rapporter un bol Ross Perot en Angleterre ? ajouta-t-il, sourire aux lèvres et brandissant un bol blanc dont les anses étaient d'énormes oreilles. Une des plus tristes dégringolades de novembre.

– Beverly Brown travaillait ici, n'est-ce pas ?

– Effectivement, mais seulement quelques heures par semaine. Là, au *Hard Knocks*.

Jury leva un sourcil interrogateur et Alan expliqua :

– C'est notre café. Le *Nouveau* marchait si bien que quand la maison attenante a été libre, Patrick a décidé de l'acheter et d'en faire un restaurant. Ouvert jusqu'à cinq heures seulement, une heure avant la fermeture du magasin. Déjeuner et thé. Nous arrêtons le service de midi à deux heures et demie et ouvrons le salon de thé à trois heures et demie. Le salon de thé marche particulièrement bien. J'ai pensé à l'appeler *Hard Knocks* à cause du succès du *Hard Rock Cafe* qui fait un tabac à Londres. Peut-être aimeriez-vous un peu de thé ?

Jury déclina l'offre, ignorant le regard de Wiggins qui ressemblait furieusement à celui d'un chien.

– Quand Miss Brown a-t-elle travaillé ici pour la dernière fois ?

– Je l'ai dit à la police. C'était le 19 janvier. Elle a terminé son service vers cinq heures et demie, a passé la tête par la porte... – il eut un signe de tête vers une porte, sur sa gauche, surmontée d'une pancarte : « *Hard Knocks Cafe* » – et a dit au revoir. Comme d'habitude.

– La connaissiez-vous bien ? Je veux dire, mieux que ne l'exigeait le travail ?

– Oh ! oui. Bien que Patrick l'ait mieux connue que moi.

– Patrick ?

– Mon frère par alliance et associé. Mon idée, son argent. Pour lui, ce n'était qu'un passe-temps.

– Et à quel point la connaissait-il mieux ?

Alan Loser sembla réfléchir à la question puis il haussa les épaules.

– Je crois que ce n'était un secret pour personne : ils couchaient ensemble. Mais le campus de Hopkins n'aurait pas apprécié la nouvelle.

Il s'empara d'une tasse en aluminium dont l'anse était très curieuse.

– Article très demandé. L'anse est un téléphone portable, comme ça le type qui n'a plus de boulot peut faire la manche sans perdre le contact. Milos en a une.

Wiggins fronça les sourcils.

– Mais il est *sourd* !

– Il peut toujours *donner* des coups de fil. Il ne s'en prive pas, d'ailleurs.

– A votre avis, que faisait Beverly Brown au cimetière, cette nuit-là ? demanda Jury.

– Le syndrome de l'anniversaire de Poe, j'imagine. C'est pour cette raison que je me souviens de la date, le 19. Les gens vont à l'église de Westminster pour voir le type qui apporte des fleurs sur la tombe. Beverly avait une licence de lettres et elle comptait faire sa thèse sur Poe.

– Et ce manuscrit qu'elle prétendait avoir trouvé... en avait-elle parlé ?

– Oui, ça la rendait complètement folle. Elle en avait parlé à tout le monde, si vous voulez mon avis.

Il réorganisa la table du Helmsley Palace en déplaçant une petite cuillère de quelques millimètres.

– J'ai cru comprendre qu'elle avait remis l'original à un de ses profs. Elle s'appelle Ellen Taylor, elle enseigne dans des séminaires d'écriture.

– Connaissez-vous Ellen Taylor ?

– Oh, oui ! Ellen passe parfois à la boutique. Elle était là l'autre jour, elle cherchait un petit cadeau pour un ami. C'est un être délicieux et un excellent écrivain... Bien que je ne puisse juger de l'excellence d'un écrivain, ajouta-t-il avec une modestie qu'il était loin, se dit Jury, de ressentir.

– Ce serait, dit-il, un document de grande valeur. En admettant, bien sûr, qu'il soit authentique. Pensez-vous qu'il le soit ?

– Je n'ai tout simplement aucun moyen de le savoir.

– Était-elle honnête ?

Loser ouvrit la bouche sur un rire silencieux.

– A la manière d'Hamlet, vous voulez dire ? Si c'est le cas, non, je ne dirais pas ça. Pas Beverly, non.

Wiggins leva les yeux de son carnet et Jury sourit.

– Je voulais dire honnête au sens littéral.

Alan Loser haussa les épaules.

– Pas plus qu'un autre. Mais avec son physique et son cerveau, j'imagine que lui demander d'être en plus vertueuse aurait été excessif.

– Son physique ou son manque de vertu aurait-il pu la tuer ?

– Diable, je n'en serais pas surpris. Patrick...

– Patrick Muldare ?

Alan Loser hocha la tête.

– Où se trouve-t-il, actuellement ?

– A Hopkins, je suppose. Il y enseigne, à l'occasion. Il pourrait se trouver n'importe où. Patrick a de nombreuses activités. Il est salement riche.

Jury entendit vibrer une note amère sous la légèreté de l'affirmation.

– Comment en est-il arrivé là ? A être salement riche ?

– La famille, surtout. Il descend d'une longue, longue lignée de chefs d'entreprises. Père, grand-père, arrière et arrière-arrière. Tous des Midas. Avec le caractère qui va avec. On ne fait pas de vieux os dans les affaires si l'on n'est pas un peu grincheux, n'est-ce pas ? L'arrière-arrière-arrière a piqué une telle rogne contre sa famille qu'il ne s'est pas contenté de modifier son testament, il a aussi changé de nom. Rien que pour leur montrer de quel bois il se chauffait.

– Mr. Muldare est capricieux ?

– Eh bien... oui, on peut le dire. Il peut être assez *obsédé* par des trucs. Le football, par exemple. C'est presque infantile, quelque part, cette fixation sur la franchise de l'équipe de foot. Vous ne pouvez pas comprendre si vous n'êtes pas de Baltimore ou d'une des villes qui bavent après un titre de professionnel. Cette année, ou la prochaine, la NFL [1] distribue ses franchises. Patrick peut vraiment se mettre dans tous ses états... Hé, s'interrompit-il avec un sourire gêné, une minute ! Je ne voulais pas dire...

– Dire quoi ? demanda Jury avec douceur.

– Rien.

Jury le regarda.

– Patrick aurait pu être amoureux d'elle, voilà tout.

– Et elle, d'après vous ?

– Oh ! je crois qu'elle ne le voyait que comme un pont vers autre chose. L'argent, le pouvoir, la notoriété.

1. *National Football League* : la fédération de football. *(N.d.T.)*

Il souriait mais sa voix avait quelque chose de crispé et ses gestes, alors qu'il se penchait pour prendre une des cigarettes de Jury, étaient un peu agressifs. Jury frotta une allumette.

– Patrick a les trois.

Quelque chose dans son ton donna à Jury l'envie d'ajouter : « Et vous aucun », mais il s'abstint.

20

I

Les connaissances de Jury en matière de cours et pignons étaient limitées mais il pouvait quand même apprécier la différence entre ce campus américain – vaste et exubérant, avec de longues allées sillonnées de voitures – et les vieilles universités britanniques aux enceintes romanesques et quelque peu secrètes. Quand il pensait à Oxford et à Cambridge, Jury voyait de beaux bâtiments anciens qui s'élevaient autour de cours hantées de courants d'air, d'étudiants en toge noire et de professeurs pressés.

Ici, à Hopkins, les étudiants avaient l'air de flâner le long des allées dallées et des pelouses couvertes de neige, vers des bâtiments où de blanches colonnades épousaient le verre et l'acier les plus modernes. Avec leurs cartables et leurs jeans, ils s'égayaient entre les salles de classe et les parkings. Il y avait des *hectares* de voitures, remarqua Jury, étonné que de pauvres étudiants (ou du moins les imaginait-il comme tels) puissent avoir autant de voitures. Au point, se rendit-il compte, de manquer de places de parking. Wiggins promena leur voiture de location encore un moment et finit par se résoudre à occuper un emplacement clairement réservé à un doyen. Sans se démonter, il prit un macaron de police autocollant et l'appliqua contre le pare-brise.

Des étudiants sortaient de l'immeuble sur leur gauche,

avec des gobelets, des sandwiches, des parts de pizza. Ce bâtiment devait être la source de tous ces comestibles, décida Wiggins, et il demanda s'ils ne pouvaient pas y entrer pour une tasse de thé. Jury se souvint qu'il avait refusé le thé de Mr. Loser.

– Je meurs de soif.

Jury lui dit d'y aller.

– Je m'entretiendrai avec Vlasic, et avec Muldare s'il est dans le coin, puis je reviendrai vous chercher pour aller voir le professeur Lamb. Ça devrait vous laisser suffisamment de temps. Installez-vous à une table près de la porte.

Débordant de reconnaissance, Wiggins s'éclipsa.

II

Malgré son nom, Alejandro Vlasic n'avait l'air de venir ni d'Amérique centrale ni d'Europe de l'Est. C'était un Américain pur jus qui s'était donné un mal de chien pour donner un vernis britannique à ses vêtements et à sa diction. Depuis la porte de son bureau, Jury percevait sa voix avec netteté. Elle s'adressait à des étudiants qui entraient et sortaient. Vlasic fumait la pipe (avec ostentation, se dit Jury), était vêtu de velours côtelé vert avec des pièces aux coudes et portait les cheveux juste assez long pour avoir l'air bohème.

Jury finit par interrompre sa conversation avec un étudiant harnaché comme si une moto, ou un gang entier, l'attendait dehors.

Le professeur Vlasic ne fut pas surpris par sa visite. Il parut même éprouver un certain plaisir à être l'objet de l'attention de l'homme de Scotland Yard. Comme Ellen, il enseignait l'écriture et la littérature américaine. Contrairement à Ellen, qui était une romancière à succès – deux livres qui marchaient assez bien et un troisième qui lui avait valu un prix littéraire –, Vlasic était un poète qui n'avait à son crédit qu'une plaquette plutôt mince.

Elle s'appelait *Crises plates*. Jury supposait que les trois exemplaires disposés avec goût sur différents supports (le bureau, la bibliothèque, la table basse) devaient être de lui. La plaquette avait une couverture marron, un titre en lettres d'or avec effet de cuir repoussé, un papier épais, des lisérés dorés. Joli, joli et prétentieux, se dit Jury. Il aperçut, sous le bureau, des boîtes pleines de petits livres marron. D'une discrète inclinaison de la tête, il put se rendre compte qu'il s'agissait des mêmes.

Le bureau de Vlasic ressemblait à Vlasic : très affecté. Des étagères en noyer couraient sur toute la longueur d'un mur, passaient sur le mur suivant pour finalement céder la place au divan, au fauteuil recouvert de cretonne et à la table basse. C'était une petite pièce, bourrée de meubles, pleine de fleurs dans des vases élancés, avec des rideaux aux fenêtres. Pas de vieilles boiseries en pin, ni de ces vieux classeurs gris fournis par l'administration.

Avant même que Jury ait ouvert la bouche, Vlasic – directeur de thèse, poète et prétendu spécialiste de Poe – se mit à lâcher une kyrielle de noms célèbres : Edward Albee, John («Jack») Barth, Doris Grumbach, entre autres. Parmi ces autres, il n'y avait pourtant pas de poète. Jury aurait pu jurer que Johns Hopkins abritait des poètes dont la gloire égalait celle de ces romanciers et dramaturges. Mais citer des noms posait un problème : d'une part, le professeur s'associait à ces grands noms de la littérature et, de l'autre, son nom arrivait bien bas, en fin de liste.

Dans le flot de cette Voie lactée de noms, Jury jeta celui de Beverly Brown.

– Très triste, fit Vlasic. Tragique. C'était une fille brillante.

Il soupira et tourna la tête de manière que la lumière de la fenêtre frappe son front altier et son nez aquilin. Jury se demanda si son profil droit était celui qu'il préférait.

– Vous étiez son directeur de thèse?

– Oui. Elle était une étudiante exceptionnelle. Néanmoins, je devais parfois brider son imagination. Ma notion personnelle de Poe...

Jury ne tenait pas à ce qu'il expose ses notions personnelles.

– Auriez-vous une idée de la raison de son assassinat, professeur Vlasic ?

– Absolument aucune. C'est impensable.

– Quelqu'un y a pensé.

Vlasic cilla, comme si le commentaire choquait son bon goût.

– Vous l'aimiez bien, n'est-ce pas ?

– Mais bien sûr ! Pourquoi ne l'aurais-je pas aimée ?

– Pour en revenir à sa thèse de doctorat : que pensez-vous de cette histoire de Poe ?

– *Douteuse* histoire, commissaire. *Douteuse.*

– Vous pensez que c'est un faux ?

Vlasic choisit de ménager la chèvre et le chou.

– Disons qu'une bonne partie de ce texte peut être considérée comme authentique. Le vocabulaire de Poe y est.

– Je ne comprends pas.

– Poe a tendance à reprendre des mots et des phrases tout au long de son œuvre. Comme un acteur qui aurait des stocks de tirades qu'il servirait à son auditoire. En passant ces textes au crible, vous trouveriez beaucoup d'éléments identiques – « les ténèbres impénétrables », par exemple.

– J'ai cru comprendre qu'elle comptait utiliser cette histoire comme sujet de thèse.

– Nous n'avions pas réussi à nous mettre d'accord à ce sujet.

– Pourquoi auriez-vous hésité ? sourit Jury. Cela aurait fait une thèse *sensationnelle.*

– Mais justement ! C'est la connaissance qui nous intéresse, pas le sensationnalisme.

– Je n'utilisais pas ce mot dans un sens péjoratif.

Mais Vlasic s'écoutait, lui, et pas Jury.

– Et quant à l'authenticité... continua-t-il, le menton

sur la poitrine et mâchonnant le bout de sa pipe. Elle n'a jamais laissé examiner sa trouvaille dans son ensemble. Des fragments, uniquement. Ce qui en soi est suspect.

– Peut-être craignait-elle que quelqu'un le lui fauche.

– Elle l'a pourtant confié à un autre de ses professeurs.

C'était, se dit Jury, cet « autre » qui embêtait Vlasic. La phrase de Patrick Muldare lui revint.

– Peut-être avait-elle confiance en Ellen Taylor.

Vlasic eut l'air surpris.

– Vous la connaissez?

Jury acquiesça.

– Je viens de prendre un café avec Ellen. Quelques-uns de mes étudiants étaient là. Vous savez, il est quasiment impossible d'avoir une quelconque conversation technique avec Ellen. Je n'aime pas dire du mal de mes collègues...

Hum, pensa Jury.

– ... mais Ellen Taylor n'est pas la plus digne de confiance, que ce soit pour ce qu'elle enseigne ou pour ce qu'elle sait.

Vlasic tapota sa pipe dans un cendrier et se réinstalla dans son siège.

– Comme vous le savez, Ellen et moi dirigeons un atelier d'écriture, mais nos méthodes sont aussi différentes que le jour et la nuit.

Il exhiba un cure-pipe.

– Je consacre la moitié du semestre à la méthodologie. *Deux* semaines de cours magistral *rien* que sur la structure, deux autres sur la déconstruction des symboles poétiques...

Jury haussa les sourcils.

– Pardonnez-moi si je n'explique pas ce concept, fit Vlasic en toisant Jury comme s'il hésitait à lui jeter une pièce. Je me refuse, *refuse*, à leur laisser écrire un seul mot pendant huit semaines. Pas *un* mot. C'est une des lois d'airain de mon enseignement.

– Ils doivent le faire en secret.

Vlasic balaya la suggestion d'un revers de main.

– Ellen Taylor, elle, ne croit en rien sinon au stylo et à la feuille de papier. Ellen *n'enseigne* pas, Ellen les fait écrire dès le premier jour, Ellen a...

– Ellen a fort bien réussi pour elle-même.

– Je ne sais pas ce que vous savez de la sémiotique, commissaire...

– Bien peu, coupa Jury qui avait pris le livre marron sur la table.

– Le problème d'Ellen est qu'elle croit aux *mots*...

– Vu sa profession, ce n'est pas étonnant.

– ... et le problème avec les lecteurs est justement là. Ils essaient de trouver la matrice, les indices qui font sens. La déconstruction est le seul moyen viable...

– C'est le vôtre ? coupa Jury en agitant *Crises plates* devant Vlasic.

Celui-ci eut l'air extrêmement enchanté.

– Vous savez ce qu'on dit : « Le romancier s'incline quand passe le poète. »

Il s'enfonça la pipe dans la bouche et la menaça d'un briquet lance-flammes.

– Oui, fit Jury d'une voix neutre. Dites-moi, connaissez-vous un homme nommé Patrick Muldare ? Il enseigne ici, si je ne m'abuse.

– Ha ! Un dilettante. Il n'a le droit d'enseigner ici que pour une seule raison : il verse des sommes considérables à l'université.

Vlasic tira une brochure de son étagère, la feuilleta et la tendit à Jury.

– Pouvez-vous le croire ? Un cours sur le *football* ?

Jury regarda la brochure, lut le titre et sourit.

– Amusant. Où puis-je m'en procurer un exemplaire ?

– Gardez celui-ci.

L'œil rivé sur les cartons de livres sous le bureau, Jury demanda :

– Serait-ce abuser que de vous demander un de *vos* livres, professeur Vlasic ?

– Non, non... avec plaisir !

Il tira un exemplaire d'une des boîtes.

– Un autographe ?

Il parapha la feuille de garde d'un geste grandiloquent : « VLASIC ».

– Je vous suis très reconnaissant, fit Jury avec humilité. Vous savez, que le manuscrit de Poe soit authentique ou pas n'est pas ce qui faisait son importance aux yeux de Beverly Brown. Ou de quiconque dans sa situation.

– Je ne vous suis pas.

– Eh bien, il aurait une valeur pour n'importe quel *chercheur*. S'il n'est pas authentique, on pourrait écrire une thèse pour le démonter, le réfuter. Prouver l'imposture serait aussi gratifiant que prouver l'authenticité.

Jury reprit *Crises plates* et le feuilleta.

– Je veux parler de quelqu'un qui voudrait écrire un livre démontrant la fraude. Une sacrée courte échelle pour faire carrière, non ?

Vlasic ne fit aucun commentaire.

21

– Beverly, Beverly, Bever... hummmm.

Ainsi parlait Owen Lamb. Les noms propres semblaient des incantations magiques, des mantras qu'il murmurait.

Il était assis dans son bureau de Johns Hopkins, entouré de gradins de livres, sur des rayonnages ou pas, certains sur le bureau, la plupart par terre, menaçant sa petite silhouette. Le professeur Lamb avait le torse court, rapetissé encore par des bretelles rouges qui lui remontaient la taille sous les bras. Sa peau était fine et blanche, translucide comme un vieux papier de riz, et délicatement ridée.

– Un terrible événement... oui, terrible.

Il secoua la tête et se gratta le lobe de l'oreille d'un air absent.

– A-t-on enfin découvert quelque chose ?

– L'inspecteur Pryce enquête toujours sur sa mort. La connaissiez-vous bien ?

La question parut amuser Lamb.

– Je ne connais *personne* bien. Je suis toujours dans mes livres. Beverly a fait quelques travaux pour moi. C'était une fille agréable, extrêmement brillante. Extrêmement.

Il fronça les sourcils, songeant à ce qu'il venait de dire, puis il s'adossa à son siège et regarda le plafond.

– Quant à ce manuscrit de Poe, je suis persuadé qu'il est hautement improbable qu'elle l'ait écrit.

– Vous pensez qu'il est authentique ?

– Je n'ai pas dit ça. Seigneur ! non, je ne crois pas qu'il soit authentique. Tout ça a l'air d'une escroquerie, non ? C'est assez difficile d'imiter sa signature, plus encore un texte entier.

Jury plissa le front.

– Mais vous vous contredisez, professeur Lamb.

– Hum ! Certainement. Je voulais simplement dire que ça m'avait l'air parfaitement improbable.

– Je ne connais pas très bien l'œuvre de Poe, mais ce texte m'a semblé bien dans sa manière.

– Oh ! mais assez simple à imiter pour ce qui concerne le fond, non ? Je veux dire pour un écrivain. Laissez-moi vous dire une chose au sujet des contrefaçons, messieurs : ce n'est pas le fond, non, c'est le style ! La différence entre un faux et un document authentique est toujours dans la forme. A commencer par l'écriture.

– Et à ce propos ?

– Guère concluant. Mais je vais vous dire une chose.

Il s'arrêta et sourit, comme s'il se réjouissait d'un bon tour.

– Celui qui a écrit ce texte connaissait l'existence d'un concept essentiel : l'écriture possède un certain rythme, et ce rythme est souvent mis à mal par les amateurs car les amateurs ne tiennent compte que de l'impact visuel. Ainsi, on se retrouve avec cette espèce d'écriture hésitante qui casse la ligne de l'élan.

Wiggins parut totalement égaré.

– Pourriez-vous nous éclairer un petit peu, monsieur ?

– Bien sûr, mais tout d'abord laissez-moi vous dire que je ne suis pas un expert en écriture manuscrite. J'ai quelques notions parce que en tant que généalogiste, je dois étudier beaucoup de documents et j'ai vu un certain nombre de faux. Pour comprendre l'écriture manuscrite, il faut connaître l'anatomie, la structure des os, ces petits os très complexes de la main et du poignet. Il faut tout savoir sur les jointures, le pivot du poignet, ce genre de choses. Pour en revenir à l'élan, le mouvement de la ligne, sa qualité, sont très importants. Ce qui nous apparaît le plus souvent est la vague ininterrompue des courbes, un élan naturel, harmonieux. Cela dit, plus le stylo va lentement, plus la qualité de la ligne sera perturbée. Essayez vous-même : ralentissez votre écriture et vous vous mettrez à trembler, à hésiter, à vous reprendre. Les lettres ne sont pas formées avec liberté, vous voyez. C'est ce qui se passe quand nous sommes enfants et que nous apprenons à écrire. Mais une fois l'apprentissage de l'écriture achevé, notre main adopte une cadence précise. Cette cadence se retrouve dans la ligne de l'élan. Et puis il y a « la surveillance », ce dont on s'aperçoit devant une signature ou un document contrefaits. Vous pouvez facilement écrire votre nom les yeux fermés, n'est-ce pas ? Mais c'est impossible avec une signature imitée. Vous « surveillez » les lettres. Vous faites des allées et venues.

Owen Lamb haussa les épaules.

– Cependant il faudrait que quelqu'un de beaucoup plus savant que moi examine ce document. Comme je vous l'ai dit, je m'occupe plutôt de documents fabriqués par des charlatans qui vendent des arbres généalogiques d'aristocrates à des idiots qui veulent être apparentés à Napoléon. Les signatures, je crois m'y connaître, mais – il s'interrompit et haussa les épaules – parfois, il m'arrive des requêtes tout à fait sérieuses.

Il s'arrêta encore et fronça les sourcils.

– J'en ai eu, il y a peu. De votre pays, en fait.

– Il y avait une signature sur ce texte, fit Wiggins.

– Je dois avouer qu'elle a passé avec succès mes premiers examens. Cette signature de Poe ressemble davantage à un modèle qu'à un assemblage de lettres, et c'est à l'assemblage de lettres que l'on reconnaît la falsification. Je n'y ai pas repéré les arrêts habituels, les endroits où le stylo a quitté le papier. Mais elle ne passerait pas un examen plus soutenu, j'en suis convaincu.

Il rit.

– Vous ne croyez pas qu'une bande de vieux experts

chevronnés la laisseraient se tirer d'une tentative aussi saugrenue ? Une simple *écolière* qui posséderait l'académie tout entière !

Jury se revit à la Tate Gallery. L'image l'attrista.

– Chatterton l'a fait. Ou l'aurait fait.

– Très juste. Mais regardez comment Walpole a réagi quand il a découvert qu'il avait été trompé.

– Et ce n'était pas vraiment une écolière, professeur Lamb. Elle avait vingt-huit ans et préparait un doctorat.

Il ne voulait pas que Beverly Brown puisse être réduite à si peu.

– Et si le document a passé vos examens, pourquoi êtes-vous si convaincu qu'il s'agit d'un faux ?

– Je n'en suis pas sûr. J'ai simplement des préjugés quant à son authenticité. Cela semble si incroyable ! D'après le Dr Vlasic, qui a attiré mon attention dessus, Beverly Brown l'aurait trouvé dans une *malle*. Franchement, qu'en dites-vous ?

Il secoua la tête et Jury sourit. Melrose Plant avait dit la même chose.

– Et le papier, l'encre, ce genre de détails ? Ne serait-ce pas difficile de trouver du papier fabriqué à cette époque ?

– Si, mais pas impossible. Les faussaires se servent parfois des feuilles de garde de vieux volumes.

– Mais il ne s'agit pas d'une simple page. Il aurait fallu un bon nombre de livres, tous du même papier.

Owen Lamb réfléchit un court instant.

– Elle aurait pu tomber sur un stock de papier provenant d'un fabricant qui existait à l'époque. Peut-être en Angleterre. L'encre qu'elle a utilisée – vous remarquerez que je présume qu'elle a écrit le manuscrit – ne m'a pas semblé être un vieux truc. L'encre de ces pages avait cette teinte saumâtre, rougeâtre que l'on retrouve sur les documents falsifiés. Et une encre datant d'avant le milieu du siècle dernier révélerait des traces de corrosion à cause du fer qui entrait dans sa composition. Or ce prétendu manuscrit de Poe n'en a pas. Mais quelqu'un plein de ressources comme Beverly Brown – là, il eut un léger sourire – aurait retourné ciel et terre pour avoir le matériel qu'il faut. Qui sait? Peut-être a-t-elle trouvé une liasse de feuilles de vieux papier, ce qui lui a soufflé l'idée.

– Vous parlait-elle de ses amis?

– Oh! peut-être, mais je n'écoutais pas.

A l'abri de ses verres épais, ses yeux étincelèrent. Il se passa une main sur le visage et réajusta ses lunettes.

– Quel genre de travaux Beverly Brown a-t-elle effectués pour vous, professeur Lamb?

Son siège s'inclina en avant et son genou bouscula une pile de livres. La poussière s'éleva et retomba.

– Elle m'aidait à établir l'index de mon livre, expliqua-t-il en se massant l'arête du nez avant de remettre ses lunettes en place. Les index sont d'un ennui total, fit-il avec un geste du bras vers l'étagère à sa droite. Elle devait être la seule à pouvoir s'immerger dans une de ces familles vieilles de plusieurs siècles. L'histoire et la littérature étaient ses spécialités.

Il gratta son crâne chauve et demanda à Jury :

– Qui dirige le département, actuellement?

– Je ne saurais dire, professeur, sourit Jury. Je suis de Scotland Yard.

Owen Lamb se mit à se balancer sur son siège en se tournant les pouces.

– Beverly parlait de Poe à tort et à travers. Des âneries au sujet du mystère qui entoure Poe – sa famille, je ne sais. Voyez-vous, Poe ne m'intéresse pas vraiment. Tout ce fatras gothique... Beverly, pourtant, semblait aimer ça. Quoi qu'il en soit, elle avait besoin de mon aide pour démêler l'ascendance de quelqu'un – vous savez, l'arbre généalogique. Très chic, aujourd'hui. Je lui ai dit que j'étais généalogiste, pas historien des familles. Je reçois tellement de requêtes de ces Filles de la Révolution américaine qui veulent savoir si leurs arrière-arrière-grand-tantes n'auraient pas fréquenté George Washington!

– Vous souvenez-vous du nom de ce quelqu'un ? La personne dont l'origine intéressait Beverly Brown ?

Lamb évacua la question d'un revers de main.

– Beverly passait beaucoup de temps à fouiller parmi les ancêtres de Poe. Elle était assez ouverte à la généalogie, ce qui est rare chez les intellectuels. Peut-être est-elle tombée sur l'un d'entre eux qui lui a paru important, je ne sais. Un des Clemm, peut-être.

Wiggins se détourna du tableau fixé au mur, un diagramme d'ancêtres complexe.

– C'est très intéressant, monsieur. Mark Twain est un parent éloigné de la princesse de Galles.

– Tout le monde est apparenté à la princesse de Galles. Même le clochard que la police a retrouvé dans Cider Alley est apparenté à la princesse de Galles.

Owen Lamb s'approcha du tableau.

– Treizième cousin, ce n'est pas un lien très solide, si ?

Étrangement, Wiggins se laissait toujours séduire par la profession des témoins. Comme s'il avait toujours voulu faire ce qu'ils faisaient, comme s'ils possédaient un pouvoir et une sagesse qui pouvaient le préserver d'une débâcle à venir. Il se tenait devant le diagramme punaisé au panneau d'affichage, dansant d'un pied sur l'autre.

– Si je me souviens bien, finit-il par dire, un de mes ancêtres était généalogiste et sociologue.

– Vraiment ? fit Lamb.

– Oui, monsieur. Maintenant que j'y pense, je crois qu'il avait un titre. Son nom de famille s'épelait différemment. W-I-G-H-A-N, ou quelque chose comme ça. Je me souviens qu'il a écrit sur la peste. Comme Defoe. Il était... vicomte ? Non, baron. C'est ça. Baron Tweedears. Vous vous rendez compte, j'avais complètement oublié !

Il souriait largement, visiblement enchanté que sa mémoire lui revienne. Jury écarquilla les yeux. *Tweedears ?* Il était toujours surpris par les brusques manifestations de la famille de son sergent. Surtout quand elles surgissaient comme maintenant, au détour d'une conversation. Wiggins était de ce genre de personnes que l'on prend pour un navire détaché de toutes amarres familiales. Jury lui connaissait une sœur à Manchester mais avec elle s'arrêtait, croyait-il, l'étendue de sa famille. Non qu'il soit étonné d'apprendre que Wiggins ait quelque lien distant avec la peste noire !

Tout en affichant un intérêt certain pour la profession des témoins, Wiggins ne manifestait jamais l'intention de leur extorquer la moindre information. Mais l'heureux résultat se produisait parfois, les innocents oubliant souvent qu'il était policier, puisque le sergent lui-même l'oubliait.

Du doigt, Owen Lamb parcourait une rangée de livres, tous reliés d'un noir rébarbatif.

– Tweedears, Tweedears.

Aucun expert, fût-il aussi modeste et dénué de prétentions que Owen Lamb, ne peut admettre d'être pris en défaut par un amateur. Il dégagea un volume moisi, s'humecta l'index et feuilleta rapidement quelques pages.

– Ah ! Nous y voilà !

– « Tweedears. Sir Eustace Wickens de Ranesley, comte de Mayo, fils d'Avery D., par Mary, fi...

Wiggins interrogea Owen Lamb du regard.

– Fille, dit Lamb.

– « ... fille de Fitz-Hugh d'Aintree, neveu et h... » H ?

– Héritier, fit Lamb. Attendez, laissez-moi faire. « Neveu et héritier mâle d'Eustace Lord Leith, né autour de 1545, seul héritier dudit oncle, le 9 avril 1570, établi baronnet, comté de Banff, et subséquemment, le 21 mai 1579, nommé baron Tweedears... » etc. Cherchons quelque chose d'inté... ah ! « En 1580, participa à une conspiration qui visait à placer la reine d'Écosse sur le trône d'Angleterre et d'Irlande et fut déclaré hors la loi... »

Wiggins recula instinctivement d'un pas.

– « ... et son titre fut confisqué. » Ses frères semblent avoir pris part à la rébellion. Ils ont été déchus, eux aussi. Viennent alors des barons *de jure* – troisième baron, *de jure*; quatrième baron, *de jure*; cinquième, sixième, septième, huitième... Ah, et voici « James Arundel Wickens, gentilhomme de la chambre, mort après des relations avec une prostituée... » Ce n'est pas une très heureuse succession d'événements, hein? « ... à la mort duquel les terres furent ré-octroyées par patente le 1er octobre 1790 »; puis vient Aubrey, « titre et terre ré-octroyées par lettres patentes, 1790, mort en 1804 après relations avec une prostituée, et duel consécutif ». Tiens! Le titre est de nouveau confisqué. Seigneur, uniquement à cause de relations avec une prostituée et un duel? C'est plutôt sévère pour le pauvre homme. « Son fils lui a succédé... » Ah, voici votre homme, si je ne m'abuse? « Elphinstone Fitz-Hugh Wickens, orthographe modifiée en Wiggins, généalogiste distingué et auteur d'études héraldiques, neuvième baron *de jure*. »

Owen referma brutalement le livre.

– Qu'en pensez-vous, sergent?

Wiggins restait sans voix.

– Excusez-moi, mais cela signifie-t-il...?

– Que vous êtes baron Tweedears? Peut-être *de jure*. Nous n'en sommes qu'au neuvième baron, et nous ignorons si le titre est en vigueur, tombé en désuétude, s'il n'a pas été une fois de plus confisqué entre le neuvième et le dernier baron... vous? Il faudrait que je vérifie dans mon Cockayne. Avez-vous jamais jeté un œil dans le *Burke's Peerage*, Mr. Wiggins?

Wiggins avait le regard totalement hagard, fixé sur la photocopieuse poussée sous une fenêtre.

– Je me demandais, monsieur... Pourrais-je faire une copie de cette page?

– Je vous en prie. Mais... et votre père, sergent?

– Quoi, mon père?

Lamb fulmina, comme un dragon en colère.

– Votre père n'a-t-il jamais rien dit à propos de cette ascendance?

– Non, monsieur. Jamais. Il n'en a jamais rien su, je crois.

La lumière de la photocopieuse illumina la page.

– Passez-moi donc ce livre quand vous aurez terminé.

Wiggins le lui tendit et Lamb le feuilleta encore. Il sourit.

– J'avais oublié votre blason. Le voilà : « D'argent à ours rampant et lion de gueules éployées. Timbre : buisson ardent. Tenants : à dextre, un cygne, à senestre, un poisson. »

Wiggins rayonnait.

Jury soupira. Alfred Edward Wiggins, baron Tweedears. Dieu !

On tuerait pour un titre pareil.

22

– C'est ridicule, bien sûr, déclara Wiggins.

Mais la façon plutôt précieuse dont il rectifia son nœud de cravate et leva son verre, comme s'il portait un toast à ses ancêtres, suggérait qu'il pensait tout autre chose.

Ils s'étaient, tous les quatre, offert un excellent repas chez *Bertha,* des moules essentiellement (« sable compris », avait dit Melrose), et se trouvaient au *Cheval,* à la même table que la veille.

– Un pair du royaume, voyez-vous ça ! fit Melrose.

– Ça fera une sacrée surprise au commissaire divisionnaire Racer, n'est-ce pas, monsieur ? déclara Wiggins à l'intention de Jury. Je ne serais pas étonné qu'il pique une crise.

– Il piquera une crise, répondit Jury en songeant que si crise devait être piquée, lui, Jury, serait le premier à le faire. Baron Tweedears... bon Dieu !

– Le patron, reprit-il, se fera peut-être bien sauter la cervelle. Nous tenons peut-être l'occasion de nous débarrasser de lui.

Il rangeait soigneusement les pages manuscrites que lui avait tendues Ellen. Melrose s'était plaint : c'était à son tour de lire. Ellen décréta que non : le commissaire n'avait pas terminé ce qu'il avait commencé la veille. Melrose dit qu'il s'agissait de nouveaux feuillets. Wiggins interrogea Melrose à propos du blason des Ardry-Plant. Et ainsi de suite.

Jury leur accorda un moment de dispute puis il les fit taire d'un regard et d'un froissement de feuilles.

– Une autre lettre, annonça-t-il.

Madame,

Je n'étais pas, ce soir-là, depuis longtemps en compagnie de M. P... quand je pris conscience du grand désarroi qui s'était emparé de son esprit alors qu'il me rapportait son étrange histoire. Moi, plongé dans la contemplation de cette Perspective dont l'étrangeté était exaltée (du moins en étais-je convaincu) par les huiles aromatiques, je l'enjoignis de continuer.

- Cette affliction, car je ne pourrais l'appeler une maladie...

Wiggins intervint :

– Je me demande si ce n'est pas ce que nous appelons « huiles essentielles » qu'utilise cet « Hilaire P... ».

Jury l'interrompit avant qu'il ne se lance dans des conjectures sur une nouvelle cure contre quelque chose... n'importe quoi.

– *Je* ne les appelle pas du tout, Wiggins. Un peu d'attention, je vous prie.

- Cette affliction, car je ne pourrais l'appeler une maladie, était une défaillance, une suffocation, mais qui m'atteignait si violemment que je pris aussitôt le lit, jusqu'à ce qu'elle desserre la prise qu'elle avait sur moi. Ainsi restais-je étendu, sombrant par instants dans un sommeil agité, et ce jusqu'au petit matin, où je fus réveillé par le son perçant d'un cri monté jusqu'à moi. Il semblait que ce cri venait du pied de ma fenêtre. Engourdi encore par les effets du cordial que j'avais absorbé pour me soulager des vertiges qui m'avaient envahi avec tant de brutalité, et dont j'espérais une aide pour trouver le sommeil, je me levai pour trouver l'origine de ce bruit.

» En regardant dans la cour, j'aperçus deux silhouettes enveloppées de capes sombres. A en juger à la vivacité de leurs mouvements, elles étaient engagées dans un duel. Je pouvais entendre les chocs du métal heurtant le métal, les coups de ce que je présumais être des épées ou des rapières.

» Qui étaient-ils, comment se trouvaient-ils là, quelle était la cause de leur querelle... je n'avais aucune réponse à ces questions.

» De plus, comme vous pouvez en juger par vous-même...

Là, il m'indiqua la fenêtre et je m'empressai, par courtoisie, de m'en approcher.

- ... cette cour est entièrement close.

Ce que je pus vérifier aussitôt : les deux habitations, celle de M. P... et celle qui lui faisait face, étaient séparées par une cour pavée et étaient aussi reliées, à droite comme à gauche, par de hautes murailles. On ne pouvait y pénétrer qu'en empruntant les portes de l'un ou l'autre de ces bâtiments ou en passant par une grande grille ouvragée et cadenassée que, comme il me l'apprit, personne n'empruntait jamais. La grille avait jadis été ouverte pour permettre la circulation de voitures mais sans plus.

Alors que je retenais le rideau de velours au-dessous de ses volutes noires, mon regard s'éleva de la cour à la fenêtre qui m'apparut alors telle l'image inversée de celle où je me tenais et je crus voir une main, miroir elle aussi, retenant un rideau tiré contre la même nuit qui paraissait ruisseler de noirs parfums.

Mais le comportement des duellistes qui s'étaient introduits ici n'était pas le plus profond des mystères qui baignaient cette affaire étrange, car même en admettant qu'ils eussent pénétré dans la cour par une porte ou par une autre, une question demeurait : pourquoi l'avaient-ils fait ?

Cette observation était celle de M. P... Moi, pour ma part, j'avais immédiatement porté cette histoire au crédit des effets combinés qu'avaient eus sur lui cette nuit arrosée de vin, la fièvre qu'il semblait avoir contractée et les effluves des huiles, en permanence exhalés dans ce salon et surtout dans sa chambre. Moi-même, je ressentais les effets de l'atmosphère de la chambre, une atmosphère accrue encore par l'éclat des flammes qui en empourpraient la remarquable statuaire et par la lumière nacrée qui tombait du lustre. Aussi me demandai-je un instant si ces huiles étaient réellement les inoffensives exhalaisons de fleurs et de plantes auxquelles il m'avait forcé à croire, ou plutôt quelque substance opiacée libérée dans l'air par les étranges petits cercles de verre.

Je me sentais - je dois l'admettre - transporté, ensorcelé par la voix de mon hôte et par ses yeux étincelants. J'avais d'abondance bu du vin léger qu'il avait servi et cette intoxication qui aurait dû me soulager de mes sentiments d'anxiété morbide ne servait qu'à augmenter ces sentiments. Je regardais mon hôte, qui était assis, plutôt tranquillement, son grand front reposant dans la paume de sa main élégante. Avais-je été abusé ? Avais-je été attiré ici pour une raison que je ne pouvais aucunement vérifier ? Il reprit son récit :

- C'est alors que jaillit un cri, et l'éclair d'une lampe comme si l'un des duellistes avait arraché quelque objet à son adversaire et l'avait fait s'envoler. L'objet traversa les airs puis il retomba - petite chose blanche ou argentée, semblable à un jet de foudre ou à un quartier de lune. Puis jaillit un mot, lui aussi jeté dans les airs comme un éclat d'éclair - un nom - Violette ! - pratiquement précipité vers ma fenêtre. - Il se tut - Et alors... plus rien ! Rien ! La brume qui avait tordu ses volutes dans la cour et autour de leurs chevilles s'était élevée jusqu'à noyer la scène tout entière. Mes yeux n'arrivaient pas à percer ces ténèbres blafardes, pas plus que mes oreilles ne parvenaient à percevoir autre chose que le lourd silence qui s'était abattu dans le sillage de cet unique cri : Violette !

» Vous devez vous demander, reprit mon hôte, pourquoi je ne suis pas immédiatement descendu dans la cour pour chercher à comprendre. Mais je pensai que tout n'était que la conséquence de la fièvre, ou de je ne sais quel fléau qui m'avait pénétré, et que le sommeil dissiperait ces visions et ces bruits étranges formés par mon esprit.

» Au matin, quand je me réveillai, que j'ouvris les volets et sentis le vert acide de l'herbe en contrebas et les plates-bandes fleuries, et que je vis le bleu clair du ciel au-dessus de moi, je ne pus que ramener la vision de la nuit précédente à sa juste dimension. Qu'avait-elle été d'autre qu'un rêve ?

- Oui, lui répondis-je, ce ne peut être que la seule explication... Pourtant... ?

- Ah ! pourtant.

Son attitude, alors qu'il me souriait, n'était pas plus animée mais, au contraire, plus désespérée.

- Lors de la deuxième nuit, la fièvre m'avait quitté et je dormis plus tranquillement. Et pourtant, la même scène - les duellistes, le cri aigu, l'objet blanc s'envolant dans les airs, le nom de Violette hurlé ! Tout fut identique, tout se déroula sous la fenêtre de ma chambre.

Le corps secoué par un frisson violent, je me levai.

- Les rêves se répètent souvent...

Mais il me fit rejoindre mon siège d'un signe de la main.

- Le matin suivant, je descendis effectivement dans la cour. Je ne pus voir aucune trace de la scène dont j'avais été témoin aussi retournai-je ici, dans cette chambre. Je mis toute l'affaire sur le compte d'une imagination surmenée et trop productive. Et, cette nuit-là, la troisième...

Il s'arrêta et secoua la tête.

- Vous devez vous demander pourquoi je ne suis pas descendu immédiatement après le premier cri. Je peux uniquement dire que j'étais paralysé, obligé de contempler cette pantomime, d'entendre le nom qui, désormais, semblait l'écho des froides pierres de la cour... Violette, Violette, Violette...

Melrose tressaillit violemment. Qu'était-ce donc?

Un chœur venu du bar : « D-D-D-D-D... »

Le récit de Jury s'interrompit. Melrose cligna plusieurs fois des paupières devant les images palpitantes de l'énorme téléviseur dont la lumière, tel un feu bleu, se reflétait sur les visages des supporters et tout autour des tables.

– Continuez ! ordonna Wiggins.

– Mais qu'est-ce qu'on fout, bon Dieu ?

Agacé de s'être laissé captiver par cette histoire, Jury se leva, rassembla les verres et se dirigea vers le bar. Wiggins cria à son dos qui s'éloignait :

– Mais ce n'est pas fini, n'est-ce pas ? Monsieur ! Qui est...

Jury étant hors de portée de voix, il se tourna vers Ellen.

– ... cette Violette ? Le saura-t-on ?

– Non, dit Melrose, qui avait profité du départ de Jury pour s'emparer de la page et en vérifier la fin.

Tout comme Jury, il ressentait une colère inexplicable à ce qu'ils aient été absorbés – *embobinés* – par cette très douteuse histoire. Et puis, maintenant, n'allait-il pas être obsédé non seulement par Maxim et Sweetie mais par M. P et Violette ? Quel ennui ! Subrepticement, il attira à lui la mince liasse de pages manuscrites. Peut-être...

– Remettez ça à sa place, cingla Ellen.

Jury revenait avec d'autres verres.

– Que ce manuscrit soit faux ou authentique ne nous avancera pas plus, n'est-ce pas ?

– Ça ne peut pas faire de mal, monsieur, fit Wiggins. Nous pourrions tout aussi bien aller jusqu'au bout.

– Il n'y a pas tout, coupa Melrose avec irritation. Ce n'est qu'un acompte.

– Je vous l'ai dit. Je ne veux pas transporter plus de quelques pages à la fois. A moins que vous ne vouliez me voir, moi aussi, les tripes à l'air dans un coin du cimetière.

– Pourquoi l'aurait-on attaquée pour un manuscrit qu'elle n'avait pas sur elle ?

– Lisez la suite, fit Ellen en appuyant le menton dans le creux de sa main, dans l'attitude de quelqu'un qui écoute.

Jury lut :

Il semblait incapable de regarder ailleurs qu'en direction des fenêtres. Ses yeux restaient fixés sur le velours du rideau qui ondulait, comme s'il s'attendait, d'un instant à l'autre, à entendre monter vers lui le nom lancé depuis la cour.

- Après cette troisième fois, je retournai dans la cour et, encore, ne trouvai aucun signe du duel. C'est alors que, me retournant pour rentrer, je vis...

– Le mouchoir, fit Melrose.

Ellen lui jeta :

– Quoi ? Comment le savez-vous ?

– J'ai vu le film... *Aïe !*

Il se frotta le tibia tandis que Jury, lèvres frémissantes, s'efforçait de ne pas rire. Wiggins intervint d'une voix plaintive :

– Mr. Plant, vous nous gâchez tout.

– Désolé, mais c'est quand même évident, non? Que diable pouvait-il trouver dans cette cour? Il doit certainement porter son nom.

Il s'enfourna une poignée de pop-corn dans la bouche. Il regarda Jury qui fixait la page manuscrite et demanda, en souriant :

– J'ai raison, pas vrai?

Jury reprit sa lecture :

– ... Je vis, dans les buissons qui entourent la fontaine, ceci !

Du reliquaire d'argent, il tira un petit carré blanc, de lin ou de soie, et me le tendit. Je répugnais à le toucher, ayant deviné ce que c'était : la chose jaillie de la pointe d'une épée pour traverser la nuit et qui maintenant était la preuve tangible de la répétition de ces étranges événements. Et dans un coin du mouchoir étaient brodés des points si petits que l'œil ne les discernait pas sans mal.

Un autre chœur monta du bar.

– V? fit Melrose.

– Oh, la ferme! dit Ellen.

... HP, les initiales de M. P...

Ellen et Wiggins regardèrent Melrose d'un air torve. Il mâcha son pop-corn sans quitter l'écran de télévision du regard.

– Encore planté.

Je regrette, madame, que mes esprits soient trop abattus pour me permettre de continuer cette lettre.

– Une nuit au *Cheval* le retaperait. Oui ! *Oui !*

Melrose sauta sur ses pieds, le poing brandi vers le plafond, joignant ses cris aux hurlements des supporters du bar.

Ellen le tira par la veste.

– Assis !

Il retomba sur sa chaise.

– C'est tout ?

Elle ne pouvait, ou ne voulait, répondre. Elle pivota sur sa chaise, offrant son dos à Melrose.

– Qu'est-ce qui lui prend ? demanda Melrose aux deux autres.

Jury rit. Avec mille précautions, il replaça les pages du manuscrit dans leurs chemises de plastique.

– Peut-être que vous avez gâché son histoire, avança Wiggins.

– Oh, et puis zut ! Je vais m'asseoir au bar.

– Moi, je vais au lit, fit Jury en plaçant la dernière page dans sa chemise avant de la tourner face contre table.

Non, se dit Melrose en regardant la nuque obstinée d'Ellen. Non, ce n'est pas l'histoire de *Poe*, c'est Sweetie qui ne va pas. Il posa une main sur son épaule mais elle s'en débarrassa d'un haussement.

– Bien. Tweedears, partez-vous aussi ?

Wiggins ne répondit pas directement.

– C'est regrettable, monsieur, mais le titre est fixé. Une sale histoire.

– « Fixé ? » Ça ne me paraît guère plausible. Laissez-moi voir...

Wiggins poussa la photocopie vers lui.

– Con-fis-qué, sergent Wiggins. Ça signifie tout simplement... euh, annulé, ou supprimé. C'est un acte effectué par le Parlement. Regardez, là...

Melrose désigna du doigt la marque de la suppression parlementaire du titre des Tweedears au XVIe siècle.

– Franchement, si Eustace et ses frangins...

Ellen eut un haut-le-cœur.

– ... et ses *frangins*, répéta Melrose, avaient organisé une rébellion pour mettre Mary, reine d'Écosse, sur le trône, Elizabeth l'aura mal pris, n'est-ce pas ? Mais les confiscations peuvent être révoquées. D'ailleurs, cela s'est produit, au XVIIIe siècle.

– Mais, soupira Wiggins, il a été re-confisqué.

– Certes, mais il n'est probablement pas *caduc*, sergent Wiggins. Haut les cœurs ! Et vous êtes en bonne compagnie. Le duc de Monmouth, le comte de Westmoreland... ces titres aussi sont confisqués, ne l'oubliez pas.

Wiggins ne l'avait certainement pas oublié. Il regardait Melrose avec sagacité, un sourcil levé.

– Plantagenêt, Sydney, Beaufort... Ces titres sont tous caducs. Imaginez un instant la gloire dont *ils* ont un jour témoigné. Éteinte, désormais ! Déchue dans les urnes de la mortalité...

Ellen pressa le doigt contre sa langue et fit mine de vomir, la tête entre ses genoux.

Melrose continua :

– Et prenez les Tudor ! Le troisième fils de Henry VII – et nous savons qui était son *frangin*, n'est-ce pas, Wiggins ?

Ellen, quasiment sous la table, était secouée de convulsions.

– Henry VIII ! En tout cas, son frère Edmund fut fait duc de Somerset et il mourut avant d'avoir cinq ans, et le duché fut déclaré caduc.

– Tweedears est peut-être simplement, euh, *de jure* ?

– Diable, le titre vit toujours et il se porte bien ! fit Melrose en lui assenant une bourrade dans le dos. Voyons voir votre blason, sergent. Vous l'avez ?

Wiggins le lui montra.

– Le professeur Lamb me l'a expliqué. Je n'ai pas vraiment compris cette histoire de gueules d'argent. Je suis encore un novice.

Il avait un air terriblement content de lui.

– Ce n'est pas grave. Ah ! j'aime votre devise.
Wiggins lut :
– *Sans* quoi ?
– *Sans Malaise*[1].
Et puis quoi encore ? se dit Jury.

1. En français dans le texte. *(N.d.T.)*

23

– L'Aquarium ? Non. Pourquoi irais-je à l'Aquarium ? demanda Melrose à Hughie en s'installant dans le taxi, le matin suivant. La maison de Poe. Edgar Allan Poe, sa maison.

Soufflant sous le poids de l'ennui, Hughie mit le contact et laissa ronronner le moteur.

– Il faut que vous voyiez l'Aquarium avant de partir. Ou alors le nouveau stade... qu'en pensez-vous ?

– Amity Street. La maison de Poe. J'imagine que vous n'y êtes jamais allé, pas vrai ?

Alors que le taxi démarrait – *embardait* serait le mot juste pour décrire le mouvement spasmodique qui envoya Melrose contre le dossier de la banquette arrière –, Hughie déclara :

– Il était écrivain, non ? Et alors ? J' vois pas ce qu'y a d'extraordinaire. C'est pas comme s'il avait dressé des raies géantes.

Hughie parut trouver ça merveilleusement drôle et il se mit à frapper sur son volant tout en slalomant sur Broadway.

– A l'Aquarium, ils ont un tas de raies gigantesques – les plus grosses de toute l'Amérique du Nord, qu'on m'a dit.

– Où trouvez-vous le temps de visiter ces musées ? N'êtes-vous pas supposé travailler ? N'êtes-vous pas taxi à Baltimore ?

Hughie chercha le regard de Melrose dans son rétroviseur. Il avait l'air peiné.

– Écoutez, je fais ça depuis assez longtemps. Je vous l'ai dit : trente et quelques années. J' mérite pas un peu de repos ?

Melrose ne répondit pas, le repos semblait être le point fort de Hughie. Dans Lombard Street, Melrose aperçut la petite pancarte « Cider Alley ». Il la regarda s'éloigner par la vitre arrière et décida de se faire déposer là, au retour. Il demanda :

– Y a-t-il eu beaucoup de sans-abri assassinés à Baltimore ?

– Oh ! j' crois bien. Ça fait con, hein ? Y a rien à leur piquer, j' veux dire. C'est la guerre du crack, de la cocaïne, vous savez. Seigneur ! on comprend plus ce qui nous arrive. On va finir comme D.C. Attention, D.C., c'est pas tout mauvais ! Ils ont les Skins. Ils ont Art Monk – mec, j' suis dingue d'Art Monk. Je vous ai dit que Baltimore espère une extension. J' vous l'ai dit ?

Hughie se tortilla et se tordit le cou pour pouvoir regarder Melrose dans les yeux.

– Vous en avez parlé, oui. Et vous foncez sur un camion.

– Ho, mec !

Hughie s'agrippa à son volant et déporta sa voiture sur le côté tout en arrachant un hurlement à son avertisseur qui sonnait comme un vol d'oies du Canada.

– Peu importe, est-ce que je vous ai dit que Barry... Barry... merde, c'est quoi, son nom ? – *Levinson* ! C'est ça, Barry Levinson ! Peu importe, il a fait ces films sur Baltimore dont je vous ai parlé. Il fait partie du consortium. Moi, mon avis, c'est que si Barry pouvait amener ici tout le fric des studios, alors peut-être que la NFL s'assoira pour réfléchir. Il a fait *Bugsy*, non ? Y avait Warren Beatty, dedans. Et sa femme aussi. Annette Benning – vous la connaissez ?

Hughie s'arrêta à un feu rouge, mais pas pour attendre la réponse, puis il accéléra, voiture et débit à l'unisson.

– Y a ces gens qui sont pas d'ici, ces gros bonnets de l'immobilier et ces industriels qui m'ont pas l'air très clairs, qui veulent la franchise. C'est comme dans ce film de Danny DeVito sur ce type qui fait des OPA. Vous l'avez vu, celui-là ? Bon, eh bien, il essaye de faire une OPA sur l'affaire de Gregory Peck, mais il y arrive pas. Y se passe des trucs comme ça en Amérique, pas la peine d'aller jusqu'au Japon !

Hughie parut trouver cela très drôle et il poussa son hennissement.

– Je veux dire, il y en a tellement qui veulent mettre la main sur cette franchise ! Le petit coq, là, comment y s'appelle, celui qui a une petite voix de rat ? Perdue, c'est ça ! Des gens disaient qu'il serait un des commanditaires, mais ça s'est pas fait. Moi, je pense que l'équipe de Barry Levinson, c'est ce qu'on a de mieux, mais je crois que dans le groupe c'est pas lui qui décide. C'est dommage. Mais ces types de la NFL, vous croyez pas qu'ils aimeraient fricoter avec le type ? Ou peut-être avec Tom Clancy ?

– Certainement, fit Melrose qui n'écoutait qu'à moitié.

Il avait buté sur Annette Benning, qu'il essayait encore de visualiser tout en lisant son guide. Les *Étranger* n'avaient pas l'air d'aller à la maison de Poe. Il tourna la page alors que Hughie tournait à gauche.

– Celui qui parle de ferrailleurs s'appelait *Les Filous*...

– Vous me l'avez déjà dit, fit Melrose en examinant la carte.

– ... et Danny DeVito – ce mec, il tue de rire ! –, il jouait dedans. Et Richard Dreyfuss. Ouais, ce Levinson est de Baltimore, et c'est ce type qui devrait avoir le club de foot, pas vrai ? Un Baltimorien. Ou Baltivaurien, comme disent certains. Mais, quoi, on a le sens de l'humour, non ?

Et pour le prouver, il se livra à son numéro de hennissements et de claques sur la cuisse.

En passant le croisement de Howard et de Baltimore, Hughie lui dit que longtemps avant, à la fin du siècle précédent, il y avait eu une sorte de fête du centenaire, et cette grande arche qu'on avait peinte et décorée et collée là.

– C'est ça que Barry Levinson a mis dans *Avalon*. Avec un tas de feux d'artifice. Faut aller voir ça. Et *Diner*. Il faut voir *Diner*.

Melrose tourna une autre page.

– Avec Mickey Rourke.

– Ouais, avec Mickey Rourke.

Melrose avait l'impression qu'il visitait non pas Baltimore mais Beverly Hills.

Hughie, le cinéphage, dit à Melrose qu'il allait juste faire un petit tour et qu'il reviendrait le chercher. Ça ou attendre dans la voiture et lire le journal. Pas de problème.

Amity Street était dans un quartier miteux du nord-ouest de Baltimore, mais Melrose fut tout de suite attendri par la petite maison isolée, avec une petite ruelle devant et, derrière, le plus petit jardin du monde.

La demeure était aussi modeste dedans que dehors. Elle ne révélait guère que son ancien locataire, pendant les années qu'il y avait vécues, avait été un être à l'imagination puissante et aux errances chimériques. Une maison de style un brin plus gothique – un pignon par-ci, une tour par-là, des arbres échevelés et une vigne vierge – aurait mieux convenu à Poe. Il aurait, réalisa Melrose avec étonnement, dû vivre à Ardry End. Même si Ardry End n'était pas (sa tante mise à part) à proprement parler « échevelé ». Pourtant, cette maison avait comme une ambiance lugubre, et ses fenêtres, à l'arrière d'une des ailes, ouvraient sur des branches brisées et des arbres abattus par les tempêtes. Et cette fontaine, avec son poisson de plomb, aurait pu passer, en hiver, pour un petit lac de montagne.

Le conservateur était un homme de grande taille aux manières courtoises. Il le fit entrer et repartit immédiatement pour s'entretenir avec les ouvriers, le peintre, le charpentier. La pièce dans laquelle se trouvait Melrose avait dû servir de salon. Elle était minuscule et réduite encore par le désordre qui régnait (le conservateur le lui avait appris au téléphone) à cause des travaux de peinture et de menuiserie. Ils avaient lieu une fois par an. La maison était d'ailleurs fermée au public. On avait fait une exception pour Melrose.

Les meubles étaient couverts – contre les taches de peinture –, des chaises étaient renversées sur une grande table, des portraits avaient été décrochés et retournés contre une autre table. Les carrés nus où ils avaient été accrochés contemplaient Melrose comme de pâles reproches, comme si des secrets avaient été révélés.

L'aspect temporaire de cette pièce, cet air de choses en train de changer, emplissait Melrose d'une étrange mélancolie. Plus il vieillissait, plus il se gardait des changements. Pour lui, toute évolution présageait dégradation et effondrement de l'ordre existant. Il y résistait de toutes ses forces ; il avait même été contrarié par les coups de pinceau bleu marine que Dick Scroggs avait administrés aux boiseries du *Jack and Hammer*.

Il regarda le fameux portrait de Poe, le visage auquel une moustache sombre ôtait sa fragilité, l'expression des yeux (ces yeux !) que des sourcils noirs ramenaient sur terre. Il l'examinait encore quand le conservateur revint avec une tasse de café et l'emmena visiter les autres pièces.

Elles étaient petites. Melrose fut surpris que Poe, son épouse, Virginia, et Mrs. Clemm aient pu vivre ici aussi paisiblement. Cela attestait de la dévotion qu'ils se portaient, car il semblait bien qu'il se soit agi de dévotion. Le conservateur lui parla de tout ça avec des accents de tendresse pour la famille disparue.

Dans la petite pièce qui abritait les vitrines, les photos et les gravures, le conservateur avait sa tasse de café entre le pouce et l'index, mais il oubliait de boire, agitant le récipient tandis qu'il racontait la vie de Poe. Une vie épouvantable. La misère, une misère *noire*, en permanence attachée aux pas du pauvre homme, fidèle comme son ombre. Ils regardèrent la vitrine, les notices nécrologiques découpées dans de vieux journaux, et le conservateur parla des détracteurs de Poe avec une amertume que Melrose trouva plutôt poignante. Ce Griswold, fit-il en frappant contre la vitre, avait même réussi à dresser Dickens contre Poe, sans parler des centaines d'autres. Il ne pouvait supporter d'entendre les gens accuser Poe de débauche alcoolisée alors que l'écrivain supportait si mal de boire, il devait être allergique à la chose, ou que l'on critique si violemment son mariage avec sa cousine de quatorze ans, sans penser qu'à cette époque se marier si jeune et entre cousins était une pratique commune. Un aborigène (déclara le conservateur) ne nous prendrait-il pas pour des imbéciles ignares parce que nous sommes incapables de lancer un boomerang correctement ? Autres cultures, autres époques.

Oui, dit-il, la police l'avait interrogé, bien sûr ; lui et son personnel avaient monté la garde la nuit de l'anniversaire de Poe. Comme chaque année, un rituel, une veille rituelle dans le cimetière, à attendre le type avec ses roses et le cognac. Il avait, *ils* avaient été interrogés avec minutie, avec une minutie *désagréable*. Le conservateur sourit. Après tout... Mais à son avis, elle, cette Brown, connaissait, était au courant, de l'imposture – une imposture où l'on voyait quelqu'un de « ses gens » vêtu comme le serait le porteur de fleurs, afin de tromper la petite foule rassemblée sur le trottoir, près de l'église. Après avoir *cru* voir l'homme au manteau, avec ses fleurs et sa bouteille, ils partiraient. Ce qu'ils firent. Pourquoi elle (cette Brown) n'est pas partie, elle aussi... Il haussa les épaules. Sais pas.

Ils se tenaient de part et d'autre de la vitrine qui renfermait les coupures et des lettres. Le conservateur brandissait sa tasse et parlait de l'absurdité des prétentions de cette fille, à propos du manuscrit. Poe n'avait jamais été cachottier avec ses écrits, il ne les dissimulait pas dans des tiroirs et encore moins dans des malles. Il avait besoin *d'argent*, par Dieu ! Qu'une histoire entière, achevée, ou presque, surgisse tout à coup... c'était trop ridicule pour qu'on s'y attarde. Il n'avait pas vu le manuscrit, non. Il ne montrerait aucune objectivité – c'était inutile (il rit).

C'était un brave type, très sympathique, et il riait de son attachement à cet endroit. Mais il était assez évident que ce manuscrit, cette prétendue « trouvaille », ce « coup », l'agaçait. Il le prenait, se dit Melrose, très à cœur. Poe était, après tout, sa charge. Et le conservateur l'avouait lui-même : un artiste avait ses détracteurs et avait besoin, par conséquent, de protecteurs. Et la nature du génie, de la gloire surtout, veut que grandisse le nombre des détracteurs tandis que diminue celui des protecteurs.

Poe, suggéra Melrose, se serait moqué de tout ça.

Se moquer ? Non, il ne s'en serait pas moqué. Et avec raison. Pourquoi un auteur devrait-il voir un écrivaillon pirater son œuvre et prétendre que ce n'est d'aucune importance ? C'était déjà assez moche de faire une chose pareille à un écrivain vivant, mais cette fille... eh bien, c'était du pillage de tombe ! C'était comme déterrer de vieux os fragiles, des os qui reposent comme une vieille dentelle délicate, et les assembler en une forme maladroite et grossière. Pire qu'un meurtre, en vérité. Quiconque vole le travail d'un autre et le fait passer pour sien ne se poserait pas trop de questions face à un meurtre.

Et, à mesure qu'ils parlaient, les choses prirent un tour quelque peu allégorique – la Fille, le Public, les Détracteurs –, proportionnellement à la fureur du conservateur face à l'intrusion insensée d'un esprit commun et vulgaire dans la vie qui lui avait été (dans un sens) confiée. Il ne dit rien de tout ça, Melrose le sentit. Melrose sentait aussi que le conservateur avait raison de penser ainsi. C'était réconfortant d'entendre défendre un artiste avec tant de fougue.

Pauvre Poe, pauvre Ellen. Il se sentait honteux d'avoir

traité son problème aussi cavalièrement, avec tant de légèreté. Devant la porte, Melrose remonta le col de son pardessus, regarda le ciel dont s'était retirée la menace de neige et où l'opaque couleur d'huître avait laissé place à un bleu laiteux. Il le signala, alors qu'ils restaient là, tous les deux, les mains enfoncées dans les poches. Le temps avait changé ; le ciel, dit Melrose, était bleu.

– Ah ! oui, dit le conservateur en regardant le ciel. « Le nuage qui, alors que le reste du ciel était bleu, prit sous mes yeux la forme d'un démon. »

Il eut un sourire ambigu et referma la porte.

24

Ç'aurait pu être le bureau d'un entraîneur de rugby d'école primaire. Une bibliothèque vitrée renfermant des trophées de football occultait en partie l'étroite fenêtre ouverte dans un des murs. D'autres objets, d'autres souvenirs de football encombraient les étagères de la bibliothèque et l'arrière du bureau de la toute petite pièce qui avait tout d'un placard tapissé de bouquins : murs de livres, à droite comme à gauche, et entre eux, un bureau, un fauteuil pivotant et deux chaises d'appoint appuyées aux murs. Le mobilier se limitait à ça. Tout près du bureau, il y avait un grand vase chinois qui, par son ancienneté et son chic déglingué, ressemblait à celui que Jury avait remarqué à la Tate Gallery, entre les préraphaélites et une autre salle. On avait toutefois enfoncé un ballon de foot dans l'ouverture de celui-ci.

Muldare accueillit l'explication de la visite de Jury – le lien entre les meurtres de Beverly Brown et d'un homme à Philadelphie – avec une incrédulité non dissimulée.

– Ça me paraît un peu tiré par les cheveux, si je peux m'exprimer ainsi.

– Je sais. Mais quelques questions ne peuvent pas faire de mal.

Et Jury les posa. Patrick Muldare subit les questions et les commentaires avec grâce. Il était assis, les bras serrant contre sa poitrine le livre qu'il était en train de lire, et un pied contre une des chaises pliantes. C'était un homme qui paraîtrait toujours plus jeune que son âge, que Jury estimait autour de trente-cinq ans. L'impression de jeunesse était accentuée par la veste de velours (chère), les mocassins, les cheveux blonds taillés à la diable et si longs qu'il ne cessait de les écarter de son front. Ses lunettes à verres fumés et monture d'acier ne réussissaient pas à cacher des yeux qui exprimaient un étonnement permanent, et même un émerveillement enfantin.

Jury entama un sujet qu'il espérait n'être pas trop explosif : le manuscrit.

– Si je pense que c'est un faux ?

– Plus exactement, pensez-vous qu'*elle* ait fait un faux ?

– Connaissant son caractère, je dirais oui, probablement. Puis-je avoir une cigarette ? J'essaie d'arrêter.

Jury lui tendit le paquet.

– On pourrait croire que vous ne l'aimiez pas beaucoup.

Muldare frotta une allumette, inspira profondément et avec une satisfaction évidente.

– Pas vraiment. Mais... bon... vous voyez.

Mais. Bon. Haussement d'épaules. Patrick Muldare avait résumé sa relation avec Beverly Brown. Il n'avait probablement pas besoin d'aimer une femme pour coucher avec elle. Jury se dit qu'il avait tendance à trop simplifier les choses.

– Des ennuis ?

– Beverly causait des ennuis à tout le monde. Elle demandait trop.

– Le mariage ?

– Avec moi ?

Jury sourit à la surprise que cette idée provoqua, à l'expression des yeux agrandis par l'étonnement comme si Muldare ne pouvait croire possible que l'on ait envie de l'épouser.

– Disons, Mr. Muldare, et vous me pardonnerez le cliché, que vous me semblez un beau parti.

– Hum ! Oui, je suis riche, c'est certain. Mais je ne

sais pas. Les ambitions de Beverly ne prévoyaient pas de mari.

– Vous avait-elle parlé du prétendu manuscrit de Poe ?

– Ouaip. Ce confetti allait faire exploser sa carrière. Ce devait être un coup phénoménal. Beverly avait une mentalité à coups, si vous voyez ce que je veux dire. Dans d'autres circonstances, elle aurait fait un fantastique guérillero.

Son sourire était fugace, apparu et déjà envolé, vif comme une hirondelle dans la lumière. Il tourna la tête vers la fenêtre et la ligne de soleil qui entourait la bibliothèque.

– Peut-être est-ce une image un peu dure. Je dois vous paraître bien froid. Mais Beverly avait les moyens de chasser ce qu'elle désirait.

Il prit le ballon de football de l'ouverture du vase chinois et se mit à le faire tourner sur le bout du doigt. Il devint plus sérieux, plus grave.

– Elle était sacrément intelligente. Ellen pourra vous le dire : Beverly suivait certains de ses cours. Vous savez, même si cette histoire n'est pas authentique, si c'est un faux, de toute manière, ça ferait un beau sujet de thèse ! Beverly bavait d'envie d'intégrer une école de l'Ivy League. Notre version d'Oxbridge.

– Est-ce vraiment ce qu'elle désirait ? Ça ne me paraît pas follement excitant pour une jeune femme aussi ambitieuse.

Muldare éclata de rire.

– C'est que vous n'êtes pas une femme, et vous n'êtes sûrement pas une femme noire. Il vaut mille fois mieux entrer dans ces écoles grâce à son mérite plutôt qu'en profitant de mesures antidiscriminatoires.

– Pensez-vous qu'elle soit authentique ?

– L'histoire de Poe ? Nan. Il y a trop peu de probabilités.

– Je ne connais pas les probabilités. Mais la manière dont elle l'a trouvée ?

– Vous voulez dire : l'a-t-elle trouvée ?

– Je veux dire : avait-elle les moyens de falsifier un tel manuscrit ?

– Les moyens ? Le toupet ? Ouaip. Bev n'était jamais à court de culot. Mais un truc pareil demande plus que du culot. Il faut être hyper *brillant* pour mettre un truc pareil sur pied.

– Je me le demande. Il faut être habile, oui. Mais « brillant » ?

Patrick Muldare rit une fois encore.

– Vous n'accordez pas facilement votre crédit, n'est-ce pas ? Moi, par exemple, je n'aurais jamais pu le faire.

– Vous n'êtes pas un spécialiste de Poe. Vous n'êtes pas un jeune étudiant noir et ambitieux. Et je me demande si l'audace d'un tel truquage n'aurait pas tendance à nous faire croire – uniquement parce que c'est audacieux et qu'il est impensable que quelqu'un puisse fabriquer une histoire entière de cette manière – que ce manuscrit est authentique. En admettant qu'il passe un certain nombre d'examens. Des examens rigoureux, bien sûr. Pourtant...

– Je suis un peu perdu. Quel rapport avec l'enquête de Scotland Yard ?

– Peut-être aucun, s'il ne s'agit que du manuscrit. Mais n'a-t-elle pas elle-même établi un rapport entre le meurtre de ce vagabond poignardé à Baltimore et Philip Calvert à Philadelphie ? Elle pensait qu'il y avait un lien entre eux.

Muldare, qui devait avoir un besoin permanent de mouvement, envoya le ballon en l'air, le rattrapa, le renvoya.

– Vous faites allusion aux initiales. Les miennes comprises, peut-être ?

Jury acquiesça. Muldare ne disant rien de plus – il se contentait de faire tourner le ballon –, Jury demanda :

– Croyez-vous que votre frère sache quelque chose à propos de ses déplacements, cette nuit-là ? Je sais qu'il s'est déjà entretenu avec la police, mais...

– Par alliance. Alan est mon frère par alliance. Je ne saurais rien affirmer pour cette nuit, mais il la connaissait.

Il tourna la tête et se massa la nuque.

– Sa mère a épousé mon père. Ça a été... difficile. Dur pour Alan, je veux dire. Tout le monde s'est entendu à merveille. Sauf Alan. Il ne m'aime pas beaucoup, voyez-vous. D'abord, parce que l'argent est à moi.

– Je vois.

– Non, je ne crois pas. Je parle d'une fortune. Ancienne, *très* ancienne. Très bien placée. Beaucoup de...

Il dessina le signe du dollar dans l'air. Il semblait un peu sur la défensive, un peu coupable.

– Pourtant, vous enseignez.

– C'est parce que j'aime ça. Et je ne fais pas grand-chose.

Il sourit.

– Parlez-en à mes étudiants, ils vous diront.

Le sourire s'évanouit.

– Il a été établi un fonds en faveur d'Alan, mais il l'a vite épuisé. Et il n'est pas fait pour les affaires. Il est intelligent, c'est certain. Le *Nouveau Pauvre* est une de ses idées. Mais il ne semble pas capable d'investir cette intelligence dans des choses durables. Il a besoin d'une interminable cascade d'argent pour satisfaire ses caprices. Le problème est qu'il n'a pas d'argent et que j'en ai, ce qui ne me rend pas aimable.

– Et Beverly Brown ?

– Quoi, Beverly Brown ?

– Était-il jaloux de vos relations ?

– Oui.

La réponse était sèche. Il ne faisait aucun effort. Le silence se prolongea. Jury attendit. Muldare examina son ballon puis dit :

– Je ne peux pas lui en vouloir. Après tout, il l'avait vue le premier.

Jury ne put s'empêcher de rire. La déclaration lui rappelait tellement les disputes de son adolescence, avec d'autres garçons, à l'école. *Hé ! je l'ai vue le premier !*

Patrick Muldare sourit, comme si lui aussi se souvenait, et comme si lui aussi avait dans sa propre phrase entendu l'écho de son adolescence, du gamin encore vivant à l'intérieur de l'homme. Et il ne semblait pas se soucier de prêter ainsi à rire.

– Vous voyez ce que je veux dire.

Jury acquiesça.

– J'ai l'impression que cette jalousie était plutôt violente...

– Pas *si* violente, commissaire, fit Muldare, soudain très sérieux. Ce n'est pas le genre d'Alan.

– Je ne sais pas s'il y a un genre.

– Voyez-vous, la jalousie qu'il éprouvait n'était pas uniquement du fait d'une femme ou d'une fille. C'était plutôt une défaite, ajoutée à ce qu'il pouvait considérer comme une longue liste de défaites. Même sa mère avait l'air de m'aimer mieux. Ce n'est pas un être très heureux. C'est dommage.

Il y eut un autre silence. Jury contempla la bibliothèque.

– Vous aimez le football ?

Patrick Muldare rejeta la tête en arrière et rit à gorge déployée.

– Comment avez-vous deviné ? Je croyais avoir bien dissimulé mes traces.

La transformation de son expression était remarquable.

– Ellen Taylor m'a parlé de vous. Et puis j'ai fait mes déductions. Je *suis* policier.

– Bravo !

Il envoya le ballon à Jury qui manqua de le laisser tomber mais le lui renvoya. Muldare sourit.

– J'aime bien Ellen Taylor. Elle ne dit pas de conneries, comme certains. Avez-vous lu son livre ?

D'un geste plutôt acrobatique, comme quelqu'un qui essaie d'intercepter une passe, il prit un livre sur une étagère, derrière lui.

– Il s'appelle *Fenêtres*.

Il offrit la couverture à l'examen de Jury, puis il l'ouvrit, grogna, le referma vivement et le serra contre sa poitrine, avec le ballon, comme un gamin avec deux ours en peluche.

– Bizarrement séduisant.

– Je ne crois pas l'avoir vraiment compris.

– Ah ! « comprendre »... Moi non plus, mais j'ai continué à le lire. N'est-ce pas l'essentiel ?

Son regard était clair et innocent.

– Ne lui dites pas que je ne l'ai pas compris, d'accord ?

Muldare ne chercha pas à savoir comment Jury connaissait Ellen. En fait, il ne posait pas beaucoup de questions. Il semblait accepter les choses comme elles se présentaient, comme si la vie n'était qu'une longue balade.

– Je ne lui ai pas dit que *moi* je n'ai pas compris, fit Jury en souriant. Alors je me contenterai de dire que vous l'avez lu.

Il tira la brochure de sa poche, l'ouvrit à la page qu'il avait marquée et lut :

– « L'impact psycho-sociologique de la NFL dans la deuxième moitié du XXe siècle. » Qu'est-ce que *ça* signifie ?

Patrick Muldare regarda le plafond puis tout autour de lui, les lèvres frémissantes comme s'il cherchait des mots que comprendrait le profane.

– Rien, fit-il avec un sourire radieux.

– Rien.

– C'est supposé faire universitaire et en même temps dégoûter ceux qui croient que je parle de foot.

– Et de *quoi* parlez-vous ?

– De foot.

Le sourire lui fendit le visage d'une oreille à l'autre.

– Quand ça s'est ébruité, ça a dû attirer du monde.

– Je veux !

Il fit tourner le ballon sur l'extrémité de l'index et le laissa retomber dans sa main.

– Nous espérons tous que Baltimore obtienne la franchise.

– Votre frère par alliance en a parlé.

– Avec une extension pour l'équipe.

Jury fit un signe de la tête vers la bibliothèque.

– Il y en avait une...

Muldare – il avait dû être supporter – leva les deux bras, poings fermés.

– Oui ! Les Colts.

– Et alors, la ville doit passer une sorte d'épreuve pour en avoir une autre ?

– Plus qu'une épreuve. La NFL n'attribue qu'un certain nombre de franchises ; nous devons prouver que nous en méritons une. Que nous ayons eu les Colts peut aider. Mais Saint Louis avait les Cardinals... La NFL ne s'est pas agrandie depuis 76. Ils sembleraient vouloir attribuer deux franchises. Rien que deux. *Mais* ils peuvent changer d'avis si ça leur chante, en toute légalité. Mais on dit qu'ils feront la distribution – dans deux mois, en mars, il y aura une sélection. Il y aura trois...

Cette fois, il leva trois doigts.

– ... *trois* candidats. En octobre, ils nous feront connaître les deux sélectionnés.

Il serra très fort les paupières, l'air douloureux, comme s'il voyait déjà Baltimore troisième.

– Cette histoire d'équipe dure depuis sept, huit ans, depuis qu'Isray – le propriétaire des Colts – a détalé avec les casques et les polos, en 84. Il a, comme qui dirait, déménagé à la cloche de bois. Il craignait que la ville ne fasse saisir l'équipe. Le salaud.

– Quelles sont les chances de Baltimore ?

– Excellentes. Mais quand même pas autant que beaucoup veulent bien croire. C'est très compliqué. Il y a beaucoup d'argent en jeu et, naturellement, la ville doit avoir un stade.

– Vous en aurez un tout neuf.

– Camden Yards est pour les Orioles. Rien que pour

le base-ball. Seigneur, quel stade ! J'y vais rien que pour m'y asseoir et le regarder. Mais il y a toujours le Memorial Stadium, alors c'est pas vraiment un problème. Baltimore sera un des trois sélectionnés, mais ce sont les deux premiers qui comptent et, à mon avis, la tête de liste sera Charlotte. En Caroline du Nord, précisa-t-il aimablement. Mais ce n'est pas si simple : il y a tous ceux qui s'achèteraient bien une équipe qu'ils entraîneraient et qui sont prêts à faire la danse du ventre devant la NFL. Ça fait des années que des gens et des groupes qui ont de l'argent et le bras long apparaissent, se dégonflent, se forment et se reforment. Des banques, des hôtels et même des écrivains. Tom Clancy, par exemple.

– Le romancier ? Mais, ajouta Jury quand Muldare acquiesça, ça doit représenter des millions ?

– *Beaucoup* de millions. Clancy a de l'argent, mais pas tant que ça. Son atout, c'est qu'il est connu, c'est une tête d'affiche. Tout comme Barry Levinson. Vous savez, ce type qui fait des films. Le réalisateur. Le problème c'est que dans son groupe, Levinson ne pèse pas très lourd financièrement. Et puis, il y a moi – en signe de dérision, Muldare inclina la tête et sourit – qui ai aussi payé mes cent mille dollars pour pouvoir glisser un pied dans la porte.

Ellen avait dit que Muldare était riche. A ce point ? L'étonnement de Jury se voyait sur son visage.

– Disons que je ne suis pas seul, moi non plus. Bon, je peux trouver cent ou deux cents millions mais il faut aussi pouvoir acheter les joueurs et le reste. Pour l'instant, j'essaie de racheter le nom. Celui des Colts. Si Isray veut bien vendre. Je dois faire quelque chose de...

Il regarda le plafond en plissant les yeux, le ballon tournant, tournant toujours entre ses doigts.

– ... brillant, un truc qui en jette, quelque chose... genre *Hollywood*. Vous voyez ?

Il lâcha le ballon sur ses cuisses et ses bras déployèrent une bannière imaginaire. Jury sourit.

– Une tête d'affiche.

– Exact. Imaginez que vous soyez un acheteur, autour de la table, avec d'autres acheteurs. Avec qui allez-vous discuter le coup ? Clancy, Hollywood, ou ce petit prof en costume de tweed, fan des Colts, certes, mais... ?

Il haussa les épaules, envoya le ballon au plafond, le rattrapa.

Et mentalement tenta une échappée, se dit Jury. Tête d'affiche. Jury, sourcil froncé, regarda l'anneau de lumière autour de la bibliothèque, puis les étagères, encombrées de souvenirs de parties oubliées – des casques miniatures, quelques vieux ballons dégonflés, des stylos, des talons de tickets, des photos.

Et il se demanda ce que Poe vaudrait comme tête d'affiche. Il se le demandait encore quand le ballon de Muldare lui arriva en plein dans l'estomac.

– Ouh !

– Réflexes. Réflexes, commissaire.

Pat Muldare sourit.

25

Melrose dut se faire convaincant pour décider Hughie à le débarquer devant Cider Alley. Non pas à cause du site, qui, disons-le, était sombre et plus qu'un peu miteux, mais parce que l'allée était toute proche du nouveau stade. Camden Yards, foyer des Orioles de Baltimore, était un incontournable de la liste de Hughie, juste derrière l'Aquarium de Baltimore. Que Melrose quitte son taxi à deux pas de ce stade épatant au lieu d'aller en admirer les glorieuses proportions laissa Hughie sans voix. Ce qui n'était pas rien. Le taxi finit par démarrer mais seulement après que Melrose eut promis que la visite reprendrait plus tard.

Cider Alley ressemblait à ce que suggérait son nom, une ruelle courte et étroite, à peine un passage, qui reliait les rues Eutaw et Paca. Il n'y avait là rien qui puisse suggérer une quelconque activité commerciale, hormis ce qui semblait être l'arrière de ce qui aurait pu être un bar ou un club, par les portes vitrées duquel une poignée d'hommes entraient et sortaient. Un peu plus loin, après quelques porches obscurs, Melrose aperçut un petit groupe d'individus qui, eux, avaient tout des habitants permanents de Cider Alley. Trois hommes fumaient et portaient à leurs lèvres des bouteilles cachées dans des sacs bruns, un quatrième se chauffait les mains aux flammes rampantes d'un bidon de pétrole. Melrose approcha et, ce faisant, alluma en eux une soif de charité assortie à leur soif de boissons fortes. Tous, ensemble et séparément, demandèrent l'aumône, d'abord un quart de dollar (l'éternel quart de dollar), puis, après avoir examiné ses vêtements, un dollar. Melrose était enchanté de leur faire ce plaisir et il offrit même plus en échange de renseignements. Il avait pu se rendre compte que l'argent pouvait desceller les lèvres, les paupières et, pourquoi pas, ouvrir les cœurs.

– Hé, *meeec* ! rétorqua le Noir aux verres miroirs. T'es pas des flics, au moins ? Ces foutus flics, on en a ras le cul.

– D'après ce que je sais d'elle, la police ne donne pas d'argent en échange de renseignements. Elle vous tire dessus.

On rigola à la ronde et un homme gras demanda :

– C'est pour John-Joy, hein ? Ça arrête pas de débarquer avec des questions depuis que John-Joy s'est fait descendre.

– Oui. Mais c'est par intérêt personnel, pas policier.

– T'es d' sa famille ? Y disait toujours qu'avait d' la famille, fit depuis son bidon de pétrole la masse de chiffons androgyne que Melrose avait prise pour un homme et qui se révéla être une femme, du moins le supposa-t-il.

– De la famille, vraiment ?

Comme plus ou moins tout le monde, non ?

– John-Joy, tu l'arrêtais pas sur sa famille, fit un autre Noir affalé contre le mur. « J'ai trouvé le joint ! » qu'y disait, John-Joy. « J'ai trouvé le joint ! »

Et là, l'homme se frappa la poitrine. Melrose fronça les sourcils.

– Le joint ? Que voulait-il dire par là, à votre avis ?

Le Noir haussa les épaules, leva sa bouteille et, découvrant que le niveau était dangereusement bas, la secoua un brin à l'intention de leur visiteur. Melrose dit qu'il serait ravi de lui offrir un verre et lui froissa un billet dans la paume.

– Ce truc, par là, fit l'homme.

Son pouce semblait indiquer un panier en métal

monté sur roulettes que Melrose présuma être du genre de ceux que l'on promène dans les supermarchés géants que l'on trouve dans ce pays. Des supermarchés comme des petites villes. L'objet débordait de détritus de la vie dans les rues.

Le Noir hocha la tête. Il souriait tout ce qu'il pouvait.

– Faut croire que c'est eux, le joint.

Le « joint » consistait en deux couvertures, un balluchon de vieux vêtements, des cabas remplis de rebuts probablement glanés dans les poubelles, comme la boîte de lessive Cascade pour lave-vaisselle aux trois quarts vide. Des livres, aussi. Ce que Melrose trouva plutôt étonnant vu la situation du propriétaire. Et des papiers.

– Pourquoi la police n'a-t-elle pas pris possession de tout ceci ?

– Z'en savaient rien, mec. Toute façon, y s'en s'raient foutus. John-Joy, c'est un type de la *rue*, mec.

– Mais ils vous ont interrogés, n'est-ce pas ?

Melrose s'empara d'un des volumes, taché de graisse et de rouille. C'était une relation de la guerre de Sécession. Il y avait aussi des brochures, des cahiers, de vieux registres, dont l'un, avec sa liste de noms, semblait provenir de l'hôtel *Saint-James*.

Le Noir ricana.

– Y s'en fichent de nous, mec. Y z'ont demandé si on avait vu quéq' chose, y z'ont demandé si on avait entendu quéq' chose. J'ai dit : oui, on a vu la lune, on a entendu la pluie.

Melrose sourit.

– Bonne réponse. Puis-je vous demander votre nom, si ça ne vous dérange pas ?

– Ça me dérange pas. Estes. On dit Easy. Je suis jamaïcain, mec.

– Bien, mais *hormis* la lune et la pluie, avez-vous vu quelque chose, Estes ? Ou l'un d'entre vous, peut-être ?

– Y avait que moi et Carl qu'étaient là. Twyla, elle était pas là – signe de tête vers la femme –, Bernard non plus – signe de tête vers le gros en poncho. Nan.

– Hum. Où l'a-t-on trouvé ?

Melrose regarda vers le fond de la ruelle.

– L'aut' bout, dit Estes. V'lez qu' je vous montre ?

Les autres, soupçonnant qu'un peu plus d'argent allait changer de mains, commencèrent à se disputer avec Easy pour faire valoir qu'ils en connaissaient autant sur John-Joy. Ils n'allaient pas se laisser écarter des tractations et ils trottèrent, eux aussi, vers l'autre bout.

Estes, dans un langage très coloré, décrivit la scène telle que son imagination la lui montrait. John-Joy trimbalant son chariot, une silhouette qui rampait dans l'ombre, et soudain... Estes se noua les mains autour du cou et fit le geste de tirer.

D'une voix que la fureur rendait perçante, la femme protesta :

– Putain, t'en sais pas plus que moi. T'étais pas là, t'inventes, c'est tout.

Elle se tourna vers Melrose, toute gonflée de sa supériorité.

– Demande à Milos. Milos y raconte que c'est lui qui l'a trouvé.

– Alors *là*, tu déconnes complètement, Twyla. Milos est *aveugle* et *sourd*, comment tu veux qu'il sache ?

– Milos ? fit Melrose, feignant l'ignorance.

– L'aveugle qui traîne dans Howard Street près d'une boutique qui s'appelle... quelque chose Neuf... J' me rappelle plus.

Estes retourna à Twyla.

– C'est les *flics* qu'ont trouvé son corps.

Twyla se renfrogna, mâchonna ses gencives, mais c'était là une vérité qu'elle ne pouvait pas nier.

Melrose distribua une autre tournée de billets et tous s'en retournèrent, en masse, vers le bidon. Melrose pensait au chariot : il le lui fallait.

Il demanda, alors qu'il se chauffait les mains au bidon dans un élan de camaraderie :

– A qui appartient le truc, maintenant ? A vous tous ?

Il regarda les quatre faces, les mains – nues ou couvertes de mitaines – tendues au-dessus du bidon, les joues de la femme que les flammes rougissaient.

Le regard d'Estes interrogeait les autres. Personne ne manifestait de droits sur le joint, ce qui surprit Melrose. Il s'était attendu à une empoignade. Mais peut-être devinaient-ils d'instinct l'impartialité du nouveau venu qui s'était jusqu'ici parfaitement conduit à leur égard et qui, avec la jugeote qu'il tenait de l'Ancien Monde et, bien sûr, ses billets de banque, ne pouvait que les sortir du mauvais pas où ils se trouvaient : dire à qui revenait le joint.

Du moins Melrose se plaisait-il à le penser.

– Envisageriez-vous de vendre le chariot, pour, disons, cent dollars ?

Leurs mâchoires se décrochèrent.

Personne ne disait rien. Peut-être devait-il offrir davantage ? Après tout, il n'avait pas fouillé jusqu'au fond. Peut-être y avait-il un bébé, là-dedans.

– Deux cents ?

Mais Estes se méfiait.

– Pourquoi que vous les voulez, ces *merdes* ? Y a des trucs qui valent du fric, là-dedans ?

– Pas que je sache. Vous pouvez vérifier avant que je ne l'emporte. Si vous voulez bien le vendre, bien entendu. Mais je peux vous dire pourquoi j'en ai besoin : il contient peut-être des indices qui expliqueraient pourquoi cet homme a été assassiné, voilà tout.

– Deux cents, hein ? Deux cents ?

Le gros type s'était lancé dans un calcul mental qui lui prenait toute son énergie. Il fourragea dans sa tignasse grise et tirailla un lobe d'oreille déchiqueté.

– Cinquante par personne, fit Melrose pour l'aider.

Le marché fut conclu et Melrose sortit quatre billets de cinquante, évacuant ainsi, à leur grande satisfaction, deux questions : qui allait recevoir l'argent et qui allait faire de la monnaie. Chacun reçut ses cinquante dollars.

– Une chose encore : John-Joy avait-il des amis – en dehors de vous et de Milos, je veux dire – à qui il aurait pu se confier ?

– Confier *quoi*? Le John-Joy, y braillait tout le temps et partout. Y traînait dans le coin et y gueulait, pire encore qu'un démocrate. Y disait qu'y serait riche un jour, très riche, dès qu'il aurait un avocat. « J'ai le joint ! J'ai le joint ! » Putain, ce mec, ce qu'il pouvait être cinglé !

– N'a-t-il jamais expliqué ce qu'il entendait par là ?

Estes, plein de bonne volonté, déclara :

– Je vais t' dire, mec. Y disait qu'il avait un pote qui s'appelle Wes, au foyer, le grand foyer de Fayette Street, Cloudcover. Il avait p'têt' d'aut' potes, là-bas. John-Joy, il allait y dormir quand il avait du blé.

– Bien, je vous remercie beaucoup. Je reviendrai peut-être vous voir pour bavarder un peu, si vous n'y voyez pas d'inconvénient.

Ils n'en voyaient pas.

Melrose s'arrêta de l'autre côté de Harborplace et sortit son guide. Ce n'était, avaient-ils dit, pas loin. Il espérait que ses compagnons de Cider Alley n'indiquaient pas le chemin comme le font les Anglais : Oh, remontez jusqu'au bout de la rue, et là, marchez encore un peu et après quelques pas, vous apercevrez Acacia Cottage (ou ce que vous cherchez et qui semble être introuvable, en tout cas par vous). Et vous remontez jusqu'au bout de la rue et vous marchez (des jours et des jours, apparemment) et vous vous retrouvez en Écosse...

Il poussait son chariot depuis un bon moment. Il commençait à regretter d'avoir renvoyé Hughie, mais il ne tenait pas à monter dans un taxi étranger avec son chariot et demander à être conduit à un foyer.

Pour commencer, il n'était pas habillé pour.

Il regarda son pardessus de cachemire, son écharpe de soie, et fronça les sourcils. Il y avait un gros manteau sur le tas de vieilleries. Une espèce de lainage poivre et sel avec d'énormes boutons noirs qui ne devaient pas, bien sûr, entrer dans les boutonnières mais là n'était pas le problème. Il ôta son pardessus, le plia et enfila le manteau. Les bras étaient trop courts et les épaules lui tombaient sur les coudes. On pouvait se demander pour quel genre de gorille il avait été coupé.

Il enleva ses gants et fouilla le chariot à la recherche des mitaines marron qu'il y avait aperçues. Il y avait une casquette, aussi. Avec des oreilles. Il se la mit sur la tête. Il découvrit aussi une tasse en plastique moulé en Mickey Mouse. Il jeta un œil dans le fond. Quand il leva les yeux – il s'était assis sur le couvercle d'une poubelle de métal pour consulter son *Guide des Étranger* – il vit deux gosses qui le regardaient en sculptant de la langue leurs cônes au chocolat.

La mère, qui avait continué sa route sans eux (« Vous savez, j'en ai plein d'autres à la maison »), se rendit compte de son erreur et rappliqua au trot. Elle en prenait un sous chaque aile quand elle vit ce qu'ils fixaient (Melrose Plant). Elle hocha la tête, plongea dans le sac à main pendu contre son estomac. Elle s'approcha et laissa tomber deux *quarters* dans la tasse Mickey.

Il n'y avait pas, à ses yeux du moins, beaucoup de différence entre lui et cette femme. Elle avait l'air d'une créature des marais, avec sa veste militaire trop grande, ses innombrables sweaters, ses gros gants et son écharpe enroulée dix fois autour de son cou jusqu'à lui couvrir la bouche.

Néanmoins, il remercia et la petite famille s'éloigna, la fillette n'omettant pas de se retourner pour lui tirer la langue.

Melrose soupira et consulta le *Guide des Étranger*. Il n'arrivait même pas à trouver Fells Point. Les Étranger avaient eu la mauvaise idée de déjeuner dans Little Italy puis de revenir à Harborplace. Ce qui ne lui était d'aucun secours.

Il traversa Farragut, poussant son chariot le long de plaques d'égout fumantes, rubans de brume qui s'échappaient et se dissolvaient dans l'atmosphère. Ils lui faisaient penser à Londres, à l'époque de Victoria. Il ne savait pas vraiment pourquoi. La brume et le brouillard, probablement. Il marchait, regrettant de ne pas avoir acheté une carte plus précise. Il tourna l'angle d'une rue qui lui semblait familière, longea quatre pâtés de maisons avant de se rendre compte qu'elle n'était pas le moins du monde familière. Question orientation, il était très mauvais. Pour lui, l'est ou le sud avaient autant de sens que la lune ou les nuages. Les immeubles étaient un brin décatis, avec de petits commerces au rez-de-chaussée, tels qu'épiceries, bijoutiers à l'abri de grilles agressives, et des tas de Prix-Cassés : Chaussures à Prix Cassés, Électroménager à Prix Cassés, Médicaments à Prix Cassés, Voyages, Matelas...

Puis il s'arrêta.

Il était là, l'immeuble immense, vieillot, avec une plaque de cuivre : CLOUDCOVER HOUSE.

26

On ne peut pas dire que Melrose ait été acclamé par ceux qui campaient sur les marches, mais on l'étudia et on le salua en silence – un signe de tête ici, un geste de la main là. Devant Cloudcover House traînaient des Noirs, des Blancs, des Portoricains, mains dans les poches. Il hésitait, encombré de son chargement de haillons et de livres, quand deux d'entre eux interrompirent leur conversation et produisirent ce qu'il interpréta comme un sourire de bienvenue. Et après tout, pourquoi pas ? Il avança vers l'escalier et, pour dissimuler son hésitation, s'appliqua à hisser son chariot avec de grands efforts. Il s'interrompit pour aller en soulever l'avant, mais deux hommes s'approchèrent et prirent en charge cette partie de l'opération. Quand ils eurent atteint le haut des marches, Melrose les remercia avec effusion et il poussa la grande porte.

L'intérieur révélait un long couloir dont l'extrémité la plus proche avait la forme d'une arène, avec un comptoir. Une femme, le corps lourd et les traits épais, la bouche tirée vers le bas comme si elle avait passé trop de temps à s'occuper des sans-abri et en avait perdu sa générosité, le regardait avec une indifférence manifeste. Une volontaire probablement, bénévole probablement, ou peu payée ; mais, honnêtement, n'aurait-on pas pu embaucher quelqu'un d'un peu plus énergique, ne serait-ce que pour réconforter des gens tels que lui ? Il se sentit faiblir au moment de signer le registre et, quand elle lui demanda deux dollars, il se demanda comment diable il allait arriver à tirer les deux coupures de son porte-billets bien garni. Il marmonna quelque chose de volontairement incompréhensible et se mit à farfouiller dans son barda. Il marmonna et ronchonna jusqu'à ce qu'elle perde patience et retourne dans l'enceinte de son bureau. Il en profita alors pour dégager une liasse de billets et en tirer ce qu'il espérait être deux billets d'un dollar et non deux de cent. Il les fourra dans une poche de son pardessus de cachemire. L'argent dans ce pays était un sacré problème : les billets avaient tous la même taille. Un sourire lui vint alors qu'il attendait le retour de la femme : il pensait au jeune Alex Holdsworth et aux difficultés qu'il avait eues pour escroquer ses partenaires de poker, des billets de la même taille étant *indispensables* à la réussite du tour. Il pouffa. Voilà un gamin qu'il ne regrettait pas d'avoir connu. Il se demanda s'il le reverrait un jour, dans la mesure où lady Cray...

– ... y passer la journée !

Il se rendit compte qu'il était resté planté là avec un sourire crétin sur le visage. Il tendit alors les deux dollars et elle lui indiqua une chambre en lui signalant qu'il ne pourrait s'en servir avant dix-neuf heures. Melrose commença à mettre son chariot en branle puis il s'immobilisa et demanda :

– Excusez-moi, connaîtriez-vous un pensionnaire qui s'appelle Wes ?

– J'suis pas les pages jaunes.

– Non. Excusez-moi.

Il s'en alla.

Il y avait quatre lits, chacun avec des draps minces mais très propres et une couverture couleur souris roulée au pied. Sur l'un d'eux, le plus proche du mur, était assis un vieil homme au corps émacié. Il regardait le mur. Ses lèvres bougeaient avec régularité. Il prie, se dit Melrose.

Un homme beaucoup plus jeune était assis sur le lit voisin, une guitare contre la poitrine. Ses cheveux lui arrivaient aux épaules, ils étaient très sombres, comme de l'acajou ciré. Sa moustache était épaisse et ses yeux bruns plutôt ironiques. Il fit un signe de tête à Melrose et effleura les cordes de sa guitare, sans jouer vraiment, produisant un bruit doux et simple.

Melrose regarda la pièce, se demandant quelle pouvait être la marche à suivre. Il ne pouvait, il en était sûr, abandonner là son chariot.

– Tu peux prendre celui que tu veux. Installe-toi. T'en fais pas s'ils t'ont dit de pas utiliser la chambre avant la nuit. Mon nom, c'est Jerry.

Il porta deux doigts à son front en guise de salut ironique.

– Hum. Mel. Enchanté.

Melrose avança jusqu'au lit de Jerry et tendit la main. L'homme avait une voix traînante, agréablement douce, aussi décida-t-il d'engager la conversation.

– Tu n'es pas d'ici. Tu parles pas comme les gens de Baltimore. D'où viens-tu ?

Les yeux sombres observaient Melrose.

– Baton Rouge. Et toi ?

Melrose gonfla les joues.

– Je suis anglais, en fait.

Il se trouva un peu formel, aussi ajouta-t-il :

– Un Brit, quoi.

– Sans blague !

Le ton était plat et la note de surprise totalement feinte. Jerry se retenait de sourire.

– J'aurais jamais imaginé, Mel.

– Oui. Ouais. Tu sais, ça va pas du tout là-bas...

– Avec un accent pareil, je veux bien le croire.

Quoi ? Melrose avait toujours cru avoir un accent plutôt acceptable. Que voulait dire ce Jerry ? Il était vautré là, un bras autour de la guitare comme si ç'avait été un bébé, et soufflait sa fumée au visage de Melrose.

– Je viens de Newcastle. Le nord de l'Angleterre.

Il doutait fort que Jerry puisse faire la différence.

– C'est dur, là-bas. Les pires problèmes de chômage d'Angleterre. Les bureaux de placement, on les appelle les farces et attrapes.

Melrose, qui prenait goût au sujet, se sentit un peu frustré par l'interruption de Jerry.

– Clope ?

Il lui tendait son paquet, d'où sortaient deux Marlboro.

– Ah, merci !

Son propre étui à cigarettes en argent était au fond de la poche de son pardessus, près du porte-billets.

– Merci bien, ajouta-t-il le plus rudement possible.

– Sûr.

Le sourire réapparut dans les yeux de Jerry.

Mais enfin, comment, bon Dieu, avait-il cru se sortir de cette situation absurde ? Il avait commencé par prendre la grosse bonne femme de l'entrée pour le concierge du *Dorchester* et, maintenant, il essayait de faire croire à cet homme qu'il pointait au chômage.

Jerry lui demanda :

– T'es comédien ou quoi ?

Melrose s'attendait à tout sauf à ça.

– Comédien ?

– Ouais. Tu travailles ton personnage, ou quoi ? Tu t' fais passer pour un vagabond.

Melrose se concentra sur la braise de sa cigarette et considéra cette éventualité. Jerry reprit :

– C'est quoi le film ? *Le Joyeux Sans-abri* ?

Il semblait vraiment prendre toute cette histoire avec humour. Il souriait, Melrose rit.

– Tu es vachement malin. Comment me suis-je trahi ?

– Oh, *puuu*tain...

Jerry noya plus ou moins son juron dans un flot de salive et il se passa la main sur la bouche.

– A vrai dire, Mel, j' suis pas très futé. J' suis même con, sinon je s'rais pas là. Faut pas l' prendre mal, mais pourquoi y z'ont pas choisi un *vrai* Anglais ? Michael Caine, par exemple ?

– A vrai dire, Caine n'a pas le bon accent. Le nord de Londres, East End, ça, c'est Caine.

– Alors ça, c'est *raide* ! Il a pas l'accent, et *toi*, tu l'as ?

– J'ai le physique du rôle.

– Et c'est quoi, l'histoire ? L'histoire du film ?

– Eh bien... c'est un Anglais qui essaie de résoudre l'énigme d'un meurtre de sans-abri.

Jerry se laissa tomber sur son oreiller, la main sur le front.

– C'est con, mec. C'est vraiment con. Mais c'est Hollywood.

Melrose ravala son envie de rire.

– Tu l'as dit.

– Tu peux laisser tomber ton accent, mon vieux.

– J'aime mieux pas. C'est un bon exercice.

– Et qui c'est qui le fait ?

– Fait quoi ?

– Le film, mec. Le film.

Melrose fit passer sa cigarette d'un coin de la bouche à l'autre.

– Barry Levinson.

Jerry se gratta la poitrine et contempla le plafond.

– Ce nom me dit quelque chose.

– Tu as vu *Diner*, non ? Avec Mickey Rourke.

Jerry fit claquer ses doigts.

– Merde, oui ! Grand film. Et qui est dans celui que tu fais ?

Melrose arracha à son manteau un bouton noir qui ne tenait plus guère.

– Annette Benning.

Jerry s'assit brutalement.

– Non, bordel, non ! Putain, mec, t'as vraiment le cul bordé de nouilles ! Elle est superbe.

Cette Annette Benning, ce devait être quelque chose. D'un ton un peu narquois, il répliqua :

– A Hollywood, tout le monde est superbe.

– Ouais.

– T'es là depuis longtemps ? A Baltimore, je veux dire.

Jerry haussa les épaules et gratta sa guitare.

– Six, sept mois.

Melrose se dit qu'il ne pouvait pas demander s'il aimait la ville. Mais Jerry reprit :

– Je m'étais trouvé un bon petit commerce à Baton Rouge. Un truc peinard. Mais l'affaire a capoté, comme partout. Impossible de retrouver du taf... Ma femme s'est tirée. Le truc habituel, ajouta-t-il avec un haussement d'épaules.

– Je suis désolé.

Jerry ne fit aucun commentaire. Il était maintenant assis au bord de son lit, observant le chariot.

– D'où ça vient, ce merdier ? C'est un accessoire ?

– C'était à un sans-abri, un certain John-Joy.

Il attendit une réaction, mais Jerry était captivé par un des livres qu'il avait extrait du chariot. Melrose continua :

– Je crois qu'il venait souvent ici.

– Venait ?

– Il est mort.

Jerry leva les yeux et regarda dans le vide.

– John-Joy. Ouais, attends un peu... Je crois qu'on m'en a parlé une fois ou deux. Un peu timbré.

– Il avait un ami, Wes. Connais-tu un Wes ?

Il n'y avait apparemment pas beaucoup de distractions dans cet endroit : Jerry ne songeait pas à s'interroger sur l'intérêt qu'il portait à John-Joy.

– Putain, tout le monde ici connaît Wes. Il fait presque partie du personnel, maintenant. Suis-moi, je sais où on peut le trouver.

– C'était la maison d'un nabab, ici.

Ils traversaient le hall, Melrose poussant son chariot qui grinçait. Une des roues se mettait en travers et il était obligé de la redresser à coups de pied.

– Une maison privée, expliqua Jerry. Là-bas, c'était la salle de bal. A la fin du siècle, peut-être. Y a peut-être quelque chose dessus dans les registres qu'y a dans ton chariot, ajouta-t-il en riant.

La pièce du bout du hall était immense, de la taille, comme l'avait dit Jerry, d'une salle de bal. Quelques hommes y traînaient, adossés au mur ou debout tout simplement, à regarder le grand Noir qui en occupait le centre. Avec un très vieux ballon de basket, il dribblait contre le sol trop dur, ou plutôt il essayait.

– Wes, fit Jerry avec un signe de tête vers le Noir. Wes était un pro. Y a dix ou quinze ans. Il est tombé dans la drogue – crack, coke, la merde, quoi. J' peux te dire que moi, jamais j' me mettrai dans cette connerie. Wes était un grand joueur. Il lui reste quand même un peu de jus, hein ?

Oh oui, se dit Melrose, un peu ! Il s'éloignait du centre de la pièce avec le ballon, arrière, avant, mains, sol, vers le « panier » au bout du hall. C'était une vieille corbeille à papier au fond découpé, fixée à un panneau de bois, lui-même fixé au mur. Le bras de Wes se détendit. Le ballon s'accrocha un instant au bord découpé et retomba dans les mains du Noir. Puis, alors qu'il remontait ce qui devait être un terrain de basket, deux hommes surgirent de l'ombre où ils se tenaient et s'interposèrent, comme des obstacles, essayant d'intercepter le ballon. Wes dansait autour d'eux. Il semblait jouer au cœur d'un champ magnétique, lui et son ballon, car le ballon ne voulait à aucun moment se séparer de ses mains. Une main qui jaillissait, ramenait la balle à elle. Des doigts de magicien.

– Hé, Wes ! fit Jerry.

Le Noir feinta à gauche pour éviter ses deux partenaires. Le ballon rebondissait, Wes ne transpirait pas.

– Jer, fit-il. Qui est ton ami ? Super chapeau, mec.

– C'est Mel. Il veut te parler.

– D'un ami, dit Melrose. John-Joy.

Wes plissa le front.

– T'es d'où, mec ?

Jerry se mit à rire.

– De la Côte, t'as pas deviné ?

– On parle pas comme ça sur aucune putain de côte que je connaisse.

– C'est un foutu *acteur*, Wes.

– C'est ça. Et moi, je suis ce con de Kevin Costner.

– Va t' faire foutre, Wes.

Visiblement, Jerry n'aimait pas voir ses affirmations remises en question.

– Va te faire foutre, mec. Pourquoi il pose des questions sur ce con de John-Joy s'il est pas flic ?

– Putain, mec, il connaît Annette *Benning* !

Melrose attendait la fin du charmant badinage pour en venir à ce qui l'intéressait. Les deux hommes échangèrent quelques bourrades, puis ils se calmèrent et regardèrent Melrose. Bon, qu'allait-il dire ? Il attendit un moment, les regarda et se résigna.

– Bien, je ne suis pas un flic et je ne suis pas un acteur. Désolé, fit-il pour Jerry. Je ne connais pas Miss Benning. J'ai joué le rôle que tu m'as fait jouer parce que tu ne me croyais pas. Je suis anglais, je te l'ai dit.

– Ton accent est *vrai* ?

Melrose ne savait pas vraiment comment prendre sa surprise mais il dit :

– Oui, il est vrai. Il est authentique. L'histoire que je t'ai racontée, celle que tu trouvais conne ? L'enquête sur le meurtre ? C'est la vérité. Je sais que si c'était un film personne n'y croirait, mais un de mes amis est de Scotland Yard. Je suis à Baltimore avec lui. Cette histoire – et là Melrose posa une main sur son cœur – est la sacrée putain de vérité. Vraiment.

– Hii, *hii*, fit Wes. Tu lui ressembles, à John-Joy.

Wes frappa ses solides pectoraux du plat de la main.

– J'ai trouvé le joint, j'ai trouvé le joint.

– Que voulait-il dire ? De quoi parlait-il ?

Ils quittaient la salle de bal et remontaient le hall en direction de la chambre de Jerry. Wes, parfois, repartait en arrière, dansant autour de sa balle.

– Il avait l'air de croire qu'un jour il serait célèbre.

– Célèbre, fit Melrose.

Il était désormais inutile de dissimuler ses biens. Il fouilla la poche de son pardessus enfoui, retira son étui à cigarettes en argent repoussé et le présenta à la ronde.

– Quelles chances d'être célèbre avait ce John-Joy ?

– J'en sais rien. C'est ses affaires ? On dirait. Il traînait ce merdier partout.

Wes extirpa un des livres.

– Il s' contentait de répéter ses conneries. « J'ai trouvé le joint, j'ai trouvé le joint ! »

– Il ne s'est jamais expliqué ?

– Non, jamais. Juste des conneries sur sa famille.

– Quel était son nom ? Son nom de famille ?

– J' sais pas. Il s'appelait aussi Joiner. John-Joy, c'était un diminutif.

Wes examinait les gants de Melrose, les tournant et les retournant.

– Pourquoi un foutu flic de Scotland Yard s'intéresse à John-Joy ?

– Un commissaire de police judiciaire. En fait, il n'est pas venu pour John-Joy. Il enquête sur un autre meurtre. Mais il y a des raisons pour croire que le meurtre de John-Joy est lié à celui-là.

– Lequel ?

– Un homme, à Philadelphie.

– Jamais entendu John-Joy parler de Philadelphie. Y s'est passé quoi, là-bas ?

– Un homme nommé Philip Calvert a été assassiné. Par balles. Dans le nord. Vous avez dû le lire dans les journaux.

– Je m'en rappelle pas.

Wes s'était passé l'écharpe de soie au cou et la caressait du plat de la main.

– Et pourquoi Scotland Yard s'occupe de ce type ? demanda Jerry, qui se livrait au même manège avec le pardessus de Melrose.

– C'était le neveu d'une femme qui vivait à Londres. C'est une longue histoire. Pourquoi ne l'essaieriez-vous pas ?

– Avec plaisir, fit Jerry en enfilant le pardessus.

Wes essaya les gants.

– Tu crois que quelqu'un avait une raison de tuer

John-Joy? C'est pas – comme disent les journaux – « une vie sacrifiée sans raison » ?

– Il doit y avoir une raison. Vous êtes très élégants comme ça, tous les deux.

Il consulta sa montre, à la fois pour l'heure et pour voir s'il l'avait encore.

– Je suis ravi de votre aide mais je dois m'en aller.

– J'imagine que tu veux reprendre tes affaires, soupira Wes en faisant glisser l'écharpe de son cou.

– Oh ! ce ne sont pas mes affaires. Elles sont à John-Joy. Gardez-les.

– *D'accord*, mec.

Tous deux serrèrent chaleureusement la main de Melrose.

27

L'oiseau au plumage poussiéreux se mit à crier au moment où Melrose entrait dans la boutique d'Aliceanna Street.

– Ah-plus... Ah-plus, coassait-il, ruinant nettement l'effet du poème de Poe, avec son air de ne vouloir qu'un autre biscuit.

Melrose se défit rapidement de son horrible manteau et des mitaines effilochées et se mit en quête d'habits plus convenables. Il se rappelait avoir vu, parmi les vêtements anciens qu'il y avait là, toute une garde-robe masculine qui, au moins, lui permettrait de retourner à l'*Amiral Fell* sans être pris pour un chemineau.

Tout en essayant une veste de smoking de velours, il examina un instant le perroquet qui clopinait dans sa cage. Et s'il installait ce genre d'oiseau – un modèle au plumage plus brillant, bien sûr – à Ardry End? Pourrait-il lui apprendre à dire « Agatha! Agatha! » afin de rendre sa tante folle? Ou, du moins, l'éloigner de ses terres? Avait-il agi à la légère en ne l'emmenant pas avec lui pour qu'elle retrouve ses parents du Wisconsin? De toute manière, elle ne serait jamais restée aux États-Unis. Il pourrait peut-être entraîner un oiseau à crier « Vampire! Vampire! » à Vivian. Ce serait aussi très amusant d'en avoir un au *Jack and Hammer* qui glapirait « Gin! Gin! » dans les oreilles de Mrs. Withersby. C'est ainsi que Melrose promena l'oiseau dans tout Piddleton avant de remarquer la fillette qui regardait la vitrine. Il l'avait déjà vue, la veille, se dit-il. Elle était lourdaude, assez vilaine, et faisait du lèche-vitrines. Elle fixait pourtant le fond de la boutique comme si elle cherchait quelqu'un.

Elle avait treize ou quatorze ans, quelques années de plus que Jip, et un air désagréablement dur. Soudain une voix venue des ombres de la boutique lui demanda ce qu'il voulait.

Là, ce doit être la tante, se dit-il en distinguant une ombre plus sombre parmi les ombres. Une femme vêtue de noir, ou plutôt emmaillotée à la manière des momies dans un tissu noir, avec un turban noir autour des cheveux, était assise et fumait une cigarette. Il découvrit, en approchant, que le seul élément coloré de sa tenue était le rouge sang de ses ongles. Le rouge à lèvres, appliqué d'une main généreuse, était d'un brun-rouge sombre. Le vêtement qui l'enveloppait était une sorte de châle géant, enroulé plusieurs fois autour de ses épaules, qui lui ligotait le haut des bras contre le corps. Sous le turban noir, son visage était pâle comme une pierre de lune. Une compagnie bien sinistre pour une petite fille. Elle lui demanda une nouvelle fois ce qu'il désirait, un peu comme s'il l'avait interrompue pendant son thé.

– Oh ! je cherche juste quelques vieux vêtements, dit-il en avançant entre les portants que Jip aimait tant.

– De quel genre ? demanda-t-elle.

Melrose soupira en brandissant une espèce de long manteau. Il avait horreur des boutiques, il se faisait faire ses vêtements sur mesure uniquement pour éviter l'ineptie des questions des vendeurs. Il suffisait de leur donner une prise en répondant à la première question pour voir arriver la deuxième, la troisième...

Mais, se dit-il en s'emparant d'un chapeau claque, le vide a besoin d'être rempli. Melrose avait horreur des parlotes qui servaient à remplir ce vide. Il se doutait bien que ce défaut le rendait insupportable mais, se dit-il en se jetant une cape de soirée sur les épaules, pour être honnête, il se fichait éperdument que les gens le trouvent intolérant. C'était mieux que de se retrouver embarqué dans une suite de révérences verbales et d'échanges sans suite servis afin d'apaiser les dieux des relations sans intérêt. Il se regarda dans le trumeau, l'air espiègle, et se coiffa du chapeau haut de forme. Il avait déniché une paire de gants blancs, cueilli une canne en ébène à une potiche chinoise remplie d'ombrelles en lambeaux et la fit tournoyer. Il ressemblait à un croisement de Fred Astaire et de Dracula. Ce qui lui fit penser à Vivian et à son voyage à Venise. Il soupira et retira le chapeau et la cape.

– C'était élégant, fit la Tante Noire depuis son antre d'ombres.

Il décrocha de son cintre une veste noire à revers brillants. Qu'avait dit Jury à propos de Vivian ? Il enfila la veste et s'enroula autour du cou une écharpe mangée aux mites. Ça pourrait peut-être convenir ? Ses pensées revinrent au fiancé de Vivian, celui d'il y avait plusieurs années, le propriétaire de *The Man with a Load of Mischief* (qu'il aurait dû acheter, ne serait-ce que pour l'empêcher de tomber dans des mains étrangères – déveine des déveines !). Dieu, cette femme n'avait-elle donc aucun bon sens ? Coiffé d'un melon noir et vêtu de l'étincelante veste noire aux manches trop courtes, il se demandait s'il ne ressemblait pas à Chaplin.

– Je ne crois pas que cela convienne.

Oh, la ferme ! pensa-t-il en retirant la veste. Il prit autre chose au portant. Bon, bien entendu, ils savaient tous que Vivian ne voulait pas épouser Franco Giopinno, mais qu'elle ne savait tout simplement pas comment se désengager avec grâce. Tout à coup, il repensa au carnet et se mit à s'en inquiéter. Trueblood l'avait certainement repêché du seau. Il se donna quelques coups de cravache sur la cuisse. Il ne savait même pas d'où elle sortait !

– Pratiquez-vous la chasse à courre ? Nous avons quelques bonnes chasses dans le coin.

Il vit dans le miroir qu'il avait mis une veste rouge sans même s'en apercevoir. Il l'enleva et prit un cache-poussière marron. Ses pensées allaient maintenant à Polly Praed, à Littlebourne. Il y avait des années qu'il ne l'avait pas vue. Polly au regard d'améthyste. Et à la langue de vipère, se souvint-il. Mais après tout, Polly avait toujours été amoureuse de Richard Jury. Du moins le croyait-il. Il ôta le cache-poussière et prit un autre vêtement. Mais bon, n'était-ce pas le cas de la plupart des femmes ? Il fronça les sourcils, se posa quelque chose sur le crâne, en se disant qu'en fait Ellen Taylor n'avait montré aucune faiblesse dans les genoux quand Jury avait fait son apparition. Elle avait l'air de l'apprécier, certes, mais ne le lorgnait pas. C'était intéressant, se dit-il en s'enroulant quelque chose autour du cou, désormais plongé si profondément dans ses réflexions sur les femmes qu'il connaissait qu'il n'enregistrait même pas son propre reflet. Et puis, pourquoi s'en faire ? Tout cela était à cause de Jury, après tout. N'était-il pas apparu à Long Piddleton avec un air terriblement satisfait de lui-même ?

Melrose fronça les sourcils. Seigneur, Jury n'était tout de même pas *amoureux* de cette lady Kennington ! Allait-il une fois de plus se fourrer dans quelque embrouille sentimentale ? Melrose tripota un jabot et pensa à Ellen. Ellen avec qui il ne pouvait s'empêcher d'être protecteur. Il était bien obligé de reconnaître qu'elle savait économiser ses mots – dans ses livres, surtout. C'était ça qui rendait l'histoire de Sweetie si intéressante ? Son économie ? Pauvre Ellen. Pauvre ? Comment quelqu'un doté d'un tel esprit pouvait-il être « pauvre » ? Dieu, comme il pouvait être condescendant ! Habillé de lourds vêtements, il s'était approché de la table où reposait le stéréoscope. Son esprit avait enregistré que la voix de l'ombre ne parlait plus et il se souvint avoir perçu un froissement, un grincement et puis le délicat frisson du rideau de perles. La Tante Noire, conclut-il, avait peut-être quitté la pièce.

Un passage de *Fenêtres* lui revint au moment il insérait une photo de l'hôtel *Saint-James* dans l'appareil et, en la regardant, il se demanda si le bâtiment existait du temps de Poe. Comme le style de Poe était baroque, comparé à celui d'Ellen ! Violette, vraiment. Et pourtant... aussi incroyable que cela paraisse, et pour autant qu'il partage l'avis du conservateur, c'était quand même possible. Possible, oui, mais hautement improbable. Melrose abaissa le stéréoscope.

Il regarda autour de lui. Qu'est-ce qui lui chatouillait l'esprit et qu'est-ce qui lui chatouillait le menton ? Il écarta la question. L'oiseau coassa « Ah-plus ! » et Melrose glissa une autre double photo dans le stéréoscope. Le petit groupe, devant la gare. Les mêmes personnes, dans l'image suivante, descendaient de la voiture à cheval... Il se demanda alors ce qui pouvait être arrivé à Edgar Poe après qu'il eut quitté une voiture similaire, au cours de la nuit où il mourut (ou presque). Événement que personne n'avait pu relater. Le hall du *Saint-James.* Les palmiers en pot, les longs chemins de tapis orientaux, et puis la salle à manger qui l'envahissait de nostalgie. Il soupira. « J'ai le joint ! J'ai le joint ! » Melrose revit Estes qui se frappait la poitrine pour imiter John-Joy. Y avait-il quelque chose là, dans une poche ? La poche de poitrine d'une chemise ou d'une veste ?

Melrose tourna la poignée de bois sans grande conviction et songea au manteau de John-Joy. Qu'avait fait la police avec les vêtements ? Avaient-ils tout examiné ? Avaient-ils regardé dans toutes les poches ?

– Tu es ravissant.

Melrose fit volte-face. Il n'avait pas entendu la porte s'ouvrir.

Jury et Wiggins étaient là, les yeux fixés sur lui. Il émergea de sa rêverie et se rendit compte qu'il tripotait un boa de plumes. Il se planta devant le trumeau et s'aperçut qu'il avait passé, en plus du boa, un châle espagnol en soie rouge et un turban volumineux, doré et couvert de pierreries. Enfer !

– Il y a deux ou trois bars dans le coin qui pourraient t'aller, fit Jury. Mais évite le *Cheval,* si tu vois ce que je veux dire.

Aussi vite que possible, Melrose arracha le turban, le châle et le boa.

– Je m'achète quelques vêtements anciens, fit-il en enfilant la cape de soirée.

– C'est tout à fait toi, fit Jury.

– Tout cela, au cas où tu t'en inquiéterais, était indispensable pour obtenir des informations des habitants de Cider Alley.

– Tu étais à Cider Alley, vraiment? As-tu obtenu des informations?

– Un peu. Que faites-vous là?

– Je voudrais m'entretenir avec la petite fille.

– Jip? Elle doit être dans l'arrière-boutique. La tante était là.

De la paume, Melrose frappa la cloche du comptoir.

– Qu'est-il arrivé à tes vêtements? Mais peut-être ne dois-je pas poser la question?

– Je les ai donnés. Voici Jip.

Jury examina la gamine qui venait d'écarter le rideau de perles. Elle était très jolie, belle même, avec une peau couleur de coquillage, que nacrait la lumière de la lampe Tiffany. Ses cheveux étaient brun-roux. Le rideau retomba derrière elle avec un bruit de carillon.

– Que puis-je... Oh, salut!

Elle sourit à Melrose.

– Je ne vous avais pas reconnu, habillé comme ça.

– Non, mais ta tante m'a trouvé très élégant. Je crois que je vais la prendre. Ça doit coûter – il examina l'étiquette – soixante-quinze dollars. J'ignore ce que veulent mes amis.

Melrose s'éloigna vers le chariot qu'il avait caché au milieu des vêtements et des tapis.

– Un cadeau, fit Jury en souriant à Jip. Pour une amie, une jeune dame.

Jip ne dit rien, se contentant d'acquiescer.

– Quelque chose de vraiment coloré. Mais je ne sais pas quoi. Des vêtements? Des bijoux?

Il se pencha au-dessus d'une vitrine. Il examina longuement les anneaux et les colliers, les pierres semi-précieuses, puis il hocha la tête.

– Je ne vois pas. Tu as une idée ?

Sur l'étagère, derrière elle, étaient assises des poupées, en rang, toutes un peu fatiguées et poussiéreuses. C'était une assemblée à tendance plutôt internationale dans la mesure où chacune portait un costume compliqué.

– Ça, c'est joli. Ces poupées.

Jip se gratta le coude et leva les yeux vers lui. Elle avait un air illuminé par l'inspiration.

– Elle aime les poupées ?

– Je crois bien.

La fillette avait un regard si avide qu'il aurait détesté dire « Non, elle est trop âgée ».

– Je pose la question parce que j'ai une Barbie que je ne vendrais pas cher. C'est typiquement américain. Si je la vends, c'est parce que j'économise pour en avoir une nouvelle.

– D'accord, montre-la-moi.

Elle disparut derrière le rideau et, moins d'une minute après, elle était de retour derrière le comptoir avec la poupée. La poupée avait une éblouissante chevelure cuivrée et était habillée d'une sorte de costume de western – chapeau de cow-boy, chemise brodée, et même un lasso.

– Les nouvelles font des tas de choses. J'aimerais avoir soit la rock star, soit la sirène. Les cheveux de la sirène changent de couleur quand on les mouille.

– Incroyable ! Mais celle-ci semble ne rien faire du tout.

Son air soudain triste lui dit que oui, c'était la triste vérité.

– Mais elle est en parfait état.

Jury sourit. Une phrase sans aucun doute apprise en observant sa tante.

– Combien en demandes-tu ?

– Est-ce que cinq dollars serait trop cher ? dit-elle d'un ton hésitant.

– Je ne crois pas. Écoute, si elle a de quoi se changer, j'irai jusqu'à dix dollars.

La lumière de son regard s'éteignit alors qu'elle secouait tristement la tête. Peut-être que le marché ne tenait plus ?

– Ne t'inquiète pas, fit Jury en laissant son regard courir sur le rang de poupées perchées derrière elle.

Il remarqua une poupée mâle, supposée figurer un prince des Mille et Une Nuits à en juger à son pantalon bouffant, son gilet écarlate et son cimeterre.

– Tu vois celui-là ? Apporte-le-moi pour voir.

Les deux poupées étaient approximativement de la même taille.

– Tu crois que les vêtements du prince lui iraient ?

Enthousiaste et sans l'ombre d'une gêne, Jip dénuda les seins de Barbie et échangea le jean pour le pantalon de gaze.

– C'est équitable.

Ils regardèrent tous les deux les poupées dans leurs nouvelles tenues. Jury aimait bien l'Arabe moustachu à la peau olivâtre habillé en cow-boy. La Barbie rousse aux yeux bleus était, comme Carole-Anne, en parfait état.

– Il lui manque un turban.

Jury attira à lui une boîte de mouchoirs, de foulards et de fichus. Il en extirpa un col lamé or, certainement rescapé d'une robe de soirée.

– Si on pouvait le couper... Une minute.

Il alla à l'endroit où s'était installé Melrose, au milieu des vêtements d'époque et du contenu de son chariot. Il inspectait une veste marron à revers de satin. Sur le sol gisaient une vieille couverture militaire, une seconde couverture à motif vaguement indien, un pantalon rayé (qui n'allait pas avec la veste), quelques T-shirts, des livres, des souliers qui avaient perdu leurs talons.

Jury s'empara du turban aux pierreries.

– Si tu n'as plus besoin de ça...

Très drôle, pensa Melrose en jetant un regard noir au

dos de Jury qui s'éloignait avant de revenir à l'examen de la veste marron. Rien dans la poche de poitrine. Il n'y avait rien non plus dans les poches du pantalon, ni dans celles de la chemise à carreaux.

Melrose souleva les livres, un par un, les secoua, dos en l'air. Rien n'en tomba. Il retourna celui qu'il tenait à la main, un volume large et mince qui avait l'air d'un vieux registre d'hôtel avec des dates remontant au XVIIIe siècle. Comment l'homme était-il entré en sa possession ? Ce n'était pas un registre d'hôtel, mais plutôt un registre d'église. Il le réserva pour l'examiner plus tard et ouvrit le livre suivant.

– Comme celui-ci, dit Jury devant le turban qu'il avait posé sur le comptoir. Je te donnerais volontiers, disons cinq dollars supplémentaires, pour lui faire un turban. Ça fera quinze dollars en tout.

Jip répondit qu'elle se débrouillait très bien avec une aiguille et du fil et qu'elle couperait et coudrait le turban dès le soir même.

– Mais vous pouvez emporter la Barbie maintenant, fit-elle en plongeant derrière le comptoir pour trouver du papier.

– Oh ! j'attendrai que tu aies terminé.

Jip se retourna vers le rideau auquel elle jeta un regard anxieux.

– Je crois que vous devriez la prendre.

Bien sûr ! L'échange de vêtements n'avait pas reçu la bénédiction de la tante. Il se demanda s'il n'allait pas acheter les deux poupées, au cas où.

Mais elle lui assura que tout irait bien. Si jamais sa tante s'apercevait de quelque chose, eh bien, elle aurait toujours les cinq dollars qu'il avait donné pour la tenue du Prince. Et elle se mit à emballer la poupée.

– J'ai vécu en Angleterre, dit-elle.

– Vraiment ? Tu sais, tu as un peu l'accent.

Elle ne répondit rien, se contentant d'appliquer des morceaux de Scotch sur les extrémités du paquet.

– Tu y étais il y a combien de temps ?

Jip réfléchit un instant.

– Cinq ans, je crois. J'avais cinq ans. Ou peut-être six. Ça fait peut-être six ans.

– Quand j'avais six ans, il y avait la guerre. Il y a longtemps, bien sûr. Mais je n'oublierai jamais. A cause des bombes.

Elle leva les yeux vers lui, inquiète.

– Elles vous sont tombées dessus?

– Sur tout le monde à Londres. Beaucoup de gosses ont été évacués, on nous a envoyés chez des gens, à la campagne.

Ses mains s'immobilisèrent sur le paquet et elle garda les yeux baissés.

– C'était une époque difficile.

– Avec qui vous viviez? demanda-t-elle prudemment.

– Une famille, dans le Somerset. C'était loin.

Son regard ne cessait de dériver vers les vitrines de l'avant de la boutique. Jury finit par se retourner pour voir ce qu'elle regardait: dehors, une fillette plutôt grosse observait l'intérieur. Jury fronça les sourcils. Une copine? Une copine de classe, sans doute. Mais elle n'avait pas l'air d'une copine, pas avec une telle expression.

Quand il revint à Jip, il se rendit compte qu'elle avait baissé les yeux. Elle regardait le paquet fixement, ou, du moins, en donnait l'impression. Son visage avait rougi, de l'écarlate marbrait sa peau claire.

– Une de tes amies? demanda-t-il.

Elle secoua la tête. Puis elle acquiesça, lentement.

– Elle s'appelle Mary Ann. Elle est dans mon école.

Sa voix était triste. Jury considéra Mary Ann un moment.

– Dans le Somerset, ma mère n'était pas avec moi. Je devais, bien entendu, aller à l'école; on n'a jamais pu échapper à l'école. Et que l'école soit nouvelle, c'était pire. Être le nouveau, c'est toujours un calvaire.

– Je hais l'école.

Son regard avait encore papillonné jusqu'à la vitrine.

Puis elle se détendit légèrement. Jury se tourna vers la vitrine. La fillette était toujours là, immobile.

– Moi, je haïssais particulièrement celle du Somerset, parce qu'il y avait une brute...

Une voix derrière Jury, celle de Melrose Plant, demanda :

– Et ses habits ? Est-ce que cet inspecteur que tu as rencontré a vérifié ses habits ?

– Ceux de John-Joy ? Oui. Il n'y avait rien. Pourquoi ? Qu'aurait-il dû rechercher ?

Melrose secoua la tête.

– Suis pas sûr. Le joint, c'est tout.

Il était planté, un vieux pantalon plié sur le bras.

– Le *quoi* ?

Jury n'obtint aucune réponse. Jip attira son attention.

– Et la brute ?

Jury ne pouvait pas penser, pas avec Plant, planté là avec son vieux pantalon plié sur le bras. Il le regarda en fronçant les sourcils et lui fit signe de s'éloigner. Puis il dit, d'un air vague :

– Il est arrivé quelque chose et il s'est mis à crier qu'il allait le rapporter au professeur...

– Quoi ? Que s'est-il passé ?

Jury réfléchit un instant.

– C'était étrange. Quelque chose appartenant à un des surveillants avait disparu. Il racontait que je l'avais pris, ce qui était faux.

Elle avait enroulé plusieurs fois le ruban de soie autour de son doigt et écoutait avec attention. Son expression avait changé, elle avait l'air plutôt déçue. Les deux situations n'avaient rien à voir.

– Mais ce n'était pas tout, ajouta Jury. Je crois que c'était *lui* qui l'avait volé.

Son expression se modifia encore. Cette fois, on y était.

– Et il a dit qu'il ne l'avait pas volé.

– Oui.

– Mais, et si vous l'aviez *vraiment* fait ?

A l'inquiétude de sa voix, Jury se dit qu'il serait plus prudent de faire comme si Jip avait elle-même commis quelque chose.

– Dans ce cas, ç'aurait été à moi d'en parler, ou de ne pas en parler, au proviseur. Lui, ça ne le regardait pas.

– Et s'il l'avait fait lui aussi ? La brute ?

– Tu veux dire, que se serait-il passé si nous avions tous les *deux* fait quelque chose ? Et qu'il ait voulu me dénoncer ?

– Par exemple.

– Dans ce cas, je crois que je n'aurais pas pu l'en empêcher. Ce qui ne veut pas dire que, moi-même, je me serais tu.

– La police vous ferait quelque chose ?

Jury se dit que le passé et le présent se mêlaient dans son esprit.

– A moi ? Non. Nous n'avions pas commis de crime.

Ils n'avaient, Jury et la « brute », rien commis du tout. Mais désormais, le climat était à la confession. La fillette ne se rendait pas compte que le récit de Jury n'avait, jusqu'ici, rien à voir avec un crime et l'intervention de la police. A la différence de sa *propre* histoire.

Melrose était revenu et il rôdait autour du comptoir en faisant celui qui n'écoutait pas tout en cherchant un prétexte pour le faire. Son intérêt passa du présentoir de bagues au turban dont il s'empara, son regard allant de Jip à Jury, et vice versa, alors que continuait leur conversation – plutôt sibylline, à son avis.

Melrose soupira. Après son conte baroque à propos de Julie et du traîneau, Jip semblait beaucoup plus intéressée par les confidences de Jury que par les siennes. D'autre part, elle ne paraissait pas se soucier du fait qu'il assiste à leur dialogue.

– Mais, et si la brute essayait de vous faire croire qu'il ne s'est rien passé *du tout* ? Que vous n'étiez pas là et que vous n'avez rien vu ?

Était *où* et vu, ou pas vu, *quoi*? Melrose s'interrogeait tout en enfilant une bague maçonnique à son auriculaire.

– Il ne pouvait pas me faire croire ça.

– Pourquoi?

– Parce qu'il était toujours là, derrière l'arbre.

Le « Oh? » de Jip était tout étonné.

– Tu comprends? S'il ne s'était rien passé, il n'aurait pas eu besoin de surgir de derrière l'arbre pour me faire peur. D'accord?

L'évidence du raisonnement était flagrante. Leur conversation reprit, tournant essentiellement autour de ce qui avait été dit jusque-là, comme s'ils piétinaient la vieille boue, la vieille peur, jusqu'à ce que Jip puisse parler de ce qui s'était passé.

– J'étais là, dit-elle soudain. *Nous* étions là, Mary Ann et moi, dans le cimetière.

Avant même que Jury n'ait pu ouvrir la bouche, elle s'empressa de continuer :

– Mais Mary Ann dit que je suis folle. Elle dit qu'il ne s'est rien passé.

Jip baissait la tête vers la poupée Barbie. Comme si la prétendue « folie » était plus difficile à regarder que la scène qui avait eu lieu dans le cimetière.

– Elle a dit que beaucoup de monde allait au cimetière cette nuit-là, pour voir l'homme mettre des fleurs sur la tombe.

Prudemment, Jury lui demanda :

– Et tu l'as vu?

Elle acquiesça.

– Je crois. Maintenant, je ne suis plus sûre de ce que j'ai vu. Nous étions cachées derrière des tombes, pas ensemble, mais dans différents endroit du cimetière. Puis on a entendu... *j'ai* entendu ce bruit, comme un cri. Mary Ann s'est certainement sauvée. Elle s'est sauvée et m'a laissée toute seule. Je suis restée. Il y avait quelqu'un sur le chemin, il était si près que je savais que je ne devais pas courir. Il m'aurait vue. Et j'ai senti quelque chose qui passait... j'avais fermé les yeux, je n'aurais pas pu regarder. Je me suis levée quand je n'ai plus rien entendu et je me suis enfuie. Je me suis égratignée après les buissons.

– Tu ne l'as pas vu ?

Elle secoua la tête violemment.

– Seulement qu'il portait une sorte de manteau noir... Si Mary Ann apprend...

– Tu n'as pas à t'inquiéter au sujet de Mary Ann.

Jury sortit son carnet et demanda son nom. Mary Ann Shea, nota-t-il. Puis il écrivit très soigneusement l'adresse des Shea. Il se comportait le plus formellement possible.

– Mary Ann ne viendra plus te surveiller, Jip. Je te le garantis.

Et, en effet, comme grâce à une sorte d'alchimie de Scotland Yard, Mary Ann avait disparu. Quand ils se retournèrent vers la vitrine, celle-ci n'encadrait rien d'autre que l'après-midi d'hiver.

28

– J'ai appelé Pryce, déclara Jury en rejoignant la table avec un pichet de bière.

Le *Cheval* se remplissait, un guitariste essayait de faire concurrence à ce que diffusait la grosse télé.

– Que va-t-il lui arriver ?

– A Jip ? Rien du tout. Pryce lui posera quelques questions, mais je l'ai prévenu qu'il n'était guère probable qu'elle puisse identifier celui qu'elle a vu.

– Pauvre Jip, fit Ellen en levant les yeux du livre ouvert devant elle.

Jury sirota sa bière en surveillant Wiggins qui versait des cuillerées de poudre blanche dans un verre d'eau.

– Mal de crâne ?

– Pardon ? Oh, ça ?

Wiggins observait – avec une espèce de bonheur, se dit Jury – le liquide entrer en effervescence et la blancheur opaline de la mousse recouvrir le bord du verre.

La musique du jeune guitariste était couverte par un bruit de jeu émis par la télévision. Un jeu qui semblait mettre à contribution des équipes de familles au grand complet.

Ellen soulignait des passages du livre de Vicks Salve avec une main lourde.

Et un cœur aussi lourd, se dit Melrose. Il était difficile de rester concentré alors qu'elle était assise tout près, à jurer et gémir en sourdine.

Wiggins sirota son Bromo-Seltzer et se lécha les lèvres.

– Bon, dit-il, je crois que nous devons présumer qu'il y a un lien. Sinon, nous n'avons aucun point de départ. Aucun.

– D'accord. S'il y a un lien entre John-Joy et Philip Calvert, et si les notes de Beverly Brown sont fondées, alors il y a un lien avec Patrick Muldare. En admettant que les initiales soient les siennes. Alan Loser dit que John-Joy traînait parfois devant la boutique avec Milos. Ils étaient amis, en quelque sorte. Et puis, Muldare dit qu'il n'a jamais entendu parler de Philip Calvert.

– Beverly Brown le connaissait, avez-vous dit, fit Wiggins.

– D'après Hester, oui.

– Écoutez ça, fit Ellen.

Lovey, immobile dans l'air surchauffé, à peine consciente du parfum entêtant des grappes de bougainvillées, regardait la longue enfilade de colonnes corinthiennes qui luisaient au clair de lune, et encadraient la porte à son extrémité. Elle sentait l'air salé qui venait de la mer, au rythme du flux et du reflux des vagues. Victor ! Ils avaient rendez-vous, où était-il ? Elle regarda en direction de la porte.

– Victor, laissez-moi deviner, aura subi un sort très semblable à celui de Maxim.

Elle referma violemment le livre, allongea un bras contre la table et y laissa tomber sa tête. Inconsolable.

Wiggins lui offrit une gorgée de Bromo-Seltzer qu'elle refusa.

– Le conservateur considère que le plagiat est plus grave que le meurtre, déclara Melrose.

Il avança la main et la posa sur ses cheveux. Elle ne bougea pas.

– Qu'en pensez-vous, Ellen ? demanda Jury.

– A propos de quoi ? fit Ellen d'une voix affaiblie par un chagrin qui semblait venir du flux et du reflux de la mer dont elle venait de parler.

– A propos de Patrick Muldare. Vous le connaissez mieux que nous.

Ellen refusait de lever la tête. Sa voix s'éleva, étouffée, de la table.

– Il ne s'intéresse qu'au football. En fait, il espère que son groupe obtiendra l'équipe.

– C'est ce qu'il a dit.

– Il va devoir mater Barry Levinson, annonça Melrose, qui regardait la télé où la plus boulotte des deux familles sautait en l'air en s'applaudissant. Ce sera plutôt dur de battre le type qui a réalisé *Bugsy* et qui connaît Annette Benning.

– Barry Levinson ? Annette Benning ? Qu'est-ce que vous racontez ?

Ellen tourna la tête et posa le menton contre son avant-bras.

– Avez-vous apporté d'autres pages du manuscrit de Poe ? demanda Wiggins.

Elle opina lentement du menton appuyé contre son bras étendu. Elle refusait catégoriquement de lever la tête et c'est sa main qui rampa vers son sac, tâtonnant dans son contenu comme celle d'un aveugle.

– Allons, fit Jury d'un ton câlin, lisez-le-nous.

Le menton toujours niché dans l'avant-bras, Ellen demanda, d'une voix plaintive :

– Vous y tenez ?

Jury acquiesça en souriant.

Sa tête se redressa, presque avec entrain, et elle sortit le manuscrit. Lovey pouvait bien tomber raide morte, dans le flux de la chaleur, ou ailleurs si ça lui chantait. Melrose était agacé. Quand ils s'étaient connus, dans les landes du Yorkshire, il avait cru Ellen imperméable au charme de Jury.

– Nous nous étions arrêtés au moment où M. P racontait qu'il avait découvert le mouchoir dans la cour. Avec ses initiales brodées dans un coin.

Wiggins les regarda un à un, résumant les faits au cas où ils auraient oublié l'intrigue.

Ellen toussota, le poing devant la bouche, fidèle à l'esprit des afflictions putrides.

Ma chère madame,

Que vous vous montriez insensible aux souffrances de M. Hilaire P... n'est qu'une preuve supplémentaire que le gentilhomme dont je parle n'est pas le « William Quartermain » que vous connaissez. Auriez-vous seulement traversé la chambre où j'ai passé tant d'heures, vous auriez compris. Vous êtes convaincue que M. P... ne faisait qu'employer un stratagème afin de me retenir, et ce pour des raisons que vous connaissez (du moins le prétendez-vous) mais que vous ne voulez me révéler. Permettez-moi de continuer mon récit...

Mon hôte brandit le mouchoir et me pria de l'examiner. Ce que je fis. Je vis effectivement la lettre « P », enlacée au « H » de son prénom. Il se leva alors et marcha jusqu'à une armoire du haut de laquelle il descendit une boîte d'ébène incrustée de nacre. Il l'ouvrit et la présenta à mon examen. La boîte contenait du linge, plusieurs mouchoirs identiques. Ils étaient du coton le plus fin et les initiales étaient toutes ouvragées de la même manière. Mon hôte parla.

- Me croyez-vous, maintenant ?

Je m'empressai de lui assurer n'avoir jamais douté de lui, sinon quand j'avais cru qu'il aurait pu rêver. Il sourit alors et dit avec un geste alangui :

- Cela n'a pas d'importance. Je voudrais vous demander, vous <u>implorer</u> de me rendre un service : de passer ce qui reste de cette nuit dans ma chambre.

Mon esprit fut aussitôt envahi par la plus inexprimable des terreurs.

- Il n'y a aucun danger ! s'exclama-t-il. Aucun. Sinon, jamais je ne vous aurais demandé cela. Il ne s'agit que de vérifier la réalité de mon aventure, et de ma santé mentale. Je dois savoir !

- Cher monsieur P..., fis-je le plus aimablement possible, et si je me trouve incapable de vous apporter la paix de l'esprit ? Que se passera-t-il alors ? Si ce duel ne devait pas se reproduire, ni revenir le cri du nom Violette ?

Le jeu était terminé et Melrose regarda le guitariste reprendre sa place sur son tabouret. Il n'était, après tout, pas si mauvais. Au moins, il jouait d'une guitare sèche. Melrose se demanda ce que Lou Reed aurait fait de l'histoire de Violette. (« Violette dit / En se relevant / Ce n'est qu'une histoire de cul / Et je ne t'aime plus. »)

– Arrêtez de chantonner, voulez-vous ? fit Ellen avec irritation.

– J'aimerais, dit Wiggins sur un ton de reproche, savoir ce qui est arrivé à Violette.

– Elle est morte, fit Melrose qui commençait à en avoir assez de ces âneries. Elle est sous le plancher, vous verrez. Edgar Poe jouait mieux de la guitare que n'écrivait Beverly Brown.

– Oh ! la ferme ! fit Ellen, froissant le papier alors qu'elle s'emparait de la page suivante.

Melrose se détourna pour écouter la voix joliment pleurnicharde du guitariste, une voix en contradiction avec les paroles de sa chanson.

– C'est, fit Jury, plutôt habilement compliqué.

– Le réseau d'autoroutes de L.A. aussi, répliqua Melrose.

Ellen reprit sa lecture :

- Alors, si vous ne voyez ni n'entendez rien, je devrai accepter ma propre...

Je le compris et dans le lourd silence qui suivit, mon esprit fut envahi par une grande perplexité et empli de confusion. Mais je finis par accepter, non sans insister pour que, avant de m'installer dans cette chambre, nous descendions dans la cour afin que je puisse vérifier qu'elle était close.

Nous descendîmes et, avec la seule lumière de nos lanternes pour percer la nuit d'encre, j'examinai la cour pavée. Il n'est guère aisé de décrire cette cour, qui ne fut pas longue à jeter sur mon esprit le noir manteau de suie de son impénétrable tristesse. Des murs nous entouraient sur trois côtés et sur le quatrième se trouvait la grille de fer, que personne - comme le révélait le cadenas couvert de rouille - n'avait franchie depuis des années. La fontaine à sec, les arbres flétris, les mousses spongieuses qui poussaient entre les pierres - tout, tout pouvait témoigner que personne n'avait jamais pénétré cette enceinte. Je n'étais pourtant pas satisfait. Car je persistais à croire (en dépit de vos protestations, madame) que M. P... était un homme aussi sain d'esprit que moi et que, cela étant, ces murs et cette grille avaient dû permettre l'entrée des compagnons de ses nuits sans sommeil : les bretteurs. J'allais d'un mur à l'autre, les mains contre les pierres humides, cherchant une entrée possible, secrète.

Et soudain, aussi fantastique que cela puisse paraître, je sentis les pierres froides gémir...

– Pas sous le plancher, intervint Melrose. Dans les murs.

Ellen et Wiggins le toisèrent. Jury examinait la page du manuscrit qu'Ellen avait lue et mise de côté.

– Comme c'est fatigant, fit Melrose en bâillant. C'est tout simplement *La Barrique d'Amontillado* qui recommence. Il est parti en la laissant emmurée.

– Ne faites pas attention à lui, dit Ellen en rangeant soigneusement la feuille dans sa chemise de plastique. Il essaie simplement d'être désagréable.

Wiggins ouvrit de grands yeux.

– Mais, Miss... Qu'est-il arrivé ? Y avait-il un passage secret, ou quelque chose comme ça ?

Ellen haussa les épaules et soupira.

– Je l'ignore.

Wiggins eut l'air atterré.

– Vous voulez dire que c'est la *fin* ?

– C'est tout ce qu'elle m'a remis. S'il y a une suite, je ne l'ai pas trouvée.

– Vous ne devriez pas vous balader avec, dit Melrose. Vous devriez l'apporter à la police. Ou à Owen Lamb. Ou à quelqu'un...

– Pourquoi, puisque c'est un faux ? fit Ellen avec une douceur acerbe.

– Un faux dangereux.

Jury éclata de rire.

Ils le regardèrent tous.

Il riait plus fort.

– *Bon*, quoi ? demanda Melrose.

Il retourna la page du manuscrit de manière qu'ils puissent la voir et désigna le paragraphe où était mentionné le mouchoir.

– Ce sont ces fichues initiales, « HP ». Brodées sur le mouchoir.

– Oui, et alors ?

– N'avez-vous jamais entendu parler de Helmsley Palace ?

Il se laissa aller contre son dossier et rit encore plus fort.

29

– Au *Nouveau Pauvre*, Hughie, fit Melrose, testant les connaissances du chauffeur de taxi.

En claquant, sa portière fit danser la poupée Bart Simpson au bout de sa ventouse. Les doigts de Hughie tambourinèrent contre le volant.

– Nou-vo Pov, répéta-t-il, hum... Ah, ouais ! Ce truc sur Howard tenu par un pédé – excusez-*moi* – je voulais dire *homo*, ce truc que tient le mec *homo*.

Alors qu'ils s'éloignaient du trottoir de l'*Amiral Fell*, Melrose se demanda si « mec homo » n'était pas contradictoire mais il préféra laisser courir. C'était déjà assez difficile d'empêcher Hughie de dire n'importe quoi, Dieu savait que Melrose n'avait guère envie de le voir se lancer dans un discours de militant.

– Tenez votre volant en conduisant, voulez-vous ?

Hughie avait un bras sur le dossier du siège avant et prenait les virages d'un doigt crocheté au volant.

– Et ne ralentissez pas en passant devant l'Aquarium, ajouta Melrose avec une voix en acier trempé en s'emparant de son *Guide des Étranger* et de ses lunettes.

– Les plus grandes raies du continent américain.

Hughie tentait de croiser le regard de Melrose dans le rétroviseur mais Melrose n'avait pas du tout envie d'être croisé. Alors qu'ils roulaient, il essayait de repérer les monuments que Hughie avait identifiés et il s'aperçut que, oui, celui qui se profilait à l'horizon était bien le Battle Monument.

– Où se trouve Federal Hill ?

– Par là, à trois kilomètres de Fort McHenry. Voulez y aller ?

– Pardon ? Non, non, je me demandais, c'est tout.

– Les soldats de l'Union y campaient pendant la guerre de Sécession. Faut dire que le Maryland était plutôt sudiste, bien qu'on n'ait *jamais* pu en jurer.

C'était un peu n'importe quoi, se dit Melrose. Il glissa le guide dans sa poche et essaya de réfléchir, par-dessus la voix de Hughie et de sa conception de l'histoire du Maryland. Il ferma les yeux et invoqua l'image de Cider Alley, d'Estes et Twyla, du porche décrépit où avait été retrouvé le corps de John-Joy. Peut-être Milos lui parlerait-il du secret de John-Joy. Si secret il y avait.

– ... McHenry, c'est là qu'était Francis Scott Key quand il a écrit *Star-Spangled Banner*[1]. Est-ce qu'il a écrit les paroles *et* la musique ?

– Oh ! probablement pas. Il avait probablement un collaborateur.

– Comme les frères Gershwin, sûrement.

– Hum...

Melrose laisse Hughie à ses divagations. Ils remontaient une rue dont chaque côté était bordé de boutiques d'antiquités et d'occasions. Le *Nouveau Pauvre* surplombait une sorte de perspective de terrasses et de vérandas en gradins. C'était un petit endroit charmant, avec des bardeaux blancs et des dentelles de fer forgé pour souligner marches et porche.

Hughie affichant quelque volonté de trouver une place afin de pouvoir, fallait-il croire, accompagner Melrose dans son expédition, celui-ci lui demanda d'aller rouler une heure ou deux, ou même d'aller faire une autre course, avant de revenir le chercher. Le taxi pila et Melrose en descendit.

L'ouvrage de fer forgé, le genre de chose que Melrose avait vu dans des publicités vantant des cottages « petit

1. La Bannière étoilée : le drapeau des États-Unis et, aussi, l'hymne national. (*N.d.T.*)

bijou » ou sur des photos de La Nouvelle-Orléans, montait vers un palier assez élevé pour permettre à un homme de se tenir dessous.

Ce que faisait un homme, accompagné de son chien.

Si Melrose n'avait pas su que son nom était Milos, il l'aurait appris grâce à la pancarte qui, derrière lui, avertissait les visiteurs de ne pas s'approcher de son foyer. L'homme, plutôt grand gaillard, était vêtu d'un costume dépareillé recouvert de ce qui avait tout l'air d'une capote militaire. Il semblait camper pour l'éternité dans l'abri que faisait la boutique au-dessus de lui. Melrose, tout en tirant une coupure de son porte-billets, se dit qu'il commençait à se créer une sorte d'affinité avec les sans-abri. Le chien montrait plus de signes d'amitié que l'homme. C'était un cabot de race incertaine qui aboyait doucement – *wouaf wouaf* – en agitant un moignon de queue.

– Je vous prie de m'excuser, mais j'aimerais m'entretenir avec vous.

Melrose froissa les billets, espérant que l'aveugle s'apercevrait qu'il était prêt à payer pour des renseignements. Cet aveugle-là avait de ces yeux déconcertants qui semblent vous fixer droit dans la prunelle. Ce qui avait fait oublier à Melrose que Milos était aussi sourd.

Melrose, notant la petite collection de mégots au fond du cendrier de fer-blanc, sortit son étui à cigares. Le chien aboya avec reconnaissance. Un collègue fumeur, certainement. Puis lui revint ce qu'avait dit Jury à propos de la main de Milos sur laquelle on écrivait. Il s'en saisit et y déposa le cigare.

Il s'attendait à une réponse en signe d'acceptation de l'objet tout en ronchonnades, toux et farfouillages d'oripeaux. Au lieu de ça, Milos leva le cigare, se le passa sous le nez et tenta de le glisser dans la poche de poitrine de son costume, sous l'épaisse capote. Il fit quelques tentatives avortées, essaya l'autre poche et là, il réussit. Il ne fit aucun commentaire, semblant considérer le cigare et le billet comme un dû.

Bien, se dit Melrose, voilà une conversation où l'on fera l'économie des traditionnelles boutades brise-glace. Aussi, il s'empara de la main de l'homme et dessina contre la paume :

– John-Joy?

– Qui, moi? J' suis pas John-Joy. Tu sais pas lire? ajouta Milos avec un signe de pouce derrière lui.

– Non, non, protesta automatiquement Melrose à voix haute avant de soupirer, de reprendre la main de Milos pour y écrire : Je cherche le joint.

Milos tourna vivement la tête de gauche à droite, un geste qui aurait signifié, chez un homme jouissant de bons yeux, qu'il cherchait à apercevoir quelque chose dans la rue.

– C'est quoi, cette histoire de joint? J' suis aveugle et j' fume pas, trouduc, tu t'en es pas rendu compte?

Melrose lui reprit la main et écrivit, en lettres aussi larges que pouvait accepter la paume :

– Non.

Qu'il fit suivre de :

– Le joint.

– Ah, oui? Eh bien, y a rien à jointer avec toi non plus, tête de nœud, alors tu vas te faire foutre!

Si la police de Baltimore avait soutiré des renseignements à Milos (ils en avaient apparemment obtenu), ils avaient dû faire preuve de plus de patience qu'aucune force de police jamais fréquentée par Melrose.

Il soupira, abandonna et monta l'escalier.

– Bonjour! Vous cherchez un cadeau? Un ami a fait faillite? Votre courtier est en taule? Un redressement fiscal en vue? Le tout à la fois?

Cette série de questions provenait d'un homme mince et élancé, aux yeux d'agate, qui mitraillait tout en avançant vers Melrose. « Mitrailler » était le mot approprié, vu sa tenue : un gilet brodé, des bottes de cow-boy en cuir repoussé et un cache-poussière coupé dans un tissu aérien qui descendait jusqu'au sol et qui aurait été très bien sur Clint Eastwood dans un de ses westerns spaghettis. Il était difficile de dire s'il était habillé pour son travail ou si son travail avait été choisi pour lui servir de décor, un aménagement spectaculaire de plus.

« Mec homo » était certainement une autre des divagations de Hughie. Ce mec-là devait beaucoup plaire aux femmes. Melrose, contaminé par son sourire, lui sourit aussi. Son baratin était en tout cas beaucoup plus intéressant que le sempiternel « On s'occupe de vous ? ».

– Rien de tout ça, en fait, répondit-il. Je suis de passage et je cherche quelque chose à rapporter. Quelque chose de terriblement américain.

L'homme sourit.

– Il n'y a rien ici qui ne soit terriblement américain.

Il fourra les mains dans les poches de son jean délavé et regarda autour de lui avec satisfaction, comme s'il ne cessait d'être enchanté par sa propre ingéniosité.

– Êtes-vous le propriétaire ?

– Sans aucun doute.

– Mon nom est Melrose Plant.

Melrose prit une carte à son porte-cartes et la lui tendit. En général, les titres obtenaient des résultats.

Alan Loser examina la carte gravée.

– « Caverness », serait-ce *lord* Caverness ?

– Lord Ardry, en fait. C'est mon nom de famille. Comte de Caverness. *Et cætera.*

– Je suis déjà très impressionné par le « comte », je vois mal ce que signifie l' « *et cætera* ».

Melrose sourit. Il examinait un rayonnage de livres ; il ne connaissait aucun des titres et se demanda s'ils n'avaient été choisis pour leur obscurité. Soudain son regard fut retenu par une couverture rouge, brillante et familière. Ah ! ah ! Alors, c'est *là* qu'elle l'avait acheté !

– Vous semblez vous intéresser aux livres. Votre amie aime-t-elle lire ?

Agatha savait-elle lire ? Il saisit l'exemplaire du *Guide des Étranger.*

– Les menus, peut-être.

Alan Loser pouffa.

– Gourmande, alors ? Que pensez-vous de ça ?

Le livre qu'il tendait à Melrose était intitulé *Les okras sont de sortie*. La couverture montrait une voiture d'où sortaient plusieurs okras maigrichons, équipés de lunettes noires, de chapeaux et de paniers de pique-nique.

– Vous trouverez quatre-vingt-dix-neuf manières d'accommoder l'okra. Pour les pique-niques, les dîners habillés, les plateaux-repas, tout ce que vous pourrez imaginer. Je ne crois pas que l'on puisse trouver un seul livre de cuisine sur les okras dans l'Angleterre tout entière. Je ne suis même pas sûr que l'Angleterre en veuille.

– Je ne crois pas pouvoir trouver un seul *okra* en Angleterre. N'est-ce pas ce petit légume vert sombre qui sert à faire le... comment encore ?

– Le gombo. Néanmoins, dit-il en feuilletant le livre, il n'y a aucune recette de gombo là-dedans. Elle ne voulait pas proposer de recettes trop évidentes.

– Il ne me serait jamais venu à l'esprit qu'il existe des choses évidentes à faire avec des okras.

– Je m'en doute. Elle explique comment les cuire pour leur ôter leur côté gluant.

– Mais si c'est un légume gluant au départ, pourquoi l'avoir choisi, alors ?

– Comme vous devez vous en douter, le livre n'a pas été un grand succès commercial.

– Je doute qu'un seul de ces livres ait pu l'être.

Melrose regarda autour de lui.

– Tous ces échecs n'auraient-ils pas tendance à faire fuir les clients ?

– Grands dieux, vous voulez rire ? Ou auriez-vous une plus haute opinion de la nature humaine que moi ? Vous semblez ignorer le penchant de l'homme à la bassesse. C'est d'ailleurs ainsi que j'ai d'abord pensé appeler la boutique, la Bassesse. Et puis j'ai préféré une variation autour de « nouveau riche ».

– Tenez, je crois que je vais prendre celui-là, fit Melrose en lui tendant l'exemplaire du *Guide des Étranger.*

– Excellent choix. C'est certainement le guide le plus stupide que l'on ait jamais écrit.

Ça, Melrose n'en savait rien. Après avoir passé tant de temps avec leur petite famille, il avait envie de défendre les sœurs Bessie. Dieu seul savait que sans Lizzie et Lucie Bessie il aurait été prisonnier de l'interprétation hughienne de la réalité.

– Une de mes amies m'en a acheté un, déclara-t-il en exhibant le sien.

Alan Loser éclata de rire.

– Alors, c'est vous ? Ellen est venue il y a quelques jours.

Ils s'étaient approchés du comptoir et Loser déployait du papier et des rubans.

– Comment avez-vous connu Ellen ?

– Je l'ai rencontrée en Angleterre, il y a deux ans. Elle divaguait à travers les landes du North York sur une BMW.

– C'est tout à fait elle.

Melrose observa Loser qui enroulait avec habileté son ruban autour du paquet.

– Elle effectuait des recherches pour un livre, mais je ne crois pas qu'elle l'ait jamais écrit. Je veux parler de ce livre précis, bien entendu. Avez-vous lu *Fenêtres* ?

Loser acquiesça.

– Je l'ai trouvé sans queue ni tête. Bien sûr, ajouta-t-il, je ne suis pas critique.

Pour Melrose, ce commentaire ajouté n'avait pas été fait pour atténuer l'impact du premier.

– Elle semble avoir du mal avec le nouveau. Vous savez, elle m'a appris qu'une de ses étudiantes a été assassinée. Terrible. Enfin, je suppose que ce meurtre lui a fait perdre le fil.

C'était un tel mensonge qu'il se sentit à deux doigts de rougir.

– Il s'agit de Beverly Brown, fit Loser en coupant les bouts du ruban.

– Je crois que c'était son nom. Vous la connaissiez, alors ?

– Oh, oui ! Elle travaillait ici quelques après-midi par semaine. Une étudiante brillante. Les flics sont venus. Non seulement des flics, mais aussi deux de vos compatriotes. Des hommes de Scotland Yard.

Il déposa le paquet enrubanné sur le comptoir.

– Eh oui ! Beverly nous a tous bien secoués. Elle aurait découvert un manuscrit d'Edgar Poe. Mais je suppose qu'Ellen vous a mis au courant.

– Oui. C'est extraordinaire. Vous ne croyez pas à son authenticité ?

Loser haussa les épaules.

– Quelqu'un aurait-il pu fabriquer une chose aussi élaborée ? Et dans la mesure où il est inachevé, cela supprime le problème d'avoir autant d'imagination que Poe, n'est-ce pas ?

Melrose s'était approché de la table dressée avec le linge du Helmsley Palace. Il effleura une des serviettes et sourit. La veille au *Cheval,* ils étaient convenus qu'Ellen avait raison : Beverly Brown avait laissé ses empreintes mentales sur le récit qu'elle avait fabriqué.

« C'est comme avec la boîte de bonbons, avait dit Ellen. Elle a dû voir cette table et son décor à chaque fois qu'elle allait au *Nouveau Pauvre*.

– Mais pourquoi, avait demandé Wiggins, aurait-elle laissé dans cette histoire un détail qui prouverait qu'elle est fausse ? »

Wiggins vivait très mal la conclusion sur l'authenticité de l'histoire à laquelle tous s'étaient rendus.

La voix d'Alan Loser interrompit les pensées de Melrose.

– Connaissez-vous Leona Helmsley chez vous ? La Reine Mesquine ?

– Helmsley ? Oui, j'en ai entendu parler, fit Melrose en froissant une serviette entre ses doigts. Pourrais-je en acheter une ?

– Pour être franc, je préférerais vendre le lot.

– Très bien. Je le prends, alors.

Loser émit un rire bref.

– Les *douze* fichues serviettes ?

Melrose acquiesça et Loser haussa les épaules et se mit à réunir les serviettes disposées sur la table. Ils repartirent vers le comptoir et il se lança à la recherche d'une boîte.

– Tout le monde a sa théorie. Pourquoi supposez-vous qu'elle ait été assassinée ?

– Beverly se faisait assez facilement des ennemis. Je ne crois pas que le professeur Vlasic ait été enchanté de sa trouvaille. Dans la mesure où il se croit spécialiste de Poe, il a dû trouver passablement humiliant qu'un de ses étudiants mette la main sur quelque chose d'aussi important qu'un manuscrit original et, de plus, lui fasse de l'ombre en écrivant une thèse dessus. Connaissant Beverly, c'est certainement pour cette raison qu'elle l'a pris comme directeur de thèse. Pour lui faire rentrer sa prétention dans la gorge. Vlasic est le seul professeur à l'avoir notée au-dessous de A. J'ai cru qu'elle allait le tuer.

Loser dénicha une boîte à chaussures et commença à y plier les serviettes.

– Et puis il y a ce professeur à qui elle servait d'assistante. Elle s'était introduite dans son système informatique – c'est un généalogiste – et a fichu le bordel dans ses dossiers. Cette fille était assez farceuse.

« Pouvait-elle envisager que quelqu'un fasse le lien entre ces serviettes et ce mouchoir ? avait poursuivi Ellen. Et, de toute manière, elle ne l'a certainement pas fait exprès. »

Jury :

« A mon avis, si. Je regrette vraiment de ne pas avoir connu Beverly Brown. »

Melrose le regrettait aussi, tandis qu'il regardait un petit mobile pendu à son fil : un requin pourchassant un banc de minuscules poissons. Il les effleura du doigt et les envoya frétiller un peu partout. Il avait envie d'aborder le sujet de John-Joy et se dit qu'après tout il ne perdrait pas grand-chose à être direct.

– Ce ne sont pas les meurtres qui manquent dans cette ville, non ? Ellen m'a dit qu'un homme a été assassiné dans une ruelle et que le type que j'ai vu dehors le connaissait. Milos ? C'est son nom ?

– C'est cela, oui. Milos le connaissait. Ils étaient des sortes d'amis, d'après ce que j'ai appris. Il venait jusqu'ici de temps en temps. J'imagine mal les conversations qu'ils pouvaient avoir.

Loser se mit à rire. Le malheur des autres semblait lui provoquer ce genre de réaction.

– Pour tout vous dire, je le paye. Il est en quelque sorte employé ici. Je le trouve tout à fait dans le ton, pas vous ?

Encore fallait-il aimer ce genre de musique, pensa Melrose en songeant à Wes et à Jerry. Alan Loser lui faisait penser à Theo Wrenn Browne. A cela près que Theo était totalement dépourvu de charme tandis qu'Alan Loser en débordait. Mais la manière dont ils appréciaient la déveine d'autrui en faisait un couple idéal.

– Milos prétend avoir trouvé le corps dans Cider Alley, et avoir prévenu la police.

– Vraiment ? demanda Melrose.

Alan haussa les épaules.

– Communiquer avec Milos n'est pas la chose la plus simple du monde.

Pour certains, c'était enfantin.

Milos et le chien étaient assis sur une couverture et l'aveugle ouvrait une boîte blanche et plate.

Le taxi de Hughie se gara dans un emplacement que venait de libérer une voiture qui, sur son toit, portait un cube bleu et blanc : PIZZA DOMINO – ON VOUS LIVRE.

30

I

– Vous avez le temps pour l'Aquarium, maintenant ?
– Non. On retourne à Fells Point.

Hughie, déçu, s'affaissa contre son siège. Ils descendirent Howard Street en silence puis il demanda :

– Vous irez dans l'Ouest, tant que vous êtes là ? Voir le Grand Canyon et tout ça ?

– Je crains que non. Nous ne sommes ici que pour quelques jours.

– Dommage. Moi, je voyage dès que je peux. Depuis que ma femme est morte, en fait.

Il se tourna pour regarder Melrose :

– Je vais vous donner un tuyau : vous connaissez le meilleur moyen de visiter un endroit, de voir un bout de pays où vous êtes jamais allé ?

– En taxi ?

– Nan. Les taxis sont pas tous comme moi. La plupart ne savent pas ce qu'il faut voir, moi je le sais. Non, ce qu'il faut faire, c'est vous trouver un agent immobilier. Personne ne connaît son secteur comme nos agents immobiliers. Promenez-vous avec l'un d'eux et vous saurez tout sur tout et plus vite que ça, encore.

– Mais on se retrouve à visiter des propriétés !

– Ah ça, c'est sûr. Vous aimez pas les maisons ? Moi, si. J'aime voir comme les gens vivent. Et on peut trouver des idées de déco aussi. Si vous aimez Boca Raton, allez traîner par là-bas.

– Et où se trouve Boca Raton?

– En Floride. J'y étais l'année dernière. Est-ce que j'ai loué une voiture? Bon Dieu, non! Pourquoi payer la peau des fesses? Je me suis dégoté un agent immobilier.

– Mais si on préfère bronzer que visiter des propriétés?

– Oh! pas la peine de passer la journée avec le type. Deux heures, trois, peut-être. C'est eux qui se tapent le volant, le baratin sur ce qu'il faut voir et, vous, vous êtes peinard et vous regardez le paysage. Vous voyez, je me prépare un peu à l'avance. Je me rancarde sur l'endroit que je vais voir, j'appelle un agent à Baltimore et je dis que je déménage et qu'il me trouve un agent sur place. Ils sont sympas pour aller se balader, ces agents. Ils bavardent, ils sont enthousiastes. Je crois que les agents immobiliers aiment vraiment leur boulot. Et si vous voulez, vous pouvez même en tirer une bouffe à l'œil. Mais moi, je fais pas ça. Je veux pas profiter à ce point. En général, c'est moi qui offre à bouffer. Et dans les grands espaces – le Wyoming, par exemple, ou le Montana, le Colorado, des trucs vraiment panoramiques – c'est géant. Vous roulez, vous roulez, vous jetez un œil sur une maison, vous roulez encore un peu. J'ai visité Aspen, Colorado, et Jackson Hole comme ça. C'est autre chose, laissez-moi vous dire.

Melrose regarda passer Lexington Market par la fenêtre. Il se sentit soudain curieusement déprimé, à penser à Hughie en vacances à Boca Raton et dans le Colorado, en promenade avec des agents immobiliers, visitant des maisons qu'avaient fuies leurs propriétaires, regardant dans les cuisines et les placards, piétinant les plates-bandes et les plages de sable fin, volant des instants de vie privée d'autrui.

Il pensa à tout ça en regardant le défilé des immeubles illuminés de Harborplace, et il dit :

– J'ai changé d'avis, Hughie. Allons à l'Aquarium.

II

Les grands fonds étaient le milieu naturel de Hughie.

– Les raies géantes sont là, fit-il alors qu'ils pénétraient dans l'atmosphère chatoyante de lumières et d'ombres, eau verte et néons bleus.

Par-dessus la rambarde de béton, ils regardèrent les raies qui glissaient dans l'eau comme d'immenses pales de ventilateur.

– Dites donc, j'aimerais pas me trouver nez à nez avec une de ces mignonnes ! Regardez-moi ce salaud. Quel voyou !

Le voyou fonça droit sur Hughie.

– Vous avez des poissons ?

– Des poissons ? Non.

– J'envisage d'en prendre une paire. Vous savez, un aquarium, avec deux poissons tropicaux dedans.

Maintenant, la raie s'éloignait en glissant sans bruit, redoutant peut-être un changement d'adresse pour l'aquarium de Hughie.

Ils montèrent jusqu'à l'énorme structure circulaire qui abritait les squales, puis au deuxième étage, où ils furent accueillis par un enregistrement de grognements et de cris de la jungle, et par des appels d'hippopotames, de phoques et de pingouins. Tout un monde de petits univers parfaitement divisés par les zoologues et les ornithologues dont dépendait l'Aquarium. Ils se tenaient devant l'un d'eux, le Marais d'Allegheny, et Hughie jacassait à propos de pluies acides.

– Si vous voulez voir un bel endroit, faut aller dans le Maryland. Allegheny ou Garrett County.

Il hocha du menton en direction de la vitre derrière laquelle nageaient de petits poissons. Une tortue comptait ses pas devant un crapaud-buffle assis sur un rocher plat. C'était un marais artificiel, créé par une chute d'eau qui se brisait sur des rochers.

– Les pluies acides. Vous voyez ?

Hughie désignait une pancarte.

– Elles contaminent la moitié de nos cours d'eau. Y a le même problème en Angleterre ? ajouta-t-il en marchant vers la baie de Chesapeake, à deux pas.

– Je crois qu'il y a des pluies acides partout dans le monde, de nos jours.

– Ouais, faut croire.

Ils ruminèrent un moment devant l'écosystème de la baie de Chesapeake.

– J'ai une sœur qui vit au Delaware. L'eau là-bas est vraiment épouvantable. Les plages, quoi. Je vais pas trop au Delaware... Hé, est-ce que je vous ai raconté l'histoire des Delaware ?

– Oui.

Melrose voulait éviter une nouvelle édition de *Noblesse oblige*.

Hughie continua :

– Bon alors, si la reine clamse, c'est le prince Charles qui prendra la suite, c'est ça ?

– Oui. Mais il semblerait que Charles n'en ait guère envie.

– Sans blague ?

Hughie fit la moue et parut réfléchir à la nouvelle. Il approcha son visage de la vitre.

– Tenez, y a des crabes bleus et des tortues d'eau dans la baie de Chesapeake.

Il hocha la tête vers l'enclos marécageux, puis ils s'éloignèrent.

– Mais alors, qui prendra la suite ?

– William.

– Qui c'est ?

– Le fils de Charles.

– Mais alors, c'est qui, le prince Andrew ?

– C'est le frère de Charles.

– Vous voulez dire que le frère ne passe pas avant ? Vous voulez dire que le gosse va hériter ?

Il claqua la langue devant cette flagrante injustice de la succession à la couronne d'Angleterre.

– Ça m'étonne pas que le gosse Delaware ait descendu son oncle.

Melrose le regarda, secoua la tête et regarda ailleurs.

– Ce n'est pas exactement la même chose. Les règles de la primogéniture sont très strictes. Il faudrait que Charles, son fils William et son autre fils, Harry, meurent ou abdiquent pour qu'Andrew soit pris en considération. Après lui viennent ses deux fils, par ordre d'âge.

Ils se trouvaient maintenant devant une zone plongée dans l'obscurité et regardaient les petites formes sombres des poissons-torches qui clignotaient comme des lucioles.

La forêt tropicale était au sommet de l'escalier roulant suivant. Ils entrèrent dans une enceinte d'immenses palmiers, de brumes épaisses, de chaleur, de coassements et de pépiements. La simulation était remarquable, se dit Melrose.

– Hé, visez les flamants ! Je ne me rappelais pas qu'ils avaient des flamants.

– Ce ne sont pas des flamants, fit Melrose, agacé.

– Sûr, c'en est. Regardez ce rose et ces pattes vachement maigres.

– Ils sont trop petits pour être des flamants.

– Alors, c'est quoi à votre avis ? le défia Hughie.

– Je ne sais pas.

Hughie se tut et regarda les oiseaux roses.

– Et la princesse Anne ? Elle n'a pas droit à la couronne, elle ?

– Anne vient à la fin. Il faudrait éliminer ses frères et leurs héritiers mâles avant.

– Tous ces *gosses* ? Avant les *femmes* ? Quelle bande de machos !

– Si on veut. Mais pas autant que certaines lignées où seuls les mâles peuvent hériter du titre. Quand le dernier mâle meurt, c'est fini.

– Comme les Delaware ?

– Oui, je crois.

– Vous avez des frères et des sœurs ?

– Pas le moindre.

Ils avaient parcouru la moitié de l'enceinte. Melrose se

pencha au-dessus d'une des petites pancartes blanches qui renseignaient les visiteurs sur les habitants du lieu.

– Ibis rouges. Voilà ce qu'étaient les oiseaux roses.

– Regardez, fit Hughie en désignant un oiseau tacheté de brun, à qui des pattes maigres donnaient la démarche furtive d'un criminel. Un faisan.

– Je ne crois pas.

– J'en suis sûr. Je chasse beaucoup. C'est un faisan.

Melrose regarda autour de lui, à la recherche d'une pancarte. Il était très agacé de voir Hughie insister et persister à appeler cet oiseau un faisan.

– Pourquoi mettrait-on un faisan dans une forêt tropicale ?

– Allez savoir.

La chaleur, l'humidité engourdissaient Melrose.

– C'est probablement une femelle ibis.

Mais Hughie s'était éloigné. Melrose fouilla le sous-bois à la recherche de la vie exotique et équatoriale qu'une pancarte annonçait cachée parmi la flore et les buissons de joncs et qu'on trouverait en regardant attentivement. Mais tout ce qu'il put voir fut le fichu oiseau qui se pavanait.

Hughie lui fit signe de venir admirer une tarentule et il passa devant un couple de perroquets jaunes pleins de verve qui lui firent penser à Aliceanna Street. Il regrettait de ne pas avoir amené Jip avec lui, mais il se dit qu'elle devait certainement être à l'école. Sa vie n'était sûrement pas très amusante, dans cette boutique.

Il contempla une grenouille bleue, un de ces minuscules et venimeux batraciens, à peine gros comme l'ongle du pouce, enchâssés dans les ombres vertes de leur jungle artificielle.

Redescendus, Hughie et lui se promenèrent autour des bassins des squales. Hughie bavardait toujours à propos de titres de noblesse.

– J'aimerais comprendre : votre nom, c'est pas Caverness ?

– Mon nom est Plant. Caverness est un lieu-dit.

Comme Devon. Le prince Andrew est le duc d'York. Son nom est Windsor.

– Et comment on fait pour réclamer son titre ?

Melrose regardait un banc d'anges de mer voguer entre deux nulle part. Ils apparurent une nouvelle fois. Étaient-ce les mêmes ?

– Il vous faudrait prendre contact avec le Bureau de la Couronne et lui communiquer les preuves qu'étudiera le Greffier de la Couronne.

– Mec, je suis bien content de ne pas avoir à me mêler de ce merdier. Je suis bien content de n'avoir à penser qu'à Bill Clinton. Et encore, il ne faut pas m'y faire penser trop longtemps.

– Les titres de noblesse sont une chose compliquée.

Melrose espérait que Hughie arrêterait avec cette histoire de titres. Ça lui faisait penser au sien, et à son père. Ce qui le rendait triste, et plus triste encore à cause de sa mère.

Il s'efforçait de ne pas y penser, mais ne pouvait s'en empêcher. Il se souvenait, des années auparavant, avoir parlé à Jury de ce garçon, Tommy Whittaker, un marquis. Tommy n'était pas, avait dit Melrose, « très consistant ». Voilà qu'il reprenait le vieux débat contre lui-même. Ce n'était même plus un débat, à force. Il avait d'abord trouvé très difficile de pardonner à sa mère, puis, pour finir, remarquablement simple.

Un requin-marteau à la mine sinistre vint promener sa masse devant eux pendant que Hughie reprenait le sujet de la famille Delaware.

Ils partaient maintenant, et repassaient devant les raies géantes. Ils se dirigeaient vers la sortie quand Hughie déclara :

– Pas mal, pas mal. Je veux parler de la vie, ici. Environnement protégé, aucun danger, vous avez votre lit et à manger, pas besoin de surveiller vos arrières.

– Je ne sais pas. Il n'y a aucune tension, non plus. Ne croyez-vous pas qu'il nous faille des tensions pour empêcher nos vies de s'effondrer ?

Ça, c'était de la pure emphase britannique. Hughie, visiblement, pensait la même chose.

– Des tensions ? Putain, je parie que toutes ces cloches – pardon, ces *sans-abri* – en ont plein le dos d'être tendus de partout.

Melrose songea à Cloudcover et à l'ironie absurde du nom [1]. Les visages de Jerry et de Wes lui revinrent. Cider Alley ; Milos. Milos planté là avec son cigare, qu'il essayait de fourrer dans la poche de sa veste.

La veste.

Oh, par Dieu ! pensa Melrose en revoyant soudain le pantalon qu'il avait trouvé dans le chariot de John-Joy.

– Hughie, on file.

– Oh, y a pas le feu ! On va où ?

– Nous retournons au *Nouveau Pauvre*.

III

– La peste ? J'ai pas la peste ! Tu parles de quoi, bordel ?

Cette fois-là, Melrose était déterminé. Après deux essais supplémentaires d'écriture digitale et une liasse de billets qui aurait offert à Milos un wagon de vaccins contre la peste, Melrose réussit à rendre compréhensibles les mots « manteau » et « veste ». Milos ne semblant toujours pas décidé à céder sa veste – il fait vachement trop froid, hurlait-il –, Melrose lui reprit la paume.

« ÉCHANGE. »

Abandonner le dernier vêtement décent qui lui restait – un blazer croisé bleu marine – était une torture, mais il n'y avait rien à faire : ils échangèrent.

Le blazer était un brin ajusté pour Milos, mais Milos s'en fichait. Il y avait méticuleusement passé les mains, avait apparemment deviné la qualité du tissu et s'était résolu à donner sa veste rayée. Non, il ne voulait pas vendre sa veste. Où en trouverait-il une aussi bonne,

1. *Cloudcover* : couche de nuages. (*N.d.T.*)

sinon celle de Melrose ? Il avait assez longtemps tanné John-Joy à propos de cette veste et John-Joy avait dit qu'elle lui reviendrait quand il serait mort.

– Mais si tu racontes aux flics d'où vient cette veste, je dirai que tu es cinglé. Ce qui doit être vrai, si tu veux mon avis !

Melrose lui assura qu'il n'en ferait rien. Milos roula les manches du blazer, s'ébroua des épaules et cria :

– Comment je suis ?

– Très bien ! hurla Melrose.

Il hurla encore quand Milos aboya : « Quoi ? » Il n'avait pas envie d'une nouvelle séance d'écriture palmaire.

Maintenant qu'il n'avait plus son pardessus et qu'il ne pouvait décemment pas se promener dans Baltimore avec la cape de soirée, il n'avait d'autre choix sinon d'endosser la veste rayée. Il s'en fichait. Il tâta la poche de poitrine (elle était cousue, ce qui avait empêché l'introduction du cigare) et sentit quelque chose qui ressemblait à du papier.

Le joint, espéra-t-il, en remontant dans le taxi.

31

Le stade de base-ball en brique rouge et béton, ouvert sur un ciel aux allures de toile de fond bleue, sentait le neuf et résonnait des cris d'une foule à venir. L'attente vibrait dans l'atmosphère. Il descendit les majestueuses marches des gradins, émerveillé par la structure interne du stade et le profil qu'il découpait contre le ciel.

Le gardien lui avait conseillé de monter et descendre les rampes soutenues par des arches de brique rouge, de traverser l'immense réseau des stands et des boxes en direction du cœur de l'océan de sièges verts.

– Il peut être n'importe où, avait dit le gardien.

Il avait semblé bien plus impressionné par le nom de Patrick Muldare que par la carte plastifiée de Jury. Il était en train de prendre son café, renversé contre sa chaise. Il avait montré du doigt la porte de sortie, derrière lui, et s'était remis à son exemplaire du *Sports Illustrated* (« un numéro sur la natation », avait-il daigné expliquer à Jury). Il n'était pas hostile, Scotland Yard le laissait simplement de marbre.

Le gardien lui avait dit de chercher dans les travées 35 et 36, juste au-dessous du box de la presse. Jury aurait certainement manqué Muldare si celui-ci ne s'était levé pour agiter les bras. Étant arrivé au pied des gradins, il ne resta plus à Jury qu'à les gravir une fois de plus.

Pat Muldare attaqua sans préambule dès que Jury se fut assis à côté de lui.

– Formidable, non ? Un stade formidable !

Jury ne pouvait qu'en convenir. Ils contemplèrent la forme irrégulière du terrain avec, au-delà de l'écran Sony géant, les immeubles de Baltimore.

– Vous venez souvent ici ? demanda Jury.

– Dès que je peux. Il y a eu beaucoup de réticences à y investir l'argent public. Après tout, nous avions déjà le Memorial Stadium. Mais ça vaut le coup. Quand ils le verront, je crois que beaucoup vont changer d'avis. Obtenir des places va probablement être aussi difficile qu'au temps des Colts. Vous savez, à l'époque, le seul moyen d'avoir des places pour les tournois des Colts était de prier pour que quelqu'un meure.

Il sourit.

– Et d'ailleurs, si quelqu'un mourait, il léguait ses places à un membre de sa famille. La dernière fois que j'ai vu jouer les Colts, c'était en 1983. Juste avant leur départ pour Indianapolis. Et là, ils ne remplissaient même plus la moitié du stade. C'était une vraie pitié. Je me dis que peut-être je pourrais racheter le nom. Ça déciderait les propriétaires. La NFL doit se dire que Baltimore, avec d'une part les Eagles et de l'autre les Skins, doit être saturée de football. Mais par rapport à Charlotte, nous sommes pauvres. Ils ont besoin d'une équipe et ils ont plus d'argent que nous. Et ils vont certainement construire un stade. Je crois qu'ils ont plus de chances. Mais nous avons plus de chances que Saint Louis.

– Mais les autres n'avaient pas les Colts.

– Si seulement je pouvais trouver un truc pour faire pencher la balance !

Jury sourit.

– Quelque chose d'hollywoodien.

– Quelque chose d'hyper spectaculaire, vous pouvez le croire.

– Johnny Unitas ne vit-il pas à Baltimore ?

– Ouais. Comment vous le savez ?

– Je suis flic. Pourquoi ne pas le prendre comme entraîneur ?

Muldare rit, ravi de voir Jury gagné par l'esprit du football.

– Ça serait tout à fait spectaculaire, oui.

Muldare regarda le terrain en souriant comme s'il l'avait construit de ses propres mains. Il aurait été celui d'un père, ce sourire, s'il ne ressemblait pas tant à celui d'un gosse. Privé du ballon de son bureau, Muldare s'enfonçait le poing dans la paume comme s'il se préparait pour un lancer.

Jury essaya d'imaginer Patrick Muldare à un rendez-vous d'affaires : avec un casque sur un chantier ; en directeur assis au bout d'une longue table bien cirée ; ou encore traitant un marché de plusieurs millions de dollars avec des Japonais. Mais il n'y arrivait pas, chacune de ces images se dissolvait immédiatement. Il n'avait par contre aucun mal à le visualiser sur la butte du lanceur, ou en garde devant sa base, ou encore avec la main prise dans un gant démesuré. Il le voyait vraiment, et ça le faisait sourire. Muldare était un homme qui avait trouvé sa voie. Pourtant, il ne s'y était pas vraiment engagé.

Le plus loin où il était arrivé était ce siège vert où il était assis, à se taper la paume du poing comme s'il portait le gant et tenait la balle. Maintenant il levait les yeux comme si la balle avait quitté sa main, avait été frappée par la batte et s'envolait sur un arc immense, vers Dieu sait où.

Jury l'enviait presque. Et il avait horreur de devoir arracher Muldare à son rêve. Mais il le fit.

– Votre frère adoptif a fait allusion à un événement survenu dans votre famille. Il a dit que votre arrière-arrière-grand-père s'est fâché avec les autres membres de la famille et a changé de nom.

– C'est exact. Mais je crois qu'il s'agissait de mon arrière-arrière-arrière-grand-père, fit Muldare en levant trois doigts.

– Le nombre m'importe guère. C'est ce qui s'est passé, plutôt. S'il y a un lien possible entre vous et les autres.

– Ben, il y a le nom. C'était Calvert.
– *Quoi*? Que voulez-vous dire exactement?
– Muldare était le nom de ma grand-mère. L'arrière-arrière, à moins que ce ne soit aussi l'arrière-arrière-arrière? Je ne sais pas. Muldare était son nom de jeune fille. Une Irlandaise.
– Votre nom aurait été Calvert?
– Écoutez, je regrette de ne pas l'avoir dit plus tôt, mais pourquoi diable aurais-je dû y penser?
– Parce que l'homme qui a été assassiné en Pennsylvanie s'appelait Philip Calvert. J'aurais cru l'avoir dit assez clairement.
– Et alors? Il y a des milliards de Calvert dans cette région. Il y a même le comté de Calvert. C'est aussi répandu que Howard. Et ce type était de Pennsylvanie, pas du Maryland, ni de Baltimore. N'oubliez pas que Muldare est mon nom depuis des générations. Depuis le milieu du XVIIIe siècle, peut-être plus. Écoutez, je suis désolé. Mais avec la décision de la NFL qui approche, j'ai l'esprit très occupé.
– Seigneur Dieu, fit Jury entre ses dents, vous êtes surtout incapable de penser à plusieurs choses à la fois.
– Oui, je crois.
– Maintenant, est-ce que ceci vous dit quelque chose?
Il lui raconta ce qu'il savait à propos de Philip Calvert et de sa tante, Frances Hamilton. Embarrassé de n'avoir pas pris l'enquête de Jury au sérieux, Pat Muldare adoptait maintenant une attitude studieuse et pénétrée et il regardait Jury qui parlait avec la concentration et l'intensité d'un homme véritablement intéressé par ce qui se disait. Mais il avait aussi l'air pénétré d'un homme qui n'écoute pas le moindre mot. Son esprit était certainement occupé à courir entre les bases. Jury soupira.
– Pat, entendez-vous ce que je dis?
– Bien sûr. Vous disiez que Phil Calvert aurait été riche à la mort de sa tante, mais qu'il est mort, lui aussi, et que la tante ne laissait rien à personne d'autre – il n'y

avait personne d'autre – sinon un lointain cousin. Je crois que vous pensez que, moi, je suis ce lointain cousin, que je me suis pointé là-bas et que je l'ai descendu.

– Félicitations. Vous m'avez écouté. Mais je ne pensais pas du tout ça. Pourquoi quelqu'un qui possède assez d'argent pour acheter une franchise de football voudrait l'argent de Frances Hamilton ?

– Je pourrais avoir *d'autres* raisons, inspecteur.

Il fit frémir ses sourcils, moqueur.

– Commissaire. C'est vrai, vous pourriez. Dites-moi lesquelles.

– Je plaisantais.

– Bon, eh bien, vous pouvez arrêter de plaisanter et me parler de votre famille.

Pat reprit son tic de lanceur, le poing qui frotte la paume, et dit :

– Je ne pense pas beaucoup à mon père, en fait. Je me souviens que c'était un homme colérique. Ma mère, oui, j'y pense.

Pour la première fois, Jury était sûr que les pensées de Muldare avaient suivi son regard, qui s'était détaché du terrain pour se fixer sur les planches, entre ses pieds.

– Elle s'appelait Howard. Il y a un comté de Howard, aussi, vous savez. Elle descendrait de John Eager Howard. Le philanthrope qui a donné une bonne partie de ses terres à la ville. Elle était bien plus jeune que mon père – vingt, vingt-deux ans, peut-être. Et il a pourtant vécu plus longtemps.

Il avait dans la voix un soupçon de colère contre cet homme qui avait eu ce culot.

– Ma mère est morte dans un accident de voiture. Nous allions à Cape May, dans le New Jersey...

– Vous l'accompagniez ?

– Oui. Nous étions tous les deux, en route vers Cape May. Les freins ont lâché et nous avons quitté la route pour le fossé. Je n'ai rien eu sinon des blessures superficielles.

Il se tut et leva les yeux vers le ciel, si bleu qu'il semblait d'émail et éternel.

– J'ai été assommé et quand je suis revenu à moi, eh bien, il y avait maman.

Il y eut un silence.

– Désolé, dit Jury.

– Peut-être suis-je resté bloqué là. Je devrais être marié, avec des gosses, j'aimerais ça, mais...

Il haussa les épaules et regarda Jury.

– Je vais vous dire une chose : je n'ai pas grandi.

Pendant toutes ces années d'interrogatoires – suspects, témoins, innocents, coupables –, Jury n'avait jamais encore entendu un homme admettre une chose pareille, se juger, sinon durement, du moins d'une façon que beaucoup d'hommes n'auraient pas trouvée virile.

– Peut-être avez-vous de la chance, Pat, fit Jury en souriant.

– Mais il semble que ces noms ne soient qu'une coïncidence, n'est-ce pas ?

– J'aurais pu le croire si Beverly Brown ne les avait pas reliés. C'était une femme très intelligente.

– Bev, fit Muldare sans tenter de cacher son manque d'enthousiasme. Mais cela voudrait dire que Bev connaissait mon histoire et je ne lui ai jamais dit ce que je viens de vous raconter. A moins qu'Alan ne l'ait fait. Je crois que pour lui les liens de famille sont importants. S'il est encore dans le secteur quand je m'en irai, il sera très riche.

Il regarda Jury.

– Vais-je y passer ? Dans la mesure où vous prenez les notes de Bev au sérieux... Les deux autres sont morts.

Jury ne répondit pas directement. Il regarda le terrain et le stade, que quelques hommes tels que Patrick Muldare avaient aidé à construire.

– Vous êtes très riche, Pat. Est-il possible que l'on convoite votre argent sans que vous ne vous en doutiez ?

Muldare répondit avec logique :

– Si je ne m'en doute pas, je ne vois pas comment répondre à cette question.

– Non, évidemment. Bien, fit-il en se levant, vous restez ?

– Oui. Bien sûr.

Jury sourit et lui dit au revoir. Il escalada la falaise de marches, se retourna une fois au sommet et fit un signe de main à Patrick Muldare qui lui rendit son signe. Il contempla le terrain irrégulier, les anneaux concentriques de sièges et ressentit une fois de plus une vague de puissance. Il se demanda si certains endroits attiraient les énergies, les rassemblaient comme de gigantesques générateurs et les retenaient, faisant vibrer l'atmosphère comme si elle était parcourue de lignes à haute tension. Oxfordshire et Wiltshire, Stonehenge, ou cette ville de l'Arizona, avec ses tourbillons, étaient des endroits de ce genre. Il songea aux menhirs du nord de l'Oxfordshire dont on disait qu'ils arrêtaient les montres et déréglaient les radios. Quand il regarda vers le gazon, il eut la sensation que ce nouveau grand stade était un de ces lieux, anciens et primitifs.

Il consulta sa montre, histoire de voir si elle fonctionnait toujours.

32

I

Melrose se remettait devant sa cheminée de l'*Amiral Fell* et défaisait les points qui fermaient la poche de la veste. Il aurait aimé avoir autre chose pour ce travail que ses seuls ongles. La couture avait été consolidée et il lui fallut un bon moment pour ouvrir la poche. Il y réussit enfin et en sortit une feuille de papier qui craqua quand il la toucha. Comme le fil de la couture avait été passé et repassé, la feuille avait été pliée et repliée, jusqu'à ne plus former qu'un épais carré. Melrose le déplia avec précaution. Le papier couleur de thé était si vieux et si usé que la lumière le traversait par endroits.

C'était l'acte de naissance d'un certain Garrett John Joiner Calvert, né d'Ann Joiner et de Charles Calvert.

Calvert. Melrose fixa les flammes.

Calvert... Joiner. La voix de Wes lui revint : « John-Joy, c'est un surnom. » Joiner... Joy. Mais l'acte de naissance ne pouvait être celui de John-Joy ; il était daté du 13 août 1784. Il établissait néanmoins un rapport – c'est du moins ce que John-Joy avait dû croire – avec les Calvert. Et donc avec Philip ?

Melrose revint au certificat. Philip Calvert, avait dit Jury, aurait été riche à la mort de sa tante, cette Mrs. Hamilton. Mais tuer pour cet héritage n'avait aucun sens. Celui qui avait assassiné Philip Calvert n'aurait jamais pu prétendre à la fortune de Mrs. Hamilton.

A moins, bien sûr, qu'un nouveau testament ne fasse son apparition. Ou un nouveau lien de parenté.

Melrose essaya de se rappeler le nom du professeur pour lequel Beverly Brown avait travaillé, le professeur d'histoire. Le généalogiste. Lamb. Melrose décrocha le téléphone et demanda à la réception de lui passer Johns Hopkins. Après avoir été baladé d'un poste à un autre, on finit par lui apprendre que le professeur Lamb était absent pour la journée ; non, lui dit-on plutôt sèchement, on ne communiquait pas les numéros personnels. Il demanda Ellen. Absente, elle aussi. Melrose laissa tomber.

Il pensa à Milos. Il pourrait retourner au *Nouveau Pauvre*, mais l'idée de se lancer dans une autre conversation avec Milos était tout simplement décourageante. Et puis il était presque sept heures, Milos devait avoir quitté son poste pour patrouiller en ville.

Il se passa la main sur le visage, se frictionna le cuir chevelu de ses poings fermés. Il essayait de déloger une bribe de conversation que lui avait tenue Hughie, dans le taxi. Ou plutôt, qu'il avait tenté de tenir car Melrose n'y avait prêté aucune attention. Il le regrettait, maintenant. Quelque chose flottait dans son éther mental et il n'arrivait pas à l'appâter, à le pêcher, à l'hameçonner... Est-ce que Hughie était toujours dans la rue, dans son chalut... ?

Seigneur, s'il ne se sortait pas de ce mode de pensée halieutique, il allait se transformer en poisson.

Il pensa alors : Va à Cider Alley. Les compagnons de John-Joy pourraient lui apprendre des choses sur le lascar. Probablement pas. Il avait l'impression que sa contribution à leur bien-être lui avait obtenu tous les renseignements qu'ils détenaient.

Melrose soupira, réfléchit un instant, et se souvint que Hughie avait mentionné la bibliothèque Enoch Pratt. Il ouvrit son *Guide des Étranger* à la page de l'index et la trouva sur une des cartes. Hughie avait, pour une fois, prononcé le nom correctement.

Il vérifia que l'acte de naissance était bien en sécurité dans son sac, jeta la cape sur ses épaules et sortit.

Pas de Hughie en vue, aussi héla-t-il un taxi qu'abandonnait son passager et indiqua sa destination au chauffeur. Alors qu'ils remontaient Calvert Street, Melrose demanda au chauffeur ce qu'il savait des Calvert.

Le chauffeur lui dit qu'ils fabriquaient du whisky.

II

Melrose ne savait pas au juste ce qu'il cherchait, mais il demanda à la bibliothécaire des livres retraçant l'histoire du Maryland, des vieux registres, des récits de famille, *et cætera*. La bibliothécaire le précéda jusqu'au classeur des références et lui demanda ce qu'il voulait exactement. Simplement feuilleter quelques ouvrages, dit-il, et elle répondit qu'elle devait avoir un ou deux livres – une histoire de Baltimore, disiez-vous ? Baltimore ou, plus généralement, le Maryland, répondit-il. Surtout le Maryland des XVIIe et XVIIIe siècles.

Il emporta trois livres jusqu'à une des longues tables et s'installa. Il y avait beaucoup de place, la bibliothèque était presque vide. Çà et là, aux longues tables sombres, quelques lecteurs lancés dans de fructueuses chasses littéraires tournaient des pages ou prenaient des notes.

Melrose aimait bien les bibliothèques. Pour lui, c'était des oasis, des sanctuaires au milieu d'un monde tumultueux. Il aimait le doux froissement des feuilles de papier, les frottements discrets des chaussures, les dialogues chuchotés. Juste en face de lui était assis un vieil homme à la barbe grise, vêtu d'un pardessus démesuré et entouré de livres et de sacs. Il lisait laborieusement, en suivant les lignes de l'index et en dessinant les mots avec ses lèvres. Il avait un cartable de chaque côté de sa chaise, ils lui serviraient (se dit Melrose) à emporter des livres. D'un sachet brun et gras où il plongea la main, il retira un sandwich qu'il attaqua avec un bonheur non dissimulé. Ce faisant, il leva les yeux sur Melrose et lui fit un grand sourire.

Melrose lui rendit son sourire et se mit à penser que peut-être il pourrait postuler pour le poste de bibliothécaire de Long Piddleton.

La tâche qui l'attendait lui revint à l'esprit et il commença à lire les *Registres de l'Église révolutionnaire coloniale du Maryland.* Il s'agissait de recensements, d'enregistrements de mariages, de décès. Il était plein de ces informations extravagantes dont raffolait Diane Demorney. La jolie bibliothécaire aux joues roses s'approcha de sa table, y déposa deux livres et s'éloigna sans un bruit. Elle aurait fait un excellent monte-en-l'air. Un des livres contenait des fac-similés des actes du Conseil pour les années 1636 à 1647. Il l'ouvrit, le feuilleta et tomba sur un des nombreux documents répertoriés comme extraits du Journal de la Chambre des lords.

Melrose lut :

Lords & Communes des Colonies Estrangères, Novem : 1645,

... et aussi des Lettres Patentes, par lesquelles Sa Majesté, dans la huitième année de son Resgne, accorda ladite Province à Cecill Caluerte, et d'un Certificat du Juge de l'Amirauté que Leonard Caluerte, ancien Gouverneu(r), avait une Commission d'Oxford...

Caluerte. Calvert, certainement.

Leonard Calvert avait été le premier gouverneur du Maryland.

Ils n'étaient pas satisfaits de la manière dont Cecil et Leonard géraient leurs affaires, alors quel avait été le rôle de Cecil ?

Il interrompit sa lecture, regarda sans le voir son voisin de table qui ânonnait toujours. Il plissa le front. Puis il se leva et alla jusqu'au bureau derrière lequel la bibliothécaire tamponnait des livres. Il demanda le *Burke's Peerage*. Elle le guida vivement jusqu'à des rayonnages et le lui tendit.

Il l'emporta à sa table et chercha le nom.

Il ferma le volume et ferma les yeux. Voilà une chose qu'Owen Lamb aurait pu lui dire sur-le-champ. Il ouvrit les yeux et regarda autour de lui. Il s'agissait d'un pan d'histoire dont n'importe qui ici aurait pu lui parler. Il se sentait honteux d'être si ignorant. Soudain, la voix de Hughie lui revint. « *Alors ce con, il essaye d'empoisonner un oncle alors que c'est l'autre oncle qui est supposé hériter, et non pas le mec qu'il cherche à refroidir.* »

Melrose ouvrit de nouveau le *Burke's* et chercha « Delaware ». Le neveu de sir Owen West essaya d'empoisonner son autre oncle, Thomas West, parce qu'il le croyait à tort héritier du titre de lord Delaware. Melrose en était presque désolé pour lui, pauvre diable. Ce qui prouvait que les règles de la primogéniture pouvaient être extrêmement compliquées.

Hughie ne connaissait pas ses monuments mais il connaissait vraiment ses Delaware. Mon Dieu, pensa Melrose.

Ou, plutôt, *Monseigneur*.

III

Il était presque huit heures quand Melrose descendit de son taxi. La boutique d'Aliceanna Street était fermée. Son souffle ternit la vitrine par laquelle il essayait de distinguer, à l'intérieur, un signe de vie, Jip peut-être, ou sa tante. Il n'y avait aucune lumière, sinon le lampadaire dont le globe vert déposait des ombres liquides sur le bois sombre. Et aussi la lune de néon bleu accrochée dans la vitrine.

Melrose frappa, personne ne vint. Il secoua le bouton de porte, n'obtint pas de réponse, mais quand il le tourna, la porte s'ouvrit. Tout en étant soulagé d'avoir accès à la boutique, il avait envie de frotter les oreilles de Jip pour avoir oublié de fermer la porte. Il entra.

La cage de l'oiseau était recouverte du châle rouge, ce qui ne semblait pas avoir grand effet sur les activités nocturnes du perroquet. De la cage provenaient des grattements de papier de verre et des *ch-ch-ch-ch*, comme si l'oiseau était occupé à quelque construction.

Melrose trouva le chariot enfoui au milieu des masses de vêtements, bien caché par les robes et les jupes. Jip n'avait pas dû vouloir qu'il stationne dans les parties communes ; sa tante aurait pu poser des questions. Melrose le dégagea, écartant les ourlets, les manches et les jambes de pantalons.

Tout avait l'air d'être là. Quand Melrose avait sorti tous les vêtements pour les examiner, il avait fait tomber les livres de John-Joy au fond. Il y avait une vieille bible du roi Jacques, un roman de Michener à la couverture en lambeaux, le livre que Melrose avait pris pour un registre d'hôtel. Le quatrième était un recueil plat, comme un registre aussi, mais plus petit.

Melrose apporta ces deux derniers livres jusqu'au halo de lumière verte et s'assit sur un tabouret. Le plus grand des deux était un de ceux dont on se servait à l'église pour l'enregistrement des mariages, avant la création des bureaux d'enregistrement. Les dates allaient de la fin du XVIIIe au début du XIXe. Il parcourut chaque page de l'index, cherchant un Calvert, et finit par en trouver un : le mariage d'un Charles Calvert avec une Ann Joiner. Date : 6 août 1783. Melrose ferma le livre et fit le calcul avec la date portée sur l'acte de naissance.

La reliure de l'autre livre commençait à céder, quelques pages étaient déchirées, d'autres tachées. L'aspect général révélait qu'il avait bien bourlingué pendant les deux cents années écoulées. C'était un livre de comptes, les colonnes de droite portaient, au sommet, les lettres « l – s – d » pour « livres, shillings, pence ».

1785		l	s	d
Oct. 23	deux paire draps de toile	0	16	0
Oct. 27	un boisseau d'avoine	0	5	0
Oct. 27	Clous	0	0	9
Oct. 28	un chapeau	0	2	0
	Total	1	3	9
Nov. 1	trois robe pour bébé Garrett	0	0	10
Nov. 2	ruban pour jarretières	0	0	2
Nov. 9	une pinte d'huile	0	0	10
Nov. 11	deux pintes de vinaigre	0	0	8
Nov. 11	deux bandes	0	1	0
	Total	0	2	8
Nov. 12	une couverture pour lit de Char.	0	4	0
Nov. 12	un costume	0	10	0
Nov. 16	un quart de boisseau de sel	0	0	8
Nov. 19	un boisseau de pois	0	4	0
Nov. 21	une paire de souliers	0	2	0
	Total	0	16	8

Combien de temps resta-t-il dans les ombres fantomatiques qui tombaient du globe vert ? Il fut tiré de ses conjectures par le gong d'une horloge qui annonçait vingt heures quarante-cinq.

Il se leva du siège bas, un peu engourdi, et songea aux curieuses implications de ce qu'il avait découvert. C'était étonnant si c'était vrai, mais Melrose ne pouvait envisager autre chose qui explique les meurtres de John-Joy et de Philip Calvert. Et de Beverly Brown.

Ça lui donnait la chair de poule. Quel mobile bizarre. Il pensa encore à *Noblesse oblige.* Ce qui était arrivé à John-Joy et à Philip, eh bien, ce ne serait pas la première fois.

Il prit les livres sous le bras pour aller retrouver Jury et les autres au *Cheval* et se dirigea vers la porte. Il souleva le châle en passant près de la cage. L'oiseau battit des ailes et coassa : « Ah-plus ! Ah-plus ! »

Il tenait un scénario à propos d'Avalon que Barry Levinson n'avait jamais écrit.

Maintenant, s'interrogea Melrose, quel autre Calvert attendait dans les coulisses avec ses Lettres Patentes ?

33

Il le découvrit moins d'une heure plus tard.

Quand il entra au *Cheval,* il n'y avait pas beaucoup de clients et encore moins d'activité. Sans match de foot pour animer leur grand écran, les habitués étaient figés devant un jeu télévisé qu'ils regardaient sans enthousiasme.

– J'ai des choses à te dire, fit Melrose en déposant les livres sur la table et lui-même sur une chaise.

– Et j'ai des choses à *te* dire, fit Jury. A propos de Patrick Muldare. Ce n'est pas son patronyme d'origine. Écoute ça : il y a des années, l'arrière-arrière-arrière-grand-père de Muldare s'est plus ou moins fâché avec la famille et, pour marquer le coup, il a changé de nom. Son nom était Calvert. Intéressant, non ? Ce pourrait être une coïncidence, bien sûr, Calvert est un patronyme plutôt répandu, mais j'en doute. Que ce soit une coïncidence. Beverly Brown semblait aussi en douter. Mais qu'est-ce qui ne va pas ?

Les mains de Plant s'étaient immobilisées alors qu'elles versaient sa bière et il restait bouche bée, à regarder le vide.

– Patrick Muldare est un *Calvert* ?

– Muldare dit qu'il n'y a même pas pensé quand j'ai mentionné le meurtre de Philip Calvert. La seule chose dont Patrick semble se soucier est la décision de la NFL.

Jury sourit. Mais pas Melrose.

– Il retient son souffle. Il attend d'apprendre, primo,

si Baltimore est choisie, et, deuzio, si *lui* et ses commanditaires sont choisis. Néanmoins, il ne croit pas avoir beaucoup de chances. Il pense qu'il ne fait pas grande impression sur les propriétaires de l'équipe.

Melrose prit une gorgée de bière et reposa son verre.

– Peut-être seraient-ils impressionnés si Patrick Muldare était lord Baltimore.

Wiggins releva brusquement la tête de son *Debrett*.

– S'il était *qui*?

– Lord Baltimore. Baron. C'est un titre irlandais, il n'y aurait donc aucun litige à propos de terres ou de biens.

Melrose attira à lui le *Debrett*, trouva la page qu'il cherchait, tourna le livre vers eux, tapotant de l'index la ligne qui l'intéressait.

– George Calvert, premier baron Baltimore. Calvert est le nom de famille.

Melrose sortit l'acte de naissance de sa poche et le déposa sur les livres.

– Tu plaisantes, fit Jury en riant.

– Pas du tout, c'est écrit là.

Melrose poussa le registre vers Jury ainsi que l'acte de naissance.

– Qu'est-ce que c'est?

– Le joint.

C'était au tour de Jury de rester bouche bée. Quelque chose de désagréable prenait forme dans son esprit.

Wiggins, pour sa part, membre fraîchement oint de la noblesse britannique, se pencha sans hésiter sur le Debrett. Il lut et énonça son commentaire :

– George Calvert, premier lord Baltimore...

– Propriétaire du territoire dit Avalon, continua Melrose. Plus tard nommé Maryland, *Terra Mariae*, en l'honneur d'une tante de Louis XIV. Ce premier lord Baltimore – baron – avait deux fils, Cecil et Leonard. Leonard fut le premier gouverneur du Maryland, et il est important car, quand le sixième baron mourut DSP...

Wiggins leva les yeux et dit, pour le bénéfice de Jury :

– C'est-à-dire sans enfant. En fait, monsieur, je crois que dans ce cas ce devrait être DSMP. Sans descendance *mâle.*

– Oui. Vous apprenez vite, Tweedears.

Wiggins prit un air béat.

– Quand, donc, le sixième baron mourut, le problème survint avec les descendants mâles de Leonard. Étant le fils cadet, ses héritiers mâles devaient recevoir le titre. Mais à l'époque de sa troisième ou quatrième descendance, William, on ne put prouver que le mâle suivant l'était vraiment. Par conséquent, toute la lignée devint baron *de jure* au lieu de baron *de facto.*

Là, Melrose hocha la tête en direction de Wiggins, le sergent étant désormais familiarisé avec ces délicats problèmes de titre.

– Patrick Muldare est un des descendants...

– Serais-tu en train de dire que Philip Calvert et John-Joy l'étaient aussi ? Impossible.

Jury secoua la tête.

– Pas du tout. D'après ces registres, Philip Calvert et Pat Muldare sont des cousins à je ne sais quel degré. Et John-Joy, en réalité John Joiner Calvert, est quelque chose comme leur oncle. Je ne connais pas leur lien de parenté exact, mais Beverly Brown devait le savoir.

Il tourna vers Jury les deux livres ouverts.

– Ceci prouve qu'Ann Joiner a épousé un Charles Calvert. Et qu'il leur est né au moins un fils, Garrett John Joiner.

– Ça remonte à bien trop loin pour que ce fils soit John-Joy.

– Oui, bien sûr. Mais l'acte de naissance...

Il le sortit des pages du livre de comptes où il l'avait glissé.

– ... indique que John-Joy appartient à la lignée des descendants mâles. C'est ce qu'il implique, à coup sûr.

Jury fronça les sourcils.

– Mais, Seigneur, cela signifie que John-Joy aurait été...

Jury fixa Melrose. Il aurait éclaté de rire si les conséquences de ce que racontait Plant n'étaient pas aussi affreuses.

– ... aurait été *lord Baltimore*?

– En principe, oui.

– Mais, fit Wiggins, John-Joy est mort DSMP.

Melrose acquiesça.

– Par conséquent, s'il y a un lien de famille entre lui et le père de Philip Calvert, le titre passerait au *père* de Calvert et, par conséquent, à Philip Calvert. Et s'il est établi un lien de famille entre Calvert et Muldare, à Patrick Muldare. Je crois que Beverly Brown a découvert ces vieux registres et peut-être une preuve qu'il y a eu un autre fils. Que Charles a eu un autre enfant. Et qu'en fin de compte Calvert – Philip – et Calvert-Muldare – Patrick – en sont les descendants. A mon avis, Philip était le prétendant, juste après John-Joy.

– Et pourquoi cet avis? demanda Jury.

– C'est plutôt simple, commissaire. Parce qu'ils sont *morts* tous les deux.

Jury se leva.

– Je vous prie de m'excuser, fit-il en s'emparant de sa chope. J'ai besoin d'un verre.

Non, pensa Jury.

Il était appuyé au bar, regardant l'écran de télé sans le voir alors que le guitariste nasillait à propos d'amis et de trahison.

Il avait, plusieurs fois au cours de sa carrière, été pris au dépourvu. Une fois ou deux, même, il avait détesté devoir reconnaître le coupable. Mais c'était la première fois qu'il refusait aussi catégoriquement de le croire.

Il revoyait leurs deux silhouettes assises dans Oriole Park, sous le ciel d'un bleu vitrifié. L'obscurité devait être tombée, là-bas aussi.

Je n'ai jamais grandi.

Jury déposa la chope de bière fraîche sur la table et dit :

– Patrick Muldare ne peut pas les avoir tués. Ce n'est pas le genre.

La mâchoire de Wiggins se décrocha.

– Pas le genre, monsieur ?

Jury l'ignora.

– Celui qui peut fabriquer un faux aussi élaboré qu'une *histoire* – entière ou presque entière – peut certainement faire quelque chose d'aussi simple qu'un acte de naissance et truquer un vieux registre.

– Mais *pourquoi* ? demanda Wiggins.

– D'après ce que j'ai appris de Beverly Brown, pour se venger. Ou même, Dieu ait pitié de nous, pour faire une plaisanterie. Et si elle avait convaincu le pauvre John-Joy qu'il était un des barons Baltimore et lui avait remis l'acte de naissance pour le prouver ?

– Pour se venger ?

– De Patrick Muldare, fit Jury. Je crois qu'elle s'est fait plaquer. Je ne pense pas qu'un homme puisse plaquer Beverly Brown sans courir de grands risques. Et sachant qu'il aurait donné gros pour quelque chose, comme il dit, « qui en jette, quelque chose d'Hollywood »...

Il y eut un long silence pendant lequel ils réfléchirent. Les minutes passèrent, puis Melrose demanda :

– Où est Ellen ?

– A Hopkins, monsieur, fit Wiggins. Elle a dit que vous lui avez pris tant de temps aujourd'hui qu'elle a dû retourner à l'université ce soir rattraper son retard.

– Oh ! vraiment, *vraiment*. Je suis responsable de toutes ses difficultés d'écriture.

– Plutôt, oui, fit Wiggins avec un grand sourire avant de se remettre à l'étude du registre.

– Tu as trouvé ces livres dans le chariot de John-Joy, n'est-ce pas ? Et le chariot était toujours là quand les flics ont trouvé le corps.

– Il faut croire, oui.

– Alors pourquoi l'assassin ne les a-t-il pas emportés ? Un truc pareil, entre les mains de quelqu'un d'assez malin pour s'y intéresser comme tu l'as fait, devient une preuve accablante. Mais surtout, il en aurait besoin pour faire sa réclamation. Que diable présentes-tu à la Chambre des lords quand tu essayes de prouver que tes ancêtres étaient les barons de Baltimore ?

Wiggins se tourna vers Melrose Plant.

– C'est justement ma question.

– Je ne suis pas sûr. Plus que ce qu'il y a dans ces registres, je dirais. Mais l'idée n'était pas de convaincre la Chambre des lords, non ? C'était de convaincre Patrick Muldare.

Ils gardèrent le silence une autre minute, chacun regardant les documents à son tour.

– Flûte, fit Jury. Ils doivent être faux. C'est impossible autrement... Mais je ne vois pas...

– Il y a une chose, monsieur, dit Wiggins.

– Quoi ?

– La personne qui a truqué ces colonnes ne savait pas compter.

Jury regarda le livre de comptes, parcourut les colonnes du doigt en marmonnant.

– ... Couverture pour Charles... Robes pour bébé Garrett... hum, hum.

Il fit quelques additions.

– Cette colonne fait deux shillings et huit pence. Mais ça ne colle pas avec les dix pence pour le prétendu bébé Garrett ! Regarde.

Il tourna le livre vers Melrose.

– Si tu ôtes ces deux articles de ces deux colonnes, *alors* la somme est juste.

Wiggins et Melrose regardèrent la page.

– Ce qui signifie que quelqu'un d'autre a ajouté les fournitures pour Charles et bébé Garrett. Ce livre de comptes est supposé prouver leur existence. Charles et Garrett doivent faire le lien avec l'actuelle génération des Calvert.

– Sauf que ces gens n'ont jamais existé, ajouta Jury.

34

Comment allait-elle réussir à sortir Sweetie de ce mauvais pas ? Sweetie était assise, comme elle l'avait laissée, les yeux baissés sur la boîte blanche vide. Ellen écrivit :

Sweetie tenait la boîte avec précaution, comme si elle était d'une extrême fragilité et pouvait se briser. Elle leva les yeux vers la fente de la boîte aux lettres.

Ellen leva les yeux et fixa le mur nu, face à son bureau. Elle veillait à ce qu'il reste ainsi, vide de photos, panneaux d'affichage, calendriers, messages – toute la bourre mentale qui aidait à fixer l'illusion qu'il existait un flux chronologique des choses. « Ellen : déjeuner jeudi ? cafétéria ? » Le message n'était pas là, bien sûr, sur le mur. Le mur était dans les limbes (la condition humaine). Jeudi était un concept pas plus fiable que des chocolats dans une boîte de chocolats. Il n'était pas étonnant que Sweetie ait besoin d'étiqueter les choses : sucre, broc, assiette. Chez Sweetie, rien n'était sûr. Le temps était fracturé, il rôdait comme une créature de Frankenstein, se traînait, trébuchait, brisé, membres rompus.

Sweetie ne savait pas depuis combien de temps elle tenait la boîte. Elle ne savait pas s'il faisait Jour ou Nuit.

Ellen se tourna vers la fenêtre. C'était la nuit. Noire

comme de la poix. Puis elle regarda derrière elle, à l'horloge du mur. *Elle* savait depuis combien de temps *elle* était assise à ce bureau : une heure et trente-sept minutes. Trente-sept et demie. L'aiguille des minutes glissa. Trente-huit. Vingt-deux minutes encore, assise là. Elle pouvait certainement tenir vingt-deux minutes de plus.

Oh, *Dieu !* Ellen serra les poings et frappa le bureau. Puis elle se mit la tête entre les mains. Oh ! *elle* savait ce que préparait Maxim, mais elle ne pouvait dire *pourquoi*. De l'air. Elle avait besoin d'air.

Elle se leva et alla à la fenêtre, la chaîne de vélo traînant après sa cheville. Elle ouvrit la fenêtre et se pencha au-dehors. L'air glacé lui fouetta la peau, elle s'en réjouit : peut-être allait-il lui réveiller l'esprit. Elle regarda en contrebas et, parce qu'elle n'avait rien de mieux à faire, décida de calculer jusqu'où irait la chaîne, au cas où elle sauterait, et à quel niveau elle-même pendouillerait. Elle regarda la chaîne, la mesura du regard – un mètre cinquante de jeu, environ. Elle se pencha un peu plus et se dit qu'elle n'était pas si loin du sol, ou du moins de ce buisson, là-bas, qui amortirait sa chute. La chaîne, probablement, l'arrêterait à deux mètres cinquante du sol avant de rompre...

Oh, dieux du ciel ! Elle était prête à n'importe quoi pour ne pas écrire ! Ellen referma la fenêtre.

Elle se traîna jusqu'à son siège, jeta un œil (coupable) à l'horloge et vit qu'elle avait passé quatre minutes entières à la fenêtre. Oh, et puis merde (elle se disputait avec sa culpabilité). Maintenant, on ne peut même plus s'arrêter pour une goulée d'air *dégueulasse* ?

Hé, ce n'est pas ce que tu faisais, si ? *Tu* te penchais à la fenêtre et tu mesurais la chaîne, non ? Tu devrais régler la sonnerie et ajouter cinq minutes. Dix, si tu étais honnête. Les cinq minutes que tu as passé à te limer les on...

Ta gueule ta gueule TA GUEULE ! Puis elle pensa, avec morgue : De toute façon, je ne peux *pas* la régler, hein ?

Parce que je ne peux *pas* l'atteindre, pas avec cette chaîne à ma cheville.

Vraiment? répliqua Moi Consciencieux. Si tu ne peux pas atteindre le réveil...

Ellen se boucha les oreilles des deux mains, comme si une voix lui parlait vraiment. Mais elle connaissait ce qui allait suivre.

... alors, tu ne peux pas non plus atteindre ta *clé*.

Le ton était tout simplement insupportable de suffisance et d'autosatisfaction.

Quelqu'un viendra. *Ils* viendront. Richard Jury a dit qu'il viendrait me chercher pour me ramener chez moi. Ha ha ha.

Extrêmement satisfaite de s'être montrée plus rusée qu'elle-même, elle s'apprêtait à s'asseoir quand elle entendit un bruit de pas qui remontait le couloir.

Je te l'avais bien dit, non? dit-elle à Moi Consciencieux. Et elle se sentit déprimée car elle avait horreur de gagner ce genre de bataille contre elle-même.

Oh! il n'aura qu'à rester assis dans un coin et à attendre.

Elle leva le nez vers les coups frappés au chambranle (la porte était restée ouverte) et au salut simultané.

– Bonjour!

Ellen se rembrunit. Qu'est-ce qu'Alan Loser fichait là?

Ce qu'il fichait, réalisa-t-elle dans la seconde suivante, c'est qu'il tenait un revolver à la main. Il semblait même l'en menacer.

– Je crois que vous avez des papiers qui appartenaient à Beverly Brown.

Le sourire le plus engageant du monde, comme s'il n'avait pas relevé la sécurité de son arme.

C'était en tout cas ainsi qu'elle interprétait le déclic minuscule et étrange. Elle fixa l'arme puis Alan, bouche ouverte. Horrifiée, elle se figea.

Ou plutôt, une partie d'elle-même se figea. Moi Consciencieux chuchota : Flûte, ça va durer combien de temps, ce cirque?

Elle ouvrit la bouche, rien n'en sortit. Elle réussit à dire :

– Qu'est-ce que vous faites ?

Elle recula et la chaîne suivit. Alan la remarqua, il rejeta la tête en arrière et éclata de rire.

– L'écrivain au travail ?

Elle s'immobilisa. Encore suffisamment elle-même pour être sur la défensive, elle répondit la chose habituelle :

– C'est une scène de mon livre. Je répète. Je le fais souvent. S'il vous plaît, posez ce revolver.

Et une idée lui traversa l'esprit.

– Je ne peux aller nulle part, *visiblement*, dit-elle d'un ton hargneux, comme si elle parlait à un crétin.

Il rit encore et baissa son arme.

– Non, en effet. Mais là n'est pas le problème, pour finir.

Son soulagement disparut. Pour finir ? Quelle fin ? Celle de qui ? Elle déglutit et demanda avec l'air le plus rogue possible :

– Que diable voulez-vous ?

– En apéritif, ce que Beverly Brown vous a confié.

– Le manuscrit de *Poe* ? Mais c'est un...

Devait-elle lui dire que c'était un faux ?

– ... problème. Personne ne sait s'il est authentique.

Elle repartit vers la fenêtre tout en regardant l'heure. Seigneur.

– Le manuscrit. Mais évidemment que c'est un faux. Une des petites blagues de Beverly.

Une blague !

– Vous *saviez* qu'il était faux ?

– Bien sûr, je le savais. Beverly et moi étions... du moins jusqu'à l'arrivée de Patrick. Je veux tout ce qu'elle vous a confié.

Trois minutes.

Le regard d'Ellen passa de l'horloge au tiroir du bas de son classeur.

– En bas.

– Le tiroir du bas.

– Il est fermé à clé.

Elle extirpa la petite clé de la poche arrière de son jean et la lui lança.

Alan eut un signe de tête vers la chaîne.

– Elle n'est pas assez longue, n'est-ce pas ?

Le revolver à la main, braqué vers le plafond, il s'approcha d'elle. Il tira sur la chaîne, mesura sa longueur du regard et sourit.

– Très coopératif de votre part de vous être enchaînée à votre bureau.

Puis il alla jusqu'au classeur, s'agenouilla, posa son arme par terre et enfila la clé dans la serrure.

Deux minutes dix secondes.

Ellen fixa l'horloge.

Elle était presque dos à la fenêtre. Sur le ton d'une conversation banale, elle demanda, s'éclaircissant la gorge pour pouvoir parler :

– Que cherchez-vous ?

Son regard ne quittait pas l'arme, tout près de son pied, de son pied *à lui*.

– Les notes de Beverly, fit-il en lui souriant. Et un acte de naissance.

Une minute cinquante secondes.

– La preuve de votre naissance ?

– L'humour du condamné ? Je dois dire que vous avez plus de cran que n'en a eu Beverly.

Que n'en a eu Beverly ? Oh, Seigneur...

Assis en tailleur par terre, il se pencha au-dessus de l'épais dossier. Comme un fichu étudiant qui lirait son propre manuscrit.

– Elle croyait pouvoir me faire chanter. Elle n'était pas bête. Mais il ne fallait pas être très brillant pour deviner ce qui était arrivé à Philip Calvert.

– Calvert ?

Une minute trente secondes.

Alan la regarda, surpris.

– Vous n'aviez pas encore compris ?

Il retourna au classeur.

– Aucune importance, vous auriez fini par comprendre. C'était une idée de Beverly, en fait. Sa façon de remercier Patrick de l'avoir plaquée.

Il leva les yeux au plafond et secoua la tête.

– Parfois, je me pose des questions à son sujet. Il est gamin, c'est sans espoir, et pourtant c'est toujours moi que l'on a accusé d'irresponsabilité, entre autres.

Il tourna quelques pages, apparemment captivé par ce qu'il lisait.

– Beverly savait qu'il était un Calvert. Je le lui avais dit. Quand ce Philip Calvert a croisé sa route, elle a eu cette idée. Une idée de génie, je dois dire. Et quelqu'un capable de fabriquer une histoire entière – enfin, presque – de Poe, crédible ne serait-ce que cinq minutes, pourrait sans problème torcher un ou deux documents. Griffonner quelques lignes dans un registre...

Sa main écrivait en l'air.

– De quoi parlez-vous ? Merde, je ne sais pas de *quoi vous parlez* !

Alan leva les yeux. Il déplaça son arme de quelques centimètres comme s'il arrangeait un couvert. Mais elle restait près de son soulier.

– Je vous en prie, Ellen ! Vous n'êtes pas si bête.

– Oh si, je le suis ! Je suis très bête !

Depuis une minute et demie, elle progressait vers la fenêtre centimètre par centimètre. *Quarante secondes. Oh, Seigneur ! – sonne sonne sonne sonne...*

– Bien, fit-il, convaincu de sa stupidité. Vous ne vous êtes pas encore rendu compte, mais je suis certain que vous auriez compris aussitôt que le bruit que Patrick est l'actuel lord Baltimore se serait répandu.

Il brandit une feuille de papier et l'agita avec provocation.

Nom de Dieu, que racontait ce maniaque ?

– Les notes de Bev. Cette généalogie.

Elle suivit du regard les mouvements du papier. *Dix secondes.*

– Ce sont des trucs qui ont à voir avec son travail pour Owen Lamb. Je n'y ai même pas fait attention.

– Vous l'auriez fait. Plus tard. Bien, ça a été un plaisir de parler devant un public captif...

Le bruit qui éclata lacérait les tympans.

Le vacarme étourdissant du réveil le fit reculer, il commença à se relever et, dans cette position, à moitié accroupi, son pied dérapa. Le pistolet fut expédié à travers le plancher et Ellen se laissa tomber dessus. Elle s'accorda une seconde d'extase devant ce cadeau inattendu avant de faire feu.

Alan Loser hurla et s'empoigna le genou, serrant les mains autour du sang qui jaillissait entre ses doigts.

– *Foutu salaud!* cria-t-elle.

Puis elle redressa le canon et visa. Elle entendit alors un bruit de pas, puis Richard Jury et Melrose Plant firent irruption dans la pièce.

– Ellen!

Jury alla vers Loser et Plant vers Ellen.

Elle se dégagea du bras qu'il avait posé sur ses épaules.

– Écrire est une saloperie.

35

Ils prenaient un verre d'adieu au *Cheval* quand Ellen dit, avec une désinvolture forcée :

– Je ne crois pas que ces reporters aient été très intéressés par mes habitudes, hein ? Je veux dire qu'ils ne vont pas prendre la peine d'en parler dans leurs articles, n'est-ce pas ?

– Vous voulez parler de l'habitude de vous enchaîner à votre bureau pour écrire ?

– Je *veux parler* de la manière dont j'essaie de *vivre* ce qui arrive à mes personnages.

Elle fusilla Melrose du regard. Il se versa une autre bière et dit :

– Cette scène doit vous donner du fil à retordre, puisque vous vous enchaînez à votre bureau tous les jours. Et la nuit.

– Inutile de faire des commentaires... On ne vous a rien demandé.

Mais il ne pouvait s'en empêcher. D'un air perplexe, il feuilleta son exemplaire de *Fenêtres*.

– Vous savez, je ne me souviens pas du tout de Sweetie, ou de Maxim, d'ailleurs, avec des chaînes.

Il claqua des doigts.

– Ah ! c'est le titre, alors ?

Elle le regarda d'un air suspicieux.

– Que voulez-vous dire ?

– *Chaînes*. C'est *Chaînes* le titre du dernier de la trilogie ?

– Complètement hystérique.

Ellen bouscula sa chaise de manière à tourner le dos à Melrose.

Wiggins était occupé à trouver de la place dans son bagage à main pour plusieurs boîtes de Bromo-Seltzer.

– Vous avez été très courageuse, Miss. Ce que vous avez fait demandait beaucoup de sang-froid.

Elle le regarda, souriante.

– Vraiment? Vous savez, j'avais simplement l'intention de sauter par la fenêtre quand l'alarme se serait déclenchée. Je me disais qu'il serait trop perturbé par le bruit pour tirer. Mais il a donné un coup de pied au pistolet. Comment va ce porc, d'ailleurs?

– D'après Pryce, fit Jury, il s'en sortira.

– Dommage.

– Une rotule en bouillie. Ça fait très mal.

– Je voudrais avoir tué ce fils de pute. Comment croyait-il s'en tirer après m'avoir assassinée, moi?

Son ton impliquait qu'elle appartenait à cette exceptionnelle race de mortels que l'on n'assassine pas.

– J'imagine qu'on aurait pensé à la jalousie d'un collègue, ou que quelqu'un voulait ce manuscrit. Vous en aviez la garde, après tout.

– Oui, mais c'est un faux. On le savait.

– Nous, oui, mais qui d'autre? Votre ami Vlasic l'ignorait, par exemple, dit Jury.

– Vlasic, dit Melrose avec une grimace, aurait adoré découvrir ce manuscrit.

– Ça l'a un peu fait passer pour un idiot, fit Wiggins. Un de ses élèves qui fait une telle trouvaille.

– Une minute, dit Ellen. Êtes-vous en train de dire que cet inspecteur aurait arrêté *Vlasic*? Alors, je regrette de m'en être mêlée.

– Et, reprit Jury, la mort de Philip Calvert et de John-Joy n'aurait jamais été résolue. Aussi bon inspecteur que soit Pryce, quel lien aurait-il fait entre les deux?

– Il n'est pas aussi bon que lord Ardry, déclara Wiggins.

Melrose soupira. Il espérait que Wiggins n'allait pas adopter cette nouvelle manière de s'adresser à lui. Mais, supposa-t-il, c'était de lord Tweedears à lord Ardry.

– C'est Hughie qui m'a mis sur la piste. A force de parler de cette famille Delaware.

– Tu es trop modeste, fit Jury.

– Seigneur! s'exclama Ellen. Et l'idée était de faire croire que *Pat* les avait assassinés. Avec ce titre pour mobile. Mais les preuves? Comment comptait-il faire le lien entre Patrick et cette cabane de Pennsylvanie?

– Dans la mesure où Muldare n'aurait pas eu d'alibi solide – et je parie que Loser s'était arrangé pour qu'il n'en ait pas – et dans la mesure où la police aurait été convaincue qu'il avait un *mobile* pour tuer Calvert, alors ce n'aurait pas été un problème. Et ça aurait été pareil pour John-Joy.

– Et il a eu le culot *d'écrire* sur la main de Milos. Pourquoi ne s'est-il pas enfui à toutes jambes?

– Il voulait le joint, fit Melrose.

Wiggins soupira en contemplant les minuscules bulles blanches en éruption à la surface de son verre.

– Nous ne saurons jamais ce qui est arrivé.

Devant le cercle des visages perplexes, il ajouta :

– *L'histoire*. Violette.

– Ah! fit Melrose. Ne vous faites pas de soucis, sergent Wiggins. J'ai le dénouement avec moi.

– Où l'avez-vous trouvé?

– Dans le dossier. Celui de Beverly Brown. Dans votre bureau, ajouta-t-il pour Ellen.

Jury plia une plaquette de chewing-gum qu'il se mit dans la bouche en regardant Melrose.

– *Impossible!* dit Ellen. Je l'aurais trouvé.

Elle esquissa le geste de lui prendre la feuille, mais Melrose éloigna sa main.

– Il avait – Alan Loser, je précise – éparpillé les feuilles sur le plancher. Il se fichait complètement du manuscrit et cette page est tout simplement restée parmi les autres.

Jury mâchait son chewing-gum. Il se mit le menton dans la main et fixa Melrose.

– Je le lis, vous voulez bien?

Le « Oui » de Wiggins était avide. Ellen faisait la tête et elle continua à marmonner qu'elle ne comprenait pas comment elle avait pu ne pas le voir. Jury garda le silence.

Melrose ajusta ses lunettes et ouvrit la bouche pour lire, mais il se ravisa :

– Quel est, selon vous, le point le plus intrigant de cette histoire?

– Aucun, fit Ellen, replongeant dans son carnet.

Wiggins était quant à lui plus enthousiaste.

– Ce qui s'est passé dans la cour. C'est une énigme du genre mystère de la chambre close, n'est-ce pas?

– Oh, ça? dit Melrose avec négligence. C'est plutôt simple.

– Vraiment? Bon, et Violette alors? Comment est-elle morte?

Melrose sourit.

– Qui a dit qu'elle était morte?

Les yeux fixés sur son carnet, Ellen déclara :

– Oh, *arrêtez!* C'est la question que vous préférez.

Melrose ajusta ses lunettes et lut :

Ma chère madame,

L'humidité de ces pierres glacées s'épaissit sous mes doigts comme du sang, et l'encre qui coule de ce stylo comme un flot visqueux paraît d'un rouge bien sombre contre mon papier.

Ceci sera la dernière lettre que je vous adresse.

M. P... était si furieux d'apprendre que je n'avais rien vu, rien entendu, au cours de mon long séjour de la veille dans sa chambre, qu'il insista pour que nous descendions dans la cour et sur la scène (bien triste hallucination !) de l'effrayant rendez-vous dont il avait été trois fois de suite le témoin.

Comme j'aimerais, si j'en avais les moyens, revenir à son affreuse chimère ! Car le présent est bien plus redoutable !

Alors que nous attendions dans l'obscurité profonde où nous étions descendus, il se montra de plus en plus incohérent. Un homme poussé aux limites de ses facultés mentales par des fantômes qui l'avaient complètement dominé. Soudain, dans sa fièvre de me persuader que tout s'était déroulé comme il me l'avait si bien décrit, il tira - de quelque endroit secret - deux rapières et, brandissant l'une d'elles, jeta la seconde dans ma direction. Je peux, à cet instant encore, entendre le heurt glacé dans lequel elle frappa la pierre, à mes pieds.

J'étais épouvanté. Je fus néanmoins obligé de saisir l'épée diabolique alors que M. P... se lançait dans des attaques et des parades. Je le priai de s'arrêter, il n'en fit rien.

Et soudain, il éclata de rire. Ce n'était pas le rire d'un homme qui aurait perdu l'esprit et moins encore celui d'un homme en colère. Il n'était pas non plus le gentilhomme mélancolique que ses rêves et ses fantasmes avaient perdu. L'être qui maintenant me faisait face était un homme de mesure, de retenue et de raison glacée. Il se présenta et mes oreilles stupéfaites entendirent son nom : « M. William Quartermain. » Puis il me raconta son histoire...

– Une autre? demanda Jury, qui enlevait le papier d'une plaque de chewing-gum.

Il sourit à Melrose, qui l'ignora.

Nous nous trouvions bien dans la résidence d'un certain M. P..., mais il n'était pas ce gentilhomme. M. P.. gisait mort dans l'antichambre d'un des étages inférieurs de la maison. « Assassiné par un mari jaloux. »

– Le style semble se relâcher un brin, dit Jury.

Wiggins lui jeta un regard réprobateur.

– Et si Poe ne conclut pas d'ici une dizaine de minutes, nous allons manquer notre avion.

Melrose ignora les mimiques de Jury qui désignait sa montre avec ostentation.

« ... mari jaloux. »

Redoutant de poser la question, et redoutant aussi que la réponse ne soit trop évidente, je demandai pourtant :

- Et la femme ?

- Morte, fut le seul mot qu'il me donna comme réponse...

– Est-ce qu'ils se battent toujours, en papotant comme ils le font?

La voix d'Ellen montait depuis la petite caverne que formaient ses bras croisés sur lesquels elle avait posé la tête.

– Moi, fit Melrose au comble de l'irritation, je ne m'endors pas quand vous « papotez » à propos de Sweetie et de Maxim.

– Je ne dors pas. Je me repose. La nuit dernière, j'ai reçu la visite d'un tueur fou, vous vous souvenez?

Wiggins était clairement dépassé par les interventions d'Ellen et de Jury. Il s'adressa à Melrose :

– Je vous en prie, monsieur, continuez.

Melrose reprit mais accéléra un peu le rythme.

– Ça devient un peu inégal. Poe...

– Beverly Brown, tu veux dire, fit Jury.

– Oui, Beverly Brown a dû avoir quelques problèmes. Notre narrateur était en train de se faire pigeonner par Quartermain. A mon avis, il voulait lui faire endosser le crime. Mais voyons la surprise, ajouta Melrose avec enthousiasme.

Mon cher monsieur S...

– Qui est « S »? demanda Wiggins.

– Le narrateur.

Je n'ai jamais voulu que vous souffriez ainsi et serais, cela aurait-il été en mon maigre pouvoir, venue à votre secours. Hélas, je ne le peux. Qui me croirait ?

L'aube n'était pas encore levée ce matin où mon mari vous accosta aux Tuileries, quand je m'échappai de ces pièces comme poursuivie par tous les démons de l'enfer. Car je savais, j'étais <u>convaincue</u>, que si mon époux me retrouvait, il m'aurait immanquablement tuée. Oh ! Vous ne pouvez imaginer les accès de passion dont il est capable et maintenant qu'il a assassiné mon bien-aimé Hilaire, il ne m'accordera aucune paix, sinon celle de la Mort.

– Totalement relâché, fit Jury en bâillant.

Melrose le foudroya du regard.

... celle de la Mort. Misérable et effrayée, je m'empressai jusqu'à une autre aile de la maison, calculant qu'il ne se douterait jamais que je resterais si près. Car c'est moi, monsieur, que vous avez vue à travers la fenêtre de la cour. Je me suis, depuis, enfuie et ne reviendrai jamais. Ayant appris votre arrestation par la Sûreté, je me suis sentie obligée de vous écrire une dernière fois.

Vous pouvez employer cette lettre comme vous le jugerez bon. Si elle devait servir de preuve à votre innocence, je m'en réjouirais.

Dans les regrets et la gratitude, je reste,

Violette Pontorson

La tête d'Ellen se redressa avec vivacité.

– Quoi? Il n'y avait pas de *visage* dans je ne sais quelle foutue *fenêtre* de la cour.

Melrose fit la moue.

– Les rideaux ont frémi, je m'en souviens parfaitement... tremblé, comme tirés par une main fantomatique.

– *Et alors?* Nous sommes censés croire que Violette a passé tout ce temps planquée dans les rideaux? *Blaaah!*

Ce bruit peu élégant venait d'une tête qui était retombée comme une pierre sur ses bras croisés.

– C'était donc *Violette* qui écrivait les lettres depuis le début? fit Wiggins. Je dois admettre que c'est une surprise.

– Avec un Mont-Blanc, déclara Jury qui se leva en ajoutant : Je vais chercher un taxi.

– Hughie nous conduira. Que veux-tu dire par « Mont-Blanc »?

– Ce stylo qui pissait le sang, au début. Ou de l'encre. L'encre coulait, si je me souviens bien. Ce devait être un stylo à pompe.

La tête d'Ellen se redressa une fois de plus.

– Un stylo à encre.

Elle toisa Melrose.

– Il dit écrire avec un *stylo à encre.* En 1840 ?

Melrose considéra l'information un instant puis il fit claquer sa langue.

– Bon, Beverly n'était pas si parfaite, finalement.

Jury sourit et passa la bandoulière de son sac sur son épaule.

– Beverly n'aurait jamais commis une erreur aussi grossière. Je vais chercher le taxi.

Ellen et Wiggins regardèrent Melrose, bouche bée.

– Rien n'est donc sacré ? Plagier un plagiaire ? Seigneur Dieu, ne peut-on croire en rien ?

– Je crois que c'était une assez bonne solution, monsieur, déclara Wiggins, revenu de sa stupéfaction.

– Bonne ? Mais ce n'était pas la solution *juste*, dit Ellen.

– Oh ! il n'y a *pas* de solution juste. Et n'importe quel plumitif est capable d'écrire comme Poe. Le premier crétin venu peut imiter un style aussi particulier.

Ellen le toisa.

– Sauf le vôtre, bébé.

Avant qu'elle n'ait pu s'échapper, il se pencha et l'embrassa.

Elle tira la manche de son sweater sur sa main et se frotta énergiquement la joue pour essuyer la trace humide.

36

I

Le sujet des plumitifs ne quittant jamais vraiment l'esprit d'Ellen, elle souleva, sur la route de l'aéroport, la question de la descente de Vicks Salve. Par « descente », elle entendait « manière de la descendre ». Ellen divagua un long moment à ce sujet puis elle conclut en disant :

– Nous sommes quatre. Nous pourrions tout simplement la retrouver et la tuer.

Hughie, qui d'une main arrangeait son mobile de poissons, abandonna son volant à son sort afin de pouvoir lever l'autre main, doigts écartés.

– Cinq. Ne m'oubliez pas.

– Très bien. On s'enfuira dans votre voiture.

Jury, sur le siège avant, se retourna.

– Vous parlez à des officiers de police, ne l'oubliez pas.

Ellen s'affaissa au fond de la banquette arrière, coincée entre Melrose et Wiggins. Celui-ci avait son sac de voyage sur les genoux, sac désormais transformé en corne d'abondance d'analgésiques et d'amulettes. Ellen, un rien furieuse, s'adressa à Melrose :

– Vous m'avez dit que vous aviez trouvé un moyen de l'avoir.

Melrose regarda le paysage qui défilait, bulldozers et cônes d'un orange fluorescent faisant place à de verdoyants fossés, puis il dit :

– J'ai trouvé.

– *Quoi?* Comment?

– Je préfère ne pas vous le dire tout de suite. Ça réduirait les chances de réussite.

Melrose s'attendait à quelque amer sarcasme, mais il fut surpris de voir Ellen faire une moue pensive et ne rien ajouter. Il reprit :

– Voyez-vous, ce qu'il faut, ce n'est ni une épreuve de force, ni une bagarre, ni une fusillade...

Ellen sourit en considérant ces trois possibilités.

– Non. Ce qu'il vous faut, c'est quelque chose qui dure. Ce à quoi je pense est insidieux, comme un poison. Un peu comme la situation dans laquelle se trouve Sweetie.

– Vous allez la retrouver et glisser des lettres dans sa boîte...

– Non, c'est encore plus subtil et plus insidieux. Mais il n'y aura pas d'humiliation publique, comme avec un procès que vous gagneriez. Vicks Salve saura, vous saurez, et probablement quelques personnes averties. Mais il y a peu de chances que beaucoup de gens comprennent.

– Saura-t-elle que je sais?

– Évidemment, sinon ce ne serait pas drôle.

Ellen s'enfonça à sa place avec un sourire satisfait.

– Me direz-vous ce dont il s'agit?

– Oui. Quand vous viendrez dans le Northants. Suffisamment de temps aura passé, d'ici là.

Elle grimaça comme si elle souffrait.

– Je ne peux pas attendre jusque-là.

– Ellen, souvenez-vous d'une chose.

Melrose passa un bras autour d'elle et lui serra l'épaule.

– Vous êtes écrivain et les écrivains sont toujours en danger. Plus que les musiciens et les peintres, parce que n'importe quel crétin se croit capable d'*écrire*, s'il le veut. Il peut être incapable de se brosser les dents le matin, mais il peut prendre un stylo et écrire. C'est pour ça que j'ai voulu terminer l'histoire de Beverly Brown. Pour démontrer qu'il est facile pour un écrivaillon de copier un véritable écrivain. Beverly Brown le savait. Tout ça ne doit pas être particulièrement réconfortant, mais il faut que vous vous souveniez que cet écrivaillon en question est un imposteur. Vous, vous êtes l'écrivain, le vrai.

Elle garda le silence un moment, regardant par la fenêtre, réfléchissant. Puis elle dit :

– Je ne sais pas *quand* je pourrai venir en Angleterre. Mon programme d'écriture est un enfer absolu.

– *Ça*, ma chère Ellen, ce n'est un secret pour personne.

Sur la Nationale 95, la voiture des fuyards accéléra.

II

Hughie avait ouvert le coffre et empilait leurs bagages sur le trottoir. Les voies de service étaient encombrées. Les gens couraient, les avertisseurs bêlaient, beuglaient, rugissaient.

Soudain, Melrose se souvint d'un commentaire de Diane Demorney.

– Hughie, une amie m'a dit que l'on appelait Baltimore « Nickel City ». C'est vrai ?

– Oui.

Hughie se retourna pour montrer un doigt à un taxi qui essayait de le dépasser. Il revint vers Melrose et répéta :

– Ouais, « Nickel City », je m'en souviens.

– Et pourquoi ? Elle m'a dit que l'on y fabriquait des *nickels*, autrefois.

Hughie sembla trouver l'information incroyablement comique.

– Des *nickels*... c'est raide. Non, c'est parce que Baltimore était bon marché. Elle l'est toujours, comparée à Washington ou New York. Avant, avec un *nickel*, on pouvait acheter des tas de trucs. Laissez-moi vous dire un truc, mon vieux...

Il sourit et claqua le couvercle de son coffre.

– ... vous devriez mieux choisir ceux que vous écoutez.

– Je m'en souviendrai, Hughie.

Melrose le paya et lui donna un pourboire énorme. Ellen tira quelque chose de son fourre-tout et le tendit à Jury.

– C'est pour vous, de la part de Jip.

Jury regarda le cliché plutôt abîmé et fronça les sourcils.

– Je ne comprends pas.

– Elle a juste dit que peut-être vous le trouveriez.

– Le trouver?

Ellen soupira :

– Vous êtes censé être policier.

– Hum, sourit Jury. Je pensais qu'elle avait pu ajouter quelque chose à ces instructions que vous ne m'auriez pas répété.

– Eh bien, pas du tout. Sinon que c'est elle, quand elle était plus jeune, et que peut-être elle a été prise à Londres. Ou dans une autre ville en Angleterre.

Jury regarda la photo. C'était une vue générale, d'un immeuble peut-être. Jip était assise sur une sorte de banc.

– D'accord. Dites-lui que j'essaierai.

– Et elle m'a dit de vous dire au revoir, fit Ellen en fixant Melrose. Melshi.

Elle n'esquissa même pas un sourire.

Derrière Hughie, le chauffeur de taxi appuya sur son klaxon, se rua en avant et enfonça le pare-chocs de Hughie. Un autre chauffeur, penché à sa fenêtre, hurlait à Hughie de dégager le passage.

Les quatre passagers debout sur le trottoir regardaient l'inévitable résultat d'un accident mineur où chaque partie est confortée par la certitude d'avoir la justice de son côté.

Hughie engueula à son tour l'autre chauffeur, ce qui, bien sûr, entraîna un déluge d'insultes supplémentaires.

Et soudain, ils jaillirent tous les deux hors de leur taxi, portières ouvertes à la volée parmi les porteurs et les valises, les arrivées et les départs, tous les deux y allant de bon cœur.

– Je t'encule !

– Je t'encule !

– Ouais et moi, je t'encule, mec !

– Je t'encule, connard !

... ainsi de suite, le refrain né dans les rues, répété encore et encore, *enculenculenculenculencule*, accompagné de gestes, deux doigts fourrés sous l'aisselle, un doigt levé, doigt, doigt, doigt, tant et si bien qu'il était flagrant que personne n'allait se battre mais qu'ils étaient, tout simplement, engagés dans un rituel d'insultes, une averse copieuse d'invectives aussi nécessaires et appropriées à cette occasion qu'une volée de cloches dans une église...

... jusqu'à ce qu'ils retournent tous les deux à leur taxi, qu'ils en claquent les portières, qu'ils se penchent chacun à leur fenêtre et balancent un dernier « Je t'encule ! ».

Avec, comme salve finale, Hughie qui criait :

– *Toi et ton cheval !*

INTERLUDE

Le sergent Wiggins insista pour avoir la place du centre et enfouit son sac bourré de Bromo-Seltzer sous le siège de devant.

Il attacha sa ceinture alors que l'avion roulait vers son point d'envol, ferma les yeux quand les roues quittèrent le tarmac et, quand le signal des ceintures s'éteignit, il quitta sa position recroquevillée et, passant sur les orteils de Melrose, gagna le couloir pour entamer son circuit à travers l'habitacle. Il n'allait pas, dit-il, attendre que le mal de l'air se déclare. Il passait à l'action. Mieux vaut prévenir que guérir, n'est-ce pas ?

– N'oubliez pas, fit Melrose, dont le bromure personnel était la prose étonnamment mauvaise d'Elizabeth Onions. Droite, droite, droite, puis gauche, gauche, gauche. Trois fois à droite et puis recommencez.

Wiggins fronça les sourcils.

– Je ne me souviens pas d'avoir changé de direction, à l'aller. Je l'ai fait ?

– Vous l'avez fait, oui.

– Bon, ça a marché, en tout cas. Je reviens dans une seconde.

Jury s'endormit, la tête appuyée contre un des maigres oreillers de l'avion. Melrose, stimulé par les événements de la semaine passée, fourra *Le Perroquet et le Cornichon* dans la poche du siège de devant et sortit le cahier qu'il avait acheté. Il ôta le capuchon de son stylo. Comme l'avait dit Joanna la Folle (et la mère Onions en était un parfait exemple) : « N'importe quel crétin peut écrire un livre. »

Ragaillardi par son essai sur la fin de l'histoire Poe-Brown, Melrose avait commencé son propre policier. Il avait longtemps cherché un titre et, en pensant à Wilkie Collins, s'était arrêté sur *L'Opale*.

Son inspecteur, un gentil garçon nommé Smithson, était un homme de la Police judiciaire de Scotland Yard fortement mâtiné de détective américain. Et, ayant découvert que les femmes limiers étaient très en vogue, en Amérique du moins, il avait décidé que Smithson serait aidé et secouru par sa brillante épouse, Nora. Smithson roulait dans une vieille épave et emmenait son chat (Chloé) avec lui, car les chats étaient aussi extrêmement populaires.

Polly Praed l'aurait accusé de s'aplatir devant les exigences du marché. Pourtant Polly était la plus grande aplatie de tous les temps. Son détective, plutôt banal, avait récemment viré à l'alcoolique, avait manifesté une obsession pour le chardonnay californien, souffrait de pannes sexuelles, essayait d'arrêter de fumer, et avait commencé un régime alimentaire à base de platées de varech. Polly pouvait parler, se dit Melrose.

Et (décida-t-il soudain) il écrirait un polar *inversé*, dans la veine de Francis Iles. *Ouais!* Il se sentait de retour au *Cheval*, regardant le Super Bowl avec Elroy. *Ouais!*

– Qu'est-ce que tu fiches? fit Jury, tiré de son sommeil.

– Moi? Rien.

Melrose se pencha au-dessus de son carnet. Diable, il n'y avait aucune raison de laisser *Trueblood* se charger de l'écriture. L'imagination de Melrose était certainement égale à...

Et alors, une fois de plus, il pensa au carnet noir.

Où était-il?

TROISIÈME PARTIE

GIN LANE

37

– Si tu avais été là, tu aurais pu le rencontrer. Ou la rencontrer.

Carole-Anne Palutski agita ses ongles fraîchement peints pour les faire sécher puis elle s'attaqua à ses orteils. Elle avait remonté les jambes sur le vieux sofa de Jury, une serviette sous les pieds par égard pour le tissu.

Jury, arrivé à Islington depuis une petite heure, avait appelé Carole-Anne pour qu'elle descende prendre le thé avec lui. Ce qu'elle avait fait, accompagnée de son nécessaire à peinture.

– Et de quoi Il, ou Elle, a l'air?

– Il ou Elle a l'air très créatif, à vrai dire.

Ça annonçait le pire. Et spéculer sur les notions de créativité de Carole-Anne l'énervait.

– Vieux ou jeune? Ou entre les deux?

– Oui.

Le menton sur un genou plié, elle distribuait des pointillés de vernis.

– Oui *quoi*?

– Il ou Elle est vieux, jeune, ou entre les deux.

Oh, nom d'un...

– Carole-Anne, j'habite ici. J'y habite depuis beaucoup, beaucoup de temps. J'ai le droit de savoir qui va venir s'installer au-dessus de moi.

Jury pointa le doigt vers l'étage du dessus. Son ton ne la fit même pas ciller : Carole-Anne n'accordait jamais la moindre attention aux démonstrations d'autorité de Jury.

– Comme je disais...

Nez parfait à peine levé, soupçon de reniflement.

– ... si tu étais *resté* ici au lieu d'aller courir partout, tu les aurais renconcontrés. Lui ou Elle.

C'était ça, bien sûr. Jury avait eu le front de s'en aller aux États-Unis en la laissant là, toute seule, sans son aide ni son secours. Mrs. Wassermann pouvait, à *sa* manière, donner un coup de main à Carole-Anne : remonter un ourlet, échancrer un décolleté, donner de mystérieux coups de téléphone où elle jouait le rôle de la vieille tante de Carole-Anne, hisser des bouillons de poule jusqu'à l'étage et ainsi de suite. Mais il fallait voir la vérité en face : Mrs. Wassermann ne mesurait pas un mètre quatre-vingts, n'avait pas la prunelle d'un gris changeant et son sourire ne provoquait pas de fusion nucléaire. Non seulement Jury avait déserté mais il était parti sans le lui dire, sans même laisser un mot, et il ne lui avait même pas rapporté de cadeau des États-Unis. États-Unis où elle n'avait jamais posé le pied. (Le regard de Jury glissa vers la valise qu'il n'avait pas encore défaite et où, en son papier-cadeau, son turban et tout son bataclan, dormait Barbie. Il ne la lui donnerait pas, il refusait de jouer son jeu.)

Assis, la tasse de thé d'aplomb sur le bras du fauteuil, il se contentait de se tourner les pouces en lui jetant des regards noirs. Puis il sourit.

– Je peux facilement deviner.

– Je ne vois pas ce que tu veux dire.

– Je peux te dire à quel genre de personne tu as loué l'appartement.

Elle ondula des épaules et lui décocha un sourire obséquieux.

– Vraiment ? On se demande comment.

– Je suis policier. On peut éliminer toutes les belles femmes de seize à soixante ans. Ce qui en supprime un bon paquet. Nous pouvons aussi éliminer les moins de seize ans – je serais surpris qu'une adolescente cherche un appartement – et les plus de soixante : une

Mrs. Wassermann te suffit. *Vraisemblablement* ce serait un bel homme, entre seize et soixante ans. Nous pouvons éliminer les plus jeunes – même raison que précédemment – et les plus de soixante ans parce que tu préférerais mourir plutôt que de voir un homme détourner de toi le temps et l'attention de Mrs. Wassermann.

» Donc les candidats les plus probables seraient : un bel homme plutôt jeune ou une femme moche.

Jury la regardait par en dessous, avec un sourire malicieux. Carole-Anne était incapable de dissimuler ses sentiments.

– Mais, vois-tu, il y a un hic dans ton système de sélection.

– Ne fais pas l'idiot. J'ai choisi la personne la plus sérieuse, c'est évident. Lui ou Elle se tient très bien, est propre et ne fume pas.

Ce qui, vu l'état des cendriers de Jury, était bien improbable. Il s'enfonça dans son fauteuil, ferma les yeux et attendit.

– Quel hic ?

Il feignait de s'être endormi. Avec le décalage horaire, ce n'était guère difficile.

– Quel *hic* ? fit-elle plus fort.

– Hein ? Oh ! Eh bien, si tu l'as loué à une femme, elle correspondrait alors à ton idée de la mocheté.

– Je suis sûre que toi et moi avons les mêmes critères dans ce domaine.

Jury hocha la tête.

– Tu es la seule idée de la beauté que nous partageons. Dieu sait qu'un surcroît de femmes à ton image creuserait un trou dans l'ozone de l'atmosphère d'Islington.

Jury sourit et elle fronça les sourcils, essayant de comprendre s'il s'agissait d'un compliment.

Puis elle dit, tout en revissant le capuchon de sa bouteille de vernis à ongles rouge sémaphore :

– J'ai toujours trouvé SB-tiret-H jolie. Comme toi.

– Oh, vraiment ? C'est drôle, je crois me souvenir que

tu mentionnais une antenne de télé quand tu parlais de sa silhouette.

Susan Bredon-Hunt était une ancienne maîtresse.

– Je ne m'en souviens pas, fit Carole-Anne avec désinvolture.

Elle balança les jambes hors du divan, remua les orteils et s'allongea sur le dos, offrant au regard un corps qui n'avait rien d'une antenne de télé.

– De toute manière, je ne suis pas obligée de le louer longtemps. Ils n'ont payé que le loyer des deux dernières semaines du mois.

Jury continua comme si elle n'avait rien dit.

– Vois-tu, je peux trouver une femme attirante pour des raisons autres que physiques. Tu n'arrives pas à percevoir l'effet de l'intelligence et de l'esprit sur la beauté physique. J'ai vu des femmes que *tu* aurais trouvées totalement *ploucs* mais qui avaient de telles qualités d'esprit que je n'aurais pas hésité à passer le reste de ma vie avec elles.

Jury s'enfonça contre son dossier et regarda le plafond, en se demandant où il avait vu de telles femmes.

– Qui parle du reste de ta vie ?

Carole-Anne avait maintenant tout le reste du mois pour s'en inquiéter. Elle se mordit la lèvre, se leva et dit :

– Je dois téléphoner.

– Oh ? Tu ne te sers pas du mien ? Comme d'habitude ?

Gracieusement, il indiqua l'instrument d'un geste du bras.

– Non, je descends chez Mrs. Wassermann.

Elle glissa les pieds dans des mules noires.

– Je reviens dans une seconde !

Elle avait lancé ça depuis la porte. Jury ne bougea pas, souriant jusqu'au moment où il s'endormit.

38

– Seriez-vous en train de me dire, Jury, que ce type a tué trois personnes pour un titre bidon ?

– Pas vraiment. Pour de l'argent et pour se venger. Les deux mobiles essentiels, après l'amour. Mais ce ne serait pas la première fois que l'on tuerait pour un titre. Et le titre, soit dit en passant, n'a rien de bidon. « Maître absolu du Maryland et d'Avalon, baron de Baltimore. Avalon, cita Jury, établi par des colons emmenés par George, premier lord Baltimore. Titre caduc pour être plus tard rendu à Cecil, deuxième lord Baltimore. » Puis Charles, troisième lord, puis Frederick. C'est alors que le titre s'éteignit, ou devint *de jure*, si c'est ce que vous...

– Oh, assez baragouiné, voulez-vous ?

Racer renifla et passa les pouces sous les revers de sa veste. C'était un costume neuf. Il bouscula une demi-douzaine de fax, bascula la manette de l'interphone et demanda à Fiona de trouver les autres pages de fax expédiées par le bureau du préfet de police juste avant qu'il ne s'en aille à son club.

– Je les ai vues de mes propres yeux, Miss Clingmore !

Seul répondit le grésillement de la machine. Miss Clingmore ne réagissait pas. Racer secoua l'interrupteur et répéta son nom. Pas de réponse.

Jury regarda le bureau décoré de frais. Nouvelle moquette, peintures neuves. Mais même les lumières tendres du nouveau système d'éclairage indirect n'avaient aucun effet adoucissant sur l'empourprement du visage du commissaire divisionnaire.

Mais elles avaient une certaine efficacité sur Cyril le chat. Pendant que Racer aboyait dans l'interphone, Jury examina la toute nouvelle bande de lumière concave et remarqua la queue couleur de cuivre qui pendait à la bordure des moulures du plafond, à la droite de Jury. La queue se tordait paresseusement. Le reste de Cyril était apparemment allongé sur la saillie construite tout autour de la pièce pour accueillir les minuscules ampoules halogènes. Les moulures étant là pour masquer la saillie.

– Qu'est-ce qu'il y a de drôle ?

La tête de Racer abandonna l'interphone qu'il essayait de soumettre en le secouant.

– Rien. Rien du tout. J'admirais la nouvelle décoration. Très réussie.

– Et pas donnée. Mais ne vous en faites pas, tout sort de ma propre poche. Au cas où vous penseriez que je pioche dans les deniers publics.

Racer sourit d'un air narquois. Puis cessa de sourire.

– Et cette affaire de la Tate Gallery ? Le légiste n'arrête pas de polémiquer sur les causes de la mort.

Jury en fut surpris.

– C'était une attaque cardiaque, non ?

– Peut-être.

Racer essayait un air impénétrable, sans grand succès.

– Et la vieille qui voulait que vous preniez l'affaire. L'avez-vous revue ?

– Le sergent Wiggins doit s'y trouver à l'heure qu'il est.

– Wiggins ? C'est *vous* qu'elle voulait.

– *J'ai* l'intention d'aller la voir. Vous oubliez que je suis en vacances.

– Vous étiez. La vie d'un policier n'est pas une longue vacance, Jury.

Un coup à la porte et Fiona passa la tête à l'intérieur.

– Mr. Plant au téléphone. Il voudrait savoir quand vous serez disponible.

Jury se tourna vers elle.

– Dites-lui que j'en ai encore pour une heure... non, deux. Je dois rentrer chez moi prendre quelque chose.

– D'accord.

– Miss *Cling*-more !

Mais Miss Clingmore avait refermé la porte, assez violemment pour faire frémir la fourrure au-dessus du creux de la moulure, au plafond.

39

– Je ne sais pas ce qu'elle en a fait, mon vieux.

Marshall Trueblood chuchotait avec hargne.

– Je l'ai cajolée avec de l'argent, je l'ai soudoyée avec du gin. Et, bien sûr, elle a *tout* accepté avant de nier l'avoir jamais vu. « Ah, j' vois pas d' quoi tu parles, mon chou. Ah, jamais vu un truc pareil, jamais. »

L'imitation que Marshall faisait de la voix confite au gin de Mrs. Withersby était plutôt bonne.

Le sujet de la conversation de Trueblood et de Melrose Plant était assis à l'autre bout de la salle du bar, devant la cheminée où elle soulevait par instants la petite balayette pour épousseter quelques cendres, jouant à Cendrillon. Le Prince Charmant (en la personne de Melrose Plant) lui avait apporté un double gin et avait déplacé son seau de l'autre côté de la cheminée.

– Allez, insista Marshall Trueblood, va jeter un autre coup d'œil.

Il administra une bourrade à Melrose pour le mettre en route. Melrose s'installa plus fermement sur son siège et renvoya le murmure avec une égale férocité.

– Écoute : tout ce que je sais, c'est qu'il était dans ce fichu seau ! Je ne vais pas aller le fouiller, quand même.

– Quoi ? demanda Richard Jury en déposant les trois chopes sur la table. De quoi parlez-vous, tous les deux ?

– Oh, de rien, fit Marshall en posant son bras tout d'Armani vêtu sur le rebord de la fenêtre en alcôve.

– Oh, de rien, émit Melrose en écho en retournant

aux mots croisés du *Times*, qu'il avait ouvert sur la toile cirée rouge pivoine supposée enjoliver la table.

Le regard de Jury alla de l'un à l'autre.

– Hum. Je reviens avec les saucisses.

– Quelles saucisses? demandèrent-ils à son dos qui s'éloignait.

Plant revint à leurs moutons et dit :

– Tu t'y es mal pris. Je suis parti presque une semaine, tu as dû avoir une occasion de regarder dans ce seau. Tu me diras, elle l'a peut-être vidé. Ce foutu carnet doit flotter sur la Piddle!

– Ne me blâme pas, fit Trueblood en appliquant les mains contre sa chemise couleur d'écume. C'est toi qui l'as fichu dans le seau. Et elle ne l'a pas vidé parce qu'elle ne s'en sert jamais. Withers ne *travaille* jamais, bon sang!

Fulminant de concert, ils regardèrent vers la souillon cause de leur dispute. Le seau était abandonné près de l'âtre, aussi loin que possible de sa portée. Elle caressait son verre vide et fumait la cigarette qu'elle avait prise à Marshall Trueblood.

– Je ne lui paierai pas un verre de plus. C'est ce qu'elle attend. Du chantage, voilà ce que c'est. Grâce à Dieu, elle ne sait pas lire... Qu'est-ce qu'il fiche?

Trueblood regardait Jury qui tendait à Mrs. Withersby ce qui ressemblait à un verre à eau rempli de gin. Et il lui offrait un plat de saucisses embrochées sur des cure-dents. Dick Scroggs avait depuis peu décidé de lancer un genre d'*happy hour* nutritif. L'assiette à la main, Jury s'installa sur le siège qui faisait face à Mrs. Withersby. Ils se mirent à papoter avec entrain.

Dégoûté, Trueblood leva sa chope, émit un vague « Tchin » avant de déclarer :

– Le commissaire adresserait la parole à la statue de Nelson, à Trafalgar Square.

– Et elle lui répondrait.

– Tout ce travail! C'était *si* bien. Comment pourrons-nous jamais le refaire?

Trueblood laissa tomber le stylo avec lequel il griffonnait et soupira.

– On se dispute toujours ? demanda Jury en déposant l'assiette de saucisses sur la table.

– Nous ne nous disputons pas.

– Nous ne nous disputons pas.

– Vous écrivez ?

– Non.

– Non.

Ils secouèrent la tête en chœur.

– Je me disais que j'allais peut-être rendre visite à Vivian, déclara Jury. Avant qu'elle ne parte en Italie. *Une fois de plus.* Toute cette histoire est ridicule.

Il regarda Melrose.

– Je suis persuadé qu'on pourrait la convaincre de rester.

– N'est-ce pas ce que nous faisons depuis des années ? fit Melrose.

– Disons que tu ne lui as pas fourni une raison assez bonne pour mettre fin à ces stupides fiançailles.

Mrs. Withersby, à qui le gin et les saucisses avaient donné un aperçu de la belle vie, traînait les savates en direction du bar où avaient été déposées des assiettes.

Melrose Plant observa un moment sa progression chaloupée à travers la pièce, puis il s'excusa.

Bien que Jury lui parle, Marshall Trueblood était bien plus intéressé par les errements de Melrose devant l'âtre. Bientôt, Melrose prit place sur le siège délaissé par Jury et parut s'essayer à nouer ses lacets.

Mrs. Withersby quitta le bar, avec une assiette en carton pleine de saucisses et de feuilletés, et revint à sa place, non sans effectuer une courbe assez vaste pour lancer une attaque verbale à, crut Jury, lui-même et Marshall. Il s'aperçut très vite que l'invective était adressée au visage apparu à la fenêtre derrière Trueblood, entre les vrilles de vigne vierge... le visage de lady Ardry. Le visage disparut. Agatha n'était plus très populaire auprès de Mrs. Withersby. Elle avait recommencé à envoyer des lettres au directeur du *Bald Eagle* et faisait le siège du conseil municipal dans l'intention d' « éliminer la plaie » (disait-elle) que constituait la rangée de cottages qui longeaient la rive opposée de la Piddle. Ces cottages abritaient le clan Withersby. Le clan Withersby qui, d'après Melrose, était assez vaste et ancien pour avoir son propre tartan.

L'affection de Mrs. Withersby était passée de Sa Seigneurie (l'instigatrice de ce plan) à Sa Seigneurie (Melrose), qui soutenait les opprimés, essentiellement avec des boissons fortes.

Agatha entra dans un tourbillon de flocons de neige et ignora ostensiblement Mrs. Withersby. Puis elle demanda un sherry à Dick Scroggs qui, en la voyant, avait commencé à cacher ses assiettes de saucisses sous le comptoir.

Entre-temps, Melrose était revenu à sa table. L'air tout à fait satisfait, il fit un signe de tête à Trueblood tandis qu'Agatha se gargarisait de sa nouvelle.

– Ils s'en vont à Watermeadows ! annonça-t-elle.

Jury demanda qui étaient « ils ».

– Oh, Dieu ! dit Marshall Trueblood. Les GWE.

Jury fronça les sourcils. Qui diable étaient-ils ?

– Les Gens du Week-End. Melrose ne t'a-t-il pas dit qu'ils avaient loué le *Man with a Load of Mischief* ? Je préférerais le voir tomber en ruine, à l'abandon. Comment l'avez-vous appris, Agatha ? Pour Watermeadows ?

– Par Mr. Tutwith en personne. C'est l'agent immobilier. Ils prennent Watermeadows à la place du pub.

– Je ne le crois pas, ma tante, intervint Melrose. J'ai appris qu'ils comptaient retaper le pub.

– Eh bien, tu te trompes.

Ce qui mit fin au problème et permit à Jury de demander :

– Qu'est-il advenu de lady Summerston ?

Il éprouvait une certaine affection pour la vieille dame à qui appartenait Watermeadows. Il regarda au loin, par la fenêtre, se rappelant cet été, et se demanda s'il existait un âge où les souvenirs étaient plus un réconfort qu'une torture.

– Oh, l'endroit lui appartient toujours. Ils ne seront que locataires.

– Je n'imagine pas que l'on puisse louer un endroit tel que Watermeadows pour y passer ses week-ends, fit Melrose.

– Ah ! mon vieux, tu ne comprends pas la psychologie des GWE. C'est exactement le genre d'endroit qu'ils *adorent*. On quitte Londres le vendredi, le samedi on enfile ses caoutchoucs, on prend le chien et on pose devant la Range Rover. Puis, le dimanche, on file à Londres et ça y est ! On montre les photos aux copains et on les fait baver d'envie.

– *Elle* veut une grande salle à manger, fit Agatha, et *il* veut jardiner...

– Beurk ! fit Trueblood. Dieu, comme je hais les hommes qui aiment jardiner. Ils passent leur temps à se balader en ciré et grosses godasses en radotant à propos d'engrais et en crachant des noms de fleurs en latin.

– Il existe des passe-temps plus stupides, dit Jury en jetant un regard à Trueblood qui haussa un sourcil parfait. Lady Summerston et Hannah Lean ne te dérangeaient pas. En fait, si je me souviens bien, tu t'es fait un joli petit magot avec tes marchandises.

– Tu ne comprends pas. Elles n'étaient pas des gens du week-end. C'est tout à fait différent. Ne sais-tu pas que les GWE envahissent nos campagnes ? Ils occupent des villages entiers...

– A t'entendre, on croirait que Long Piddleton va vivre une Nuit des morts-vivants.

Jury remarqua que Melrose avait attiré l'attention de Trueblood sur quelque chose qui se trouvait sous la table. Il se leva.

– Bien, je vais faire une petite promenade. Peut-être rendre visite à Vivian.

Agatha, qui s'était levée pour retourner au bar, déclara :

– Ils ont pris un bail de six mois. Pour voir.

Trueblood et Plant la regardèrent, puis ils se regardèrent et sourirent.

– Qu'est-ce qui vous fait rire ? demanda Jury.

– Rien.

– Rien.

Il tombait une neige légère, lente, à petits flocons, lointaine. Une fois sorti du *Jack and Hammer*, Jury s'arrêta à la fenêtre près de laquelle ils étaient installés.

– ... ne pas l'avoir vu, disait Trueblood.

– Il faut croire que si. Il était là.

– Cache-le, murmura Trueblood. Agatha revient.

Jury secoua la tête. Dans High Street, le facteur qui brinquebalait sur son vélo s'arrêta chez Jurvis le boucher, puis chez Miss Ada Crisp, de l'autre côté de la rue.

Jury était tombé sur le vieil homme une fois ou deux. Tombé au sens propre du terme, l'homme n'y voyant rien. Abner Quick était vieux comme Mathusalem, sourd comme un pot et myope comme une taupe. Le courrier arrivait n'importe comment, on recevait les lettres des autres et on traversait le village pour le redistribuer. Agatha, bien sûr, s'était chargée de la mission de débarrasser Long Pidd d'Abner Quick mais n'arrivait pas à grand-chose. Recevoir la lettre d'un autre, et donc devoir aller jusqu'à chez cette personne, offrait l'occasion d'une tasse de thé. On n'allait pas se plaindre. Et si on n'avait pas envie d'une tasse de thé, il suffisait d'attendre le retour de Mr. Quick ou encore de rapporter la lettre à la poste et de laisser la postière régler le problème.

Miss Ada Crisp était debout sur le pas de sa porte et lisait une des lettres qu'Abner Quick avait choisies pour elle. Elle avait l'air terriblement embêté. Elle leva les yeux, aperçut Jury et lui fit un signe.

– Bonjour, Miss Crisp.

Elle avait l'air terriblement inquiet.

– Puis-je faire quelque chose pour vous ?

– C'est ce Mr. Browne du *Wrenn's Nest.*

Son regard s'abaissa sur le trottoir puis ses yeux pâles revinrent à Jury.

– Il dit qu'il me citera en justice.

– En justice ? Pourquoi diable faire une chose pareille ?

– Il veut me chasser, voilà pourquoi. Il veut ma boutique.

Elle était là, en face de lui, avec ses prunelles couleur de biscuit et ses cheveux où fondait le gris comme la neige nouvelle, et elle triturait le bord de son tablier.

– Je suis là depuis quarante ans, Mr. Jury. Cette personne n'est là que depuis trois ans et croit que le village entier lui appartient. Il nous crée des ennuis à tous. Il raconte partout qu'il veut s'agrandir. Je vous le demande, moi, quel besoin ce petit village a-t-il d'une grande librairie ?

Jury parcourut le document, qui était effectivement une assignation à comparaître. Il était certain que les plaintes à propos de Miss Crisp n'étaient pas fondées, mais il était clair que la tactique consistait à s'en prendre à ses nerfs. C'était exaspérant. Mais, hélas, telle était la loi qui cherchait un fondement aux allégations qui n'en avaient pas et qui permettait à n'importe quel crétin en quête de réparation ou de vengeance de poursuivre en justice. Jury regarda le bout de la rue et sourit.

Ce sourire parut rasséréner Miss Crisp, ôter un poids de ses frêles épaules.

– Ne vous inquiétez pas, Miss Crisp. J'irai voir Mr. Browne et lui dirai deux mots.

– Oh, vous feriez ça ? Je vous en serais reconnaissante à jamais.

Jury se détourna, fit quelques pas et se retourna.

– Souvenez-vous du cochon, Miss Crisp.

C'était une référence à la plainte qu'Agatha avait portée contre le boucher, Jurvis. Ou plutôt contre le cochon en plâtre de Paris de Jurvis.

Miss Crisp pouffa et lui fit un signe de la main.

Trois personnes faisaient la queue dans la librairie, pendant que Theo Wrenn Browne tamponnait un livre tout en réprimandant la première des trois personnes, une petite fille, qui attendait devant le comptoir, noyée dans une humiliation muette. Ses doigts avaient laissé des marques de chocolat sur un livre qu'elle avait emprunté et il menaçait de garder sa caution. Les deux adultes derrière elle essayaient de ne pas entendre. Elle prit son livre et sortit en courant.

Les étagères des livres à louer commençaient à faire concurrence à la petite bibliothèque de Long Piddleton. Qu'un village de cette taille ait une bibliothèque était assez exceptionnel et tout le monde en avait été fier jusqu'à ce que Theo Wrenn Browne se soit mis en tête d'en prouver l'inutilité. Lui-même fournissait les plus récentes moissons de best-sellers, creusant de sérieuses tranchées dans la clientèle de la bibliothèque. Celle-ci devait attendre des livres que Theo Wrenn Browne pouvait, sans plus de délai, obtenir des semaines avant que ne paraisse leur critique dans la presse. Ce n'était pas l'argent qui le motivait, mais le malheur... des autres.

Alors que des mots durs comme des pièces de monnaie pleuvaient sur la tête de l'emprunteur suivant, Jury lut la pancarte qui énonçait les règles du prêt. Il fallait une caution et les tarifs variaient selon les jours et les livres. Un comptable aurait eu du mal à jongler avec ces informations, mais quand on désirait un livre récent, un best-seller ou celui de son auteur préféré, on était prêt à accepter les pires idioties et même les commentaires vexants de Theo Wrenn Browne.

Le dernier client parti avec son livre tamponné (ses jours étaient comptés), Theo Wrenn Browne clama un bonjour enthousiaste. Jury sourit à peine et dit :

– Je vois que vous avez lancé un nouveau genre d'affaire.

– Ah ! oui. Le service public, vous savez.

Il se fit le plaisir d'un soupir de martyr.

– Notre bibliothèque est très en retard, Mr. Jury. Je ne cesse de le répéter au conseil.

– J'ignorais qu'il y en avait un.

– Oh! mais si. Long Piddleton a de nombreux problèmes. Actuellement, je me bats pour que nous nous présentions au concours du plus beau village d'Angleterre. Je ne vois pas pourquoi ce serait toujours les Cotswolds – Bibury et Broadway et ce genre d'endroit. Pas vous? Le Northants ne doit pas toujours évoquer l'industrie. J'essaie de changer notre image. Il nous faudrait un bon agent de relations publiques, attirer plus de touristes, ce genre de choses. Je crois que nous commençons à attirer les Londoniens.

– C'est dommage. Je me demandais, Mr. Browne, si vous auriez un exemplaire de *Bleak House*.

– Dickens? J'en suis certain. Suivez-moi, je vous prie.

En le suivant à travers les étagères remplies de livres, Jury se dit qu'il était bien dommage que le *Wrenn's Nest* ait à souffrir de la présence grincheuse de Theo Wrenn Browne. C'était une boutique ravissante : poutres noires, planchers cirés, sièges confortables, coins et recoins. Et une belle collection de livres anciens avec les plus récents.

– Le voilà. Vous aimez Dickens, n'est-ce pas? Franchement, les inepties que les gens viennent acheter! Je suis obligé de les avoir, vous savez. D'horribles romans à suspense, des policiers stupides. Ce genre de camelote. Dieu! Enfin, c'est mon métier, n'est-ce pas? Je ne peux quand même pas m'ériger en arbitre du goût et refuser de vendre Barbara Cartland. J'ai fini par accepter de vendre les livres de Joanna la Folle. Mes clients allaient à Sidbury et jusqu'à Northampton rien que pour elle. Des romans à l'eau de rose de pacotille.

Il haussa les épaules gentiment et tendit l'exemplaire de *Bleak House*.

– Au moins ai-je le plaisir de voir que vous lisez Dickens.

– Le Dickens n'est pas pour moi. C'est pour une

connaissance qui voudrait intenter un procès. J'ai pensé qu'il pourrait avoir un aperçu de ce qu'est la loi.

Jury feuilleta le livre.

– Je dois m'occuper de beaucoup de plaintes de civils et je peux vous dire que je ne voudrais pour rien au monde être impliqué dans ce genre de choses.

Theo Wrenn Browne porta sa petite main soignée à ses lèvres.

– Oh?

– La dernière personne de ma connaissance qui l'a fait y a tout perdu. Son compte en banque, son boulot.

Jury secoua la tête et soupira.

– C'est très bien, je le prends.

Theo Wrenn Browne toussota avec nervosité.

– Mais enfin, si on est dans son droit...

Jury émit un éclat de rire bref et étonné.

– *Droit?* Je ne vois pas la différence. Le plus récent des cas dont j'ai eu connaissance tenait une boutique célèbre à Piccadilly. Il y avait des gens dans l'appartement du dessus, une femme et sa portée de six mioches, qui lui rendaient la vie impossible. Non seulement des cris et des hurlements toute la sainte journée, mais les gosses se débrouillaient pour pénétrer dans sa boutique, la nuit, emporter des choses, en casser d'autres, le désordre le plus complet. Le pauvre vieux a essayé de les faire expulser et a porté plainte. Ça lui a pris trois ans et il a dû payer tant d'argent aux avocats qu'il a fini par perdre son affaire. Il est maintenant au chômage. C'est affreux.

Ils regardaient tous les deux le plafond. Jury hocha tristement la tête, comme si les mioches de son pathétique récit s'étaient matérialisés dans les élégants appartements privés de l'étage supérieur, où Theo Wrenn Browne lisait les plus récents romans à l'eau de rose de pacotille.

– Jarndyce et Jarndyce, Mr. Browne, fit Jury en réglant son livre et en s'éloignant d'un Theo Wrenn Browne devenu, sinon plus sage, du moins plus pâle.

Après le pont de pierre lie-de-vin, les cottages, la poste et la pâtisserie de Betty Ball étaient serrés sur les trois côtés de la place du village. Bien que trop grande pour être un cottage, c'est ainsi que Vivian appelait sa maison. D'après le mot scotché à la porte, elle serait bientôt de retour.

Jury traversa la place, blanche sous son manteau de sucre déposé par la neige, et alla s'asseoir sur le banc proche de la mare aux canards.

Il songeait à Jip. Jip, sa tante spectrale et son étrange histoire. Il tira le vieux cliché de sa poche et l'examina. Cette petite fille le rendait mélancolique. Peut-être pourrait-il l'aider ? Il pouvait certainement essayer.

Puis il pensa à Jenny Kennington et ressentit une espèce de satisfaction. Il irait la voir à Stratford, demain ou le jour d'après. Il s'adossa au banc et contempla les canards qui s'abritaient sous les branches d'un prunellier. La dernière fois qu'il avait été assis sur ce banc... c'était dix ans auparavant. Il s'y était assis avec Vivian.

Dix ans, une décennie. Était-ce possible ?

La peau de givre du petit étang fondait au contact de la chaleur hors de saison de ce mois de janvier qui s'achevait. Deux canards flottaient paresseusement sous les branches pendantes d'un petit saule qui laissait traîner ses feuilles sur la surface de l'étang. Jury soupira et se leva : une tasse de thé et des biscuits dans le salon de thé de Betty Ball ne seraient pas un luxe.

La pâtisserie était derrière lui, de l'autre côté de la route qui se divisait après le pont et contournait la place. La pâtisserie était au rez-de-chaussée, et le salon de thé au deuxième et dernier étage. Ce qui faisait un bien long voyage pour une tasse de thé ou de café mais, apparemment, Betty Ball tenait à garder l'étage intermédiaire pour une raison connue d'elle seule. Peut-être y vivait-elle. Ou peut-être avait-elle, comme Carole-Anne, des plans.

Jury choisit une table dans une alcôve d'où il pouvait voir le village, en dessous. Il le voyait presque en entier, jusqu'à Plague Alley, où vivait Agatha, et ce, même en restant assis. Et s'il se levait, il découvrait alors les plus proches abords de Long Piddleton. Ainsi, avec sa tasse de thé et un muffin, tranquillement assis, il sirota et mâchonna et regarda le paysage. Cette situation lui procurait un plaisir de gosse, d'autant qu'il s'imaginait avoir sur le village en contrebas la vision d'un dieu, et il aimait cette sensation d'omniscience même si, étant divin, il ne pouvait participer à cette toute-puissance. Comme c'était drôle de voir le village de cet angle miniature, où rien qu'avec les yeux il pouvait retrouver la trace de son chemin.

Il vit Trueblood et Melrose Plant sortir d'une porte, de l'autre côté du pont. Certainement celle du *Jack and Hammer*. Ils marchaient vers la pâtisserie. Parfois, ils s'arrêtaient et discutaient. Une fois, ils semblèrent s'emporter, une dispute où chacun adoptait l'éventail des gestes et des attitudes de l'agacement et de l'impatience. Le pont franchi, ils se dirigèrent vers la droite et Jury s'aperçut que Melrose tenait une grande enveloppe marron. Ils longèrent quelques maisons sur la rive de la mare aux canards et s'arrêtèrent avant le bureau de poste. Plant, paquet à la main, eut un geste vers le bâtiment mais Trueblood le retint. Puis ils s'approchèrent l'un de l'autre, Trueblood s'éloigna en gesticulant à la Trueblood, bras fendant l'air avec emphase comme s'il dirigeait le London Symphony Orchestra. Il désigna le pont d'un doigt martial puis il recula, avança, regarda ici puis là. Plant restant tout simplement immobile, il s'éloigna de quelques mètres et dut apercevoir quelque chose car il revint sur ses pas en courant. Enfin, les deux hommes s'adossèrent contre le mur blanchi à la chaux du bâtiment de style Tudor qui abritait le bureau de poste, et ils se mirent à fumer avec l'air désinvolte d'une paire de mauvais garçons qui attendent que leur proviseur leur frotte les oreilles.

Jury avait avalé muffin à la carotte et tasse de thé sans même s'en apercevoir. Il se pencha sur la table pour se verser une autre tasse, un peu de lait et tâtonner en direction de l'assiette de muffins. Il accomplit tout cela sans quitter des yeux le petit drame qui se jouait en contrebas.

Abner Quick avait fait son entrée. Il avait dégringolé du pont sur son vélo et s'était arrêté au bureau de poste. Melrose Plant et Marshall Trueblood le saluèrent avec chaleur et Abner pénétra dans la poste, certainement pour y collecter la deuxième fournée de lettres du jour, afin d'accomplir sa distribution à tort et à travers.

Il ressortit avec lettres, prospectus et autres. Alors qu'il accrochait sa sacoche à la bicyclette, Melrose Plant laissa tomber son propre paquet dans la neige, à ses pieds. Pendant ce temps, Trueblood avait engagé une conversation avec Mr. Quick et quand celui-ci fit rouler vélo, sacoche et lui-même loin du trottoir, il fut retenu par les deux lascars. Plant se baissa pour ramasser le paquet et Trueblood le lui tendit en désignant ce qui devait être l'adresse et (présuma Jury) la direction à prendre.

Dans la mesure où Abner Quick arrivait à se déplacer uniquement parce qu'il connaissait par cœur le village, comme un livre en braille, Jury réalisa que la petite ruse de Plant et de Trueblood était indispensable pour s'assurer que le paquet arrive à destination.

Il mangea son troisième muffin et but sa troisième tasse de thé en regardant Abner Quick pédaler le long d'une ruelle, disparaître, revenir, s'arrêter ici et là, et progresser autour de la place gazonnée tandis que, parallèlement, Plant et Trueblood attendaient que le paquet soit livré, près de la mare, en lançant des boules de neige qui se délitaient en l'air et n'atterrissaient nulle part.

Peu de temps après, il distingua la silhouette de Vivian, de l'autre côté du pont bossu. Elle arrivait, son filet à provisions à la main, rempli sans doute de petits paquets confectionnés par Jurvis le boucher. On pouvait repérer Vivian à des kilomètres parce que le soleil brillait et donnait à ses cheveux brun-roux des éclats couleur de sherry Graham.

Plant et Trueblood l'aperçurent eux aussi et cessèrent de mitrailler la mare de leurs boules de neige inconsistantes. Ils lui lancèrent de bruyantes salutations. Vivian répondit de la main, poussa sa grille et remonta son allée.

Jury s'aperçut qu'il avait mangé trois muffins (et il avait horreur des muffins à la carotte) et bu trois tasses de thé. Il se dit qu'il aimerait bien voir la suite des événements chez Vivian. Il régla l'addition et demanda à la serveuse filiforme de lui préparer une boîte de muffins (« Nous n'en avons qu'à la carotte, aujourd'hui ») et de lui faire un paquet avec un ruban. Son cadeau à la main, il dévala l'escalier vers la place.

Mr. Quick laissa choir sa bicyclette devant la maison de Vivian au moment où Jury saluait Trueblood et Plant, chaleureusement mais en précisant qu'il était pressé, qu'il devait apporter à Vivian ses muffins... pour le thé, cria-t-il, en les dépassant, figés, avec de la neige plein les gants. Voulaient-ils se joindre à Vivian et lui ?

Non. Jury était certain qu'ils accepteraient tout mais pas ça.

Maintenant, le vélo de Mr. Quick s'éloignait en vacillant dans une petite ruelle, sa sacoche allégée d'au moins un colis, celui que Jury prit dans la boîte de Vivian.

Il le brandit, avec les deux autres lettres qui l'accompagnaient, et l'agita pour faire un signe à Melrose Plant et à Marshall Trueblood.

– Qu'est-ce qu'ils font, plantés là ? Oh ! merci, fit Vivian en prenant à Jury ses lettres et son paquet avant de regarder vers sa fenêtre.

La neige avait repris, légère, mais on voyait dériver les flocons.

– Je me suis dit que tu apprécierais quelques muffins, fit Jury en tendant la boîte blanche.

– De chez Betty Ball ? sourit-elle.

– A la carotte. Je les ai en horreur et j'en ai déjà avalé trois.

– Oh, j'aime la carotte, mentit-elle. Du thé?

– Non. J'en ai pris trois tasses.

– Une par muffin. Intéressant.

Elle avait ouvert ses lettres et les avait mises de côté.

– Qu'est-ce que c'est?

Elle fronçait légèrement les sourcils, examinant le paquet.

– Ça vient d'Italie. De Venise.

Elle approcha le nez du paquet.

– Ces timbres ont l'air... bizarre. Curieusement oblitérés.

– Vraiment? fit Jury en feignant l'indifférence.

Elle en tira un carnet noir. *Le* carnet noir. Elle le feuilleta, sourcils froncés, puis elle secoua l'enveloppe et regarda à l'intérieur. Rien.

– Qu'est-ce que c'est? fit-elle en examinant la reliure noire et en feuilletant les pages.

Elle le secoua. Rien. Jury ne la quittait pas des yeux. Elle était perplexe.

– On dirait un agenda, avec des dates et tout ça. Et si tu t'asseyais, nom d'un chien?

Jury marmonna quelque vague assentiment et s'approcha de la fenêtre.

Vivian levait le carnet à bout de bras, au-dessus de sa tête, comme si la lumière tombée du lustre pouvait en pénétrer les sombres profondeurs.

– Écoute ça : « Ma propre porte n'est rien... »

– « Mort », pas « porte ».

Vivian leva un sourcil.

– Ah oui?

– C'est que, fit Jury, « Ma propre *porte* n'est rien » ne veut rien dire...

Sa voix mourut alors qu'il regardait partout sauf vers elle.

Elle sourit.

– Tu dois avoir raison.

Elle retourna l'enveloppe, regarda encore les timbres, les cachets de la poste, puis elle revint à Jury.

– Tu ne te demandes pas ce que c'est? Tu ne me sembles pas très curieux.

– Curieux? Bien sûr que je suis curieux, mais je ne voudrais pas m'immiscer dans tes affaires.

– Vraiment? fit Vivian en regardant par la fenêtre. Ce serait nouveau, ajouta-t-elle avec suavité. Au nom du ciel, que fichent-ils là? Ils jouent aux statues?

Elle n'avait pas tort, se rendit compte Jury en s'approchant d'elle : Plant et Trueblood étaient raides comme des statues, le regard braqué sur la maison. Il soupira.

– J'ai la très nette impression qu'aucun de vous ne veut que j'épouse Franco.

– *Non! Où* es-tu allée chercher ça?

Elle lut un passage, pouffa et lui tendit le carnet.

– Des Mémoires, je crois. Il a eu une vie très remplie. Regarde-les, ils jettent des boules de neige.

Agacé par sa manière d'accepter ces inepties, par son sang-froid, il éclata :

– Ne pars pas. Ce serait ridicule.

Elle le regarda d'un air impénétrable.

– En fait, j'y ai loué une maison. Sur le Grand Canal. Une splendeur.

– *Quoi*?

Il l'avait saisie par l'épaule et la secoua. Mais il ne perturba pas son assurance. Elle croisa les mains dans le dos et soupira.

– Oh! je suppose que j'essaie de croire que je suis libre.

– Libre?

– Ne t'es-tu jamais senti... pris? Dans ta vie, ton travail?

Sans même s'en rendre compte, Jury lui passa un bras autour des épaules.

– Si... *oh*, si!

– L'ennui, c'est qu'on y prend goût. A être pris.

Elle balaya du regard sa pièce confortablement meublée.

– Les mêmes fauteuils, les mêmes visages. Les habitudes quotidiennes, les mêmes amitiés et les mêmes querelles. Tout devient si familier. Et si sûr... trop sûr. Je me sens cernée par tout ça, comme la petite mare là-bas. Je me sens comme les canards qui nagent. Oh ! ce n'est pas le moins du monde désagréable. C'est là l'ennui. Essayent-ils, fit-elle avec un signe du menton vers ses deux amis, d'attirer les canards avec des miettes de pain vers le bord, afin qu'ils... ?

Elle secoua la tête.

– Idiots.

Mais Jury n'accordait aucune attention aux idiots. Il pensait à ce qu'elle venait de dire.

– J'aime la manière dont tu as exprimé tout ça, Vivian. Les mêmes visages, les amitiés et les querelles. C'est peut-être ce qu'il y a de mieux.

Il songea à son appartement d'Islington, à son bureau de Scotland Yard. Et il éclata de rire.

– Qu'y a-t-il de si drôle ?

– Oh ! rien. Une chanson qui a été à la mode. « C'est donc tout ? » demande la chanteuse à propos de la vie. Et quand sa maison brûle jusqu'aux fondations, elle chante toujours « C'est donc tout ? » On a dû, un jour, être satisfait, mais plus on en a – l'argent, le succès – plus les besoins augmentent. Parce qu'un jour on a été satisfait.

Il prit le carnet.

– Tant d'ennuis.

Elle le reprit.

– Oui, tant d'ennuis.

– Et si tu étais un canard, tu viendrais de prendre une boule de neige dans la figure.

– Quels crétins !

Songeurs, ils se turent.

40

– *Pour vous*[1] *!*

Theo Wrenn Browne avait opéré un véritable raid dans sa réserve de formules et de phrases étrangères pour en trouver une qui accompagne son geste de déposer sur la table, devant Diane Demorney, une rose à longue tige.

– *Une rose parfaite*[1].

Et, au cas où cet emballage français serait trop opaque pour les autres, il sourit à la ronde et traduisit.

Diane Demorney planta la tige dans une bouteille d'Old Peculier qu'avait vidée Plant.

– La prochaine fois, soyez gentil, apportez une Rolls parfaite.

– Comme je disais, reprit Joanna la Folle dont les réflexions sur la stupidité de l'acte d'écrire avaient été interrompues par Theo Wrenn Browne et sa rose, n'importe quel âne peut écrire un livre. Ne le prenez pas pour vous, Melrose. Écrivaillonnez, c'est tout.

Elle pianota sur les touches d'un clavier imaginaire pour simuler l'art d'« écrivaillonner ».

Melrose ressentit un pincement d'angoisse. Depuis leur envol pour Londres, il avait passé des heures délicieuses avec son roman policier. Maintenant, ce qui le préoccupait, c'était le sérieux avec lequel il considérait Smithson. Il avait découvert qu'il aimait écrire au village – à la bibliothèque, ou dans la pâtisserie de Betty Ball en

1. En français dans le texte. *(N.d.T.)*

prenant son café du matin, et même sur un banc devant la mare aux canards. Et il aimait se promener avec son carnet sous le bras et avec Mindy, son chien, quelque part sur ses talons. Et lancer des bouts de bois que Mindy n'allait jamais chercher. Il espérait ne pas couver de maladie ; il était convaincu en tout cas de ne pas couver de vocation d'écrivain.

Il y avait pourtant des avantages à vivre en écrivain. Non seulement ça retenait Vivian en Angleterre, mais ça gardait Agatha loin d'Ardry End et Richard Jury loin de Londres. Jury qui était, à l'instant même, près de la cheminée, à trinquer avec la Withersby.

– *Gin Lane*, chapitre 7. « Smithson était debout, très agité... »

– Une minute, mon vieux ! Je ne me souviens pas avoir vu les chapitres 2 à 6, fit Marshall Trueblood.

– Je croyais, déclara Diane Demorney, que le titre était *L'Opale*.

– Je n'ai pas encore tapé ces chapitres, fit Melrose.

Il ne les avait pas plus écrits. Il voulait arriver aux séances d'introspection de Smithson.

– « Smithson était debout, très agité... »

– Oui, mais... et *L'Opale* ? demanda Vivian.

Trueblood tripotait l'extrémité de son écharpe mandarine.

– « Gin Lane »... N'est-ce pas le titre d'une série de gravures de Cruikshank[1] ?

– Faites confiance à Melrose pour piquer tout ce qu'il peut, fit Agatha.

Melrose reprit sa lecture :

... très agité. Il se souvint soudain de l'heure que marquait, sous son verre brisé, la montre-gousset de lord Haycock.

1. Illustrateur de Dickens. *(N.d.T.)*

Theo Wrenn Browne poussa un soupir théâtral.

– Dieu du ciel ! Quel cliché !

– Shakespeare n'a jamais reculé devant un cliché, répliqua Melrose en essayant de penser à un cliché de Shakespeare.

Smithson réalisa qu'il pouvait s'être produit deux choses : ou on avait bougé les aiguilles de l'horloge murale, ou on avait bougé celles de la montre. Le majordome avait affirmé que toutes les deux donnaient l'heure la plus exacte.

Melrose ajusta ses lunettes et continua.

Smithson ne remarqua pas que Nora s'était glissée à l'intérieur, par les portes-fenêtres...

Joanna la Folle demanda :

– Ne croyez-vous pas qu'il vaudrait mieux donner un autre nom à sa femme ? Vous savez qu'il existe déjà Nora et Nick. Et ils sont affreusement célèbres ! Surtout qu'elle passe son temps à boire du champagne et qu'elle adore les chapeaux.

– Oui. C'est une coquille. C'est supposé être Norma. Melrose donna un petit coup de stylo.

Norma portait un simple tailleur noir, serré à la taille, et un impertinent petit chapeau rouge, entouré de plumes noires.

- Aurais-tu du feu, chéri ?

Elle s'approcha de Smithson, une cigarette fichée dans un fume-cigarette de laque rouge.

Smithson alluma sa cigarette et lui demanda ce qu'elle faisait là.

- Je m'interrogeais à propos de

l'horloge. Crois-tu que Church m'apporterait un cocktail au champagne ?

- Et pourquoi pensais-tu à l'horloge ?

Smithson sonna le majordome en tirant le cordon de tapisserie pendu près de la cheminée. Norma s'assit.

- C'est plutôt évident, non ?

– Ça l'est toujours, dans les romans.

Richard Jury s'était rapproché. Il avait abandonné Mrs. Withersby à son monologue – elle devait probablement croire qu'elle continuait à s'entretenir avec le commissaire. Il vida sa pinte et s'appuya contre le mur, près de Melrose.

Melrose aurait voulu qu'il s'en aille. Non pas à Londres, jusqu'à la cheminée suffirait. Il n'était pas sûr de vouloir qu'un policier écoute ce que faisait Smithson.

Mais avant que Norma ait terminé, Church apparut avec une bouteille de Dom Pérignon glacée et quelques canapés. Elle le remercia.

- Où est Chloé ? demanda-t-elle en versant du champagne sur un morceau de sucre imbibé de bitter.

- Dans la voiture. Qu'est-ce qui est évident ? Dis-le-moi.

Norma sirota son verre, tira sur sa cigarette et réfléchit. Elle était de nature plutôt subtile et il était difficile d'obtenir d'elle une réponse directe. Nora - *je veux dire Norma* - avait par rapport au langage une attitude de déconstructiviste. Les mots étaient des mensonges. Non pas délibérés, bien sûr, mais le simple choix d'un mot, parce qu'il niait les autres, annulait son sens.

Smithson considérait les enquêtes comme

une science, Norma pensait que c'était un art.

- Il faut que tu t'entretiennes encore avec le gardien, à la loge, dit-elle. Je sens que quelque chose ne va pas.

– Seigneur ! fit Theo Wrenn Browne. Une loge ? Comme c'est original !

– Vous tueriez pour une loge, Theo, déclara Joanna. Vous écartèleriez votre grand-mère pour une loge. Continuez, Melrose.

Smithson remonta l'allée de graviers qui serpentait en direction des colonnes de pierre de l'entrée.

Il frappa contre la paroi de verre derrière laquelle le gardien était profondément absorbé par ce qui semblait un livre ancien, un très grand livre noir, à la reliure craquelée et dont le titre était invisible. Il était couvert d'une épaisse couche de poussière ; quand il entendit la voix de Smithson, le gardien le referma brutalement et des mouches de poussière dansèrent dans les rais obliques du soleil couchant.

- Monsieur ?

- Encore quelques questions, Charles. Vous avez dit que quand Sa Seigneurie s'est arrêtée à la loge, jeudi soir, il vous a demandé l'heure qu'il était ?

- Oui, certainement, monsieur. Il l'a même vérifiée avec beaucoup de soin. Il voulait être sûr d'avoir l'heure à la minute près. Il a regardé sa propre montre - c'était une Rolex - et m'a demandé l'heure que j'avais et j'ai dit : « Neuf heures deux. - Oh ! tout va bien, alors, qu'il a dit. C'est exactement l'heure qu'indique ma Rolex. » Et puis il m'a demandé de regarder à l'horloge là-haut pour être tout à fait sûr.

Là, Charles eut un signe de tête vers la grosse horloge blanche fixée au-dessus de lui.

- Parce que, vous voyez, elle est forcément juste vu qu'elle est reliée au système d'alarme. J'ai dit : « Neuf heures deux » et Sa Seigneurie l'a répété deux fois.

Charles poussa un hennissement jovial.

- Je crois pas qu'on puisse oublier l'heure après l'avoir vérifiée autant de fois, hein ? Mais Sa Seigneurie a quand même dit que, pour lui, l'horloge était plus près de neuf heures trois, et moi j'ai dit : « Ben, ça fait bien trente secondes qu'on bavarde comme ça et donc maintenant il est neuf heures deux minutes et trente secondes. » Alors il a penché l'oreille vers la radio de sa voiture et il a dit comme ça : « Ça doit être la bonne heure, le journal commence à peine. » Je comprends bien ce que vous pensez , monsieur. Lord Haycock est mort à neuf heures vingt-cinq et vous vous demandez quand Mr. Gabriel est parti d'ici, et moi, je peux vous affirmer qu'il était neuf heures deux presque trois.

Smithson remercia Charles, qui, remarqua-t-il en se retournant, avait sorti le livre noir de derrière sa chaise. L'y avait-il dissimulé ?

Norma buvait toujours son champagne. Elle grignotait un canapé en écoutant Smithson lui rapporter les déclarations de Charles. Elle manifestait un intérêt pétillant...

– Manifestait *quoi*? demanda Trueblood. Un intérêt pétillant ? Ce doit être le champagne. Elle a dû en siffler un magnum.

Il avait sorti sa lime à ongles en or et s'en frottait l'annulaire.

– Et, ajouta Diane, l'ensemble que porte Norma est tout simplement terrifiant. Je serais enchantée de me charger de cette description à votre place, Melrose.

– Merci.

Melrose reprit :

- Mais s'il était neuf heures deux, pourquoi la gouvernante a-t-elle signalé que les cloches sonnaient le quart quand elle a servi les cocktails ?

Norma accorda un léger sourire à son mari.

- Tout le monde sait que les cloches d'église ne donnent jamais l'heure juste, mon chou...

Diane intervint :

– Ça, bien sûr, c'était le hic du livre de Sayers.

– De quoi parlez-vous ? demanda Joanna. Ses cloches ont toujours indiqué l'heure juste. De toute manière, c'est sans rapport avec la question.

– Ce n'est pas ce que je veux dire. Mais son détective, lord je ne sais qui...

– Wimsey, fit Vivian. Lord Peter Wimsey.

– Il a fait carillonner ces cloches pendant des heures et des heures et, visiblement, il savait quand elles sonnaient. Ce qui ne l'a pas empêché de grimper en haut de la tour, tout en *sachant* ce qui était arrivé à je ne sais plus qui... Bon, j'ai un peu oublié l'intrigue, mais vous m'aurez comprise.

- Ce ne sont pas les cloches, mon chou, mais la *radio*, dit Norma.

– Comment ? fit Smithson, perplexe.
– La radio de la *voiture*. Gabriel n'écoutait jamais la radio, des cassettes, uniquement !
– Seigneur ! Tu as raison ! Il ment effrontément !
– Ah ! mais qui ment, mon chou ?
Ils furent interrompus par la porte qui s'ouvrit violemment. Une jeune femme vêtue d'un tailleur de tweed et d'un châle de cachemire entra. Elle semblait inquiète.
– Vous êtes l'inspecteur Smithson ? Je suis la belle-fille de lord Haycock, Imogène.
– Un peu de champagne, ma chère ? fit Norma avec un sourire rayonnant.
Elle ne perdait jamais son sang-froid.
– C'est un peu tôt pour moi, merci. Je viens de parler à Charles. Il m'a dit que vous lui avez posé plusieurs questions à propos de Gabriel et de son souci de l'heure. Je sais à quoi vous pensez !
– Vraiment ?
– Oui. Vous pensez qu'en vérifiant l'heure Gabriel voulait être certain que Charles se souvienne de l'heure exacte à laquelle il est parti, c'est-à-dire avant l'assassinat de mon beau-père.
– Rien n'a jamais été plus loin de nos suppositions, ma chère.
Norma se versa un autre verre de champagne et Imogène fit la moue.
– Dans les romans policiers, on ne cesse d'interroger les gardiens.
Smithson et Norma éclatèrent de rire et le détective déclara :
– Il s'agit de la vraie vie, et pas d'une de vos histoires policières.

Un bruit se fit entendre du côté de Jury, Melrose se retourna. Jury, impassible, était adossé au mur et buvait sa bière.

– Il a toujours été obsédé par l'heure ! s'exclama Imogène. Tout petit, déjà. Et de toute manière, il a un alibi ! Il a passé toute la soirée avec moi !

Dick Scroggs s'était approché avec une nouvelle tournée.

– Qu'est-ce qu'elle mijote, alors ?

Il fit passer son cure-dents d'un côté de la bouche à l'autre et, sans attendre la réponse, retourna à son bar et à son *Bald Eagle*.

– Elle est amoureuse de Gabriel et mentira pour lui, dit Vivian.

– Non, pas du tout, répondit calmement Melrose.

Tous, comme un seul homme, le regardèrent.

– Une minute, dit Joanna, au début, nous avons *vu* Gabriel tuer lord Haycock.

– C'est vrai, vieux. Rappelle-toi, tu as même dit que c'était une de ces énigmes inversées, déclara Marshall en rangeant ses ciseaux à ongles.

Melrose referma son stylo et prit un air suffisant.

– Elle est inversée-renversée.

Ils se regardèrent puis se tournèrent vers Jury qui se contenta de hausser les épaules.

Theo Wrenn Browne se détourna, écœuré, et Agatha se mit à bafouiller que cette histoire était une escroquerie.

Vivian était sincèrement déconcertée.

– Mais, Melrose, nous avons *vu*. Gabriel a assassiné lord Haycock.

Condescendant, Melrose déclara :

– Vous voulez dire que vous *croyez* l'avoir vu.

Un petit goût de Maxim... Puis il s'adossa à son siège et regarda le plafond, pensif et enchanté, quel bonheur que d'écrire des romans policiers ! *Gin Lane* était un titre formidable.

Diane Demorney avait bien entendu décroché dès qu'elle avait entendu parler d'inversé-renversé.

– *L'Opale*, dit-elle, est un titre bien meilleur. C'était censé se finir au Maroc.

– Eh bien, non. Le titre est *Gin Lane* parce que... parce que ça se termine à Shoreditch. Ou à Whitechapel. Peut-être.

Ne pas s'engager sur une fin quelconque, ni sur n'importe quel endroit de n'importe quelle ville : ne pas choisir le Maroc était aussi bien que ne rien choisir du tout. Melrose croqua un bretzel et regarda avec satisfaction en direction de la cheminée, devant laquelle Mrs. Withersby gesticulait et parlait toute seule du bon vieux temps. Dieu, mais écrire, c'était la liberté ! L'œil au plafond, il se sentait flotter. Jamais auparavant il n'avait réalisé à quel point écrire un polar pouvait être libérateur et il se demandait pourquoi Polly Praed passait son temps à se plaindre des exigences et des contraintes du genre, et qu'il fallait vérifier les faits, et encore et encore et encore...

– Ce Smithson travaille à Scotland Yard? demanda Jury.

Oh, flûte! pensa Melrose en abandonnant le plafond pour atterrir violemment sur le sol. Il soupira. Le côté rasoir de l'affaire se mettait en marche.

– Je me demande pourquoi sa femme traîne dans le secteur. Si je peux me permettre, ça n'a rien de très authentique.

Melrose referma les yeux pour se protéger de l'intrusion de cette prétendue réalité.

– Surtout, continua ce raseur de Jury, avec ce chat. Chloé?

L'intérêt de Melrose s'éveilla : là, il tenait Jury!

– Et le chat du bureau de ton chef?

– Oui, si on veut. Mais je ne l'emmène pas dans la voiture de patrouille, si? Cyril, de toute manière, ne voudrait pas.

Diane, tapotant son verre de ses ongles rouge sang, déclara :

– Oh ! vous n'allez pas chicaner, commissaire ? J'aurais tendance à bien aimer Norma. Si elle s'habillait avec plus de classe.

Dick Scroggs appela Jury au téléphone et il s'éloigna vers le bar.

– Un certain Macalvie, dit Scroggs.

– *Mac*alvie, le reprit Jury en saisissant le récepteur.

– Ça fait une semaine que j'essaie de t'avoir, fit Macalvie sans préambule.

– Je n'étais pas en Angleterre. Que veux-tu ?

– Que veux-tu, toi ? Tu voulais du boulot ? Viens à Exeter nous filer un coup de main.

– Très drôle, Macalvie, mais je ne suis pas un flic indépendant.

– Tu as dit que tu étais en vacances, bon Dieu !

– C'est vrai. Et qu'est-ce que j'ai à fiche d'une affaire à Exeter, si je suis en vacances ?

– Okay, personne n'a rien à foutre d'une affaire à Exeter, moi le premier. Mais j'aurais besoin d'aide...

Jury manqua laisser tomber le combiné. Macalvie demandait de l'aide ?

– ... et comme je n'en trouve pas, c'est à toi que je m'adresse. Quitte pas.

Il éloigna le combiné pour incendier l'un ou l'autre – tous, peut-être – de ses subordonnés. Jury eut le temps de lire la rubrique jardinage du *Bald Eagle* et de réaliser que Macalvie était comme Norma : le travail de la police (semblait croire le commissaire divisionnaire) était, au mieux, une science inexacte. Macalvie ne croyait pas qu'une accumulation de faits mène forcément à quelque chose. Il avait besoin d'affronter la Gestalt du problème. Ses interminables silences, sur le lieu d'un crime, laissaient croire à ceux qui ne le connaissaient pas qu'il s'était endormi sur pied.

– C'est cette tapisseuse.

Froissements de papier, cliquetis de machine à écrire

au loin. Jury s'arracha à la contemplation des jardinières de pétunias.

– Cette *quoi ?*

– Tapisseuse. Tu sais, une de ces dames qui font des *tapisseries.*

L'impatience du ton indiquait à Jury que c'était évident.

– C'est d'ailleurs là qu'elle s'est effondrée. Devant les carreaux.

– Les carreaux ?

– Des coussins brodés. Très artistique. Très historique. Un gros truc, en pleine cathédrale.

– C'est quoi ? Le cœur ?

– Ça se pourrait. Le légiste n'est pas sûr.

– Elle serait tombée raide sans cause apparente ?

– C'est ce que dit le légiste. Mais il se balade avec des tenailles et une clé à molette dans sa sacoche, aussi il faut relativiser. Je te donnerai les détails quand tu viendras.

Jury hocha la tête et retourna aux jardinières.

– Macalvie, je regrette, mais je ne comprends pas. Un accident dans la cathédrale et tu m'appelles...

– Pourquoi dis-tu que c'est un accident ?

– Pourquoi je dis... ? Macalvie, je ne suis pas là-bas.

– Il faut croire, et c'est bien là le problème.

Un fracas soudain retentit et Macalvie se détourna du combiné pour hurler. Les bruits se calmèrent et Macalvie aussi.

– Le Devon et la Cornouailles auraient besoin de quelques hommes de valeur, fit-il, revenu au combiné.

– Mais tu régleras ça à ma place.

– Bon. Salut.

Macalvie raccrocha. Jury hocha la tête, retourna à la table et raconta à l'assemblée l'histoire de la tapisseuse tombée morte devant les carreaux de la cathédrale d'Exeter.

– C'est le syndrome de Stendhal, fit Diane. Continuez votre histoire, Melrose, *je* l'adore.

Melrose soupira.

– Vous semblez être la seule, Diane.

– Non, pas du tout, coupa Vivian. Je la trouve formidable. Certainement meilleure que *ça*.

Elle sourit en agitant le carnet noir. Les pieds de la chaise de Trueblood heurtèrent le plancher avec un bruit sourd. Melrose resta bouche bée.

– J'ai eu du mal à comprendre ce que c'était et puis ça m'est revenu.

Elle regarda autour d'elle, savourant son petit effet. Ses yeux s'attardèrent sur Marshall avant de passer à Melrose.

– Quoi ?

– Oui, quoi ?

– Le cousin de Franco. J'espère que ça ne vous dérangera pas, Joanna...

– Quoi donc ?

– Eh bien, voyez-vous, ce cousin est écrivain. Il écrivait son premier roman et j'ai dit que je vous connaissais et il a demandé si vous ne pourriez pas l'aider.

Elle eut un petit rire aussi peu spontané que la poignée de main de Joanna. Plant et Trueblood échangèrent un regard et Theo Wrenn Browne déclara, avec un sourire narquois :

– Joanna n'est pas d'un grand secours dans ce domaine.

– Vraiment ? répliqua Joanna en lui rendant son sourire. Pas si quelqu'un montre le *moindre* talent ! De quoi s'agit-il, Vivian ?

– Apparemment d'un cambriolage au Moyen Age. Une banque.

Trueblood eut un haut-le-corps. Melrose ajusta ses lunettes et se pencha vers Vivian.

– C'est une situation très étrange, reprit celle-ci. Quant à savoir pourquoi un Italien a choisi San Francisco comme décor...

Elle haussa les épaules, dubitative quant aux étranges habitudes littéraires des Italiens. Jury avala la moitié de sa chope de bière et s'étrangla.

– Braquer une *banque* au Moyen Age ? s'étonna Joanna. Pourquoi pas, quand on pense à mes propres...

Vivian lut :

– « Ils entraînèrent la pauvre créature sous la voûte de la chambre *forte...* »

– « De la chambre *morte...* » *Ouille !*

Trueblood se massa le tibia, Melrose prit l'air innocent et Jury regarda ailleurs.

– Enfin, fit Vivian, l'écriture est plutôt illisible. J'ai du mal à tout comprendre. Et l'orthographe de Dono est déplorable. Mais il semblerait que les gangsters ont enlevé la caissière et l'ont enfermée dans la chambre forte. Si vous voulez bien y jeter un œil, Joanna.

Elle se leva.

– Je dois aller faire mes valises.

Elle agita les doigts en guise d'adieu et franchit la porte.

Jury se tordait d'un rire muet tandis que Plant et Trueblood regardaient le carnet noir d'un air désespéré.

Le rire de Jury éclata bruyamment.

– Allez, fit-il en laissant retomber sa chope sur la table, ça vous apprendra, les mecs !

Remerciements

Mes remerciements sincères à Jeff Jerome, conservateur de la maison de Poe, Amity Street ;

à William Addams Reitwiesner, généalogiste ;

à Maria Wrzesinski, pour son excellent plagiat ;

aux Perry, pour tout ce qui concerne la NFL.

... Et je rassure mes amis et mes étudiants de Johns Hopkins : je n'y ai jamais rencontré de Vlasic. Grand ou petit.

Table

Cet ouvrage a été réalisé par la
SOCIÉTÉ NOUVELLE FIRMIN-DIDOT
Mesnil-sur-l'Estrée
pour le compte des éditions Pocket
en janvier 2000

POCKET - 12, avenue d'Italie - 75627 PARIS CEDEX 13
Tél. : 01-44-16-05-00

Imprimé en France
Dépôt légal : janvier 1999
N° d'impression : 49663